KB146463

한국시가의 장르와 형식

저자 김진희

연세대학교 문과대학 국어국문학과 졸업.
동대학원 문학박사.
현 아주대학교 다산학부대학 조교수.
저서『송강가사의 수용과 맥락』(2016), 『한국 고전시가 비평사』(2018) 외 다수.

한국시가의 장르와 형식

초판 1쇄 인쇄 2020년 2월 20일
초판 1쇄 발행 2020년 2월 27일

저　자 김진희
펴낸이 이대현
편　집 권분옥
디자인 김주화

펴낸곳 도서출판 역락
주소 서울시 서초구 동광로 46길 6-6 문창빌딩 2층
전화 02-3409-2058, 2060
팩스 02-3409-2059
등록 1999년 4월 19일 제303-2002-000014호
이메일 youkrack@hanmail.net
역락홈페이지 http://www.youkrackbooks.com

ISBN 979-11-6244-476-4 93810

* 책값은 표지에 있습니다.
* 파본은 구입처에서 교환해 드립니다.

한국시가의 장르와 형식

김 진 희

역락

 이 책은 한국 고전시가의 여러 장르들에 담긴 내용·형식적 특성을 탐구한 결과물이다. 신라 시대의 향가로부터 고려 시대의 속요, 조선 시대의 시조와 가사, 그리고 잡가에 이르기까지 시간과 장르의 두 축을 종횡으로 탐구하며 한국 고전시가의 문학적·미적 특성을 규명하고자 한 노력의 집적물이다.

 옛 우리말로 된 고전시가를 읽고 향유한다는 것은 개인이 속한 시간의 지평을 훌쩍 넘어서는 일이고, 그렇게 확장된 시간 안에서 새로운 생각과 느낌을 만나고 경험하는 일이며, 동시에 무의식적이고 원형적인 리듬 및 사고의 즐거움에 몸을 맡기는 일이기도 하다. 그렇게 삶의 영역을 확장하는 한 방편이 바로 고전시가를 읽는 일이다.

 문학과 예술작품이 일으키는 막연한 느낌과 즐거움의 요소를 분석한다는 것은 쉽지 않다. 내용 면에서는 서정·서사·극이라는 문학 양식에 내재한 본질적 속성을 고찰하는 장르론적 관점이, 형식 면에서는 정형시의 규칙적 리듬을 파악하는 율격론적 시각이 이 책의 주된 분석 도구가 되었다. 부르는 시로서 존재한 한국 고전시가 장르들에 내재된 양식적·율격적 특성을 규명함으로써 우리에게 가깝고도 먼, 고전시가라는 저 무형의 반짝이며 흩어져 있는 작은 것들의 의미를 포착하고자 필자는 노력하였다.

제1부 '한국시가의 장르와 형식, 그리고 연행성'에서는 한국시가의 종류를 소개하고, 노래부르기의 형식으로 연행된 한국시가의 특성에 대해 설명한다. 이어 장르론과 율격론의 양 측면에서 그동안 이루어진 고전시가 학계의 연구성과를 조감한 후 한국 고전시가의 형식과 장르성은 그 연행 성과의 관련 속에서 고찰되어야 한다는 본서의 전제를 제시한다.

　제2부 '한국시가의 형식'에서는 고려가요와 시조를 중심으로 한국시가의 구조적·율격적 특성을 탐색한다. 작품이 실려 불린 악곡의 구조적 특성이 고려가요와 시조의 구조 및 리듬에 미친 영향을 살펴보고, 노래부르기라는 제시형식을 통해 보장된 형식적 자유로움 속에서 정형시로서의 율격 규칙이 한국 고전시가에 어떻게 존재하였는지 그 양상을 구명한다.

　제3부 '한국시가의 장르와 장르성'에서는 한국 고전시가의 역사적 장르인 향가, 가사, 잡가 등에 내재된 양식적 속성을 탐구한다. 향가와 가사, 그리고 잡가에 내포된 서정성과 극성劇性 등 장르성의 존재 양상을 파악하여, 양식론의 측면에서 한국 고전시가에 대한 장르적 이해를 심화한다.

　이 책의 내용은 오랜 시간 필자가 학계에 발표해 온 글들을 모아서 이룬 것이다. 그 학문의 여정에서 만나고 도움 입은 모든 분들께 감사의 말씀을 올린다. 긴 시간의 축과 여러 장르를 오가는 이 탐색의 여정에 한 매듭을 짓고 앞으로 더 나아갈 수 있도록 이 책의 출판을 수락해 주신 역락에도 감사를 드린다. 이제 시간뿐 아니라 공간의 축도 더하여 연구의 지평을 더욱 넓고 깊게 만들어 갈 일과 그 과정에서 생길 여러 학문적 동지들과의 더 뜨거운 만남을 꿈꾸어 본다.

김 진 희

제1부
한국시가의 장르와 형식, 그리고 연행성

한국시가의 장르와 형식, 그리고 연행성

한국 고전시가에는 대표적으로 신라시대의 향가鄕歌, 고려시대의 고려가요高麗歌謠, 그리고 조선시대의 시조時調와 가사歌辭 등의 장르가 있다. 이 장르들은 모두 노래로 불렸으며, 민간의 가요와 왕실의 악장樂章이 끊임없이 교섭하는 가운데 생장하였다. 이 같은 연행성에 기반하여 형성된 한국 고전시가 장르의 내용과 형식을 조명하는 것이 이 책의 주제이다. 개별 장르들에 대한 검토에 들어가기에 앞서 이 장에서는 한국 고전시가의 연행성을 통시적으로 살펴보고, 이와 관련하여 한국시가의 형식과 장르에 대한 기존 논의들을 검토하려 한다.

1. 한국시가의 연행성

1.1. 향가

신라 상대와 중대, 하대를 걸쳐 두루 신라인들의 사랑을 받았던 향가는 왕실로부터 승려, 화랑, 그리고 기층민에 이르기까지 여러 계층들에 의해 지어지고 불리었다.

먼저 향가와 왕실 악장의 관계는 사뇌가詞腦歌를 중심으로 드러난다. 이는 신라 제3대 왕인 유리왕儒理王(?~57)의 <도솔가兜率歌>를 통해 살펴볼 수 있는데, 『삼국유사三國遺事』에는 이 작품에 대해 다음과 같이 기록되어 있다.

> 신라 유리왕이 계미년(23)에 즉위하여 6부의 이름을 고치고 6성을 하사하였다. 비로소 <도솔가>를 지으니, 차사嗟辭·사뇌詞腦의 격조가 있었다.[1]

위의 기록에서 "사뇌의 격조가 있었다"고 한 부분은 10구체 향가의 다른 이름인 사뇌가와 밀접한 관련을 지니고 있으리라 짐작된다. 그런데 여기에서 언급한 유리왕의 <도솔가>는 『삼국사기』의 또 다른 기록[2]에 따르면 유리왕의 선정善政을 기린 최초의 가악歌樂으로 평가되는 작품이다. 이렇듯 사뇌가의 격조를 지닌 <도솔가>는 송축적 악장으로서의 성격을 지니고 있었다.

사뇌가는 신라시대 내내 지속적으로 왕실의 악장으로 사용된 것으로 보인다. 『삼국사기』「악지樂志」에 따르면, 신라 제10대 내해왕奈解王(재위 196~

---

1) 『三國遺事』 권1, 「紀異」, <第三弩禮王> : "朴弩禮尼師今[一作儒禮王]… 癸未卽位, 改定六部號, 仍賜六姓. 始作兜率歌, 有嗟辭詞腦格."

2) 『三國史記』 권1, 「新羅本紀」, <儒理尼師今> : "五年, 冬十一月, 王巡行國內, 見一老嫗飢凍將死, 曰 : '予以眇身居上, 不能養民, 使老幼至於此極. 是予之罪也.' 解衣以覆之, 推食以食之. 仍命有司, 在處存問鰥寡孤獨老病不能自活者, 給養之. 於是, 鄰國百姓, 聞而来者衆矣. 是年, 民俗歡康, 始製兜率歌, 此歌樂之始也." (유리왕 5년(28) 11월에 왕이 나라 안을 순행하다가 추위와 굶주림으로 죽으려 하는 할멈을 발견하고 말했다. "내가 보잘것없는 몸으로 왕위에 있으면서 백성들을 부양하지 못하여 노인과 어린 것들을 이렇게 극심한 상황에 처하게 만들었다. 이는 나의 죄이다." 왕은 자신의 옷을 벗어 노파를 덮어 주고 노파에게 음식을 줘서 먹게 했다. 그리고 담당 기관에 명해 곳곳을 살펴 홀아비, 과부, 고아, 늙어 자식이 없는 사람과 늙고 병들어 스스로 살아갈 수 없는 자들에게 양식을 지급했다. 이를 듣고 이웃 나라 백성들이 많이 왔다. 이 해에 백성들의 풍속이 즐겁고 평안하여 비로소 <도솔가>를 지었으니, 이것이 가악의 시작이다.)

230) 때 <사내악思內樂>이 지어졌고,3) 제24대 진흥왕眞興王(재위 540~576) 때
는 최초의 화랑인 설원랑薛原郞이 <사내기물악思內奇物樂>을 만들었다.4) 또
신라 중대의 신문왕神文王(재위 681~692) 때에는 <사내무思內舞>를 추었고, 하
대의 애장왕哀莊王(재위 800~809) 때에는 <사내금思內琴>을 연주하였다.5) 이
러한 공연들은 연주와 노래, 춤이 함께 이루어지는 종합적인 가무악歌舞樂
이었을 것으로 짐작되며, 여기에서 불린 노래는 사뇌가였을 것으로 추측
된다. 이처럼 사뇌가는 신라 상대부터 중대, 하대에 이르기까지 왕실의 가
악으로 사용되었다.

향가가 왕실의 악장으로 사용된 정황은 현전하는 향가 작품에 대한 관
련 기록을 통해서도 살펴볼 수 있다. 월명사月明師의 <도솔가兜率歌>6)와 충
담사忠談師의 <안민가安民歌>가 그 예이다.7) 이 작품들은 모두 나라의 안녕
을 위협하는 상황에 대처하고자 한 신라 제35대 경덕왕景德王(재위 742~765)
의 요청에 의해 불리었다. <도솔가>는 해가 둘 나타나는 괴변에 처하여,
<안민가>는 오악삼산五嶽三山의 신이 왕에게 나타나 경고하는 위기상황에
서 불렸는데, 이러한 문제들을 없애기 위해 왕실의 제의를 올리는 과정에

---

3) 『三國史記』 권32, 「雜志」 제1, <樂> : "思內[一作詩惱]樂, 奈觧王時作也." (<사내['시뇌'라고도
   쓴다]악>은 내해왕 때 만들어졌다.)
4) 위의 책 : "思內奇物樂, 原郞徒作也." 여기에서 원랑도는 설원랑이 이끈 郞徒로 추정되는데,
   이에 대해서는 정구복 외, 『역주 삼국사기』 4 주석편(하), 한국정신문화연구원, 80면 참조.
   한편 우륵이 지은 곡 중 <상기물上奇物>과 <하기물下奇物>이 있는데, <사내기물악>의 '기
   물악'은 우륵의 악곡과 관련이 있을 것으로 추정된다. 가야의 악사 우륵이 신라에 귀화한
   것이 진흥왕대이고 설원랑이 최초의 화랑이 된 것도 진흥왕대이니, 진흥왕대에 설원랑의
   낭도들이 이미 있던 <사내악>과 우륵에 의해 새롭게 전파된 <기물악>을 합쳐 새로운 악을
   만든 것이 <사내기물악>인 것으로 짐작된다.
5) 위의 책 : "占記云, 政明王九年, 幸新村, 設酺奏樂. … 思內舞, 監三人, 琴尺一人, 舞尺二人, 歌
   尺二人. … 哀莊王八年奏樂, 始奏思內琴. 舞尺四人靑衣, 琴尺一人赤衣, 歌尺五人彩衣, 繡扇,
   並金鏤帶."
6) 유리왕의 <도솔가>와 이름이 같다. 『三國遺事』 권5, 「感通」 제7, <月明師兜率歌> 참조.
7) 『三國遺事』 권2, 「紀異」, <景德王忠談師表訓大德> 참조.

서 이 노래들은 사용된 것으로 추정된다.

그러나 향가는 왕실의 악으로만 사용된 것은 아니다. 그것은 화랑과 낭도들이 즐겨 부른 노래이기도 했다. <도솔가>를 지은 월명사는 자신이 국선國仙의 무리라 범패梵唄는 잘 짓지 못하고 향가만 잘한다고 하였는데,[8] 이 예에서 향가가 특히 국선, 즉 화랑 집단에서 즐겨 부르던 것임을 알 수 있다. 실제로 융천사融天師의 <혜성가彗星歌>는 화랑들의 금강산 유람길에 부른 것이고, 충담사의 <찬기파랑가讚耆婆郞歌>와 득오得烏의 <모죽지랑가慕竹旨郞歌>는 각각 기파랑과 죽지랑, 두 화랑을 기린 노래들이다.

한편 향가는 불교와 밀접한 관련을 지니며 기층민의 삶 속으로도 깊이 들어와 있던 장르다. 그 예로 <원왕생가願往生歌>나 <도천수관음가禱千手觀音歌> 같은 작품들은 부처의 자비를 희구하는 노래들인데, 이 작품들의 작가는 짚신을 삼아 팔던 백성과 눈먼 아이를 둔 평범한 어머니였다.[9] 한편 『삼국사기』에서도 하서군河西郡의 <덕사내德思內>와 도동벌군道同伐郡의 <석남사내石南思內> 등을 소개한 끝에 "이들은 모두 나라 사람들이 기쁘고 즐거워서 지은 것이다."[10]라는 부기를 달았는데, 이로 보아도 향가가 귀족이나 지식인뿐 아니라 일반 백성들에 의해서 널리 불리던 노래였음을 알 수 있다. 그래서 『균여전均如傳』에서는 향가를 두고 "세인희락지구世人戲樂之具",[11] 즉 백성들을 즐겁게 하는 도구라고 설명하였다.

동아시아의 전통에서 악부樂府 혹은 악장樂章은 본래 채시관풍采詩觀風, 즉 시를 채집하여 민풍을 안다는 이념에 입각하여 민간의 노래를 채집한

---

8) 『三國遺事』 권5, 「感通」, <月明師兜率歌> : "臣僧但屬於國仙之徒, 只解鄕歌, 不閑聲梵."

9) 『三國遺事』 권5, 「感通」, <廣德嚴莊>; 권3, 「塔像」, <芬皇寺千手大悲盲兒得眼> 참조.

10) 『三國史記』 권32, 「雜志」, <樂> : "德思內, 河西郡樂也. 石南思內, 道同伐郡樂也. … 此皆鄕人喜樂之所由作也."

11) 赫連挺, <歌行化世分者>, 『均如傳』.

것이다. 이것이 왕실의 악장으로 수용·변용되어 보다 발전된 예술적 형태
를 갖추고, 이렇게 형성된 예술 장르는 다시 민간으로 확산·전파되는 경로
를 거치는 것은 이후의 고려가요와 시조, 가사 등 대부분의 한국 시가갈래
에 공통적으로 일어난 현상이었다. 향가 또한 민간에서 발원한 것이 악장
으로 성립하여 화랑이나 승려 등 상층 귀족층을 중심으로 발전하였으며,
이후에는 다시 민간으로 확산되었던 것으로 추정된다. 향가가 지니고 있
었던 불심佛心과 법력法力은 신라 시대의 대규모 법회法會들과 원효元曉(617~
686)와 같은 시주승施主僧의 활동, 그리고 화랑의 대규모 행사 등을 통해 기
층민의 삶 속으로 널리 퍼질 수 있었던 것으로 이해된다.[12]

1.2. 고려가요

고려가요에는 민간 노래에 뿌리를 둔 고려속요高麗俗謠와 지식인 계층이
지은 경기체가景幾體歌가 있다. 이것들은 모두 『악학궤범樂學軌範』·『악장가
사樂章歌詞』·『시용향악보時用鄕樂譜』 등 조선 전기의 음악 문헌들에 수록되
어 전하며, 고려와 조선 왕실의 악장樂章으로 사용되었다. 그래서 고려가요
는 다른 말로 고려 속악가사俗樂歌詞라 불리기도 한다. 속악가사란 말 그대
로 속악俗樂의 가사란 뜻인데, 여기서 속악은 향악鄕樂의 다른 말로, 전래되
어 온 토속적 가악을 의미한다.[13] <동동動動>과 <정과정鄭瓜亭> 등 고려가
요에 대한 기록은 『고려사高麗史』「악지樂志」의 '속악俗樂' 조에서도 찾아볼

---

12) 박재민, 「향가 대중화의 기반에 대한 소고」, 『한민족어문학』 68, 한민족어문학회, 2014,
   5~37면 참조.
13) 『고려사』에서는 고려의 가악을 雅樂, 唐樂, 속악으로 나누어 기술한다. 이 중 아악과 당악
   은 중국으로부터 수입되어 온 외래의 악이다.

수 있다.

고려가요가 악장으로 쓰였음은 작품 내용에서도 확인되는데, 이는 송도
頌禱의 내용을 담은 서사序詞와 후렴 부분 등을 통해서다. 고려가요 <정석
가鄭石歌>·<동동>·<처용가處容歌>의 서사序詞와 <가시리>의 후렴14) 같은 부
분들은 공통적으로 태평성대를 칭송하고, 노래를 듣는 청자聽者에게 복을
기원하는 송축의 내용을 담고 있다. <정석가>에서는 편종編鐘·편경編磬과
같은 악기가 성대하게 구비된 사실을 들면서,15) <동동>에서는 덕과 복을
바치면서,16) <처용가>에서는 재앙의 소멸을 기원하면서,17) 군왕 등 노래
가 바쳐지는 대상을 송축한다. 이러한 서사나 후렴의 내용은 뒤에 이어지
는 본사本詞의 내용과 구별된다. 본사는 임에 대한 그리움이나 임과의 영
원한 사랑에 대한 희구를 주로 표현하는데, 고려가요의 서사와 후렴은 이
러한 본사의 내용과 분리되어 있는 것이다.

고려가요는 조선 중기까지도 악장으로 사용되었다. 비록 조선 초기에
궁중악을 아악雅樂 위주로 재편하려는 대대적인 움직임이 있었지만, 선초
에 속악으로서 <동동>과 <금강성金剛城>, <오관산五冠山> 등의 고려가요 작
품들이 쓰인 사실을 『태종실록』에서 볼 수 있으며,18) 세종 때에도 <동동>,
<정과정鄭瓜亭>, <이상곡履霜曲>, <만전춘滿殿春> 등의 고려가요가 속악으로
쓰였음을 실록의 기록을 통해 알 수 있다.19) 또한 세조世祖(재위 1455~1468)

---

14) "위 증즐가 大平盛代대평셩디" ─<가시리>, 『악장가사』.
15) "딩아돌하 當今당금에 계샹이다 / 딩아돌하 當今당금에 계샹이다 / 先王聖代션왕셩디예
　　노니ᅌᅡ와지이다" ─<정석가>, 『악장가사』.
16) "德으란 곰븨예 받줍고 / 福으란 림븨예 받줍고 / 德이여 福이라 호ᄂᆞᆯ / 나ᅀᆞ라 오소이다
　　/ 아으動動다리" ─<동동>, 『악학궤범』.
17) "新羅盛代 昭盛代 / 天下大平 羅後德 處容아바 / 以是人生애 相不語ᄒᆞ시란디 / 以是人生애
　　相不語ᄒᆞ시란디 / 三災八難이 一時消滅ᄒ샷다" ─<처용가>, 『악학궤범』.
18) 『태종실록』 권 3, 태종 2년 6월 5일 기사 참조.

12년에 완성된 『경국대전經國大典』「예전禮典」의 악공 취재 곡목에도 <이상곡>, <오관산>, <동동>, <한림별곡翰林別曲>, <북전北殿>, <만전춘>, <정과정> 등의 고려가요들이 포함되어 있고, 성종 때 편찬된 『악학궤범』에도 역시 <동동>, <정과정>, <처용가> 등이 정재呈才 형태로 실려 있어서, 고려가요가 조선 전기 내내 악장으로 향유된 양상을 보여준다. 이후 중종中宗 (재위 1506~1544) 때까지 고려가요는 조선조의 악장으로 불린 것으로 확인된다.[20]

그러나 고려가요는 왕실의 악으로서의 성격만을 지닌 것은 아니다. 향가와 마찬가지로 고려가요 또한 민간에 기원을 두고 있으며, 그 전반적인 내용은 향가보다 오히려 더 세속적이고 일상적인 색채를 지닌다. 고려가요에는 남녀 간의 일을 다룬 것이 많고, 그 외에도 풍자와 세고世苦 등 민간의 삶과 관련된 주제가 많다. 특히 『고려사』악지에 제목과 배경설화가 전하고 국문가사는 전하지 않는 이른바 부전가요不傳歌謠들은 고려가요가 민간의 다양한 삶 속에서 불린 정황을 잘 보여준다.[21]

고려가요를 민간에서 즐긴 양상은 조선조의 기록을 통해서도 볼 수 있다. 16세기의 이황은 이현보李賢輔(1467~1555)의 <어부가漁父歌>에 대한 발문跋文에서 고려가요를 비판하는 내용을 담았는데, 이를 보면 이황의 시대에도 <쌍화점雙花店> 같은 고려가요가 사대부들의 잔치에서 즐겨 불리었음을 알 수 있다. 그가 살던 때에도 <쌍화점>은 듣기만 하면 저절로 춤이 나오는 신나는 노래였던 것이다.[22] 비록 조선조의 유교적 관념 속에서 고려가

---

19) 『세종실록』권 116, 세종 29년 6월 4일 기사 참조.
20) 『중종실록』권32, 중종 13년 4월 1일 기사 참조.
21) 益齋 李齊賢(1288~1367)과 及菴 閔思平(1296~1359)이 지은 「小樂府」를 통해서도 부전가요의 양상을 살펴볼 수 있다.
22) 李滉, <書漁父歌後>, 『退溪集』권43 : "頃歲有密陽朴浚者名, 知衆音, 凡係東方之樂, 或雅或俗,

요의 세속적 내용들은 지속적으로 비판받으며 악장으로서 설 자리를 결국 잃게 되고 말았지만, 적어도 조선 중엽 무렵까지 그것은 공적·사적 자리에서 두루 연행되었다. 그리고 그 맥은 이후 시조·가사와 같은 조선조의 시가로 이어졌다.

1.3. 시조

조선 전기로부터 후기까지 이어진 대표적인 한국 고전시가 장르인 시조는 조선 전기에 <만대엽慢大葉> 악곡이 형성된 이래 그것의 파생 악곡인 <중대엽中大葉>·<삭대엽數大葉> 등의 악곡에 실려 불리며 전했다. 그런데 <만대엽>은 고려가요 <정과정>의 악곡인 <진작眞勺>에서 기원한 것이니, 음악은 고려가요와 시조를 잇는 중요한 매개가 되었다고 할 수 있다.

<만대엽>은 안상安瑺의 『금합자보琴合字譜』(1572) 및 양덕수梁德壽의 『양금신보梁琴新譜』(1610) 등에 악보와 가사가 함께 실려 있다. <만대엽>의 노랫말은 시조에 가까운 3행시 형태로 되어 있지만, 종장의 율격 등에서 시조의 형식과 차이를 보이는 부분도 있다.[23] 완성된 형식의 시조를 실은 악곡이 처음 등장하는 것은 『양금신보』의 <중대엽>에서다. 여기에는 우리에게 널리 알려져 있는 시조 <단심가丹心歌>가 실려 있다. 이로 보아 <만대엽>

靡不裒集, 爲一部書, 刊行于世, 此詞與霜花店諸曲, 混載其中. 然人之聽之於彼則手舞足蹈, 於此則倦而思睡者, 何哉?" (근래에 밀양의 박준이라는 사람이 명성이 있는데, 여러 음률을 알아 동방의 악을 두루 익었다. 아정한 것과 속된 것을 아울러 수집하여 한 권 책을 이루어 간행했는데, 이 노래와 <쌍화점> 등의 곡이 그 안에 들어 있다. 그러나 사람들이 저것(쌍화점)을 들으면 손과 발이 춤을 추고, 이것(어부사)을 들으면 권태로워하고 졸려하는 것은 왜인가?)

23) 일명 <오ᄂ리>로 알려진 <만대엽>의 가사는 다음과 같다. "오ᄂ리 오ᄂ리나 ᄆ일에 오ᄂ리나 / 졈므도도 새도도 오ᄂ리 새리나 / ᄆ일댱샹의 오ᄂ리 오쇼셔" ―『금합자보』.

악곡이 형성되고 그것에 가사가 얹혀 불리던 15세기 후반 무렵부터, <중대
엽>이 형성된 16세기 중반 무렵까지24) 시조의 시형은 다듬어지고 완성되
었던 것으로 짐작된다.

이후 17세기 후반의 『현금신증가령玄琴新證假令』(1680)에는 <중대엽>이
1·2·3으로 분화되어 있는데, 이렇게 분화·발전한 <중대엽> 악곡을 바탕으
로 17세기 시조는 그 세력을 점차 넓혀갈 수 있었다. 또한 <중대엽>보다
더 빠른 형태의 악곡인 <삭대엽數大葉>이 이득윤李得胤(1553~1630)의 『현금
동문유기玄琴東文類記』(1620)에 처음으로 등장한 이래 이 역시 여러 파생곡으
로 분화·발전하였으며, 이렇게 발전한 악곡들에 얹혀 시조는 널리 연행될
수 있었다. <중대엽>과 <삭대엽> 악곡의 발전 과정 속에서 17세기 이후
그 영향력을 확장해 간 시조는 18세기에 이르면 전문 가객歌客들에 의해
가집歌集으로 집대성되었고, 바야흐로 문화적 전성기를 맞이하게 된다.

이처럼 시조는 15세기 무렵 왕실의 악장이었던 <만대엽> 악곡과 관련
하여 형성되어 <만대엽>의 파생 악곡들이 민간으로 파급되고 발전하는
과정 속에서 성장해 갔다. 그리고 이렇게 민간에서 융성해진 시조는 19세
기에 다시 왕실로 들어가 악장으로 사용되었다.25) 민간과 왕실의 교섭 속
에서 생장한 점은 향가나 고려가요, 시조가 모두 유사한 점이다. 하지만
시조는 다른 어느 장르보다 시정市井 문화의 발달 속에서 민간 주도로 발
전해 간 양상을 뚜렷이 보여준다.

---

24) <만대엽>은 세조 때 악장을 수록해 놓은 『大樂後譜』와 趙晟(1506~1544)이 편찬했다는
『趙晟譜』 등에 실려 있고 이후 악보들에 꾸준히 등장하는 것으로 보아 15세기 무렵에 형
성된 것으로 보인다. 한편 <중대엽>은 『양금신보』에서 처음 보이는 것으로 보아 그 형성
연대가 16세기 이전으로 올라가지는 않을 것으로 보인다.

25) 신경숙, 『조선후기 시가사와 가곡 연행』, 고려대학교 민족문화연구원, 2011, 89~120면
참조.

1.4. 가사

가사는 시조와 함께 조선시대의 양대 국문시가 장르로 자리한다. 이 역시 시조와 유사하게 16세기경부터 신빙성 있는 작가가 다수 나오기 시작하였는데, 송순宋純(1493~1582)의 <면앙정가俛仰亭歌>, 양사언楊士彦(1517~1584)의 <미인별곡美人別曲>, 허강許橿(1520~1592)의 <서호별곡西湖別曲> 등이 이즈음에 지어졌고, 백광홍白光弘(1522~1556)의 <관서별곡關西別曲> 및 정철鄭澈(1536~1593)의 <관동별곡關東別曲>·<사미인곡思美人曲>·<속미인곡續美人曲> 등 중요한 가사작품들도 연달아 나왔다. 이러한 초기의 가사 작품들이 어떠한 방식으로 연행되었을까 하는 점에 대해서는 서로 다른 추측이 존재한다. 그러나 그 방식들 중 중요한 일부가 가창이었다는 점은 분명한 사실이다. 조선 전기에 가사 장르가 가창된 정황은 다음과 같은 기록들을 통해 살펴볼 수 있다.

> 근세에 우리말로 장가長歌를 짓는 자가 많으니, 그중 송순의 <면앙정가>와 진복창의 <만고가>는 사람의 마음을 조금 흡족하게 한다. <면앙정가>는 … 우리말과 한문을 섞어 써서 지극히 잘 어울렸으니, 진실로 볼 만하고 들을 만하다. 송 공은 평생에 노래를 잘 지었는데, 이는 그중에서도 가장 잘된 것이다. <만고가>는 … 우리말로써 가사를 짓고 곡조를 맞추었으므로, 또한 가히 들을 만하다.[26)](이것은)

> 또한 <서호사> 6결闋이 있는데, 봉래 양사언이 악부에 실어서 3강 8엽 33절로 만들고 <서호별곡>이라고 했다고 한다. 후에 공이 쓸데없는 것은 깎아내어 고치고, 부족한 것은 더하고 보태었으니, 이것은 악부에 실린 것

---

26) 沈守慶, 「遣閑雜錄」, 『大東野乘』: "近世作俚語長歌者多矣, 唯宋純俛仰亭歌, 陳復昌萬古歌, 差愜人意. 俛仰亭歌則 … 雜以文字, 極其宛轉, 眞可關而可聽也. 宋公平生善作歌, 此乃其中之最也. 萬古歌則 … 而以俚語塡詞度曲, 亦可聽也."

과는 다르다.[27]

　최경창이 백광홍의 옛날 기생에게 써 주기를, "금수산의 안개 노을 옛 빛
이 여전하고 / 능라의 방초는 지금도 봄이로다. / 낭군님 떠나신 뒤 소식마
저 끊어지니 / <관서별곡> 한 곡조에 수건 가득 눈물짓네."라고 하였다. 백
광홍이 일찍이 평안평사를 맡고 있다가 세상을 떴다. 그가 지은 <관서별
곡>은 지금까지 전하여져 노래 불린다. 이원의 여러 기생들이 듣고는 문득
눈물을 떨구었기에 이렇게 말한 것이다. "금수연하"와 "능라방초"는 <관서
별곡> 가운데 나오는 말이다.[28]

　조선전기에 가사를 향유한 방식에는 크게 완독緩讀과 가창의 서로 다른
방식이 있었던 것으로 이해된다. 제일 처음에 제시한 인용문은 <면앙정
가> 또한 이러한 두 가지 방식으로 향유되었음을 보여준다. 또 <만고가>
의 경우 "가히 들을 만하다"라고 하여 가창을 통한 향유만을 언급하였는
데, 이 경우 완독보다는 가창 위주로 작품이 향유되었던 양상을 짐작할 수
있다. 한편 뒤의 인용문들에서는 <서호별곡>과 <관서별곡>도 노래로 불
린 정황을 보여준다. <서호별곡>은 악부에 올렸다는 기록이 전하므로, 가
창으로 연행되었다는 점을 알 수 있다. <관서별곡> 또한 평양지방의 기생
들이 즐겨 불렀다는 일화가 남아 있는 것으로 보아 노래로 불린 작품임을
파악할 수 있다. 이 외에도, 가사 장르의 전성기를 가져온 송강 정철의 가
사 작품들에 대한 여러 기록들을 통해서도 가사가 흔히 노래로 불린 장르
였음을 알 수 있다.[29]

---

27) 許穆, <西湖詞跋>, 『先祖詠言』: "又有西湖詞六関, 蓬萊楊使君, 載之樂府, 爲三腔八葉三十三
　　節, 謂之西湖別曲. 後公多刪改增益, 與樂府所載不同".
28) 李睟光, 『芝峯類說』 권13: "贈白光弘舊妓曰: '錦繡烟霞衣舊色, 綾羅芳草至今春. 仙郎去後無
　　消息, 一曲關西淚滿巾.' 白光弘曾任平安評事而卒. 其所製關西別曲, 至今傳唱, 梨園諸妓聞輒下
　　淚故云. 錦繡烟霞綾羅芳草, 乃其曲中語也."

조선 전기에 가사가 얹혀 불린 악곡은 안타깝게도 남아 있는 것이 없다. 하지만 19세기에 발달한 가창가사 작품들의 악곡이 전하여, 노래로 불린 가사의 맥을 짐작하게 한다. 조선 전기 가사의 악곡들은 조선 후기 가창가 사의 악곡들로 어느 정도 이어졌을 것으로 추정된다. 19세기 가창가사의 악곡들이 일정한 악곡 단위인 '마루'의 반복·변주 구조로 되어 있어서 역시 변주 형식인 조선 전기의 강腔·엽葉 구조와 유사성이 있다는 점,30) 그리고 18·9세기에 편찬된 가사집들에서 보여주듯 전기 사대부가사에서 후기 가창가사들로의 레퍼토리 이행이 서서히 진행되었다는 점 등을 통해 볼 때,31) 전기 가사의 문학적·음악적 전통은 단절되지 않고 후기의 가창가 사들로 이어져 온 것으로 볼 수 있다.

지금까지 살펴본 것처럼 향가와 고려가요, 시조와 가사 등 한국 고전시가 장르들은 모두 노래로 향유된 서정 장르들이다. 이것들은 왕실의 악장과 민간의 가요가 상호 교섭하는 가운데 형성되고 발전하였다. 이 같은 한국시가의 가창성과 연행성은 그것이 지닌 형식적·내용적 특성들을 배태한토대가 되었다.

---

29) 관련기록에 대해서는 김진희, 『송강가사의 수용과 맥락』, 새문사, 42~55; 104~105; 31
   3~314면 참조.
30) 마루에 대한 설명은 임재욱, 『가사 문학과 음악』, 보고사, 2013, 142~143면 참조.
31) 18, 9세기에 편찬된 가사집들은 초기에는 사대부가사와 유흥가사를 함께 수록하다가 뒤로
   갈수록 유흥가사와 잡가에 치중하는 면모를 보인다. 초기 가사집의 면모를 보여주는 예로
   『고금가곡古今歌曲』을 들 수 있다. 윤덕진, 「古今歌曲의 장가 체계」, 『고전문학연구』 28,
   한국고전문학회, 2005, 185~212면 참조.

2. 한국시가의 형식과 장르

2.1. 형식론

한국 고전시가의 형식에 대한 논의는 율격론을 중심으로 이루어졌는데, 그중에서도 시조 장르를 둘러싼 논의가 활발히 전개되었다. 시조의 율격에 대한 논의는 20세기 초반 국문학자들에 의해 시작되었으며, 이때 파악된 시조의 율격은 음수율音數律이었다.[32] 그러나 시조는 음절수가 고정되어 있지 않기에 음수율 논의는 이후 비판과 극복의 대상이 되었고, 그리하여 20세기 중반의 여러 실험을 거쳐 20세기 후반에 들어서는 주로 음보율音步律을 통하여 한국시가의 율격은 이해되게 되었다. 음보율은 음수율에 비해 고정적인 율격 체계를 보여준다는 점에서 한국시가 율격의 중요한 이론이 되었다.[33] 하지만 이 역시 적지 않은 이론상의 난점을 지니고 있어서, 다시 음수율의 입장에서 이에 대한 반론을 제기하는 경우도 나오고 있다.[34] 이처럼 시조를 포함한 한국시가의 율격에 대한 논의는 여전히 음수

---

32) 이병기, 「時調와 그 연구」, 『학생』, 1928.9; 이광수, 「時調의 自然律」, 『동아일보』, 1928.11. 2~8; 조윤제, 「時調字數考」, 『신흥』 4, 1930; 조윤제, 『한국시가의 연구』, 을유문화사, 1948; 안확, 『時調詩學』, 조광사, 1940.

33) 정병욱, 「古詩歌 韻律論 序說」, 『최현배 선생 화갑기념 논문집』, 1954; 이능우, 「字數考 代案」, 『서울대논문집』 10, 1958; 김석연, 「時調 韻律의 科學的 硏究」, 『아세아연구』 32, 고려대학교 아세아문제연구소, 1968; 황희영, 『韻律硏究』, 동아문화비교연구소, 1969; 정광, 「韓國 詩歌의 韻律 硏究 試論」, 『응용언어학』 7권 2호, 서울대학교 어학연구소, 1975; 김흥규, 「평시조 종장의 律格·統辭的 定型과 그 기능」, 『어문론집』 19·20 합집, 고려대학교, 1977; 김흥규, 『한국문학의 이해』, 문학과지성사, 1984; 김대행, 『韓國詩歌構造硏究』, 삼영사, 1976; 김대행, 『시조유형론』, 이화여자대학교 출판부, 1986; 조동일, 「시조의 율격과 변형규칙」, 『국어국문학연구』 18, 영남대학교 국어국문학과, 1978; 조동일, 『한국시가의 전통과 율격』, 한길사, 1982; 조동일, 『한국민요의 전통과 시가율격』, 지식산업사, 1996; 성기옥, 『한국시가 율격의 이론』, 새문사, 1986. 정병욱(1954)과 김흥규(1977)의 논문은 김대행, 『韻律』, 문학과지성사, 1984에 재수록된 것을 참조하였다.

34) 조창환, 『韓國現代詩의 韻律論的 硏究』, 일지사, 1986; 오세영, 「한국시가 율격재론」, 『한국

율과 음보율 논의 사이의 어디쯤에 있다.

이처럼 한국시가의 율격 논의가 난항에 부딪히게 된 까닭은 노래로 불린다는 연행적 특성과 관련하여 생각해 볼 수 있다. 노랫말이었던 한국의 시가 장르들은 엄정한 율격 규범을 준수하는 쪽으로 발전하기보다는 악곡과의 조화를 이루는 선에서 어느 정도는 자유로운 리듬 구조를 형성할 수 있었다. 악곡을 통해 일정한 리듬이 보장되기에, 규칙적인 율격 단위를 통해 정형성을 실현해야 한다는 고전 정형시의 일반적인 요구로부터 한국의 시가 장르들은 보다 자유로울 수 있었던 것이다. 그 결과, 구句나 행行의 길이는 일정 정도 신축성이 보장되었고, 이를 통해 자유시와 같은 '의미의 리듬'을 만들어 내기도 하였다. 따라서 한국시가의 리듬 형식에 대한 논의는 엄정한 율격 규칙을 발견하는 데 치중하기보다는 노랫말로서의 보다 유연한 리듬 형식을 밝히는 데 주안점을 둘 필요가 있다. 이러한 관점에서 이 책에서는 고려가요와 시조 등 한국시가 장르가 지닌 율격과 리듬을 살펴볼 것이다.

2.2. 장르론

율격론이 시가의 형식과 관련한 논의라면, 장르론은 그 내용과 관련한 논의가 될 수 있다. 장르에 대한 논의는 단순한 분류 차원을 넘어서, 철학,

근대문학론과 근대시』, 민음사, 1996; 김정화, 「韓國 詩 律格의 類型」, 『어문학』 82, 2003; 한수영, 「현대시의 운율 연구방법에 대한 검토」, 『한국시학연구』 14, 2005. 한편, 다음의 논의들은 한국시가 음보율의 문제와 한국시가에 내재된 음수율적 특성을 함께 지적하면서도, 음보율과 음수율 중 어느 한 쪽을 편들기보다는 음보의 존재와 음절수의 중요성을 모두 인정하고자 하였다. 성호경, 『한국시가의 형식』, 새문사, 1999, 40~54면; 고정희, 「고전시가 율격의 교육 내용 연구」, 『국어교육연구』 29, 서울대학교 국어교육연구소, 2012, 415~447면.

심리학 등 인접학문의 성과를 원용하며 문학의 존재양상을 검토하는 중요
한 방법론으로 자리하고 있기 때문이다.

한국문학의 장르체계에 대한 초창기의 논의는 운문/산문 이분법의 형
태론적 모형35)에 의해 진행되었으나, 장덕순에 의해 양식론이 도입된 이
후, 현재까지의 많은 장르 논의들이 이에 입각하고 있다. 장덕순은 초기
형태론자들이 받아들였던 브륀티에르Brunetière(1849~1906)의 생물학적 장르
개념을 받아들이기를 거부하고, 문학의 종류는 "인간의 정신이 문화적 생
활을 형성하여 나아가는 방식"36)인 양식樣式(style)으로써 파악하는 것이 적
합하다고 주장했다. 이어 그는 서사적敍事的 양식, 서정적抒情的 양식, 극적劇
的 양식을 "내용적인 방면에서 분류하는 보편적 양식"37)이라고 하고 이에
따라 한국문학을 분류하였다. 이러한 장덕순의 양식 개념은 헤겔Hegel(177
0~1831)을 비롯한 18세기 독일 관념론자들에서 비롯한 것인데, 이후 조동
일이 장르를 '유개념類槪念(Gattung)'과 '종개념種槪念(Art)'으로 구분하면서38)
장덕순의 '양식'은 '장르류'라는 말로 더 널리 통용되었다. 한편 조동일은
장덕순이 소개한 '서정·서사·극'의 삼분법에 '교술'이란 장르를 추가하고,
이에 가사와 경기체가 등을 포함시키며 '서정·서사·극·교술'의 4분법적
장르론을 발전시켰다.39)

장르종, 장르류 등의 용어를 이해하기 위해서는 서구 문예학에서 전개

35) 이병기, 『국문학개론』, 일지사, 1961, 5~6면;, 김기동, 『국문학개론』, 태학사, 1981, 38면;
    김준영, 『국문학개론』, 형설출판사, 1966, 11~13면; 이능우, 『입문을 위한 국문학개론』, 국
    어국문학회, 1954, 116~120면 등에서는 개별 장르들을 형태에 따라 시가/산문으로 양분
    하였다.
36) 장덕순, 『국문학통론』, 신구문화사, 1930, 31면.
37) 위의 책, 35면.
38) 조동일, 「판소리의 장르 규정」, 『어문논집』 1, 계명대학교 국어국문학과, 1969, 2~3면.
39) 조동일, 「가사의 장르 규정」, 『어문학』 21, 한국어문학회, 1969, 73면.

된 장르론에 대한 이해가 필요하다. 서구 장르이론의 연원은 플라톤Platon (B.C.428?~B.C.347?)의 『국가』에까지 소급된다. 여기에서 제시한 시의 세 가지 형식은 '순수히 서술적인 것', '순수히 모방적인 것', 그리고 '혼합적인 것'이다.40) 뒤이어 아리스토텔레스Aristoteles(B.C.384~B.C.322)는 이러한 세 가지 양식 중 '순수히 서술적인 것'을 제외하고 '서술적인 것'과 '극적인 것' 두 가지로 문학 양식을 양분하였다.

　고대 그리스의 장르론이 서술과 대화라는 언어적 특성에 따른 구조론적인 것이었다면, 후대의 장르론은 서정시의 영역을 첨가하면서 문학의 내용과 관련한 표현론적이고 모방론적인 성격을 띠게 된다.41) 이로써 '서정·서사·극'이라는 잘 알려진 삼분법 체계가 이루어졌다. 휠덜린Hölderlin (1770~1843), 셸링Schelling(1775~1854), 헤겔 등 낭만주의 시대의 독일 학자들은 서정시를 감정을 표현하는 장르로서 인식했고, 심리적이고 실존적인 견지에서 '서정·서사·극'의 삼분 체계를 재정립하였다. 이로써 삼대 장르 체계는 주관, 객관, 그리고 이 둘의 변증법적 종합이라는 의미를 가지게 되었다.

　삼대 장르에 대한 이해는 이처럼 플라톤과 아리스토텔레스의 구조론적

---

40) Platon, Politeia, 박종현 역, 『국가·정체』, 서광사, 1997, 203면. 플라톤과 아리스토텔레스의 장르론에 대해서는 제라르 쥬네트의 「원텍스트 서설」, 김현 편, 『쟝르의 이론』, 문학과지성사, 1987, 59면 참조.

41) 헤르나디는 서구의 장르이론들을 에이브람즈의 네 가지 문학관에 입각하여 분류하였다. 즉, 장르이론들은 작자, 독자, 언어매체, 혹은 환기된 세계 중 무엇을 기준으로 하느냐에 따라 각각 표현론적 방침, 효용론적 방침, 구조론적 방침, 모방론적 방침으로 나누어진다는 것이다. 이 중 표현론적 방침은 작품과 작가 사이의 관계를 강조하여 작가들 사이의 유사성을 작품들 사이의 유사성의 원인으로 삼으며, 효용론적 방침은 독자의 마음에 끼치는 작품의 효과와 관련하여 작품들 사이의 유사성을 밝히고자 한다. 그리고 구조론적 방침은 문학작품들의 언어가 어떤 세계의 미적 현상을 환기하는 방법들 사이의 유사성에 초점을 두고, 모방론적 방침은 서로 다른 문학작품들이 환기하는 세계들 사이의 유사성에 초점을 둔다. Paul Hernadi, 『장르론』, 김준오 역, 문장, 1983, 18면 참조.

이론을 표현론적·모방론적으로 변용한 독일 낭만주의자들의 전통에 입각
해 있다. 이러한 삼대 장르 이론은 전범적典範的인 성격이 강한데, 현대에
들어서는 플레밍W. Flemming, 자이들러H. Seidler, 루트코프스키W. Ruttkovski
등이 이 같은 삼분법의 규칙을 깨트리고 교훈적didactic 장르를 새롭게 설
정하였다.42) 또, 프라이Frye(1912~1991)와 헤르나디Hernadi(1936~)는 플라톤과
아리스토텔레스의 구조론적 견해를 받아들이되, 행동의 재현이 아니라 주
제의 제시로 된 장르로서 '주제적 양식'을 새로이 설정하였다.43)

서양의 장르론에 내재된 구조론적, 표현론적, 모방론적 특성들은 한국
시가의 장르 논의에서도 나타난다. 초기에는 대체로 자아와 세계의 관계
를 중심으로 한 표현론적, 모방론적 장르 이해가 주를 이루었다면, 이후에
는 문학작품의 제시방식에 따른 구조론적 시각에서 장르를 이해하는 경향
도 보인다.

그런데 향가와 고려가요, 가사나 시조와 같은 역사적 장르44)를 서정·서
사·극 등의 양식체계와 연관하여 설명함에 있어 중시해야 할 것은 단순한
분류 차원의 문제라기보다는, 양식적 성격을 통해 역사적 장르의 본질을
규명하는 일이라고 여겨진다. 사실 서정·서사·극과 같은 큰 장르와 시조·

---

42) 헤르나디, 앞의 책, 49~53면 참조.

43) 프라이와 헤르나디를 비롯한 구조론적 장르론자들에게 있어서 서정은 행위의 재현
인 서사나 극과 대립되는 주제적 양식으로서의 위상을 지닌다. 프라이는 문학의 양식
을 서사적 양식과 주제적 양식으로 가른 뒤, 서사적 양식에는 소설과 극을, 주제적 양식에
는 에세이와 서정시를 귀속시켰다. 한편, 헤르나디는 '행동'과 '주제'라는 양 극점을 설정
하고 이에 따라 극적, 서사적, 서정적, 주제적 양식의 네 가지로 문학적 양식을 분류했다.
Northrop Frye, 『비평의 해부』, 임철규 역, 한길사, 2000, 132~133면; 헤르나디, 앞의 책,
197~199면 참조.

44) 토도로프는 장르를 '역사적 장르'와 '이론적 장르'로 나눈 바 있다. 역사적 장르는 문학적
현상들을 관찰한 것으로부터 얻어진 결과이고, 이론적 장르는 어떠한 문학의 이론에서 연
역된 것이다. Tzvetan Todorov, *The Fantastic*, Ithaca : Cornell University Press, 1975,
p.21.

가사 등 작은 장르 사이의 관계는 생물학의 종種, 류類와 같은 명확한 포함 관계가 아니다. 서정·서사·극 등의 큰 장르는 연역적 이론에 의해 산출된 것이고, 시조나 가사와 같은 작은 장르들은 경험적 관찰에 의해 설정된 것이기 때문에, 작은 장르들은 하나의 큰 장르에 명백히 속하기보다는 여러 개의 큰 장르적 속성들을 공유하고 있기가 쉽다. 그러므로 작은 장르에 대한 큰 장르의 관련성은 상대적인 것일 뿐, 작은 장르가 항상 하나의 큰 장르에만 국한되는 것은 아니다.45)

이 같은 관점에서 슈타이거Staiger(1908~1987)는 큰 장르를 유개념으로 설정하여 이에 작은 장르들을 포함시키는 방법에 회의를 느끼고, 큰 장르를 일종의 속성으로서 파악하고자 하였다. 그는 서사시·극시와 같은 용어를 포기하고, 서정적·서사적·극적과 같은 형용사적 용어를 사용하여 서정적 양식, 서사적 양식, 극적 양식 등 각 양식의 '이상적인 의미'를 파악하고자 하였다.46) 이와 관련하여 성기옥은 국문학의 장르론에서 장르류와 장르종의 일원적 체계를 세우는 것을 거부하고, 이른바 장르종에 대한 논의와 장르류에 대한 논의를 각각 '장르론'과 '양식론'으로 분화시키자고 주장한 바 있다.47)

개별 작품의 분류를 목적으로 하는 장르론은 문학사의 체계적 이해를 위해 물론 필요하다.48) 하지만 장르론은 그러한 분류론적 목적뿐 아니라

---

45) 프라이는 모든 문학작품에서는 서사적인 면과 주제적인 면이 함께 있으며, 어느 쪽이 중요한가의 물음은 해석에서의 관점이나 강조의 차이에 불과한 것이라고 하였다. Northrop Frye, 앞의 책, 133면 참조. 헤르나디 또한 각 문학작품에는 모든 양식적 특성들이 공존함을 말하였다. Paul Hernadi, 앞의 책, 197면 참조.
46) Emile Staiger, 『시학의 근본개념』, 이유영·오현일(공역), 삼중당, 1978, 11~13면 참조.
47) 성기옥, 「국문학 연구의 방향과 과제」, 『이화어문론집』 12, 1992, 521~523면.
48) 김흥규와 김학성 등은 분류의 도그마를 피하면서도 역사적 장르의 체계적 분류를 목적으로 하는 장르론을 이론화하기 위해 노력하였다. 김흥규는 '중간 혼합적 갈래들'을 새롭게 설정하여, 장르를 일정한 양식에 포함시키고자 한 그간의 장르론을 지양하고, 한 장르에

역사적 장르와 작품의 문학성을 밝히는 데도 중요한 도구가 될 수 있다. 이 책에서 장르론을 원용하는 방식 또한 전자보다는 후자 쪽이다. 그것은 역사적 장르와 작품을 큰 장르에 귀속시키는 데 주안점을 두기보다는, 역사적 장르와 작품에 내재된 여러 양식적 속성을 밝히는 데 더 관심을 둔다. 다시 말해 연역적 체계로서의 '장르'보다는 문학적 속성으로서의 '장르성'을 이 책에서는 다루고자 한다. 이 역시 앞서 서술한 한국 고전시가의 연행성과 관련하여 검토될 것임은 물론이다.

여러 양식적 특성이 다양하게 나타날 수 있음을 보였다. 김흥규, 『한국문학의 이해』, 민음사, 1986, 31~35면. 또, 김학성은 문학 양식을 '형식'과 '정신'의 두 가지 기준에 의하여 12가지로 세분하여 보다 정밀한 분석을 시도하기도 하였다. 김학성, 「가사의 장르성격 재론」, 『백영 정병욱선생 환갑기념논총』, 신구문화사, 1982, 330면.

제2부
한국시가의 형식

한국시가의 전통과 고려가요[*]

1. 들어가며

<가시리>는 고려속요高麗俗謠 중 가장 널리 알려진 작품 중 하나이다. 양주동의 평설[1] 이래 이 작품은 군더더기 없는 정제된 시형을 통해 함축적 정서를 표현한 이별시의 수작秀作으로 애호되어 왔다. 그런데 감상행위와 분석행위는 같지 않아서, <가시리>는 고려속요 중 가장 애호된 동시에 가장 덜 분석된 작품이라 할 수 있다. 이 작품은 대체로 분석적이기보다는 직관적으로 이해되어 온 것이다. 시는 그 본질상 한 마디로 설명하기 어려운 것이므로 직관적 이해는 시를 읽는 정당한 방편이라 할 수도 있다. 그러나 문학 연구자의 입장에서 이 작품의 아름다움이 어떤 요소에 기인하는 것인지에 대해 비평적 의문을 갖는 것은 당연한 일이다. 앞서 언급한 양주동의 평설 이후 이 작품에 대한 분석은 그다지 이루어지지 않았기 때

* 이 글은 「한국시가의 전통과 고려가요 - 한국시가의 전통과 <가시리>」(『열상고전연구』 44, 열상고전연구회, 2015)를 부분 수정한 것이다.
1) 양주동, 『麗謠箋注』, 1971, 을유문화사, 424~427면.

문이다.[2]

그런데 이 짧은 서정시가 지닌 미적 특성을 어떻게 '분석'할 수 있을까? 구조주의적 방식을 취하기엔 작품의 구조가 너무 단순하고, 신비평적 방법을 원용하기엔 별 공교로운 문학적 장치도 없어 보인다. 섣불리 만지다간 부서져 버릴 듯 작고 여린 꽃 같은 이 작품을 어디서부터 자세히 살펴볼 수 있을까?

개체가 처한 환경을 아는 것이 개체를 이해하는 한 방법이 될 수 있듯이, 이 글에서는 <가시리>라는 작품이 놓인 한국시가의 토양을 살핌으로써 이 짧은 시가에 좀 더 가까이 다가가 보고자 한다. <가시리>를 한국시가의 전통과 관련하여 보는 것은 물론 새로운 일이 아니다. 이미 고대의 <공무도하가公無渡河歌>로부터 고려속요인 <서경별곡西京別曲>, 조선의 황진이 시조, 근대의 김소월과 한용운의 시편에 이르기까지, <가시리>는 한국시가의 통시적 흐름 속에서 전형성을 지닌 시가로서 이해되었다. 그러나 이 글에서는 이러한 작품들 간의 현상적인 비교에 머물지 않고, 현상의 본질과 그 원인에 대해 좀 더 깊이 살펴보고자 한다. 이를 위해 고대가요, 향가, 고려가요로 이어지는 한국시가의 전통 내에서 <가시리>가 공유하는 구조적·율적律的 특성들에 대해 분석하고, 이러한 특성들이 발현될 수 있었던 외적 맥락으로서 의식성儀式性·연행성演行性을 고찰할 것이다. 이러한 논의를 통해 한국시가의 전통 내에 <가시리>가 어떠한 양태로 위치하며 그 문학적 토양에 걸맞은 향기를 피워내고 있는지 살펴보려 한다.

---

2) <가시리>에 대한 개별 논의는 드문 편인데, 다음을 참고할 수 있다. 정혜원, 「가시리 소고」, 『한국고전시가작품론』 1, 집문당, 1993; 윤성현, 『속요의 아름다움』, 태학사, 2007, 89~97면. 정혜원은 배경설화와 형성 과정 등 쟁점을 정리하였다. 윤성현의 논의는 평설에 가까운데, 이별의 슬픔을 절제하여 표현하며 불교적 사상을 내재하고 있는 것에 <가시리>의 특성이 있다고 보았다.

2. 결핍과 기원祈願의 시화詩化

고대가요에서, 향가, 고려가요로 이어지는 한국시가의 전통에서 눈에 띄는 것 중 하나는 '소중한 것의 결핍'이라는 문제를 제시하며 시작하고, 이의 해결에 대한 간절한 기원으로 끝나는 작품의 내적 구조이다. 있어야 할 것의 없음, 결핍의 상황은 고대가요와 향가에서 다음처럼 제시된다.

公無渡河   님이여 그 물을 건너지 마오
公竟渡河   님은 그예 건너시고 말았네
                              ─<公無渡河歌>, 『古今注』

생사로ᄂᆞᆫ
예 이샤매 저히고
나ᄂᆞᆫ 가ᄂᆞ다 말ㅅ도
몯 다 니르고 가ᄂᆞ닛고3)

                              ─<祭亡妹歌>, 『三國遺事』

간 봄 그리매
모ᄃᆞᆫ것ᅀᆞ 우리 시름4)

                              ─<慕竹旨郎歌>, 『三國遺事』

<공무도하가>는 님이 사지死地로 나아가는 현장에서 시적 화자가 외치는 비명과도 같은 한 마디로 시작된다. 그리고는 곧바로 돌이킬 수 없는 님의 죽음이 서술된다. <제망매가> 또한 누이의 죽음에 처한 시적 화자의

---

3) 향가의 해독은 양주동, 『古歌研究』(일조각, 1965)에 의거하였다. 원문은 다음과 같다. "生死 路隱 / 此矣有阿米次肹伊遣 / 吾隱去內如辭叱都 / 毛如云遣去內尼叱古".
4) "去隱春皆理米 / 毛冬居叱沙哭屋尸以憂音".

절규로 시작된다. <모죽지랑가>의 첫 구절에서는 봄으로 상징되는, 삶과
사랑의 시간이 사라져 가는 것에 대해 탄식한다. 결핍의 상황에서 비롯하
는 이 같은 절규와 탄식은 다음에서 보듯이 고려속요에서도 낯설지 않다.

> 正月ㅅ 나릿므른 아으
> 어저 녹져 ᄒ논ᄃᆡ
> 누릿 가온ᄃᆡ 나곤
> 몸하 ᄒ올로 녈셔
> 아으 動動다리
>
> ─<動動>, 『樂學軌範』

> 비오다가 개야아 눈 하 디신 나래
> 서린석석사리 조ᄇᆞᆫ 곱도신 길헤
> 다롱디우셔마득사리마득너즈세너우지
> 잠 ᄯᅡ간 내니믈 너겨깃ᄃᆞᆫ
> 열명길헤 자라 오리잇가
>
> ─<履霜曲>, 『樂章歌詞』

> 西京(셔경)이 셔울히마르는
> 닷곤ᄃᆡ 쇼셩경 고외마른
> 여희므론 질삼뵈 ᄇᆞ리시고
> 괴시란ᄃᆡ 우러곰 좃니노이다
>
> ─<西京別曲>,[5] 『樂章歌詞』

> 어름우희 댓닙자리 보와 님과 나와 어러주글만뎡
> 어름우희 댓닙자리 보와 님과 나와 어러주글만뎡

---

5) <서경별곡>에는 각 행마다 '아즐가'라는 中斂과 '위두어렁셩두어렁셩다링디리'라는 後斂이
  들어 있어서 斂이 긴 편이다. 편의상 이러한 斂을 빼고 텍스트를 제시했다.

情(정) 둔 오ᄂᆞᆳ범 더듸 새오시라 더듸 새오시라

　　　　　　　　　　　—<滿殿春別詞>, 『樂章歌詞』

위는 고려속요 각 작품에서 본사가 시작하는 부분들이다. 이들은 한결같이 결핍의 순간에 대한 영탄의 형태를 띠고 있다. <동동>에서는 소외된 시적화자가 냇물이라는 조화로움의 상징과 자신을 대립시키며 고독을 탄식하고, <이상곡>에서 또한 열명길에 비유될 만큼 깊은 소외의 상황을 한탄한다. 그런가하면 <서경별곡>과 <만전춘별사>에서는 이별의 순간에 처한 시적화자가 내지르는 거부의 외침을 들을 수 있다. <서경별곡>의 화자는 생업을 팽개치고서라도 님을 좇겠다 하며, <만전춘별사>의 화자는 죽음을 불사하고서라도 님과 이별하지 않겠노라 외친다. 한편, 이러한 외침은 이 글의 주된 논의 대상인 <가시리>에서도 다르지 않다.

　　가시리 가시리잇고 나ᄂᆞᆫ
　　ᄇᆞ리고 가시리잇고 나ᄂᆞᆫ

<가시리>는 외마디 비명처럼 시작된다. <공무도하가>에서 그랬던 것처럼 별다른 수사나 비유도 없이, 결핍의 순간에 무방비로 처한 시적 화자가 내지르는 단순한 외침으로 <가시리>는 시작한다. <동동>과 <서경별곡>의 대조법이나, <이상곡>과 <만전춘별사>의 과장법도 이별의 고통을 절절하게 드러내지만, <가시리>의 단순한 반복적 외침 또한 그 나름의 효과를 발휘한다. 기가 막히는 짧은 순간, 말할 수 없는 고통의 감정을 나타내기에 이 단순한 영탄만큼 어울리는 것은 없다는 느낌을 주는 것이다.

　결핍이라는 문제가 던져진 이후 한국시가에서 그려지는 것은 흔히 그러한 결핍의 상황을 벗어나고자 하는 희구이다. 이때의 기원은 위협과 같은

주술적 담론으로 나타나기도 하지만,[6] 다음에서 보는 것처럼 간절하고 순연한 바람의 형태로 나타나는 경우가 많다.

> 아으 彌陀刹애 맛보올 내
> 道 닷가 기드리고다[7]
>
> ― <제망매가>

> 郎이여 그릴 ᄆᅀᆞᄆᆡ 녀올 길
> 다봊ᄆᆞᄉᆞᆯ히 잘 밤 이시리[8]
>
> ― <모죽지랑가>

> 아으 잣ㅅ가지 노파
> 서리 몯누올 花判이여[9]
>
> ― <찬기파랑가>

위에 인용한 부분들은 향가 중에서도 강한 서정성을 보유한 작품들로 알려진 <제망매가>, <모죽지랑가>, <찬기파랑가>의 마지막 구절들이다. <제망매가>는 생사生死의 무상함을 종교적으로 극복하고자 하는 기원으로 끝난다. <모죽지랑가>에서는 "랑郎이여 그리는 마음이 가는 길 / 다북쑥 우거진 마을에 잘 밤이 있으리까"라고 하여 자신의 생을 던지고 님과의

---

6) <龜旨歌>, <禱千手觀音歌>, <願往生歌> 등의 경우가 그러하다. <구지가> : "내놓지 않으면 / 구워먹으리(若不現也 / 燔灼而喫也)"; <원왕생가> : "아으 이몸 기텨 두고 / 四十八大願 일고살가(阿邪此身遺也置遺 / 四十八大願成遣賜去)"; <도천수관음가> : "날란 기티샬ᄃᆞᆫ / 어듸 ᄡᅳᆯ 자비의 불휘고(阿邪也 吾良遺知攴賜尸等焉 / 放冬矣用屋尸慈悲也根古)". 윤영옥은 <원왕생가>의 결말이 '威嚇的'이라고 본 바 있다. 윤영옥, 『신라가요의 연구』, 형설출판사, 1980, 95면.

7) "阿也彌陀刹良逢乎吾 / 道修良待是古如".

8) "郎也慕理尸心未行乎尸道尸 / 蓬次叱巷中宿尸夜音有叱下是".

9) "阿耶栢史叱枝次高支好 / 雪是毛冬乃乎尸花判也".

재회를 간절히 희구하는 시적 화자의 모습이 그려진다. <찬기파랑가>에서
또한 '눈도 덮어 버리지 못할 잣가지의 드높음'으로 기파랑의 정신적 고결
함을 상징화함으로써, 부재하는 님을 상상 속에서 현전하게 하며 영원한
상징으로 거듭난 님을 찬양한다. 이들 시가에서 초두에 제시된 결핍의 상
황은 이처럼 종교적, 혹은 서정적 상상력을 통해 재회의 시간, 영원성의
시간으로 고양된다.

고려속요에서도 초반에 제시된 결핍의 상황을 지양하는 시적 결말을 흔
히 보게 된다. 앞서 예로 든 고려속요 작품들에는 결핍의 상황을 벗어나고
자 하는 기원이 한결같이 서술되어 있다. 그러나 <서경별곡>이나 <동동>
과 같은 경우에는 그러한 기원이 작품의 결말에서 궁극적으로 제시되지는
못하고, 작품이 진행되는 과정에서 잠시 나오는 데 그친다. <서경별곡>의
경우에는 영원한 사랑을 다짐하는 일명 '구슬장'이 작품 중반에 나오고,
<동동>의 경우에는 백중 행사와 관련된 7월장 등에서 기원의 내용을 볼
수 있다.[10] 이들과 달리 <만전춘별사>와 <이상곡>에서는 님과의 합일에
대한 기원이 결말부에서 제시된다. 이러한 형태는 또 다른 고려속요인
<정과정>에서도 볼 수 있는데, 이들의 예를 보면 다음과 같다.

아소님하 遠代平生(원딕평싱)애 여힐술 모ᄅ옵새
　　　　　　　　　　　　　　　　　　　　　　－ <만전춘별사>

아소님하 흔딕 녀졋 期約(긔약)이이다
　　　　　　　　　　　　　　　　　　　　－ <이상곡>

---

10) <서경별곡> : "구스리 바회예 디신ᄃᆞᆯ / 긴히ᄯᆞᆫ 그츠리잇가 / 즈믄ᄒᆡ를 외오곰 녀신ᄃᆞᆯ /
　信(신)잇ᄃᆞᆫ 그즈리잇가". <동동> : "七月ㅅ 보로매 아으 / 百種排 ᄒᆞ야두고 / 니믈 흔딕 녀
　가져 / 願을 비ᅀᆞᆸ노이다 / 아으 動動다리".

아소님하 도람드르샤 괴오쇼셔

— <鄭瓜亭>, 『樂學軌範』

이 작품들의 결구는 모두 '아소님하'라는 감탄어로 시작하면서 님과의
합일을 기원하는 내용을 담고 있다. 한편, <가시리> 또한 다음에서 보는
것처럼 결구에 기원의 내용을 담고 있다는 점에서 이들 작품과 유사하다.

셜온님 보내옵노니 나는
가시는듯 도셔오쇼셔 나는

결핍의 문제를 제시하는 것으로 시작해서 기원의 결말로 끝난다는 점에
서 <가시리>는 향가인 <제망매가>·<모죽지랑가>·<찬기파랑가>와 고려가
요인 <만전춘별사>·<이상곡>·<정과정> 등과 유사하다. 한편, 이들 작품이
서로 다른 점은 서두에서 결말로 가는 과정이다. 향가의 경우 결말의 비약
이 종교적·서정적인 인식을 통해 가능했다면, 고려가요의 경우에는 감정
의 증폭 및 현실적 인식을 통해 이것이 이루어지는 것으로 보인다.
   <만전춘별사>와 <정과정>에서는 감정의 증폭에 주력하는데, 작품 전편
을 들어 이를 살펴보기로 한다.[11]

만전춘별사	정과정
어름우희 댓닙자리 보와 님과 나와 어러주글만뎡 어름우희 댓닙자리 보와 님과 나와 어러주글만뎡 情(정) 둔 오눐범 더듸 새오시라 더듸 새오시라	내님을 그리ᅀᆞ와 우니다니 山졉동새 난 이슷 ᄒᆞ요이다 아니시며 거츠르신돌 아으 殘月曉星이 아르시리이다

---

11) 여기서부터 제시하는 <만전춘별사>, <정과정>, <이상곡>, <가시리>의 연 구분은 악곡단위
    의 구분과 일치한다.

耿耿孤枕上(경경고침샹)애 어느 ᄌ미 오리오
西窓(셔창)을 여러ᄒ니 桃花(도화)ㅣ 發(발)ᄒ두다
桃花(도화)ᄂ 시름업서 笑春風(쇼츈풍)하ᄂ다 笑春風
(쇼츈풍)ᄒᄂ다

넉시라도 님을 ᄒ듸 녀닛景(경) 너기다니
넉시라도 님을 한듸 녀닛景(경) 너기다니
벼기더시니 뉘러시니잇가 뉘러시니잇가

올하 올하 아련 비올하
여흘란 어듸 두고 소해 자라온다
소콧 얼면 여흘도 됴ᄒ니 여흘도 됴ᄒ니

南山(남산)애 자리 보와 玉山(옥산)을 벼여누어
錦繡山(금슈산) 니블 안해 麝香(샤향)각시를 아나누어
南山(남산)애 자리 보와 玉山(옥산)을 벼어누어
錦繡山(금슈산) 니블 안해 麝香(샤향)각시를 아나누어
藥(약)든 가슴을 맛초ᅌᆞᆸ사이다 맛초ᅌᆞᆸ사이다

아소님하 遠代平生(원듸평싱)애 여힐ᄉᆞᆯ 모ᄅᆞᆸ새

넉시라도 님은 ᄒ듸 녀져라 아으
벼기더시니 뉘러시니잇가

過도 허믈도 千萬 업소이다
믈힛마리신뎌
슬읏븐뎌 아으
니미 나를 ᄒ마 니ᄌ시니잇가

아소님하 도람드르샤 괴오쇼셔

위에 제시한 <만전춘별사>와 <정과정>은 두 종류의 감정을 교체·증폭
하면서 시상을 전개하는 방식이 유사하다. <만전춘별사>에서는 1·3·5연이
유사한 형태로 되어 있으면서 님과 하나가 되고 싶은 마음을 열정적으로
호소한다. 5연에서는 상상적 합일의 순간을 화려하게 묘사할 만큼 소망의
크기가 증대되어 있다. 반면, 행의 반복이 없고 비교적 짧은 가사로 되어
있는 2·4연에서는 외롭고 쓸쓸한 정서를 표현한다. 이렇게 <만전춘별사>
에서는 정열과 외로움의 두 가지 정서가 교차·증폭한다. 한편, <정과정>에
서는 님과 함께 하고 싶은 마음(1연의 1·2행, 2연)과 참소의 억울함(1연의
3·4행, 3연)이 번갈아 제시되며 심화된다. 이렇게 증폭된 감정 속에서 두
작품은 마지막 발화에 이른다. 이처럼, 님과 함께 하고자 하는 열정을 복
합적 감정 속에서 키워나가며 마지막의 간절한 서원에 이른다는 점에서

두 작품은 구조상의 유사성이 있다. 이는 논리적이라기보다는 감정적인 구조라 할 수 있을 듯하다. 특히 <만전춘별사>의 경우, 정서가 다소 산만하게 제시되는 양상을 보여 구조적 긴밀성이 떨어지는 작품으로 평가되기도 하였는데, 이는 <만전춘별사>가 지닌 '감정적 구조' 때문이라 할 수 있겠다.

한편, <이상곡>과 <가시리>는 정서의 증폭을 보여주는 동시에 일종의 현실논리에 기반한 인식의 전환 과정을 제시한다. 두 작품의 전편을 비교해 보면 다음과 같다.

이상곡	가시리[12]
비오다가 개야아 눈 하 디신 나래 서린석석사리 조븐 곱도신 길헤 다롱디우셔마득사리마득너즈세너우지 잠 싸간 내니믈 너겨깃돈 열명길헤 자라 오리잇가	가시리 가시리잇고 나는 ᄇ리고 가시리잇고 나는 날러는 엇디 살라ᄒ고 ᄇ리고 가시리잇고 나는
종종 霹靂(벽력) 生陷墮無間(싱함타무간) 고대셔 싀여 딜 내 모미 종 霹靂(벽력) 아 生陷墮無間(싱함타무간) 고대셔 싀여 딜 내 모미 내님 두숩고 년뫼룰 거로리	잡ᄉ와 두어리마ᄂᆞᆫ 선ᄒ면 아니 올셰라 셜온 님 보내ᅌᅩ노니 나는 가시ᄂᆞᆫ듯 도셔오쇼셔 나는
이러쳐 뎌러쳐 이러쳐 뎌러쳐 期約(긔약)이잇가 아소님하 한ᄃᆡ 녀졋 期約(긔약)이이다	

<이상곡>의 1·2연은 상황에 대한 절박한 감정이 점점 깊어지는 모습을 보여준다. 비, 눈, 서리가 겹친 온갖 악천후에 고립된 시적 화자가 처한

'좁은 길'은 '열명길'로, 그리고 다시 '무간지옥無間地獄'으로 표현되며 화자
의 극한적 심정을 드러낸다. 그런데 이러한 정서의 증폭은 2연의 마지막
부분에서 인식의 전환으로 이어진다. 생에 대한 절박한 인식이 다른 생의
선택 불가능성에 대한 인식으로 전환되는 것이다. 이러한 인식의 전환은
역설적인 측면이 있다. 님은 오지 않으리라는 절망이 님과의 재회를 희구
하는 강한 의지로 변했기 때문이다. 절망이 화자의 생을 너무 소진시킨 나
머지 화자는 더 이상 달리 재생할 기력이 없다. 그렇게 극한에 몰린 화자
는 역설적으로 목숨을 건 사랑에의 의지를 갖게 된다.

<가시리> 또한 1·2연에서는 시적 화자의 놀람과 절망이 이어진다. 그러
던 것이 3연에 들어 인식의 전환이 이루어지고 이를 통해 결말의 기원으
로 나아가게 된다. <가시리>의 시적 화자는 1·2연에서 돌연한 이별에 경
악했으면서도 결국엔 님을 만류하지 않고 고이 보내드린다. 이 또한 역설
적이라 할 수 있는데, 이러한 역설적 행위의 이유로 주어지는 부분이 바로
3연이다. 이유는 사랑하는 두 연인의 모순된 관계에 있다고 할 수 있다.
이 사랑은 영원히 잡아 놓을 수 있을 것 같으면서도 동시에 언제든 깨져
버릴 수 있는 것이다.[13] 이러한 모순된 관계를 다스릴 수 있는 방편은 그
역시 모순된 행위뿐이다. 잡는 것이 보내는 것이 되고, 보내는 것이 도리
어 잡는 것이 되는 상황의 역설이다.

<가시리>의 결말은 '아소님하'로 시작하는 다른 작품들의 결구에 비해
소극적으로 비치기도 한다. 여기에는 감탄구도 없고 강한 기약도 없기 때

---

13) 이 부분의 해석에서 문제가 될 수 있는 것은 '선하면'의 어석이다. 양주동(앞의 책)은 '선
뜻, 선선' 등의 '선'이라 보았고, 박병채(『高麗歌謠의 語釋研究』, 이우출판사, 1978)는 '그악
스러우면, 까딱 잘못하면'으로 풀었다. 김형규(『古歌謠註釋』, 일조각, 1976)는 北靑 지방 방
언의 '선하다'라는 말이 '너무 지나쳐서 싫증(憎惡)이 나는 감정'을 나타낸다고 하며 '선하
면'을 이와 같은 뜻으로 풀이하였다.

문이다. 하지만 이러한 <가시리>의 결구가 다른 작품들에 비해 오히려 더 간곡하게 느껴지는 것도 사실이다. 그것은 이 작품이 사랑하는 남녀 간의 관계에 내재되어 있는 모순성을 평이한 언어 속에서도 또렷이 보여주고 있기 때문일 것이다. <가시리>는 흔히 전통적인 이별의 정한을 잘 보여준 작품으로 평가된다. 이 작품에 표현된 남녀관계의 모순성이 당대의 현실을 반영한 것임은 물론이다. 떠나도 잡지 않는 것, 그래도 문은 언제나 열어놓는 따위의 행동은 근래까지도 집 나간 남편을 둔 여인의 전형적인 행동이었을 것이다.14) 이러한 현실감정의 표현이 다른 고려속요들에 비해 <가시리>에는 특히 잘 나타나 있다고 할 수 있다. 예컨대 <이상곡>과 같은 경우 앞서 살핀 바처럼 나름의 인식적 전환을 보여주지만 시적 화자의 정서에는 현실적으로 좀 이해하기 힘든 구석도 있다. 지나친 죄의식과 같은 것이 그러하다. 물론 이를 정절貞節에 대한 당대인들의 사고와 관련하여 생각해볼 수도 있다. 하지만 그래도 <이상곡>의 정서에는 좀 지나치다 싶은 측면이 있기에, 이 작품은 실제로 생사生死의 위기에 처한 유배 간 신하의 노래일 것이라 추정되기도 하는 것이다.15) 지금까지 살펴본 것처럼 <가시리>는 한국시가에 특징적으로 드러나는 '결핍과 기원의 구조'16)를

---

14) 근래 국내는 물론 외국에서까지 화제가 되었던 신경숙의 소설 『엄마를 부탁해』에도 이런 모습이 묘사되어 있다.

15) 장효현, 「履霜曲의 生成에 관한 고찰」, 『국어국문학』 92, 국어국문학회, 1984, 170~171면; 박노준, 「<履霜曲>과 倫理性의 문제」, 『고려가요의 연구』, 새문사, 1990, 206~239면 참조.

16) 이것이 과연 고대시가에서 고려속요까지 이어지는 한국시가만의 특징인가 하는 점에 대해 의문을 가질 수도 있다. 시가에서는 으레 사랑을 다루고 사랑노래는 흔히 이별에 대해 말하지 않는가 생각할 수 있을 것이다. 하지만 1인칭의 시점에서 이별이 주는 슬픔과 놀람을 발화하며 작품을 시작하고 이를 재회에 대한 간절한 바람으로 끝맺는 시가는 생각보다 그리 많지 않다. 고려속요가 많은 영향을 받은 것으로 흔히 짐작되는 宋代의 詞만 해도, 대개의 작품들이 사랑과 이별에 대한 것이기는 하지만 그 내용은 주로 이별이 계속되는 상황에서의 고독과 愁心에 대한 것이다. 『고려사』 「악지」에는 唐樂 부분에 여러 편의 詞가 실려 있는데 이 중 15편 정도가 사랑과 이별을 주제로 한다. 그러나 그 중 이별의 순간으로

지니면서도, 간결한 형식 속에 현실감정을 잘 표현하였다는 나름의 미덕
또한 가지고 있다. <가시리>는 한국시가의 전형적인 '결핍과 기원의 구조'
를 가장 간결하게 살려낸 작품이라 할 것이다. 결핍이라는 문제적 상황,
부정적 정서의 증폭, 재회에 대한 간절한 기원 등의 모든 내용을 <가시
리>는 60자 내외의 짧은 형식 속에 적절히 담아내었다. 더 이상 더하고
덜할 것이 없어 보이는 이 간결하고 균형 잡힌 완결성에 <가시리>의 아름
다움이 있음에 틀림없다. 그리고 그것은 단지 정서의 전형성을 보여주기
때문만이 아니라 한국시가의 구조적 전통을 지니고 있다는 점에서도 한국
시가의 전형적인 작품이라 말할 수 있다. 전통 속에서 나름의 빛깔을 <가
시리>가 발하는 지점은 이렇게 파악된다.

3. 병렬률과 구조의 리듬

이 장에서 살펴볼 문제는 리듬에 관한 것이다. 리듬은 시가의 미적 성취
를 살펴볼 때 빼놓기 어렵다. <가시리>가 지닌 간결성의 미학은 전 장에
서 살펴본 구조적 측면뿐 아니라 작품의 리듬과도 관련되어 있을 것이다.
따라서 이 장에서는 <가시리>에 잠류하는 한국시가의 율적 전통을 살펴
보고 이를 통해 <가시리>의 리듬상의 특성에 대해 논의해 보려 한다.

한국시가의 리듬은 음수율音數律 및 음보율音步律을 통해 설명되어 왔다.

시작하여 재회의 기원으로 끝나는 작품은 <憶吹簫> 한 편 정도를 찾을 수 있을 뿐이다. 이
경우에도 그 결말은 기원이라기보다는 실제로 님이 한 기약이어서 성격이 다르다. 그 결말
부는 다음과 같다. "번민은 그만하리 / 새봄에 다시 만날 것 약속했으니(休煩惱 / 相見定約
新春)".

그러나 실제로 한국시가의 율격은 음수율이나 음보율 어느 것을 통해서도
규명하기 어려운 측면이 있다. 향가 중 <제망매가>와 고려속요 중 <동동>
을 들어 이를 보기로 한다.

生死路隱   생사로는
此矣有阿米次肹伊遣   예 이샤매 저히고
吾隱去內如辭叱都   나는 가는다 말ㅅ도
毛如云遣去內尼叱古   몯 다 니르고 가느닛고

— <제망매가>

德으란 곰비예 받줍고
福으란 림비예 받줍고
德이여 福이라 호늘
나ᅀ라 오소이다
아으動動다리

— <동동>

앞서도 인용한 바 있었던 <제망매가>의 전반부 및 <동동>의 서사다. 우
선 두 작품 모두 시행 간의 음절수가 일정하지 않음을 쉽게 확인할 수 있
다. <제망매가>는 향찰로 전하기에 실제 음절수가 어떠하였을지 정확히
알기 어려우나 대략 보아도 1행과 2행의 음절수에 뚜렷한 차이가 있음이
드러난다. <동동> 또한 9·9·8·7·6의 서로 다른 음절수로 각 행이 구성되
어 있다. 물론 일본 시가의 예에서 보듯이 음수율에서 시행 간의 음절수는
다를 수 있다.[17] 그러나 이 경우 각 시행의 음절수를 규정하는 규칙이 존
재해야 하는데 향가나 고려속요에서는 그러한 규칙을 찾아보기 어렵다.

---

17) 예를 들어 와카의 경우 5·7·5·7·7의 음절수 규칙으로 시행이 이루어진다.

<제망매가>를 여타의 십구체 향가와 비교해볼 때 시행의 음절수 규칙이 존재하지 않고, <동동> 또한 각 연의 형태가 서로 상이하다.

그런가하면 이 작품들을 음보율로 파악하는 것 또한 용이한 일이 아니다. 한국시가의 음보는 통상 율격적 휴지와 호흡단위로 파악할 수 있다고 논의되는데,[18] 이러한 기준에 의해 음보를 구분하는 것이 타당한가 하는 문제는 둘째 치고라도, 향가나 고려가요의 경우 규칙적인 율격적 휴지를 파악하는 일 자체가 어렵다. 위에서 든 <제망매가>와 <동동>의 경우를 다시 예로 들어 보자.

〈제망매가〉의 음보 구분		
생사로는 예/ 이샤매/ 저히고 나는/ 가는다/ 말ㅅ도 몯 다/ 니르고/ 가는닛고	생사로는 예 이샤매/ 저히고 나는 가는다/ 말ㅅ도 몯 다 니르고/ 가는닛고	생사로는 예 이샤매/ 저히고 나는/ 가는다 말ㅅ도 몯 다 니르고/ 가는닛고

〈동동〉의 음보 구분		
德으란/ 곰비예/ 받ㅈ옵고 福으란/ 림비예/ 받ㅈ옵고 德이여/ 福이라/ 호늘 나ㅅ라/ 오소/ 이다	德으란/ 곰비예/ 받ㅈ옵고 福으란/ 림비예/ 받ㅈ옵고 德이여/ 福이라/ 호늘 나ㅅ라/ 오소이다	德으란/ 곰비예/ 받ㅈ옵고 福으란/ 림비예/ 받ㅈ옵고 德이여/ 福이라 호늘 나ㅅ라/ 오소이다

위에서 보는 것처럼 <제망매가>와 <동동>의 시행들은 2음보로 구분될 수도 있고 3음보로 구분될 수도 있다.[19] 또한, 2음보로 구분할 경우 앞음보를 길게 볼 것이냐 뒷음보를 길게 볼 것이냐에 이견이 있을 수 있다. 이러한 정황으로 인해 향가와 고려가요의 율격에 대한 이해는 연구자에 따

---

18) 김흥규, 『한국문학의 이해』, 문학과지성사, 1984, 153면 참조.
19) 이것도 <제망매가>의 1행을 제외하고 나서야 가능한 이야기다.

라 각기 다르다.20) 물론, 예컨대 <동동>과 같은 경우, 율격 휴지의 정형성에 따라 모든 행이 3음보로 나뉘는 것이라고 말할 수도 있을 것이다. 이경우 "오소 / 이다"와 같은 어색한 휴지가 생기지만, 이는 율격 규칙에 견인되어 얼마든지 가능한 일이라고 여길 수도 있겠다. 하지만, 다음과 같은 <동동>의 다른 연들을 생각해 보면 이러한 주장은 무의미한 일임을 알게된다.

　　十月애 아으
　　져미연 ㅂ룻 다호라
　　것거 ㅂ리신 後에
　　디니실 ᄒ 부니 업스샷다

　　十一月ㅅ / 봉당자리예 / 아으
　　汗衫 / 두퍼 / 누워　　　　（汗衫 / 두퍼누워）
　　슬흘 / ᄉ라 / 온뎌　　　　（슬흘 / ᄉ라온뎌）
　　고우닐 / 스싀옴 / 녈셔　　（고우닐 / 스싀옴녈셔）

　　위에서 보듯이 10월연의 제1행과 같은 경우 3음보로 나누는 것은 도저히 불가능하다. 한편, 11월연의 경우엔 3음보로 나누는 것이 불가능하지는 않으나 어떤 음보는 길고 어떤 음보는 짧아서 어색한 느낌을 준다. 오히려 괄호 안에 제시한 것처럼 2음보로 나눠 읽는 것이 호흡상 자연스럽게 느껴지는 경우도 있다.

---

20) 예를 들어 고려속요의 율격을 정병욱은 3음보로, 김대행은 2음보 대응 연첩으로 보았으며, 최철은 2보격과 3보격을 고려속요의 '율격 기저'로 파악하였다. 정병욱, 「고시가 율격론」, 『한국고전시가론』, 신구문화사, 1985, 13면; 김대행, 「고려가요 율격」, 『고려시대의 가요문학』, 새문사, 1982, 16~30면; 최철, 『고려국어가요의 해석』, 연세대학교 출판부, 1996, 56~85면 참조.

율격 파악의 어려움은 <가시리>에서도 마찬가지로 드러난다.

	<가시리>의 음보 구분	
가시리/ 가시리/ 잇고 ᄇ리고/ 가시리/ 잇고	가시리/ 가시리잇고 ᄇ리고/ 가시리잇고	가시리/ 가시리잇고/ 나ᄂ ᄇ리고/ 가시리잇고/ 나ᄂ
날러는/ 엇디/ 살라ᄒ고 ᄇ리고/ 가시리/ 잇고	날러는/ 엇디 살라ᄒ고 ᄇ리고/ 가시리잇고	날러는/ 엇디/ 살라ᄒ고 ᄇ리고/ 가시리잇고/ 나ᄂ
잡ᄉ와/ 두어리/ 마ᄂᄂ 선ᄒ면/ 아니/ 올셰라	잡ᄉ와/ 두어리마ᄂᄂ 선ᄒ면/ 아니 올셰라	잡ᄉ와/ 두어리/ 마ᄂᄂ 선ᄒ면/ 아니/ 올셰라
셜온님/ 보내ᅇ/ 노니 가시ᄂᄃ/ 도셔/ 오쇼셔	셜온님/ 보내ᅇ노니 가시ᄂᄃ/ 도셔오쇼셔	셜온님/ 보내ᅇ노니/ 나ᄂ 가시ᄂᄃ/ 도셔오쇼셔/ 나ᄂ

<가시리>에서 정형화된 음수율 파악이 거의 불가능함은 긴 설명이 필요 없다. 한편, 음보율은 위에서처럼 몇 가지로 파악해 볼 수 있다. 왼쪽의 두 경우는 '나ᄂ'[21]을 뺀 상태이고 가장 오른쪽의 것은 '나ᄂ'을 그대로 둔 형태이다. '나ᄂ'을 뺀 <가시리>의 형태는 연구자에 따라 왼쪽처럼 3음보로 이해되기도 하고, 중간처럼 2음보로 파악되기도 한다. 왼쪽과 같은 경우에는 소위 고려가요 3음보설에 <가시리>를 편입시킬 수 있다는 장점이 있다. 그러나 보는 바처럼 '가시리/잇고', '보내ᅇ/노니(보내/ᅇ노니)'처럼 한 단어 안에서도 띄어 읽어야 해서 자연스러운 호흡상의 단위가 되기 어렵다는 문제가 있다. 한편, 중간 칸의 경우 앞음보와 뒷음보의 음절수에 꽤 차이가 난다는 점에서 이른바 '층량보격'으로 설명된 것인데,[22] 이는 왼쪽과 같은 음보 구분에 비해 통사적 구조에 기반한 호흡상의 단위와 보

---

21) '나ᄂ'은 음악적 요구에 따라 붙여진 調音素로 일반적으로 해석된다.
22) 성기옥, 『한국시가 율격의 이론』, 새문사, 1986, 141면.

다 일치한다는 장점이 있다. 그러나 등장성等長性을 전제로 하는 음보율에서 '층량보격層量步格'이라는 개념이 성립할 수 있는 것인지 의문이고,[23] 또 '날러는 엇디 살라ᄒ고'와 같은 행은 세 부분으로 나누어 읽는 것이 오히려 더 자연스럽지 않은가 하는 의문도 든다. 한편, 오른쪽처럼 '나는'을 넣은 상태에서 보면 3음보로 나누는 것이 가능해 보이기도 하지만, 각 음보의 길이가 불균형하고, '두어리 / 마ᄂᆞᄂᆞᆫ'처럼 어색한 구분이 여전히 존재한다.

　그렇다면 <가시리>나 여타 고려속요에는 3보격과 2보격이 섞여 있다고 말하면 어떨까? 음보 파악의 어려움은 여전히 남아 있지만 이는 어쩌면 가능한 설명이 될 수도 있다. 그러나 이는 고려속요의 정형률에 대해 크게 설명을 해 주지 못한다. 시행들이 세 부분, 또는 두 부분으로 나뉘어 읽힐 수 있으며 이에 특별한 규칙성은 없다고 말하는 것은 사실상 확연한 정형률이 존재하지 않는다고 하는 것과 같다. 그런데 이 말은 사실 틀리지 않다. 고려속요는 개개 작품의 리듬은 파악할 수 있을지라도, 작품 혹은 장르를 관통하는 고정적 율격은 파악하기 어려운 것이다.

　그렇다고 고려속요가 자유율의 이념에 의해 지어진 것일 리는 만무하다. 그렇다면 리듬과 관련된 고려속요의 전통은 어디에서 파악할 수 있을까? 여기서 주목하고자 하는 것은 병렬을 내재한 4행구조이다. 4행구조는 고대시가로부터 향가를 거쳐 고려속요에 이르기까지 한국시가에서 가장 흔하게 나타나는 구조인데, 병렬을 통해 리듬을 자아낸다. 예를 들면 다음

───────────

23) 다음의 언급을 참조할 수 있다. 조창환, 『韓國現代詩의 韻律論的 硏究』, 일지사, 1986, 31면 : "음보라는 용어 속에 층량적인 것을 규칙화하여 인정한다는 사실 자체가 불합리하다. … 음보라는 말은 균등한 발화 시간이나 발음량의 반복적 현상을 전제로 한 것인데 … 층량 음보격이라는 말 자체가 앞뒤 모순되는 개념이어서 이처럼 용어 개념을 확대 사용하려면 차라리 이 개념을 포괄할 수 있는 새로운 용어의 사용이 불가피하다고 본다."

과 같다.

> 훨훨 나는 저 꾀꼬리
> 암수 서로 정답건만
> 외로울사 이내 몸은
> 뉘와 함께 돌아갈꼬[24]

> ─ <黃鳥歌>, 『三國史記』

> 어느 ᄀᆞᄉᆞᆯ 이른 ᄇᆞᄅᆞ매
> 이에 저에 ᄹᅥ딜 닙다이
> ᄒᆞᄃᆞᆫ 가재 나고
> 가논 곧 모ᄃᆞ온뎌

> ─ <제망매가> 중

> 구스리 바회예 디신ᄃᆞᆯ
> 긴히ᄯᆞᆫ 그츠리잇가
> 즈믄ᄒᆡ를 외오곰 녀신ᄃᆞᆯ
> 信(신)잇ᄃᆞᆫ 그즈리잇가

> ─ <서경별곡> 중

4행 구조는 4구체 고대시가, 십구체 향가의 전4행과 후4행, 고려속요의 문학적 1연 형태에서 흔히 나타난다. 이러한 4행 구조는 전2행과 후2행이 의미상의 병렬을 이루는 경우가 많다. <황조가>에서 '꾀꼬리'와 '나'의 대조, <제망매가>에서 '잎'와 '가지'의 대조, <서경별곡>에서 '끈'과 '믿음'의 비유적 비교는 모두 전2행과 후2행 사이에서 일어난다. 이러한 대칭성은 일종의 리듬을 만들어 내는데 이를 병렬률이라 부를 수 있다.[25] 한편, <서

---

24) "翩翩黃鳥 雌雄相依 念我之獨 誰其與歸".

경별곡>의 경우 전2행 내 행간, 후2행 내 행간에서도 대칭성이 성립한다. 전2행 안에서는 구슬과 끈의 대조를, 후2행 안에서는 헤어짐과 믿음의 대조를 보는 것이다. 이렇듯 한국시가의 원형태라 할 만한 4행구조는 흔히 전반부와 후반부의 병렬을 이루고, 각 부분 내에서 다시 행간 병렬을 이루기도 한다. 이와 같이 시가의 구조단위 간에 병렬을 통해 형성되는 리듬을 '구조의 리듬'이라 표현해 볼 수 있겠다. 병렬률은 '의미의 리듬'[26]이라고 표현되기도 하지만, 실제로는 통사적·형태적인 대칭성을 통해 이루어지는 경우가 많으며, 한국시가에서의 병렬률은 시의 여러 구조적 층위에서 형성되기 때문이다.

4행 병렬구조는 다음에서 보듯 <가시리>에서도 찾아진다.

　가시리 가시리잇고
　ᄇ리고 가시리잇고
　날러는 엇디 살라ᄒ고
　ᄇ리고 가시리잇고

<가시리>의 경우, 전2행과 후2행 사이에 일부 반복[27]을 통해 병렬이 이루어지고, 다시 전2행 내 행간에 역시 일부 반복[28]을 통한 병렬이 이루어진다. 이렇듯 일부 반복을 통해 병렬구조를 띠게 되는 경우를 'aaba' 구조라 부르기도 하는데,[29] 가시리는 전2행 내에 이러한 구조가 있을 뿐 아니

---

25) 병렬은 통사적 유사성을 근간으로 하여 의미의 병치 및 대조를 이루고 음운론적 유사성까지 이루는 장치로 이해되며, 율격이 명확하지 않은 헤브루시나 민요시 등의 리듬을 형성하는 중요한 장치로 파악된다. *The New Princeton Encyclopedia of Poetry and Poetics*, Princeton University Press, 1998, pp.877~879.

26) Gay Wilson Allen, *American Prosody*, Octagon Books, 1978, p.221.

27) 뒷행이 반복되고 있다.

28) 뒷마디가 반복되고 있다.

라. 전2행을 포함한 작품의 전반부, 나아가 작품 전체에서도 이러한 구조
를 중층적으로 지니고 있다. 이를 도시해 보면 다음과 같다.

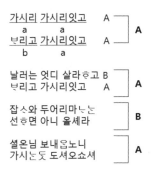

전체 시편 단위에서의 'aaba' 구조는 확연한 것은 아니다. 그러나 '가시'
라는 어휘 및 가시는 님의 이미지가 반복되어, 일찍이 양주동은 이를 두고
'수미쌍관首尾雙關의 장법章法'[30]이라고 표현한 바 있다. 이처럼 <가시리>는
마치 프랙탈 구조처럼, 한국시가의 특징적인 'aaba' 병렬 구조를 중층적으
로 지니고 있다. 이러한 중층적 병렬의 리듬감은 한국시가의 4행구조와
병렬률에 기저한 것이면서도, 병렬의 겹구조를 통해 그러한 리듬감을 강
화한다. 이 지점에서 <가시리>에 내재된 율적 전통과 더불어 이 작품만이
가지고 있는 리듬상의 성취를 엿보게 된다.

---

29) 김대행은 한국 민요의 율격이 병렬과 관련되어 있다고 보고 이를 "ab"형과 "aaba"형으로
구분하였다. 김대행, 『우리 詩의 틀』, 문학과비평사, 1989, 53~63; 86~126면 참조.
30) 양주동, 앞의 책, 427면.

4. 의식성儀式性·연행성演行性의 맥락

앞의 장들에서 살펴본, <가시리>를 포함한 한국시가의 구조적·율적 특징은 한국시가가 향유된 외적 맥락과 관련성을 지닌 것으로 보인다. 고대가요에서부터 향가, 고려가요로 이어지는 한국시가 작품들은 일정한 의식儀式에서 연행된 경우가 많았다. 이 장에서는 이러한 외적 맥락이 앞서 확인한 한국시가의 문학적 특징들과 어떤 관계를 맺고 있는지 살펴보려 한다.

한국 고전시가 작품들이 일정한 의식에서 불린 정황은 다음의 고대시가 및 향가의 부대설화들을 통해 엿볼 수 있다.

禊浴日에 북쪽 구지에서 무엇을 부르는 수상한 소리가 났다. (…중략…) "황천이 나에게 명하기를 이곳에 와서 나라를 새롭게 하여 임금이 되라 하였으므로 이곳에 내려왔으니 너희들은 마땅히 이 산봉우리에서 흙을 파면서 '거북아 거북아 (…중략…)' 하고 노래하며 춤을 추면 대왕을 맞이하여 기뻐서 날뛸 것이다." 구간 등이 그 말대로 모두 즐겁게 노래하며 춤추다가 얼마 아니하여 쳐다보니 자색 줄이 하늘에서 내려와 땅에 닿는지라 (…하략…).[31]

― 「駕洛國記」, 『三國遺事』

경덕왕 19년 庚子 4월 1일 두 개의 해가 나란히 나타나 열흘 동안이나 없어지지 않았다. 이것을 보고 日官은 인연 있는 중을 청하여 꽃을 뿌리며 정성을 드리면 재앙을 물리치리라고 아뢰었다. (…중략…) 왕이 사자를 보내 그[월명]를 불러 단을 열고 啓를 짓게 했다. (…중략…) 이에 월명은 <도솔

---

31) "禊洛之日, 所居北龜旨, 有殊常聲氣. … '皇天所以命我者, 御是處, 惟新家邦, 爲君后, 爲玆故降矣. 儞等須掘峯頂撮土, 歌之云, 龜何龜何 … 以之蹈舞, 則是迎大王, 歡喜踊躍之也.' 九千等如其言, 咸忻而歌舞, 未幾仰而觀之, 唯紫繩自天垂而着地."

가>를 지어 바쳤는데 그 가사는 이렇다. (…중략…) 이윽고 해의 변괴가 사
라졌다.[32)]

—「月明師兜率歌」,『三國遺事』

　　어떤 날 그 어머니가 애를 안고 분황사 좌전 북쪽 벽에 그린 천수대비
앞에 나아가서 아이를 시켜 노래를 지어 빌었더니 마침내 눈을 뜨게 되었
다. 그 노래에 이르기를 (…하략…).[33)]

—「芬皇寺千手大悲盲兒得眼」,『三國遺事』

　　앞의 두 기록에서 보듯이, 고대가요 <구지가>와 향가 <도솔가>는 국가
적 제의에서 불린 노래이다. <구지가>는 계욕일禊浴日에 신에게 임금을 내
려줄 것을 기원한 제의요이며, <도솔가>는 나라의 안녕을 위협하는 괴변
을 물리칠 것을 부처에게 기원하는 의식에서 불려진 노래다. 한편, 마지막
의 <도천수관음가>는 천수관음보살에게 개안開眼을 비는 개인적 의식요라
할 수 있다.

　　한편, 고대가요인 <공무도하가公無渡河歌>나 향가 <처용가處容歌> 등과 관
련해서는 그것이 의식요라는 점이 배경설화에 직접적으로 기술되어 있지
는 않다. 그러나 이들 작품들 또한 제의와 연관되었을 가능성이 짐작된 바
있다. 특히 <처용가>의 경우 전염병의 신인 역신疫神을 물리친 노래라는
점에서 무속제의와의 관련성이 흔히 추정된다.[34)] 실제로 <처용가>는 고
려·조선조에 악귀를 쫓는 궁중 나례儺禮에서 불리었으며,[35)] 고려가요 <처

---

32) "景德王十九年庚子四月朔, 二日並現, 挾旬不滅. 日官奏請緣僧, 作散花功德則可禳. … 王使召
之, 命開壇作啓. … 明乃作兜率歌賦之, 其詞曰 … 旣而日怪卽滅."
33) "一日其母抱兒詣芬皇寺左殿北壁畫千手大悲前, 令兒作歌禱之, 遂得明."
34) 김동욱, 「신라향가의 불교문학적 고찰」,『한국가요의 연구』, 을유문화사, 1961; 김열규, 「처
용전승시고」,『한국민속과 문학연구』, 일조각, 1972, 255~260면.
35) 김수경,『高麗 處容歌의 傳承過程 硏究』, 이화여자대학교 박사학위논문, 1995, 21~26; 9

용가>에서는 처용이 역신을 쫓아내는 의식을 행하는 도중에 향가 <처용
가>를 부르는 것으로 되어 있다.[36] 한편, <공무도하가>는 의식 관련성이
확연하지는 않지만, 그 신화적 배경과 내용으로 볼 때 이 역시 무속 제의
와 관련된 노래였을 것으로 추측된 바 있다.[37]

제의적 문맥 속에서 불린 것으로 확인되는 향가로는 이밖에도 <혜성가
彗星歌>와 <제망매가祭亡妹歌> 등이 있다. <혜성가>는 금강산 유람을 떠나
던 화랑들이 혜성의 출현에 놀라 여행을 중지하자 융천사가 불렀다는 노
래이다. 이 노래를 부르자 혜성이 사라지고 일본 병사들마저 물러갔다고
『삼국유사』에는 기술되어 있다. <제망매가>는 죽은 누이동생의 재를 지낼
때 불렀다. 이를 부르자 문득 광풍이 일어 지전紙錢을 서쪽으로 날려보냈
다고 『삼국유사』에서는 기록하고 있다.

또한, 의식儀式과의 관련성을 직접적으로 보여주지 않는 향가 작품들 역
시 <처용가>가 그랬듯이 의식과 관련된 맥락을 짐작하게 하는 경우가 많
다. 예컨대 <안민가安民歌>는 오악삼산五嶽三山의 신이 왕에게 자주 뵈는 위
기상황에서 왕이 '영승榮僧'을 청하여 부르게 한 것이니, 국가의례의 상황
에서 연행되었을 가능성이 크다. <모죽지랑가慕竹旨郎歌>나 <찬기파랑가讚
耆婆郎歌>와 같은 경우, 작품이 담고 있는 내용으로 보아 추모 의식에서 불
렸을 가능성이 상정되고, <원왕생가願往生歌> 같은 작품도 극락왕생을 기원
하는 의식과 관련되었을 것으로 추정된다.[38]

6~129면 참조.

36) 고려 <처용가>의 관련 부분은 다음과 같다. "머자 외야자 綠李야 쎌리나 내 신고홀 미야
라 / 아니옷 미시면 나리어다 머즌 말 / 東京 볼긘 드래 새도록 노니다가 / 드러 내 자리
를 보니 가르리 네히로섀라 / 아으 둘흔 내해어니와 둘흔 뉘해어니오 / 이런 저긔 處容
아비옷 보시면 熱病神이아 膾ㅅ가시로다"

37) 조동일, 『한국문학통사』 1, 지식산업사, 1982.

38) 고대가요 및 향가의 儀式的·祭儀的 측면에 대해서는 허남춘, 『古典詩歌와 歌樂의 傳統』, 월

한편, 고려속요가 고려조의 국가의식과 관련하여 불렸음은 『고려사高麗史』「악지樂志」의 다음과 같은 기록을 통해 알 수 있다.

園丘, 社稷에 제사할 때와 太廟, 先農, 文宣王廟에 제향할 때에 亞獻, 終獻, 送神에 모두 향악을 교주한다.[39)]
　　　　　　　　　　　　　　　　　　　　　　　　　　　　　　　—「用俗樂節度」, 『高麗史』

『고려사』「악지」 속악조俗樂條에서는 여러 편의 가사부전歌詞不傳 속요들과 함께 <동동動動>, <정과정鄭瓜亭> 등 현전하는 고려속요 또한 언급하였는데, 이러한 속요 작품들이 악곡에 실려 궁중의 여러 제사에서 쓰였음을 위의 언급을 통해 알 수 있다. 『고려사』에서는 고려의 악樂을 아악雅樂, 당악唐樂, 속악俗樂으로 분류하여 기술하였는데, 고려조에서는 이러한 악들을 모두 사용하였다고 한다. 기록에 따르면, 고려의 문물이 갖추어졌다고 평가되는 성종대는 아직 송으로부터 대성아악大晟雅樂이 들어오기 이전이었다. 그러나 교사郊社(하늘과 땅을 대상으로 삼은 제사)와 체협禘祫(봉건 군주들이 자기 조상들을 합쳐서 제향하는 의식) 등 의식이 수립되었다고 하니 이때 악樂이 동반되지 않았을 리 없다. 이때의 악樂은 고려조 혹은 삼국의 향악鄕樂, 즉 속악俗樂이었을 것이다. 이후 예종대에 대성악이 들어오고 고려말에는 명나라의 아악이 들어왔으며, 또한 당악唐樂의 대곡大曲들을 대거 수용하게 되었지만, 속악은 여전히 국가의 중요한 의식에서 사용되었다.

고려속요가 국가 의식에서 사용된 것은 고려조만의 일이 아니다. 조선

인, 1999; 최선경, 『향가의 제의적 이해』, 한국학술정보, 2006을 참조할 수 있다.
39) "祀園丘社稷, 享太廟先農文宣王廟, 亞終獻及送神, 並交奏鄕樂."

조에도 또한 그것은 국가 의식에서 사용된 악樂이었으며, 그 존폐 논란이 조선 중기까지 이어질 만큼 오랜 시간 궁중악宮中樂으로서 영향력을 행사했다. 비록 조선 초기에 궁중악을 아악 위주로 재편하려는 대대적인 움직임이 있었지만, 세종 때까지도 고려속요는 회례會禮에서 속악으로서 사용되었다. 조선 전기에 고려속요가 궁중악으로 사용된 면모는 성종 때 편찬된 『악학궤범樂學軌範』에 정재呈才 형태로 실려 있는 <동동>, <정과정>, <처용가> 등의 존재를 통해 살필 수 있다.40)

주지하듯 고려속요의 의식 관련성은 향유기록을 통해서뿐만 아니라 작품 내부에서도 확인된다. 이는 송도頌禱의 내용을 담은 서사序詞와 후렴에서인데, 예를 들면 다음과 같다.

> 딩아돌하 當今(당금)에 계샹이다
> 딩아돌하 當今(당금)에 계샹이다
> 先王聖代(션왕셩딕)예 노니ᄋ와지이다
>
> — <鄭石歌>, 『樂章歌詞』

> 德으란 곰빅예 받ᄌ옵고
> 福으란 림빅예 받ᄌ옵고
> 德이여 福이라 호ᄂᆞᆯ
> 나ᅀᆞ라 오소이다
> 아으動動다리
>
> — <動動>, 『樂學軌範』

> 新羅盛代 昭盛代
> 天下大平 羅後德 處容아바

---

40) 길진숙, 『조선 전기 시가예술론의 형성과 전개』, 소명출판, 2002, 68~126면 참조.

以是人生애 相不語ᄒ시란ᄃᆡ
以是人生애 相不語ᄒ시란ᄃᆡ
三災八難이 一時消滅ᄒ샷다

— <處容歌>, 『樂學軌範』

위 증즐가 大平盛代(대평셩ᄃᆡ)

— <가시리>, 『樂章歌詞』

위에 제시한 것은 <정석가>·<동동>·<처용가>의 서사序詞와 <가시리>의 후렴이다. 이 부분들은 공통적으로 태평성대를 칭송하고 복을 기원하는 송축의 내용을 담고 있다. <정석가>에서는 편종編鐘·편경編磬과 같은 악기의 성대한 구비를 들면서, <동동>에서는 덕과 복을 바치면서, <처용가>에서는 재앙의 소멸을 기원하면서 시가가 바쳐지는 대상을 송축하고 있다. 이러한 서사의 내용은 뒤에 이어지는 본사本詞의 내용과는 구별되는데, 특히 <정석가>와 <동동>에서 그러한 이질성이 두드러진다. <정석가>와 <동동>의 본사는 님과의 영원한 사랑이나 님에 대한 그리움을 주로 표현하는데, 서사는 이러한 본사의 내용과 동떨어져 연행장소에 대한 축원의 의미를 담고 있는 것이다. 한편, 마지막에 예로 든 <가시리>의 경우에는 후렴이 여타 작품들의 서사와 같은 역할을 하고 있다. <가시리>의 후렴은 본사와 이질적인 송축의 내용을 담고 있는 것이다. 이러한 고려속요의 서사와 후렴들은 고려속요가 지닌 의식 관련성을 드러내는 작품 내의 징표라 할 수 있다.

지금까지 살펴본 고대가요와 향가, 그리고 고려가요가 지닌 제의성祭儀性 혹은 의식성儀式性은 문제의 제시와 그것의 해결이라는 시가의 내용적 구조와 관련되어 있는 것으로 보인다. 제의란 생의 본질적인 문제를 제기하고 이를 해결하고자 하는 것, 다시 말해 있어야 할 것이 생기도록 간절히 기원하는 행위라고 할 수 있다. 죽음을 생명으로, 신의 부재를 신의 현존으로 변화시키고자 하는 것이 제의의 본질인 것이다. 이러한 제의의 본질과 관련하여, 앞서 살펴본 한국시가의 '결핍과 기원의 구조'가 형성된 것이 아닌가 한다. 물론, 고려가요가 불린 맥락은 고대가요나 향가가 불린 맥락과 똑같지는 않았을 것이다. 하지만 고려시대에까지 신라의 산천의례 전통을 이어받은 팔관회가 성대히 거행된 만큼, 고대국가의 제의적 의식과 거기에서 불린 시가의 전통은 고려속요에까지 내려와 하나의 맥을 형성하였으리라 짐작된다.

현행 굿거리와 비교해보면, 결핍과 기원의 내용을 담은 한국고전시가들은 '축원祝願'의 절차와 관련된 것으로 이해해 볼 수 있다. 현행되는 무당의 굿거리는 "청배請陪, 찬신讚神, 축원祝願, 공수, 공수의 실행, 송신送神"의 절차에 따라 진행된다고 한다.41) 이의 내용을 살펴보면, 청배는 신을 모셔오는 것, 찬신은 신의 내력에 대한 소개, 축원은 인간이 당면한 문제를 신에게 해결해주기를 요청하는 것, 공수는 신의 응답을 의미한다. 비교해 보자면, 예컨대 『시경』의 송頌이나 고려·조선대의 기타 한문악장들은 대부분 신을 찬미하는 내용으로 되어 있어 '찬신'과 관련된 것으로 볼 수 있다. 이에 반해 향악으로 불린 향가나 고려가요 등은 문제의 해결을 간구하는 '축원'의 내용을 지니고 있었던 것으로 이해할 수 있다.42)

한편, 의식儀式과 관련된다는 한국시가의 외적 맥락은 그것의 율적律的 특성과도 관계가 있는 것으로 보인다. 앞서 살폈듯, <가시리>를 포함한 한국시가 작품들은 일정한 음수율이나 음보율을 지니지 않고 구체句體의 정

---

41) 민긍기, 「신화의 실체를 규명하기 위한 몇 가지 점검」, 『연민학지』 8, 2000, 12~13면.
42) 다만, 앞서 언급한 고려속요의 서사 부분은 찬신의 성격을 지니는 것으로 볼 수 있다.

형성이나 병렬률을 통해 리듬을 형성했다. 그런데 이러한 리듬 구조는 음악을 동반하며 불린다는 연행성과 관련된 것으로 보이며, 이러한 연행성은 의식성儀式性에 내포된 성격이라 할 수 있다.

의식의 과정에서 시가는 음악을 동반하여 불린다. 그런데 이러한 '시詩/악樂'의 결합체에서 시의 리듬은 악에 맞추어 형성되기도 하고, 악이 지닌 박절의 등장성에 기대어 규칙적 리듬의 필요성으로부터 비교적 자유로워질 수도 있다. 다시 말해 시행의 마디수나 음절수가 달라 시적 단위 간에 등장성等長性이 성립되기 어려워도 악곡 단위의 등장성이 리듬을 만들어 준다는 것이다. 예를 들어 앞서 살핀 <동동>의 첫 행은 세 마디로 되는 것이 대체로 악곡의 형태와 어울리나,43) 10월연의 첫 행44)처럼 두 마디로 구성된 가사라 하더라도 가사 배분을 좀 느슨하게 한다면 악곡에 얹는 것이 그리 어렵지 않다. 반대로 11월연의 첫 행45)처럼 음절수가 많은 경우에도 가사 배분을 촘촘히 한다면 가능하다. 이러하기에, 의식의 과정에서 음악과 함께 연행된 한국시가 작품들은 구수율과 병렬률을 바탕으로 한 보다 느슨한 율격과 다양한 리듬현상을 가질 수 있었다.

이 장에서는 <가시리>에 내재된 한국시가의 구조적·율적律的 전통이 의식儀式의 과정에서 음악을 동반하여 연행되었다는 한국시가의 외적 맥락과 관련하여 형성된 것임을 추론하였다. 이상의 논의를 통해 우리는 <가시리>가 한국시가의 내외적 토양 속에서 그 뿌리를 내리고 피어난 한 꽃송이였음을 확인하게 된다.

---

43) <동동>의 기시 1행이 실리는 악곡이 크기는 8행강인데, 이 중 마지막 2행강은 宮音을 중심으로 음의 변화가 거의 없는 餘音이다. 그런데 <동동>의 가사 한 마디는 대체로 악곡 2행강에 실리므로 8행강 1악구의 악곡에는 세 마디의 가사가 실리는 것이 자연스럽다.

44) "十月애 아으".

45) "十一月ㅅ 봉당자리예 아으".

5. 나오며

이 글에서는 한국인들에게 널리 사랑받는 고전시가인 <가시리>가 지니고 있는 문학적 특성을 한국시가의 전통에 비추어 살펴보았다. 한국시가는 '결핍과 기원'의 내용을 시화詩化하는 경우가 많은데, <가시리>는 이러한 한국시가의 전통을 반영한다. 특히 <가시리>는 군더더기 없는 짧은 시형 속에 이러한 한국시가의 구조적·정서적 전통을 녹임으로써 간결하면서도 완결된 형식미를 드러낸다. 또한 <가시리>는 한국시가의 전형적인 4행구조를 취하며 동시에 중층적인 병렬 형식을 갖춤으로써, 리듬면에서도 전통에 기반한 미학을 구현하였다.

위와 같은 한국시가의 특성은 의식성儀式性·연행성演行性이라는 한국시가의 외적 맥락 속에서 형성된 것으로 볼 수 있었다. 제의성과 닿아 있는 의식성은 '결핍과 기원'이라는 한국시가의 구조와 관련되었고, 의식성에 내포되어 있는 연행성은 한국시가의 '구조의 리듬'과 연관되어 있었다. 이렇듯 의식성과 연행성의 맥락 속에서 한국시가의 전통은 형성되었고, 그러한 전통이 <가시리>에는 담겨 있다.

글을 마무리하며, 연행성이라는 한국시가의 전통과 <가시리>의 관련 양상을 조금 다른 각도에서 덧붙여 보고 싶다. 주지하듯 고려속요의 서사序詞는 연행에 필요한 춤이나 음악을 직접 환기하기도 한다. <동동>의 서사에서는 덕과 복을 앞뒤로 바친다고 하여 가기歌妓들이 이리저리로 춤을 추며 정재를 올리는 장면을 연상시킨다. 또, <정석가>의 서사에서는 편경과 편종 등 악기가 성대히 구비되어 있는 장면을 묘사하여 음악적 연행의 장소를 환기시킨다. 이렇듯 고려속요 작품들에는 연행성이 시화詩化되는데, 이러한 연행성의 시화를 <가시리>에서는 좀 다른 방식으로 상상해 볼 수 있지 않을까 한다.

<가시리>에서 시안詩眼이 되는 구절은 아무래도 마지막의 "가시ᄂᆞᆫ 듯 도셔오쇼셔"일 것이다. 앞서 서술했듯이 이 부분은 기원祈願이라는 한국시가의 전형적 결말을 지극히 현실적인 사랑의 역설을 통해 구성한 것이다. 그런데 이 중에서도 묘처는 "가시ᄂᆞᆫ 듯"의 "듯"에 있지 않은가 한다. 만일 이 시어가 예컨대 "가시다가"로 되어 있었다면 시구의 느낌은 전혀 살지 못했을 것이다. 가는 것과 돌아오는 것을 동일시한 이 역설적인 표현은 가변성이라는 사랑의 성질을 포착한 동시에 시적 화자의 기원을 그악스럽지 않은, 간곡하지만 우아한 가벼움을 잃지 않은 것으로 만들어 준다.

"듯"을 회전축으로 하여 가던 님은 돌아온다. 이 결정적이고도 우아한 선회는 한국무용의 춤사위를 연상시킨다. 흩뿌리듯 감기는 소매, 차오를 듯 누르는 발동작, 뻗쳐나갈 듯 휘감기는 모든 한국적 곡선을 떠오르게 하는 것이다. 이 은근한 율동, 간절하나 그윽한 눈짓을 <가시리>의 마지막 구절을 통해 읽는 것이 전혀 터무니없는 일은 아니리라 본다.[46]

---

46) 전 하버드내 한국학 교수 David McCann은 김소월의 <진달래꽃>에 대해 이와 유사한 독법을 행한 바 있다. 그는 <진달래꽃>을 포함한 많은 한국시들이 연행성에서 기원한 "안무적 읽기[choreographic reading]"를 하게 한다고 보았다. David R. McCann, "Korean Literature and Performance? Sijo!", *Azalea Vol.4*, Korea Institute, Harvard University, 2011, pp.359~362.

고려가요의 음악적 형식과 문학적 형식*

1. 들어가며

여음구[1]와 반복구가 고려가요의 특징적인 형태라는 점에 대해서는 이견이 있을 수 없다. 그러나 이러한 구절들의 문학적 가치를 어떻게 보느냐에 대해서는 이견이 존재한다. 한편에서는 이러한 구절들이 속악가사俗樂歌詞로 불리어졌다는 고려가요의 특징적 수용 맥락과 관련된 것으로 보아 문학적 의미는 찾기 어려운 것으로 판단했다.[2] 그러나 다른 한편에서는

---

* 이 글은 「고려가요의 음악적 형식과 문학적 형식—고려가요 여음구와 반복구의 문학적·음악적 의미」(『한국시가연구』 31, 한국시가학회, 2011)를 부분 수정한 것이다.

1) '여음구'보다는 '여음'이라는 용어가 사실상 더 많이 쓰인다. 그러나 '여음'은 음악에서도 쓰이는 용어이므로, 혼동을 피하기 위하여 이 글에서는 '여음구'라는 용어를 쓰기로 한다. 한국시가의 여음구는 그 위치에 따라 初斂·中斂·後斂 등으로 나뉘기도 했고, 그 기능에 따라 조흥구와 감탄사로 나뉘기도 했다. 이 글에서 사용하는 '여음구'는 이러한 경우들을 모두 포괄하는 개념이다. 황희영, 「韓國詩歌餘音攷」, 『국어국문학』 18, 국어국문학회, 1957, 48~52면; 朴春圭, 「麗代 俗謠의 餘音 硏究 - 餘音의 韻律과 活用的 機能을 中心으로」, 『어문론집』 14, 중앙어문학회, 1979, 68~69면 참조. 한편, '반복구'는 실사부가 반복되는 경우를 지칭한 것으로, 연과 연 사이에 반복되는 후렴은 여기에서 제외한다.

2) 김준영의 다음과 같은 견해를 참조할 수 있다. "속가는 상고시대부터 오늘까지 이어 나온 것이지만 고려 때의 일부 속가가 악장가사에 실린 것 중에는 외래악곡에 맞추기 위하여

이 구절들이 속악俗樂의 개입과는 관계없이 존재한 고려가요의 원래적 특성과 연관되며 나름의 문학적 의미를 지니는 것으로 해석했다.[3]

그러나 사실상 고려가요에 나타나는 다양한 여음구와 반복구의 의미를 문학이나 음악 어느 한쪽으로 일률적으로 재단하기는 어렵다. 이들 중 어떤 것들은 명백히 속악과의 관련 속에서 형성된 것으로 보이는 것이 있는가 하면, 그렇지 않은 경우도 있기 때문이다. 따라서 이들 구절들은 문학이나 음악 양 방면에서 모두 의미를 지닐 수 있음을 전제하고, 각각의 경우에 어떠한 문학적 혹은 음악적 의미를 가지는지에 대해 보다 상세한 논의를 진행해야 할 것이다. 이를 통해, 다종의 여음구와 반복구를 동반한 고려가요의 현 형태가 어떠한 문학적 가치를 지니는가 하는 해묵은 논쟁에 대해 대안적 시각을 마련할 수 있을 것이다.[4]

고려가요에서 여음구와 반복구가 지닌 의미는 대개 이들 구절의 일반적 속성에 의거하여 설명되어 왔다. 정형적 시 형태를 이루거나 흥을 돕는 여

한·두 구를 반복하거나 여음을 붙여 음악상으로는 3구로 분단한 것도 있지만, 그 원형은 사구체이므로" 김준영, 『국문학개론』, 형설출판사, 1983, 117면. 또한, 유종국, 「高麗俗謠 原形再構」, 『국어국문학』 99, 국어국문학회, 1988, 5~27면 참조. 한편, 조흥욱, 「고려가요에 사용된 감탄사의 악보에서의 의미와 그 변모 양상에 대하여」, 『한신논문집』 3, 한신대학교 출판부, 1986, 71~92면과 양태순, 「고려가요 조흥구의 연구」, 『논문집』 24, 서원대학교, 1989에서는 여음구의 음악적 기능을 구체적으로 분석하였다.

3) 황희영, 앞의 글과 박춘규, 앞의 글에서는 여음구가 시적 내용과 형식 양면에서 지니는 의미를 다음과 같이 언급하고 있다. "이것들은 노래의 律調(Rythm)를 맞춰 그 呼吸을 늦추기도 하고 혹은 그 감정을 調和시키기도 하고"(황희영, 44면); "여음의 운율과 그 의취성"(박춘규, 68면). 그러나 이 논의들의 대부분은 여음구의 운율적 고찰에 할애되어 있다.

4) 고려가요에 대한 연구가 현 형태에 대해 이루어져야 함을 주장한 논의로는 김대행의 다음 글들을 참조할 수 있다. 「高麗歌謠의 律格」, 『고려시대의 가요문학』, 새문사, 1982, II-17~18면; 「고려시가의 틀」, 『우리 詩의 틀』, 문학과 비평사, 1989, 132~133면. 반면, 원형 연구의 중요성을 강조한 논의로는 김준영, 앞의 글과 유종국, 앞의 글 참조. 그런데 사실상 고려가요의 형식에 대한 논의들은 여음구나 반복구를 제외한 형태에 대해 이루어진 것이 대부분이어서, 고려가요 연구에서 원형태에 대한 전제는 암묵적으로 계속되어 왔다고 할 수 있다.

음구의 기능과, 의미의 강조를 유발하는 반복구의 기능에 대한 논의들이
있었다.5) 이 글에서는 방향을 선회하여 여음구와 반복구가 고려가요의 내
용적 구조를 형성하는 데 기여한 바를 살펴보고자 한다. 시어의 의미는 작
품의 시적 구조 내에서 형성되는 것이므로, 고려가요의 여음구와 반복구
역시 고려가요의 시적 구조체 안에서 유기적 의미를 지닐 때 그 문학적
가치를 보다 인정받을 수 있을 것이기 때문이다. 따라서 이 글에서는 고려
가요의 여음구와 반복구가 텍스트 전반이나 연 형식의 층위에서 독특한
시적 구조를 만들어내는 양상을 살펴보고자 한다.

더불어 이 글에서는 고려가요의 여음구와 반복구가 음악과 맺는 관계에
대해서도 악곡 구조와 가사 간의 대조를 통해 보다 구체화하고자 한다. 이
를 통해 고려가요의 현 형태가 문학의 논리와 음악의 논리가 동시에 개입
하여 형성된 산물이며, 따라서 고려가요의 감상과 해석에는 현 형태의 문
학적 의미에 대한 적극적 해석과 더불어, 속악俗樂 개입 이전의 원형에 대
한 고려 또한 따라야 함을 밝히고자 한다.

2. 중렴中斂의 구조적 의미

여음은 그 위치에 따라 초렴初斂·중렴中斂·후렴後斂 등으로 나눌 수 있
다.6) 이 중 이 글의 논의대상은 중렴에 한정된다. 고려가요에서 초렴이라
부를 만한 것은 사실상 거의 없고, 후렴이 시적 구조상으로 지니는 의미에

5) 황희영, 앞의 글; 박춘규, 앞의 글; 성호경, 「高麗詩歌의 문학적 형태 복원 모색」, 『韓國詩歌
  의 類型과 樣式 硏究』, 영남대학교출판부, 1995, 139~162면 참조.
6) 황희영, 앞의 글, 48~52면 참조.

대해서는 이미 여러 번 논의되었기 때문이다. 고려가요에서 초렴으로 분류되는 것은 <상저가>의 '딩기동', <처용가>의 '어와' 정도인데, 이것들은 각기 일회적으로 쓰인 의성어나 감탄사 정도로 이해된다. 한편, 후렴으로 분류되는 것은 <동동>의 "아으 동동動動다리", <서경별곡>의 "위 두어렁셩 두어렁셩다링디리", <청산별곡>의 "얄리얄리얄랑셩얄라리얄라", <가시리>의 "위 증즐가 대평셩딘太平聖代" 등인데, 이러한 후렴들이 작품에 형태적 정형성을 부여하며 조흥적助興的 기능을 한다는 것은 이미 상식화된 사실이다. 반면, 고려가요 각 작품의 구조 내에서 유기적인 기능을 담당한 중렴에 대해서는 보다 충분한 논의가 필요할 것으로 보인다.[7] 그러므로 이 글에서는 특히 고려가요의 중렴이 지닌 구조적 의미를 살펴보고자 한다.

중렴은 그 기능에 따라 다시 감탄사와 조흥구로 나눌 수 있다.[8] 감탄사로 들 수 있는 것은 향가에서부터 그 연원을 찾을 수 있는 '아으'이다.[9] '아으'는 십구체 향가에서 쓰인 바와 같이 고양된 정서를 분출하는 감탄사로서 기능한 어휘이다. 한편, '아으' 외의 중렴은 대체로 조흥구로 분류할 수 있다. 조흥구는 지시대상이 불명확한 음절들의 조합으로서, 대개 연행 현장에서 흥을 돋우는 역할을 한 구절로 이해된다. 그런데 '아으'는 고려가요에서 고양된 정서의 분출이라는 시적 역할을 하는 것 이외에 음악적 투어套語로서도 기능하고 있으며, 조흥구는 단순히 흥을 돋우는 역할 이외

---

7) 고려가요의 여음이 지닌 구조적 의미에 대해서는 행 차원에서 '나ᄂᆞᆫ'에 담긴 율격적 의미가 언급된 바 있다. 성호경, 앞의 글, 156~157면 참조. 이 글에서는 주로 연 형식이나 시편 전체의 층위에서 여음구의 구조적 의미를 모색하고자 한다.

8) 여음은 기능에 따라 "助興餘音"과 "感歎詞"로 분류된 바 있다. 박춘규, 앞의 글 참조.

9) 감탄적 중렴으로는 '아소님하'도 들 수 있다. 그러나 이것은 그 사용법이 하나로 정해져 있어서 논의의 여지가 별로 없다. 이것은 문학적으로는 작품의 마지막 구 초두에서 쓰여 시상을 마무리하는 역할을 하며, 음악적으로는 마지막 악절을 알리는 套語로서 기능한다. 조흥욱, 앞의 글, 81~84면 참조.

에 시적 구조의 형성에 중요한 기능을 담당하기도 한 것으로 보이는바, 이제 그 각각의 경우를 살펴보도록 한다.

2.1. 감탄사

감탄사 '아으'가 악곡상의 필요에 의한 것임이 확연히 드러나는 경우는 <처용가>다. <처용가>에서 '아으'는 총 6회 쓰이는데, 문학적으로 볼 때는 일관된 규칙을 찾기 어렵다. 그러나 악곡 구조와 관련하여 보면 규칙성이 확연히 드러난다. 이를 보면 다음과 같다.

구절 번호10)	〈처용가〉 구절	〈처용가〉 악곡단위
1~8	新羅盛代 昭盛代 ~ 아으 壽命長願ᄒ샤 넙거신 니마해	前腔·附葉·中葉·附葉·小葉
9~14	山象이슷 깅어신 눈섭에 ~ 아으 千金 머그샤 어위어신 이베	後腔·附葉·中葉·附葉·小葉
15~23	白玉琉璃ᄀ티 히여신 닛바래 ~ 아으 界面 도ᄅ샤 넙거신 바래	大葉·附葉·中葉·附葉·小葉
24~29	누고 지서 셰니오 ~ 아으 處容 아비를 마아만 ᄒ니여	前腔·附葉·中葉·附葉·小葉
30~37	머자 외야자 綠李야 ~ 아으 둘흔 내해어니와 둘흔 뉘해어니오	後腔·附葉·中葉·附葉·小葉
38~46	이런 저긔 處容 아비옷 보시면 ~ 아으 熱病大神의 發願이샷다	大葉·附葉·中葉·附葉·小葉

<처용가>의 악곡은 균등한 세토막 구조가 2회 반복되는 것으로 되어,

---

10) <처용가>의 구 구분에 대해서는 최철, 『고려국어가요의 해석』, 연세대학교 출판부, 1996, 59~61면을 참조했다.

전체로 볼 때 여섯 부분의 균등한 단위로 나뉜다.[11] 이렇게 나뉜 여섯 부분들의 마지막은 항상 '소엽'으로 구성되는데, 그러한 소엽 첫 머리에는 반드시 감탄사 '아으'가 가사로 붙어 있다. 그런데 이러한 악곡 단위의 구분은 문학적 의미단락과 일치하지 않는다. <처용가>의 의미단락은 다음과 같이 크게 다섯 단락으로 나눌 수 있다.

구절 번호	<처용가> 구절	의미단락의 내용
1~5	新羅盛代 昭盛代 ~ 三災八難이 一時消滅ᄒ샷다	서사
6~23	어와 아븨 즈싀 여 ~ 아으 界面 도ᄅ샤 넙거신 바래	처용의 형용 묘사
24~29	누고 지서 셰니오 ~ 아으 處容 아비를 마아만 ᄒ니여	처용의 위대함에 대한 감탄
30~37	머자 외야자 綠李야 ~ 아으 둘흔 내해어니와 둘흔 뉘해어니오	처용의 노래와 역신 퇴치
38~46	이런 저긔 處容 아비옷 보시면 ~ 아으 熱病大神의 發願이샷다	역신의 도망

위의 표를 그 전 표와 비교하여 보면, 의미단락에 따른 가사 구분과 악곡단위에 따른 가사 구분이 작품의 전반부에서는 일치하지 않음을 알 수 있다. 첫 번째 악곡단위에 실린 가사에서는 서사단락이 구분되지 않은 채 처용의 형용을 묘사한 본사단락으로 넘어가고 있다. 그리고 두 번째와 세 번째 악곡단위에 해당하는 가사들은 모두 처용의 형용을 병렬적으로 묘사하는 부분이어서 특별히 나누어질 부분이 아닌데도 악곡단위에 의해 서로 나뉘었다. 따라서 <처용가>의 전반부에서는 악곡단위에 의한 가사 구분이 문학적으로 의미를 지니지 못한다고 할 수 있으며, 악곡 구조에 맞추어

---

11) 양태순, 『고려가요의 음악적 연구』, 이회문화사, 1997, 79~80면 참조.

‘소엽’의 자리에 일정하게 온 감탄사 ‘아으’ 또한 응축된 감정의 분출이라는 문학적 기능을 다하고 있다고 보기 어렵다.

한편, <처용가>의 후반부인 제24~46구에 해당하는 부분에서는 악곡단위에 따른 가사 구분이 의미단락과 서로 일치하며, 이와 함께 ‘아으’ 또한 각 의미단락에서 쌓인 고조된 정서를 풀어낸다는 시적 의미를 띠고 있다. ‘발단 - 전개 - 위기 - 절정 - 결말’로 이해되는 총 다섯 단락으로 이루어진 <처용가>의 의미단락들 중 ‘위기~결말’에 해당하는 후반부에서 ‘아으’는 각 의미단락을 효과적으로 구분지으며 시상을 고조시키는 데 기여하고 있다. <처용가>의 드라마틱한 시상 전개에 ‘아으’의 규칙적 사용이 유용하게 작용하고 있는 것이다.12) 그러나 그렇다 하더라도 <처용가>의 전후반을 통틀어 볼 때 ‘아으’의 쓰임에 일관되게 적용되는 규칙은 문학적인 것이 아니라 음악적인 것이라는 사실에는 변함이 없다.

‘아으’의 쓰임이 악곡 구조상으로 규칙성을 띠는 것은 <정과정>의 경우에도 마찬가지다. 그러나 <정과정>의 경우에는 <처용가>와 달리 악곡 구조에 따른 가사 구분과 문학적 의미단락이 일치하며, 이에 따라 ‘아으’ 역시 각 의미단락에서 응축된 감정을 분출하는 시적 기능을 다하고 있다. <정과정>은 ‘강腔’·‘엽葉’ 등의 악곡단위가 첨부된 채로 『악학궤범』에 기록되어 있는데, 이에 따라 구절을 분류하여 텍스트를 제시하면 다음과 같다.

前腔 내님을 그리ᅀᆞ와 우니다니
中腔 山졉동새 난 이슷ᄒ요이다

---

12) <처용가>는 보통 네 개의 의미단락으로 구분되어 왔다. 이와 달리 본 장에서는 제30구~ 제46구에 이르는 부분을 둘로 나누어 다섯 개의 의미단락으로 <처용가>를 나누었다. 기존 논의에 대해서는 박병채, 『高麗歌謠의 語釋研究』, 이우출판사, 1975, 134면; 이명구, 「<處容 歌> 研究」, 김열규·신동욱 편, 『高麗時代의 가요문학』, 새문사, 1982, Ⅰ-24면 참조.

後腔 아니시며 거츠르신둘 <u>아으</u>
附葉 殘月曉星이 아ᄅ시리이다

大葉 넉시라도 님은 ᄒ딕 녀져라 <u>아으</u>
附葉 벼기더시니 뉘러시니잇가

二葉 過도 허믈도 千萬 업소이다
三葉 믈힛마리신뎌
四葉 ᄉᆞᆯ읏븐뎌 <u>아으</u>
附葉 니미 나ᄅᆞᆯ ᄒᆞ마 니ᄌᆞ시니잇가

五葉 아소님하 도람드르샤 괴오쇼셔

　<정과정>의 악곡은 대체로 대여음大餘音의 존재에 따라 위와 같이 '전강前腔~부엽附葉 / 대엽大葉·부엽附葉 / 이엽二葉~부엽附葉 / 오엽五葉'의 네 부분으로 나뉜다.[13] 이때 마지막 '오엽五葉'을 제외한 각 부분은 모두 '부엽附葉'으로 마감되는데, '부엽'이 시작되기 바로 직전에는 '아으'가 항상 가사로 옴을 위에서 볼 수 있다. 이로써 <정과정>의 '아으' 또한 악곡의 단위를 구분하는 투어로서 기능함을 알겠다.

　그러나 <정과정>의 악곡 단위에 따른 가사 구분은 <처용가>와 달리 시의 의미단락과도 일치한다. <정과정>의 시형태는 10구체 향가 형식과 유관한 것으로 전부터 논의되어 왔다.[14] 전체적인 구의 개수가 비슷하고 내용 또한 대체로 3단으로 나누어 볼 수 있다는 것이 그 이유였다. 그러나

---

13) 양태순, 앞의 책, 283면 참조.
14) 조윤제, 『韓國詩歌史綱』, 을유문화사, 1954, 100~101면; 김동욱, 『韓國歌謠의 研究』, 을유문화사, 1961, 167면 참조.

<정과정>의 의미구조에는 10구체 향가와 상이한 부분 또한 분명히 존재한다. 10구체 향가는 1~4구, 5~8구가 각기 하나의 의미단위로 되어 있으며 4구와 8구에 보통 종결어미가 온다. 그런데 위에서 보는 것과 같이 <정과정>의 5~10구는 의미상 독립된 여러 개의 문장들이 나열되어 있는 형태이다. 이러하므로 <정과정>의 형식은 10구체 향가의 잔영으로 이해되어왔다. 그런데 위에서 제시한 형태와 같은 4단 구조로 시상을 파악하면 막연히 향가의 잔영이라 할 때보다 더 구체적으로 <정과정>의 구조를 파악할 수 있다.[15] 이를 보면 다음과 같다.

1단 (1~4구)	제1~2구	충성의 다짐
	제3~4구	참소의 억울함 하소
2단 (5~6구)	충성의 다짐	
3단 (7~10구)	참소의 억울함 하소	
4단 (11구)	총애의 회복에 대한 염원	

위와 같이 <정과정>의 시상은 "총애의 회복에 대한 염원"이라는 전체주제에 이르기까지 "충성의 다짐"과 "참소의 억울함 하소"라는 두 가지 내용이 교체·반복되는 꼴로 전개되고 있다. 이러한 이질적 내용들이 1단락에서는 세련된 병렬 구조를 통해 통합되었으며,[16] 2단락과 3단락에서는 잦

---

15) '1~4구 / 5~6구 / 7~10구 / 11구'의 형태로 <정과정>의 단락을 구분할 수 있음은 양태순에 의해 언급된 바 있다. 그 이유로 그는 "음악적인 기준으로 보아도 그렇고(세 군데 '부엽'이 하행종지형 선율이고 그 뒤에 여음이 옴), 노래말로 보아도 세 군데 '부엽'의 앞에 "아으"가 놓임으로써 단락의 구분을 보장하고 있다."는 점을 들었다. 양태순, 「音樂的 側面에서 본 高麗歌謠」, 성균관내학교 인문과학연구소 편, 『高麗歌謠研究의 現況과 展望』, 집문당, 1996, 92면.

16) 님을 향한 화자의 일편단심을 표현한 전 2구와 참소의 억울함을 표현한 후 2구가 의미적 대립을 이루는 동시에 전 2구의 '山졉동새'와 후 2구의 '殘月曉星'의 비유가 서로 대응하고 있다.

은 영탄형 문장들을 통해 각각 보다 강렬하게 표현되었다.[17] 이렇듯 서로 변별되는 내용을 과감히 통합하며 강렬하게 드러내는 의미구조는 10구체 향가의 경우와 사뭇 다르다. 10구체 향가는 1~4구와 5~8구에 표현되는 내용과 정서가 대체로 균질한 편이다. 충신연주지사라는 점에서 <정과정>에 맥이 닿는 것으로 평가되는 <원가怨歌>의 예를 보아도 그 내용은 버림 받은 시적 화자의 모습을 표현하는 것으로 일관된다. 이에 비해 <정과정>은 일편단심과 억울함·원망이라는 이질적 정서가 뒤섞이며 상승하는 시상의 전개를 보여 주고 있다. <정과정>의 4단 구조는 이러한 시상 전개를 잘 담아낸다는 점에서 의미 있는 시적 구조라고 할 수 있다.[18]

<정과정>의 4단 구조에서 감탄사 '아으'는 중요한 역할을 담당한다. '아으'는 각 의미단락의 마지막 구 바로 직전 구의 말미에 항상 와, 각 단락의 시상을 집약하는 동시에 단락과 단락 사이의 시상 전환 또한 부각하고 있

---

17) 이와 같은 해석은 <정과정>에 존재하는 몇 가지 난해구들로 인해 불안정한 면을 지니고 있다. '벼기더시니'나 '믈 힛마리신뎌' 등이 그러한 난해구들이다. '벼기더시니'는 '우기다' (양주동) 혹은 '어기다'(박병채)로 해석되었는데, 어느 경우라 할지라도 제2단락의 내용은 시적 화자의 일편단심과, 그러한 일편단심을 저버린 님에 대한 소극적 원망의 표현 정도로 볼 수 있겠다. 한편, 제3단락의 '믈 힛마리신뎌'는 '무리들의 讒言'(양주동) 혹은 '말짱한 말'(박병채)로 해석되었는데, 그 전 구와 이어져 대체로 참언의 그릇됨을 뜻하는 부분으로 볼 수 있을 듯하다.

18) <정과정>은 향가의 잔영으로 이해되면서도 한편으론 4단의 의미단락을 지닌 것으로도 해석되어 왔다. 그런데 의미단락의 구분은 논자마다 일정하지 않았다. 그것은 각운의 유무에 따라 "1~4구/5~7구/8~10구/11구"로 나뉘기도 했고, 내용상의 이유로 "1~4구/5~8구/9~10구/11구"로 구분되기도 했다. 정재호, 「<鄭瓜亭>에 대하여」, 김열규·신동욱 편, 『高麗時代의 가요문학』, 새문사, 1982, Ⅰ-188~191면; 최용수, 『高麗歌謠研究』, 계명문화사, 1996, 62~64면 참조. 그런데 이 두 논의들은 세부적 단락 구분에서는 정확히 일치하지 않았지만, <정과정>의 시상이 4단 구조를 통해 복합적으로 전개된다는 점에 대해서는 비슷한 시각을 보였다. 전자는 "님에 대한 충성, 충성에 대한 부정, 부정에 대한 변명"으로, 후자는 "(충성 - 결백) - (충성 - 결백) - 자탄(怨望) - 구애"로 <정과정>의 시상을 파악하였는데, 이러한 시각들은 <정과정>의 시상이 복합적으로 전개된다고 보는 이 글의 관점과 부합한다. 그러나 이 글에서는 앞선 논의들과 달리, 악곡 구조와 일치하는 형태로 <정과정>의 의미단락을 나누었을 때 이러한 시상 전개가 잘 파악된다고 보았다.

다. 이렇게 볼 때 '아으'는 악곡의 구조와 관련된 음악적 투어일 뿐만 아니라 문학적 구조에서도 유기적 기능을 담당하는 어사임을 알 수 있다.

<처용가>의 경우 '아으'의 규칙적인 쓰임은 악곡의 구조에 맞게 조율된 것임이 분명하다. 그것이 시의 구조와는 일관된 연관성을 보이지 못함에 반해 악곡의 구조와는 뚜렷한 관련을 보이기 때문이다. 그러나 <정과정>의 경우에는 '아으'가 음악과 문학 양면에 걸쳐 구조상 중요한 의미를 지니기 때문에, 음악적 성격이나 문학적 성격 중 어느 쪽이 더 본질적인 것인가에 대해 말하기 어렵다. 이러한 두 경우를 종합한다면, 고려가요에서 감탄사 '아으'는 음악적 투어로서의 의미를 지니기도 하지만, 복합적 정서의 통합이라는 고려가요의 독특한 시적 구조를 성립시키는 데도 중요한 역할을 한 어사라고 결론 내릴 수 있다.

2.2. 조흥구

중렴으로 쓰인 조흥구가 고려가요의 시상 전개에 작용한 바는 연의 층위에서 파악된다. 이로는 <사모곡>, <쌍화점> 등의 경우를 들 수 있다. <사모곡>에 쓰인 조흥구 '위 덩더둥셩'과 <쌍화점>에 쓰인 '다로러니'류類는 <사모곡>과 <쌍화점>의 전반적 의미와는 별다른 관계 없이 연행상황에서 흥을 돋우기 위해 쓰인 구절인 것으로 대개 파악되었다. 특히 <쌍화점>에 쓰인 '다로러니'류의 조흥구는 『시용향악보』에 실린 여타의 무가계 巫歌系 고려가요에서 중렴이나 후렴으로 자주 쓰여 본사의 내용과 별 관계 없이 널리 쓰인 조흥적 여음으로 짐작된다.[19] 한편, <사모곡>에 쓰인 '위

---

19) <쌍화점>의 조흥구는 악기의 의성어로 흔히 파악되곤 했다. 김사엽, 『국문학사』, 정음사, 1945, 286면; 김기동, 『국문학개설』, 대창문화사, 1957, 76~77면 참조.

덩더둥셩'은 악곡 구조와의 관련성 또한 지닌 것으로 보인다. '위'로 시작되는 조흥구는 다른 고려가요 작품들에서 한결같이 종지형終止型 악구樂句에 붙어 있는데,[20] 이는 <사모곡>에서도 또한 마찬가지다. 따라서 <사모곡>의 조흥구 '위 덩더둥셩'은 종지형 악구에 따른 투어로서도 기능한다. 그러나 이러한 연행적·음악적 의미와는 별도로 <사모곡>과 <쌍화점>의 조흥구는 시적 구조와 관련된 문학적 기능 또한 담당하고 있는 것으로 보인다.

<사모곡>과 <쌍화점>의 시편 형식은 서로 다르다. <사모곡>은 하나의 연으로 작품 전체가 구성된 단연체이고, <쌍화점>은 같은 형식의 연이 반복되는 연장체이다. 그러나 이들 작품은 서로 유사한 구조의 연을 지니고 있다. 그것은 4구로 구성된 본사의 마지막 구가 조흥구에 의해 앞의 구들과 분리되는 구조이다. 이를 살펴보면 다음과 같다.

작품명	조흥구를 뺀 형태	조흥구를 붙인 형태
사모곡	호미도 ᄂᆞᆯ히어신 마ᄅᆞᄂᆞᆫ 낟ᄀᆞ티 들리도 어쓰셰라 아바님도 어ᅀᅵ어신 마ᄅᆞᄂᆞᆫ 어마님ᄀᆞ티 괴시리 어뻬라	호미도 ᄂᆞᆯ히어신 마ᄅᆞᄂᆞᆫ 낟ᄀᆞ티 들리도 어쓰셰라 아바님도 어ᅀᅵ어신 마ᄅᆞᄂᆞᆫ <u>위 덩더둥셩</u> 어마님ᄀᆞ티 괴시리 어뻬라
쌍화점	상화뎜에 상화사라 가고신ᄃᆡ 휘휘아비 내손목을 주여이다 이말ᄉᆞᆷ이 이멈밧긔 나명들명 죠고맛감 삿기광대 네마리라 호리라	상화뎜에 상화사라 가고신ᄃᆡ 휘휘아비 내손목을 주여이다 이말ᄉᆞᆷ이 이멈밧긔 나명들명 <u>다로러니</u> 죠고맛감 삿기광대 네마리라 호리라

위의 작품들에서 조흥구를 뺀 형태는 전 2구와 후2구가 의미상 대응하

---

20) 조흥욱, 앞의 글, 74~78면 참조.

거나 반전되는 4구로 구성되어 있다. <사모곡>은 호미와 낫의 비유로 이루어진 전 2구와 아버님과 어머님의 사랑을 비교한 후 2구가 대응하는 구조로 되어 있고, <쌍화점>은 전 2구에서는 불미스러운 상황을 서술하고 후 2구에서는 엉뚱한 핑계를 대어 시상의 반전이 이루어지는 구조로 되어 있다.

대구나 반전의 4구 구조는 고려가요에서 흔히 보인다. <동동>의 연들이 그러하고, <정과정>의 제1단락 또한 그러하다. 이를 보면 다음과 같다.

〈동동〉 1월연	〈정과정〉 제1단락
正月ㅅ 나릿므른 아으 어저 녹져 ᄒ논ᄃᆡ 누릿 가온ᄃᆡ 나곤 몸하 ᄒ올로 녈셔 아으 動動다리	내님을 그리ᅀᆞ와 우니다니 山졉동새 난 이슷ᄒ요이다 아니시며 거츠르신ᄃᆞᆯ 아으 殘月曉星이 아ᄅᆞ시리이다

후렴 "아으 동동動動다리"를 제외하고 볼 때, <동동>의 1월연에서는 정월 냇물의 조화로움을 읊은 전 2구와 시적 화자의 고독을 읊은 후 2구의 날카로운 의미적 대립과 형식적 대응 구조를 볼 수 있다. <정과정>의 제1단락에서도 또한 님을 향한 화자의 일편단심을 표현한 전 2구와 참소의 억울함을 표현한 후 2구가 의미적 대조를 이루는 동시에 전 2구의 '산山졉동새'와 후 2구의 '잔월효성殘月曉星'의 비유가 서로 대응하고 있다.

대응과 대립의 병렬적 방식을 통해 아이러니한 시상을 전개시키는 것은 고려가요의 특징적 연 구조로 보인다. 이때 중렴은 시상의 대립과 반전을 더욱 부각하는 역할을 한다. 위에서 보는 바와 같이 <정과정> 제1연의 '아으' 또한 이러한 역할을 하고 있는데, 이는 <사모곡>이나 <쌍화점>의 조홍구들과 비슷하다. <사모곡>과 <쌍화점>에서 중렴이 놓인 부분은 둘 다 의미상의 대립과 반전이 확연히 이루어지는 마지막 구 앞이다. 이들은 각기 '마ᄅᆞᄂᆞᆫ', '나명들명'과 같은 역접 혹은 조건의 연결어미 뒤에 쓰여, 뒤에 이어질 의미적 대립과 반전을 기대하게 한다. 이런 점에서 이들 조흥적 중렴은 시적 의미의 긴장을 지속·심화시켜 대립과 반전의 연 구조를 강화하는 데 기여하는 어사들이라 할 수 있다.[21] 이 점 <정과정>의 '아으' 또한 마찬가지인데, 이 역시 '거츠르신돌'이라는 조건문 뒤에 놓여 마지막 구의 대립적 시상[22]을 부각하고 있다.

중렴으로 갈라지는 고려가요의 연 구조는 일종의 전대절前大節·후소절後小節 구조로 해석될 수 있다. 전대절·후소절 구조는 한국시가의 기본 이념이라고 설명되었을 만큼 고시가 장르에서 다양한 형태로 반복적으로 나타나는 구조다. 그것은 향가와 경기체가, 시조 장르를 관통하는 것으로 설명된다.[23] 그런데 중렴을 중심으로 전3구와 후1구로 갈라지는 고려가요의 연 구조 또한 이에 해당하는 것으로 보인다. 그러나 향가·경기체가·시조 등의 장르에 나타난 전대절·후소절 구조가 시상의 종합과 고양을 지향하는 데 비해, 중렴을 중심으로 한 고려가요 연의 전대절·후소절 구조는 시상의 반전을 지향한다는 점에서 변별된다.

---

21) <쌍화점>·<정과정> 등과 달리 <사모곡>에서는 전 2구와 후 2구 사이에 의미상의 대립이 일어나지 않고 형식상으로 대응될 뿐이다. 의미적 대립이 일어나는 부분은 제1구와 제2구 사이, 그리고 제3구와 제4구 사이다. 이러한 구조에서 조흥구 '위 덩더둥셩'은 제3구와 제4구를 가름으로써 대립적 시상을 더욱 부각시킨다.

22) '일편단심'과 '부당한 참소의 억울함' 간의 대립적 시상.

23) 조윤제는 "한 篇의 詩歌가 前大節·後小節에 分段되고, 그리고 後小節의 머리에는 대개 '아으'類의 感歎詞가 붙는 것이 상당히 강렬한 우리 詩歌形式의 基本理念인 것 같이 보인다." 라고 하고, 향가의 10구체는 전8구 후2구로 분단되고, 경기체가의 각 장은 전대절과 후소절로 분단되는 것이라고 설명하였다. 조윤제, 「시조의 종장 제1구에 대한 연구」, 『도남잡식』, 을유문화사, 1964, 6~9면.

한편, <쌍화점>에서 조흥구는 연의 전대절·후소절 구조를 넘어 더욱 확
장되었다. <쌍화점>의 매 연은 '4구의 의미단락 + 조흥구'로 이루어진 전
대절·후소절 구조에 다시 각기 두 구의 조흥구와 실사구가 덧붙은 형태로
되어 있는데, 이 경우에도 조흥구가 시상의 반전에 중요한 역할을 하기는
마찬가지다.[24] <쌍화점> 제1연의 전체를 보면 다음과 같다.

> 상화뎜에 상화사라 가고신ᄃᆡ
> 휘휘아비 내손목을 주여이다
> 이말ᄉᆞ미 이뎜밧ᄭᅴ 나명들명
> <u>다로러니</u>
> 죠고맛감 삿기광대 네마리라 호리라
> <u>더러둥셩다로러</u>
> 긔자리에 나도자라 가리리
> <u>위위 다로러거디러거 다롱디 다로러</u>
> 긔잔ᄃᆡ ᄀᆞ치 덤거츠니 업다

위에서 보는 것처럼 <쌍화점>의 각 연에는 총 3회의 조흥구가 쓰였으
며, 이는 시상의 거듭된 반전 구조를 가능하게 하였다. 첫 번째 조흥구 "다
로러니"는 이전 시구들에서 쌓인 긴장 속에서 발화된다. 이전 시구들에서
는 쌍화점에서 일어난 불미스러운 상황을 서술하고 그러한 상황이 소문날
수도 있다는 가정을 제시함으로써 시적 상황을 긴장국면에 이르게 한다.
그러한 국면에서 조흥구 "다로러니"를 통해 호흡을 고르는데, 드디어 제시
되는 내용은 화자가 어이없게도 애먼 어린 광대의 핑계를 대는 것이다. 이

---

24) 특히 <쌍화점>과 관련하여, 중렴으로 쓰인 고려가요의 조흥구가 지닌 반전 기능에 대해
   이 글과 유사한 시각을 보여준 다음의 논의가 있었음을 이 글의 퇴고 과정에서 발견하여
   밝혀둔다. 김대행, 「雙花店과 反轉의 意味」, 『高麗詩歌의 情緒』, 개문사, 1985, 193~207면.

렇게 윤리적으로 무책임한 결말을 접하며 듣는 이가 정서적 충격에 빠져
있는 가운데 다시 두 번째 조흥구 "더러둥셩다로러"가 호흡을 고른다. 그
런데 이어 제시되는 내용은 아예 노골적이어서 더 한층 충격적이다. 다른
화자가 등장해 난잡한 불륜의 장소에 동참하고 싶다고 선언하고 있는 것
이다. 이러한 선언이 유발하는 충격의 크기만큼 뒤이어 나오는 마지막 조
흥구의 길이는 길다. 드디어 한참 후에야 지금까지의 충격을 완화시키는
점잖은 발언이 끝으로 나온다. 이렇듯 <쌍화점>의 조흥구는 얼핏 보기에
정연한 시구 전개를 방해하는 것으로 보이기도 하지만, 다시 보면 거듭되
는 반전으로 이루어진 연 구조를 가능하게 한 중요한 시적 장치임을 알
수 있다.

이상에서 <사모곡>과 <쌍화점> 등에 중렴으로 쓰인 조흥구가 시상의
반전을 지향하는 연의 의미구조에 사용된 바를 보았다. 조흥구는 이들 작
품에서 연의 전대절·후소절 구조를 이루기도 하였고, 반복적 쓰임을 통해
반전의 시적 구조를 확대하기도 하였다. 따라서 이들 작품의 조흥구는 단
순히 흥을 돋우는 요소나 악곡 구조상의 이유로 쓰인 투어만이 아니라, 연
형식의 층위에서 반전의 시적 구조를 이루어낸 문학적 요소로 평가된다.

3. 반복구의 구조적 의미

3.1. 악곡 구조에 따른 반복구

실사들로 이루어진 반복구는 의미가 불분명한 여음구에 비해 문학적 의
미를 획득할 가능성이 더 높은 것으로 일반적으로 여겨진다. 그러나 반복

구 또한 고려가요에서 악곡상의 필요에 의해 첨가된 것일 수 있음은 여러
번 제기된 바 있다. 대표적인 경우가 <정석가>에 나타난 반복구이다.

<정석가>의 반복구가 음악상의 필요에 의한 것이었으리라는 추정은 반
복구를 동반하여 <정석가> 악곡 1절에 실린 가사의 형태가 <정석가>의 문
학적 연과 일치하지 않는다는 점에서 비롯된 것으로 보인다. 더구나 <정
석가>의 연은 고려가요에서 전형적으로 나타나는 4구체로 되어 있어서,
그러한 4구체가 <정석가>의 원형태였으리라는 추정을 하게 되기 쉽다.[25]
<정석가>의 1연이 악곡의 두 절에 나누어 실린 모습을 보면 다음과 같다.

〈정석가〉 제1연	〈정석가〉 제1절 · 제2절
삭삭기 셰몰애 별헤나는 구은밤 닷되를 심고이다 그바미 우미도다 삭나거시아 有德유덕ᄒ신 님믈 여희ᅌᆞ와지이다	삭삭기 셰몰애 별헤나는 삭삭기 셰몰애 별헤나는 구은밤 닷되를 심고이다 그바미 우미도다 삭나거시아 그바미 우미도다 삭나거시아 有德유덕ᄒ신 님믈 여희ᅌᆞ와지이다

<정석가>의 1연은 왼쪽에서 보는 것처럼 4구로 이루어져 있으며, 비현
실적 상황의 설정이 영원한 사랑에 대한 기약으로 전환되는 의미 구조로
되어 있다. 전반부에서의 '무한無限의 과장된 설정'이 후반부에서의 '유한有
限에 대한 아쉬움'과 결합하면서 의미적 대립을 이룬다.[26] 이러한 형태와

---

25) 다음과 같은 견해를 참고할 수 있다. "「정석가」에 있어서 악장가사의 분장 방식에서 보여
주는 각 章의 첫 구의 반복 사용이나, 分章의 결과가 의미상의 段落과 어긋나는 것은 그
분상 방식이 樂曲에 맞추기 위한 배려였다고 이해하기에 충분한 것이다." 윤철중, 「「鄭石
歌」攷」, 성균관대학교 인문과학연구소 편, 『高麗歌謠研究의 現況과 展望』, 집문당, 1996,
186~187면.
26) <정석가> 후반부의 내용은 물론 영원한 사랑에 대한 기약이다. 그러나 그러한 기약의 이
면에는 사랑의 유한성에 대한 아쉬움과 불안이 내재되어 있다. 이는 <정석가>와 비슷한

의미구조는 고려가요의 전형적인 연 구조를 보여준다. 그런데 반복구의 쓰임은 그러한 구조를 해체하는데, 이에는 구조상의 또 다른 필연성이 별로 있어 보이지도 않는다. 이런 이유로 <정석가>에 나타난 반복구는 악곡상의 필요에 의한 것으로 추정되곤 했다. 그러나 이러한 이유만으로는 <정석가> 반복구의 음악적 성격을 확증하기 어려울 것이다. 반복구를 동반한 형태가 전형적인 고려가요의 연 구조와 괴리되기는 하지만, 그것대로의 또 다른 문학적 효과를 자아낸다고 설명할 수도 있기 때문이다. 그러나 다음과 같은 측면을 더 고려할 때 <정석가>의 반복구는 음악적 이유로 쓰였을 확률이 높아 보인다.

반복구가 명백히 악곡상의 필요 때문에 발생하는 경우는 고려가요 개찬가사를 통해 볼 수 있다. 이로는 <봉황음鳳凰吟>과 <만전춘>의 한문가사를 예로 들 수 있다. <봉황음>은 <처용가> 악곡에 맞춰 불린 선초의 개찬가사이다.[27] 그런데 <봉황음>과 <만전춘>의 한문가사는 반복구를 제외하면 사실상 동일하다. 다만 <처용가>의 악곡이 <만전춘>의 악곡에 비해 길기에, <처용가> 악곡에 실린 <봉황음>은 반복구를 동반하게 된 것으로 보인다. 이를 보면 다음과 같다.[28]

시상을 보여주는 <五冠山>을 생각해 보면 더 잘 이해된다. 불가능한 상황을 설정하여 어머니의 장수를 비는 不傳 高麗歌謠 <오관산>의 내용은 유한한 인간의 삶에 대한 안타까움이 없었다면 설정되지 못했을 것이다. 이제현의 번역시를 통해 <오관산>의 내용을 보면 다음과 같다. "나무토막으로 자그마한 당닭을 깎아 젓가락으로 집어다가 벽에 앉히고 이 새가 꼬끼오 하고 때를 알리면 어머님 얼굴은 비로소 서쪽으로 기우는 해처럼 늙으시리라. (木頭雕作小唐鷄 筋子拈來壁上栖 此鳥膠膠報時節 慈顔始似日平西)"

27) 『大東韻府群玉』 권8의 기록에 따르면 세종의 명에 의해 尹淮가 지었다고 한다.

28) <봉황음> 시와 <만전춘> 한문가사는 『세종실록』 「악보」에 각기 <처용가> 악곡과 <만전춘> 악곡에 얹혀 <봉황음> 혹은 <만전춘>이라는 제목으로 실려 있다.

〈만전춘〉의 한문가사	〈처용가〉 악곡에 실린 〈봉황음〉
山河千里國에 佳氣鬱葱葱ᄒᆞ샷다 金殿九重에 明日月ᄒᆞ시니 群臣千載에 會龍雲이샷다 熙熙庶俗ᄋᆞᆫ 春臺上이어늘 濟濟群生은 壽域中이샷다 高厚無私ᄒᆞ샤 美眖臻ᄒᆞ시니 祝堯皆是 大平人이샷다 熾而昌ᄒᆞ시니 禮樂光華ㅣ 邁漢唐이샷다	전강) 山河千里國에 佳氣鬱葱葱ᄒᆞ샷다 金殿九重에 明日月ᄒᆞ시니 群臣千載에 會龍雲이샷다 熙熙庶俗ᄋᆞᆫ 春臺上이어늘 濟濟群生은 壽域中이샷다 부엽) 濟濟群生은 壽域中이샷다 중엽) 高厚無私ᄒᆞ샤 美眖臻ᄒᆞ시니 祝堯皆是 大平人이샷다 부엽) 祝堯皆是 大平人이샷다 소엽) 熾而昌ᄒᆞ시니 禮樂光華ㅣ 邁漢唐이샷다

<처용가> 악곡은 <만전춘> 악곡에 비해 긴데, 그 개찬가사로는 <만전춘>의 개찬가사와 같은 작품을 사용했다. 이때 긴 악곡을 메우기 위해 반복구를 사용하였는데, 그 원칙은 악곡의 '부엽' 부분에는 항상 바로 앞의 가사를 반복하여 싣는 것이었다. 위에서는 <봉황음> 전체의 1/3만 보였지만, 이하 부분에서도 이러한 원칙은 동일하다. 그런데 이러한 반복은 시적 구조상으로는 별 의미가 없다. 시구의 형태나 의미로 볼 때 특별히 이 부분들이 반복·강조되어야 할 이유가 없기 때문이다. 따라서 이는 명백히 악곡상의 이유로 반복구가 쓰인 경우로 볼 수 있다.

그렇다면 <정석가> 역시 <봉황음>과 유사하게, 이미 있는 악곡에 올리는 과정에서 무의미하게 반복구가 붙은 경우일 수 있다. 그러나 이는 여전히 확실치 않다. <정석가>가 <봉황음>처럼 이미 있던 악곡에 얹혀 불린 것인지 불분명하기 때문이다. 그런데 <정석가>는 실제로 이미 존재하던 악곡에 얹혀 불린 것으로 보인다. <정석가>의 악곡은 <서경별곡>의 악곡을 거의 그대로 가져다 쓴 형태인 것이다.[29] 따라서 <징석기>의 반복구가 <봉황음>에서처럼 악곡상의 이유에서 붙여진 것이었을 확률은 더욱 커진다.

---

29) 박재민, 「<정석가> 발생시기 再考」, 『한국시가연구』 14, 한국시가학회, 2003, 10~11면 참조

<서경별곡>의 악곡을 습용한 <정석가> 악곡의 형태는 <정석가>의 문학적 1연을 다 싣기에 충분치 않다. 정석가가 실린 『시용향악보』 소재 고려가요들은 시 한 마디가 보통 악곡의 1행 혹은 반 행에 실려 있다.[30] 그런데 한 마디가 반 행에 실린 경우는 모두 선율의 변화가 없는 부분이 악곡의 소절 끝에 올 때뿐이다.[31] 그런데 <정석가> 악곡은 이런 구조로 되어 있지 않으므로 시 한 마디가 악곡 1행에 오는 편이 자연스럽다. 그렇다면, <정석가>의 1연은 4구로 되어 있으므로 이를 싣기 위해서는 적어도 12행 이상의 악곡이 필요하게 되는데, <정석가>의 악곡은 9행으로 되어 있어서 충분치 못하다.

물론 <정석가>에 반복구가 쓰인 것이 오로지 악곡의 영향 때문만이라고만 볼 수는 없을 것이다. 예컨대 <서경별곡>처럼 후렴을 쓰지 않고 반복구를 쓴 까닭이 무엇인지에 대해서는 또 다른 측면을 생각해 볼 수 있을 것이다.[32] 반복을 통한 의미상의 효과도 전혀 없을 수는 없다. 그러나

---

30) 무가계와 한시계 노래를 제외하고 보았을 때, 『시용향악보』에 실린 고려가요에는 <사모곡>·<유구곡>·<상저가>·<청산별곡>·<가시리>·<서경별곡> 등이 있다. 이 중 <사모곡>, <유구곡>, <상저가> 등은 악곡 1행에 시 한 마디가, <청산별곡>, <가시리> 등은 악곡 반 행에 시 한 마디가 실려 있다. <서경별곡>은 전체 8행으로 된 악곡 중 2행을 제외하면 악곡 1행에 시 한 마디가 실려 있다.

31) 다음에서 보는 바와 같은 <가시리>나 <청산별곡>의 악곡이 이러한 구조로 거의 일관된다. 색칠한 부분이 선율의 변화가 없는 부분이다.

宮		宮	上一		宮	下一	下二	
가	시		리		가	시	리	
宮	上三	上二	上一	宮			宮	
이	쇼	나	는					
下一		宮	宮	上二	上一	宮	下一	
멀		위	랑	드	래	랑		
下二			下三	下二		下二		
빠			먹	고				

32) 이로는 경기체가의 후소절에 쓰이는 반복구 구성이 영향을 준 것이 아닐까 가정해 볼 수도 있다. 그러나 경기체가 후소절의 반복구는 연 전체의 시상을 집약하는 의미로 쓰인다는 점에서 구조적 의미를 지니는 반면 <정석가>에 쓰인 반복구에서는 그러한 구조적 의미를

<정석가>가 이미 존재하고 있던 악곡에 얹혀 불려졌다는 점, 그런 경우엔 악곡 구조에 기인한 반복구가 쓰이기도 했다는 점, <정석가> 악곡의 길이가 <정석가> 1연 전체를 싣기에 용이치 않다는 점, <정석가>에 쓰인 반복구의 문학적 의미가 명확치 않다는 점 등을 통해 볼 때, <정석가>의 반복구는 문학적 필요보다는 음악적 요인에 의해 형성된 것으로 짐작된다.

3.2. 시적 구조를 이루는 반복구

<정석가>를 제외하고 본다면, 고려가요 작품들에 쓰인 반복구는 시편 구조에서 중요한 의미를 지니고 있는 것으로 보인다. 이러한 예로는 <사모곡>, <유구곡>, <이상곡>, <만전춘별사> 등을 들 수 있다.[33] <사모곡>과 <유구곡>의 예를 먼저 들어보면 다음과 같다.

사모곡	유구곡
호미도 눌히어신 마ᄅᆞᄂᆞᆫ 낟ᄀᆞ티 들리도 어쓰섀라 아바님도 어이어신 마ᄅᆞᄂᆞᆫ 위 덩더둥셩 어마님ᄀᆞ티 괴시리 어뻬라 아소님하 <u>어마님ᄀᆞ티 괴시리 어뻬라</u>	<u>비두로기 새ᄂᆞᆫ</u> <u>비두로기 새ᄂᆞᆫ</u> 우루믈 우루디 <u>버곡댱이사 난됴해</u> <u>버곡댱이사 난됴해</u>

찾기 어렵다. 그렇다면, 설령 경기체가가 <정석가>에 영향을 준 것이라 할지라도 이는 단지 형태상의 영향을 준 것일 뿐 문학적 의미를 보장해주는 것은 아니다.

33) 반복구가 쓰인 작품으로는 <서경별곡>도 있다. 그러나 이 경우에는 다른 작품들에서와는 달리 각 구의 제일 앞 단어만 반복되는 형태를 취한다. 예컨대 다음과 같다. "<u>셔경西京이</u> 아즐가 // <u>셔경西京이</u> 셔울히 마르는 // 위 두어렁셩두어렁셩다링디러리." 이러한 다슈 반복의 형태에서는 리듬형성의 측면 외에는 별다른 의미를 찾기 어려우므로 <서경별곡>의 경우는 논의에서 제외한다. 그 외 이 글에서 논의하는 반복구들은 시구 전체가 반복되는 형태로 <서경별곡>의 어휘 반복과 다르며, 시의 전체 구조에서 유기적인 의미를 띠고 있다.

<사모곡>에서는 마지막 구를 한 번 더 반복하였는데, 이를 통해 마지막 구의 내용은 더 한 층 앞 구절과 대조·부각된다.[34] <유구곡>에서 또한 반복구는 의미의 반전을 강화한다. 반복구를 뺀 <유구곡>은 총 3구로 되어 있는데, 제1구와 제3구가 각기 반복되어 총 5구로 작품이 구성되었다. 이에 따라 제2구를 중심으로 그 전과 후가 대칭을 이루게 된다. 그러나 형태상으로는 대칭을 이루어 균형감을 주지만 의미상으로는 반전되어 정서적 충격을 일으킨다.[35] 의미의 반전이 대칭적 형태를 통해 아이러니컬하게 이루어지고 있는 것이다. 이렇듯 <사모곡>과 <유구곡>에 쓰인 반복구들은 반전된 시상을 강조하여 시 전체의 주제를 부각하는 역할을 하고 있다.

<이상곡>에서 또한 반복구는 작품 전체에 걸쳐 비약적인 시상 전개를 이루는 데 중요한 역할을 하고 있다. <이상곡>의 시편 구조는 <정과정>의 영향을 받은 것으로 보인다.[36] <정과정>이 십구체 향가의 영향을 받으면서도 감탄사 '아으'의 활용을 통해 전체 4단의 의미구조를 이루었음은 앞에서 본 바와 같다. 이러한 4단의 의미구조가 <이상곡>에서는 반복구의

---

34) <사모곡>의 마지막 구는 앞에 조흥구 '위 덩더둥셩'이 오면서 한 차례 강조되었음을 앞 장에서 보았다. 여기에 더하여 마지막 구가 다시 한 번 반복됨으로써 제3구와 대립 구도를 지닌 마지막 구의 의미는 더욱 강조된다.

35) <유구곡>의 해석은 둘로 제시할 수 있다. 하나는 "비둘기 새는 울음을 울지만 뻐꾸기야말로 나는 좋다"이고, 다른 하나는 "비둘기새는 울음을 우는데, (그 울음의 내용인즉슨) '뻐꾸기가 난 좋다.'"이다. 어느 경우에나 시상이 반전됨은 마찬가지다. 전자의 독법은 고려 예종이 言路의 개방을 추구하며 지었다는 <伐谷鳥>와 관련되어 주로 해석되는데, 이는 <유구곡>에 대한 일반적인 해석법이었다. 반면 후자의 독법에 따르면 <유구곡>은 "동종집단을 벗어나 뻐꾸기를 향한 연정을 고백하고 있"는 "은밀한 사랑을 고백한 노래"가 된다. 전자의 해석에 대해서는 권영철, 「維鳩曲」攷, 김열규·신동욱 편, 『고려시대의 가요문학』, 새문사, 1982, I-124~154면 참조. 후자의 해석에 대해서는 윤성현, 「<유구곡>의 구조와 미학의 본질」, 『속요의 아름다움』, 태학사, 2007, 228~235면 참조.

36) 악곡 간의 영향관계를 통해 <이상곡>의 악곡이 <진작> 4(<정과정>의 악곡 중 후대 악곡)의 영향을 받은 것임이 추론된 바 있다. 이는 <이상곡>이 <정과정>의 영향을 받아 후대에 창작된 것임을 방증한다. 양태순, 앞의 책, 309~318면 참조.

활용을 통해 더욱 뚜렷해지고 있다. <이상곡>의 전편을 의미단락에 따라
나누어 보면 다음과 같다.

비오다가 개야아 눈하디신 나래
서린석석 사리조븐 곱도신 길헤
다롱디 우셔마득 사리마득 너즈세너우지
잠짜간 내니믈 너겨깃둔
열명길헤 자라 오리잇가

종종 벽력 싱 함타무간 고대셔 싀여딜 내모미
　　　霹靂　生　陷墮無間
죵 벽력 아 싱 함타무간 고대셔 싀여딜 내모미
　　　霹靂　生　陷墮無間
내님 두숩고 년뫼롤 거로리

이러쳐 뎌러쳐
이러쳐 뎌러쳐 긔약이잇가
　　　　　　期約

아소님하 한듸 녀젓 긔약이이다
　　　　　　期約

　　제1단락은 고립된 상황에서 님을 다시 만날 수 없다는 좌절감을 표현하
였다. 시적 화자는 고립된 자신의 상황을 '비와 눈, 서리까지 내린 좁고 굽
은 길'이라고도 하고, '열명길', 곧 '저승길'이라고도 표현하고 있다. 이러
한 좌절감은 제2단락에서 급속도로 악화되는데, 이러한 정서의 심화는 제
2단락 내의 반복구를 통해 이루어지고 있다. 벼락이 쳐 무간지옥無間地獄에
빠져 죽고 말 것이라는 극단적 진술이 두 번 반복되면서 좌절감의 극을

표현하고 있는 것이다. 이윽고 이어지는 "내님 두숩고 년뫼를 거로리"에
서는 극도의 좌절감 끝에 역설적으로 형성되는 간절한 소망이 표현된다.
이후 제3단락에서는 '기약'을 상기하는 긍정적 정서로 전환되고, 마지막 4
단락에서는 긍정적 믿음이 서술된다. 이와 같이 <이상곡>은 좌절과 소망
이라는 상충되는 두 정서가 역설적으로 결합하는 시상의 전개를 보여준
다.[37] 이러한 시상은 기 - 승 - 전 - 결의 4단 의미구조로 전개되는데, 반복
구를 통한 제2단락과 제3단락의 구성은 이러한 의미구조를 형성하는 데
결정적인 역할을 하고 있다.[38] 제2단락에서 정서의 심화가 반복구를 통해
이루어질 수 있었고, 시상이 전환되는 제3단락은 반복구를 통해 그것이
하나의 의미단락임을 뚜렷이 나타낸다. 반복구는 <이상곡>의 복합적 시상
전개를 가능하게 한 중요한 시적 장치인 것이다.

　마지막으로 살펴볼 것은 <만전춘별사>에 나타난 반복구들이다. <만전
춘별사>에는 전편에 걸쳐 여러 번 반복구가 쓰였는데, 이를 보면 다음과
같다

> 어름 우희 댓닙자리 보와 님과 나와 어러주글만뎡
> 어름 우희 댓닙자리 보와 님과 나와 어러주글만뎡
> 졍 둔 오ᄂᆞᆳ범 더듸 새오시라 더듸 새오시라
> 情

---

37) <이상곡>의 시상이 복합적임은 "소망↔체념, 좌절↔비극적 초월이라는 이중적 정서 체계
　　의 복합적인 정서"로 설명된 바 있다. 나정순, 「履霜曲과 정서의 보편성」, 김대행 편, 『高
　　麗詩歌의 情緒』, 개문사, 1985, 250면. 이러한 비극적·초월적인 <이상곡>의 시상은 "모든
　　조건과 세상의 시선, 혹은 선악의 판단까지도 무릅쓴 사랑"을 표현한 것으로 해석된 바 있
　　다. 최미정, 「「履霜曲」의 綜合的 고찰」, 성균관대학교 인문과학연구소 편, 『高麗歌謠研究의
　　現況과 展望』, 집문당, 1996, 261~264면 참조.
38) <이상곡>의 의미단락은 흔히 '1~5구/6~8구/9~11구'의 셋으로 나뉘곤 했다. 그러나 '아
　　소님하'로 시작되는 마지막 구는 <정과정>이나 <만전춘별사>에서 그러한 것처럼 독립된
　　부분으로 보는 것이 적합할 것이다.

경경 고침상애 어느 ᄌᆞ미 오리오
耿耿　　孤枕上

셔창을 여러ᄒᆞ니 도화이 발ᄒᆞ두다
西窓　　　　　桃花　發

도화ᄂᆞᆫ 시름 업서 쇼츈풍ᄒᆞᄂᆞ다 쇼츈풍ᄒᆞᄂᆞ다
桃花　　　　　　笑春風　　　　　笑春風

넉시라도 님을 ᄒᆞᆫ듸 녀닛경景 너기다니
넉시라도 님을 ᄒᆞᆫ듸 녀닛경景 너기다니
벼기더시니 뉘러시니잇가 뉘러시니잇가

올하 올하 아련 비올하
여흘란 어듸 두고 소해 자라온다
소콧 얼면 여흘도 됴ᄒᆞ니 여흘도 됴ᄒᆞ니

남산애 자리보와 옥산을 벼여누어 금슈산 니블안해 샤향각시를 아나누어
南山　　　　　玉山　　　　　錦繡山　　　　　麝香
남산애 자리보와 옥산을 벼여누어 금슈산 니블안해 샤향각시를 아나누어
南山　　　　　玉山　　　　　錦繡山　　　　　麝香
약든가슴을 맛초ᅀᆞᆸ사이다 맛초ᅀᆞᆸ사이다
藥

아소님하 원듸평생애 여힐ᄉᆞᆯ모ᄅᆞᆸ새
遠代平生

위에서 전체적으로 눈에 띄는 형식상의 특성은 연의 형식이 교체되고 있다는 점이다. 즉, 1·3·5연의 형태가 서로 비슷하고 2·4연의 형태가 서로 유사하다. 1·3·5연에서는 제1구를 세2구에서 그대로 반복하나, 2·4연에서는 그러한 구절 반복이 없다.

그런데 <만전춘별사>의 교체형 구성은 정서의 종류가 교체되는 <만전

춘별사>의 시상 전개와 긴밀한 관계를 가지고 있다. 반복구를 동반하며 보다 긴 호흡으로 구성된 1·3·5연에서는 격정적인 정서가, 길이가 보다 짧은 편인 2·4연에서는 침체된 정서가 구현되고 있는 것이다. 이는 각 연의 종결어미를 통해서만 보더라도 알 수 있다. 1·3·5연은 각기 명령형·설의형·청유형으로 끝나 시적 화자의 의지와 감정을 강하게 드러내는 형태로 되어 있는 반면, 2·4연은 평서형으로 끝나 시적 화자의 정서가 밖으로 발산되기보다는 안으로 수렴된다. 이렇듯 <만전춘별사>의 1·3·5연은 반복구조로 된 연 형태를 통해 합일에의 열정과 같은 강렬한 정서를 표현했고, 2·4연은 반복구가 없는 비교적 짧은 연 형태를 통해 고독이나 회한과 같은 내향적 정서를 표현했다. 이러한 정서의 교체 구조를 도식화하면 다음과 같다.

외향적 - 내향적 - 외향적 - 내향적 - 외향적 - 종합

위와 같은 정서의 교체 구조를 따라 <만전춘별사>는 열정에서 고독과 번민으로, 그리고 다시 환희로 변하는 정서의 드라마적 전개를 구현할 수 있었다. <만전춘별사>에서 반복구를 뺀 형태만 놓고 보았을 때는, 교체되는 시상의 전개는 드러나지 않고 이질적인 내용으로 이루어진 연들이 원칙 없이 섞여 있는 것으로 보인다. 특히 <정과정>에서 빌려온 3연은 반복구를 뺄 경우 다른 연들과 형태상으로 이질적인데,[39] 그러한 이질성을 시적 논리로 설명하기 어렵다. 이때 <만전춘별사>는 전체적인 시적 논리를

---

39) 반복구를 뺀 3연은 다음과 같다. "넉시라도 님을 흔딕 녀닛경景 너기다니 // 벼기더시니 뉘러시니잇가 뉘러시니잇가". 이러한 형태는 대체로 3구로 구성된 다른 연들의 원형태와 다르다.

갖추지 못한 단순한 합사合詞로 파악될 수밖에 없다. 이와 달리 반복구를 동반한 <만전춘별사>의 형식은 정서의 교체 구조를 통한 드라마틱한 시상의 전개를 가능하게 한다. 따라서 <만전춘별사>의 반복구는 시편 구조에서 중요한 의미를 지닌 것으로 평가할 수 있다.

이상에서 본바, 고려가요에 쓰인 반복구는 <정석가>에서와 같이 음악적 이유에 의해 형성된 경우도 있었으나 대부분의 경우에는 작품의 전체 구조를 이루는 데 중요한 역할을 하였음을 알 수 있다. <사모곡>·<유구곡>의 반복구는 시상의 대조·반전을 이루었고, <이상곡>·<만전춘별사>의 반복구는 복합적·극적 시상을 전개하는 데 중요한 시적 장치로 활용되었다.

4. 고려가요의 다층적 해석을 위하여

이 글에서는 고려가요의 여음구와 반복구가 지닌 문학적·음악적 의미를 살펴보았다. 여음구에 대해서는 시상 전개에 유기적 기능을 담당하는 중렴을 중심으로 살펴보았다. 중렴은 기능에 따라 다시 감탄사와 조흥구로 나뉘었는데, 이러한 중렴들은 악곡 구조와의 관련성을 지니기도 했지만 시의 전체 구조나 연 구조의 층위에서 시상의 전환을 효과적으로 이루어낸다는 시적 의미를 지니는 경우가 많았다. 악곡 구조에 따른 감탄사의 예로는 <처용가>의 '아으'를, 시편 구조상 유기적 의미를 지니는 감탄사의 예로는 <정과정>의 '아으'를 보았다. 그리고 연 구조의 층위에서 시상의 전환을 부각하는 조흥구의 예늘로 <사모곡>의 '위 딩디둥셩'과 <쌍화점>의 '다로러니'류類를 살폈다. 한편, 반복구에 대해서는 악곡 구조에 따른 반복구의 예로 <정석가>의 경우를 보았고, 이와 달리 시편 구조상 유기적 의미를 지니는 반복구의 예로 <사모곡>·<유구곡>·<이상곡>·<만전춘별사>의 경우를 살폈다.

고려가요의 여음구와 반복구는 시의 전체 구조나 연 구조의 층위에서 복합적 정서를 고양·결합하거나(정과정·이상곡·만전춘별사), 대립적이고 아이러니한 시상을 전개하는(사모곡·쌍화점·유구곡) 데 중요한 역할을 담당했다. 충돌하고 불일치하는 외부적 사건과 정서적 상황을 표현하고 이를 극복하고자 하는 정서의 움직임을 보여주는 것은 고려가요가 지닌 내용적 특수성이다. 이러한 시세계를 담아내는 데 여음구와 반복구는 핵심적으로 작용하였다. 따라서 고려가요에서 여음구와 반복구는 단순한 조흥이나 시적 의미의 단편적 강조의 차원을 넘어서 고려가요의 역설적 시세계를 형성하는 데 중요한 역할을 담당한 구조적 요소로서 적극적으로 평가될 수 있다.

그러나 고려가요의 여음구와 반복구에는 시적 기능 외에 음악적 기능 또한 있음은 부정할 수 없는 사실임을 살펴보았다. 따라서 여음구와 반복구를 동반한 고려가요의 현 형태 이면에 놓여 있는 일종의 원형에도 주의를 기울일 필요가 있다. 예컨대 여음구와 반복구를 제외하고 보았을 때 고려가요에서 흔히 나타나는 세 마디 4구의 연형식과 같은 것이 그러한 것이다.

고려가요의 현 형태와 고려가요의 이른바 원형태 중 어느 편이 감상과 연구의 대상이 되어야 할 것인가 하는 점은 암묵적으로든 명시적으로든 고려가요 연구에서 항상 문제가 되어 왔다. 이 글에서는 고려가요의 여음구와 반복구가 지닌 문학적 의미와 음악적 의미를 함께 살핌으로써 고려가요의 현 형태와 고려가요의 원형태 양쪽 모두가 의미를 지님을 보였다. 여음구와 반복구를 동반한 고려가요는 그 특유의 역설적 시세계를 형성해내었으므로, 고려가요의 현 형태는 단순히 음악적 요인에 의해 만들어진 '잡연雜然한' 것으로 치부되어서는 안 될 것이다. 그러나 동시에 고려가요의 현 형태에는 음악적 필요에 의해 형성된 측면 또한 있으므로, 음악적 변형 이전의 원형태에 대해서도 고려할 필요가 있다.

따라서 고려가요는 다층적으로 접근해야 할 텍스트가 된다. 그 현 형태는 고려가요 특유의 시세계를 형성한 구조물로서 평가되어야 하며, 그 원형태 또한 고려가요 형성의 근간이 된 시형식의 전통으로서 고려되어야한다. 이러한 다층적 접근을 통해 고려가요가 지닌 시적 아름다움은 더 풍요롭게 해석될 수 있을 것이다. 주의해야 할 것은 고려가요의 여음구와 반복구가 지닌 문학적 또는 음악적 성격에 대한 일률적 재단 속에서 고려가요의 현 형태나 원형태 중 어느 하나를 선택하고 다른 하나는 파기하는 구도를 고려가요 연구에서 취해서는 곤란하다는 점이다.

시조 시형의 정립 과정*

1. 연구사 검토

시조[1]의 발생에 대해선 많은 연구가 이루어졌지만, 아직까지도 고려말 발생설[2]에서 16세기 발생설[3]까지 서로 다른 학설이 공존하고 있는 상황이다. 『청구영언靑丘永言』 등의 조선후기 가집에 기록된 작자명을 어느 정도 신뢰할 때 시조의 발생은 고려말까지 소급이 가능하다. 그러나 보다 신

---

* 이 글은 「시조 시형의 정립 과정에 대하여 - 악곡과 관련하여」(『한국시가연구』 19, 한국시가학회, 2005)를 부분 수정한 것이다.

1) 이 글에서 '시조'라는 용어는 국문학계에서 일반적으로 통용되는 의미로 사용하였다. 즉, 이 용어는 흔히 3장 6구 45자 내외라는 형식적 특징을 지닌 것으로 파악되는 국문시가의 갈래를 지칭한다.

2) 조윤제의 견해가 대표적이다. 趙潤濟, 『國文學槪說』, 東國文化社, 1963, 96면. 비교적 최근에는 김병국, 윤영옥 등이 이를 주장했다. 金炳國, 「時調 發生의 문학사적 의의」, 『高麗時代 가요문학』, 새문사, 1982; 尹榮玉, 「時調의 淵源과 形態」, 『時調學論叢』 2, 한국시조학회, 1986 참조.

3) 시조의 발생을 조선중엽으로 잡은 연구자에는 일찍이 天台山人, 李能雨 등이 있었다. 天台山人, 「別曲의 研究」, 『東亞日報』, 1932.1.15; 李能雨, 『李朝時調史』, 以文堂, 1956, 9면. 이후 김수업, 강전섭 등이 이를 주장했다. 김수업, 「시조의 발생 시기에 대하여」, 『時調論』, 趙奎高·朴喆熙 共編, 일조각, 1978; 姜銓燮, 「<丹心歌>와 <何如歌>의 溯源的 研究」, 『韓國詩歌文學研究』, 대왕사, 1982.

빙성 있는 시조의 작가는 16세기 중반 이후에나 등장한다. 이러한 이유로 시조의 발생에 대한 시각은 그 편차가 큰 듯하다. 그러나 시조는 본질적으로 음악과 깊은 관련을 맺고 있으므로, 그것의 발생 역시 음악과의 관계 속에서 파악되어야 한다.

시조의 형성을 악곡과 관련하여 논의할 때, 우선적으로 고려가요와 <북전北殿>, <만대엽慢大葉> 등이 고려될 수 있다. 고려가요는 시조가 등장하기 이전 국문시가의 주된 갈래였다는 점에서, <북전>과 <만대엽>은 준시조형4)이 실려 있는 가장 오래된 악곡들이라는 점에서 주목의 대상이 되었다.

비교적 초창기의 연구자들은 시조의 발생을 고려가요와 관련하여 설명하고자 하였다. 최동원은 음악적 분단分段 형태와 악곡 후단後段 초두初頭의 투어套語 등이 시조형의 성립에 영향을 주었다는 주장을 제기하였다.5) 그리고 김대행은 이에서 한 걸음 더 나아가, 고려가요 악곡에 내재된 3분절 형식과 5분절 형식에서 시조창의 3장 형식과 가곡창의 5장 형식의 모태를 찾았다.6) 이러한 논의들은 시조의 발생에 관하여 새로운 연구방법론을 제시한 것이었으나, 음악적으로 직접적인 연관이 없는 악곡을 대상으로 삼거나, 대상은 타당했다하더라도 음악의 구조 분석에서 다소의 오류를 범하고 있는 등의 한계를 노정한다.

<북전>에 주목하여 시조의 발생을 규명한 업적으로는 성호경의 연구를 들 수 있다. 그는 <북전>과 고려가요 <후전진작後殿眞勺>7)의 선율적 유사

---

4) 종장의 음수율을 갖추지 않은 네 마디 3행시를 지칭한 것이다.
5) 최동원, 『고시조론』, 삼영사, 1980, 20~30면.
6) 김대행, 『시조유형론』, 이화여자대학교 출판부, 1986, 50~85면.
7) <후전진작>은 고려 제28대 忠惠王(1315~44, 재위 1330~32 및 1340~44)이 지은 노래로 『世宗實錄』에 그 명칭만이 나오는 작품이다. 이 작품의 가사는 현재 전해지지 않으나 그 악

성을 바탕으로, 조선조의 여러 금보집琴譜集이나 가집歌集 등에 실려 있는 준시조형 또는 시조형의 <북전> 노랫말들이 고려가요 <후전진작>의 원사原詞였을 것으로 추정하였다.[8] <북전>과 <후전진작>간의 관계를 구체적인 선율 비교를 통해 발견한 그의 논의는 탁견으로서, 후기 가집들에 실려 있는 여러 편의 짧은 <북전>들이 <후전진작>의 원사原詞였을 가능성은 매우 농후해 보인다. 이렇게 본다면 적어도 준시조형태가 <후전진작>의 성립시기인 14세기 말에는 성립해 있던 것으로 볼 수 있다.[9]

한편 <만대엽>과 시조의 발생을 관련하여 논의한 연구도 이루어졌다. 권두환은 자암自庵 김구金絿(1488~1534)의 기록 등을 토대로 하여 15세기 무렵에는 <만대엽>에 시조를 얹어 부르는 관행이 이루어진 것이라고 보았으며,[10] 조규익은 <만대엽>·<북전> 등이 무가巫歌를 비롯한 고려속가의

곡은『大樂後譜』에 <北殿>이라는 명칭으로 기록된 작품과 동일한 것으로 믿어진다. 그러므로 여기서 말하는 <후전진작>은 곧『대악후보』소재의 長歌 <북전>을 가리키는 것인데, 短形의 <北殿>과 혼동되는 것을 피하기 위해 <후전진작>으로 부르기로 한다. <후전진작>의 개찬된 한문가사는『樂學軌範』권5 '鶴 蓮花臺 處容舞 合設'조에 역시 <北殿>이라는 명칭으로 전해온다.

8) 성호경,「高麗詩歌 後殿眞勺(北殿)의 復原을 위한 摸索」,『국어국문학』90, 국어국문학회, 1983.

9) <후전진작>의 原詞로 추정된 작품은『琴合字譜』(1561)에 실려 전하는 <平調北殿>과 <羽調北殿>, 도합 두 편과,『海東歌謠』와『靑丘永言』등 조선 후기의 가집들에 실려 있는 <북전> 가사 중 작자가 불명확한 두 편을 합하여 모두 네 편이다. 성호경, 앞의 글 참조. 그런데 이들 중『금합자보』에 실려 있는 두 편은 그 기록연대도 앞선 편이고 표현이나 형태 또한 古形을 간직한 것으로 보이나, 뒤의 두 편은 기록연대도 느리고 그 형태 또한 완성된 시조의 형식을 취하고 있어서 후대에 시조의 형식에 맞추어 변형된 모습으로 보인다. 그러므로 <후전진작> 원사의 모습은 뒤의 두 편과 같은 완성된 시조형이 아니라 앞의 두 편과 같은 준시조형이었던 것으로 판단해야 할 것이다.

10) 권두환,「時調의 發生과 起源」, 국어국문학회편,『고시조 연구』, 태학사, 1997. 관련 기록은『自庵集』권2,「短歌」條에 있는 다음과 같은 기록이다.「중종 때 自庵이 玉堂에서 당직 근무를 하던 어느 날 달밤에 촛불을 켜놓고 綱目을 읽고 있었다. 문득 밖에서 문을 두들기는 소리에 누구냐 하고 내다보았더니 임금께서 廳上에 계시고 별감이 酒饌을 가지고 따라와 있었다. (…중략…) 임금께서 다시 말씀하시기를 "글 읽는 소리가 청아하니 필시 歌曲에 능할 것이라. 나를 위해서 노래를 한 곡 불러다오." 하셨다. 자암이 꿇어 앉아 대답하기를

영향 하에서 형성되어 시조로 이어진 것이라고 주장했다.[11] 그런데 정작 <만대엽> 악곡과 시조 형식을 비교한 양태순은 <만대엽>과 시조의 발생이 무관하다는 결론을 내렸다.[12] 그 근거는 <만대엽> 악곡은 4·3·4음보 3행시를 싣기에 적합하고 이에 실린 가사도 4·3·4음보 3행시인데, 이러한 형태는 4·4·5음보 3행시인 시조의 형태와 다르다는 것이었다.

그러나 과연 <만대엽> 악곡과 시조의 발생은 무관한 것일까? 필자는 이와는 반대로, 시조는 다른 어떤 악곡보다도 <만대엽>의 영향을 직접적으로 받으며 형성되었던 것으로 본다. <후전진작>의 원사原詞를 구성한 네 마디 3행의 준시조형은 고려가요 악곡에서 엽조葉調의 발전·분화 과정을 통해 형성되었고, 이렇게 형성된 준시조형이 <만대엽>에 실려 불리는 가운데 첫 마디는 3음절, 둘째 마디는 과음절過音節이라는 종장의 독특한 음수율을 갖춘 완성된 시조형으로 거듭났음을 밝히는 것이 이 글에서 풀고자 하는 과제이다.

"오늘 성은은 고금에 없는 일이오니, 옛 노래나 지금의 곡조를 부르기보다는 신이 스스로 지어서 부르겠습니다." 하고 즉석에서 노래를 불렀다. <나온뎌 今日이야 즐거온뎌 오늘이야 / 古往今來에 類 업슨 今日이여 / 每日의 오늘 곳트면 므슴 셩이 가시리>」

11) 조규익, 「초창기 歌曲唱詞의 장르적 위상 - 북전과 심방곡을 중심으로」, 국어국문학회편, 『고시조연구』, 태학사, 1997. 그는 <만대엽>의 형성시기에 대해서는 구체적으로 충렬왕대(1275~1308)설을 주장하였다. 충렬왕대 설의 근거가 되는 것은 『高麗史』 「列傳」 金元祥條의 "製新調太平曲"이라는 기록과 『東國通鑑』 권 40 忠烈王 22년 7월조의 "製詩調曰太平曲"이라는 기록이다. 이 기록들에서 그는 '新調'와 '詩調'를 만대엽조의 노래로 보았다. 이에 대해서는 조규익, 『가곡창사의 국문학적 본질』, 집문당, 1994, 65면 참조.

12) 양태순, 「정과정(진작)의 연구」, 『고려가요의 음악적 연구』, 이회문화사, 1997, 342~346면. 그러나 본 장에서는 <만대엽> 악곡과 가사의 구조를 다르게 파악하고 있다. 즉, <만대엽> 악곡은 4·3·4음보 3행보다는 4·3·5음보 3행시에 적합하고, <만대엽> 가사는 4·3·4음보 3행시가 아니라 4·4·4음보 3행시다. 이렇게 본다면, 결국 <만대엽> 가사도 <만대엽> 악곡에 실려 불리기에 적합한 형태는 아니었다고 할 수 있다. 이러한 <만대엽> 악곡의 형태에 적합하게 형성된 시형식이 다름 아닌 시조임은 본 장 3절에서 다루었다.

2. 엽葉의 유행에 따른 네 마디 3행시의 형성

시조의 대체적인 형태는 네 마디[13] 3행이다. 일찍이 정병욱은 시조의 형태를 '3장 45자 내외의 단형적인 정형시'로 규정하고, 이것의 '모체'로서 고려가요의 <만전춘滿殿春> 2연·5연을 든 바 있다.[14] 그러나 이러한 형태 규정은 시조의 형식을 설명하기에 미흡한 점이 있다. 왜냐하면 시조는 단순한 네 마디 3행시가 아니고, 종장에 특이한 음수율을 갖춘 시양식이기 때문이다. 따라서 이 글에서는 단순한 네 마디 3행시의 형태를 '준시조형'이라 부르고, 준시조 형식에 더하여 종장의 음수율이 갖추어진 형태를 '완성된 시조형'이라고 명명하고자 한다.

'준시조형'과 '완성된 시조형'은 모두 음악의 영향을 받으며 성립되었다. '준시조형'의 발생 배경이 된 것은 고려가요 악곡이었으며, '완성된 시조형'의 발생동기가 된 것은 <만대엽>이었다. 이 장에서는 '준시조형'이 고려가요 악곡으로부터 어떤 영향을 받으며 형성된 것인지를 살펴보고자 한다.

고려가요의 문학적 형태가 음악으로부터 많은 영향을 받은 것임을 단적으로 보여주는 작품은 <정과정鄭瓜亭>이다. <정과정>은 향가의 잔영殘影으로 흔히 이해되는 작품이지만, 그 전체 구성은 음악적 구조와 긴밀한 연관을 지니고 있다. 『악학궤범』에 나타난 악조樂調 표시와 함께 <정과정> 전문을 보면 다음과 같다.

---

13) 여기서 '마디'는 우리 시에서 흔히 '音步'(foot)라고 지칭되는 율격 단위를 뜻한다. '음보'라는 용어 내신 '마디'를 사용한 끼닭은 음보라는 용어외 기표가 우리 시가의 율격을 규명하는 데 적절하지 않다고 생각하기 때문이다. 이에 대해서는 더 자세한 논의가 필요하나 후속 연구로 미루고, 다만 여기서는 본 장에서 사용한 '마디'에 음악적 의미는 내포되어 있지 않다는 사실만을 명확히 하고자 한다.
14) 정병욱, 『증보판 한국고전시가론』, 신구문화사, 1983, 178면.

前腔 내 님을 그리ᄉᆞ와 우니다니
中腔 山졉동새 난 이슷ᄒᆞ요이다
後腔 아니시며 거츠르신ᄃᆞᆯ 아으
附葉 殘月曉星이 아르시리이다
大葉 넉시라도 님은 ᄒᆞᆫ ᄃᆡ 녀져라 아으
附葉 벼기더시니 뉘러시니잇가
二葉 過도 허믈도 千萬 업소이다
三葉 ᄆᆞᆯ힛마리신뎌
四葉 ᄉᆞᆯ읏븐뎌 아으
附葉 니미 나ᄅᆞᆯ ᄒᆞ마 니ᄌᆞ시니잇가
五葉 아소님하 도람드르샤 괴오쇼셔

10구체 향가는 전체의 의미구조가 4구·4구·2구의 세 부분으로 나뉘지만, 위에서 보는 바와 같이 <정과정>은 전반부의 4구만이 의미상 서로 연결되어 있고, 이어지는 부분은 각각 독립된 문장의 나열로 구성되어 있다. 그런데 4구 이하 후반부의 음악적 구성 또한 독립된 엽葉들의 나열로 이루어져 있어서, 문학적 형태가 음악적 형태와 밀접한 관련을 맺고 있음을 볼 수 있다.

<정과정> 가사와 악곡간의 형태적 유사성은 문학이 음악에 영향을 준 것이라기보다는 음악이 문학에 영향을 준 것으로 보인다. 이 점은 '부엽附葉' 부분의 율격적 동질성을 살필 때 단적으로 드러난다. <정과정> 악곡에는 부엽이 3회에 걸쳐 나타나는데, 거기에 실린 가사는 다음에서 보듯 비슷한 음절수音節數가 반분되어 동일한 음수율音數律을 띤다.

殘月曉星이 / 아르시리이다
벼기더시니 / 뉘러시니잇가
니미 나ᄅᆞᆯ 하마 / 니ᄌᆞ시니잇가

<정과정> 악곡에서 부엽附葉이 나오는 위치는 필연성을 지닌다. 부엽은 비교적 커다란 악절 단위가 끝날 때 그 뒷부분에 붙는 것이다.[15] 그에 비해 문학적으로 4행, 6행, 11행이 같은 율격을 띠어야 할 필연적 이유는 없다. 이것으로 보아 <정과정>의 율격은 음악의 구조에 맞게 조정된 것임을 알 수 있다.

<정과정>의 율격과 음악 간의 관계는 고려가요 율격의 혼재성과 변모 과정을 음악과 관련하여 이해하는 데 중요한 열쇠를 제공한다. <정과정>에는 세 마디 율격과 네 마디 율격 등이 혼재해 있는데, 이러한 두 가지 율격은 각각 강조腔調와 엽조葉調의 구조적 특성과 관련된 것으로 보인다. 강조腔調와 엽조葉調의 차이는 이미 몇몇 연구자들에 의해 지적된 바 있지만,[16] 이 글에서 주목하는 점은 강조腔調는 말미에 여음餘音[17]이 있는 데 반해 엽조葉調는 여음 없이 종지형終止形[18]으로 끝난다는 구조적 상이성이다.[19] <진작眞勺>[20]의 전강前腔과 대엽大葉·부엽附葉 부분을 통해 이 점을

---

15) 세 번째 附葉이 五葉 뒤가 아니라 四葉 뒤에 붙는 까닭은 五葉은 전체를 마무리하는 특이한 성격의 葉이기 때문인 것으로 보인다. 때문에 一葉~四葉까지를 큰 악절로 묶고 뒤에 부엽을 붙였다고 볼 수 있다.

16) 성호경은 腔과 葉이 음악적 성질이 확연히 다른 異類의 악곡이며 '腔調'는 宋代의 詞樂과 관련된 것이고 '葉調'는 元曲과 관련된 것일 것이라고 추정한 바 있다. 成昊慶, 「腔과 '葉'의 성격 推論 - 배열방식을 중심으로 하여」, 『韓國詩歌의 類型과 樣式 硏究』, 영남대학교출판부, 1995. 이와 달리 이창신은 腔과 葉은 선율상 異類의 악곡이 아니라 파생관계에 있는 악곡이라고 보았다. 이창신, 「腔과 葉의 음악적 관계에 대하여」, 서울대학교 석사학위논문, 1989.

17) 여음 : 宮音을 위주로 하는 선율로서, 성악곡에서 노랫말을 가창하지 않고 관현악의 반주만 연주하는 부분이다.

18) 종지형 : 한 악곡의 끝이나 한 악곡내의 악절 끝에 나타나는 일정한 형태의 종지. 고려속요의 종지형은 일반적으로 '上五→上四→上三→上二→上一→宮'이나 '宮→下一→下二→下三→下四→下五'로 한 옥타브 떨어지는 하행종지형이다.

19) 강과 엽의 이러한 특성에 대해서는 김진희, 「고려속요의 음악적 구성원리」, 연세대학교 석사학위논문, 2000, 73~86면; 김영운, 「고려가요의 음악형식 연구」, 『한국 중세사회의 음악문화 -고려시대편』, 전통예술원편, 민속원, 2002, 24면 참조.

살펴보자.

#													
1	宮		上一	宮	宮下一	下二		宮	宮下一		上一	宮	宮下一
	내		님								믈		
2	宮			宮				宮				宮	
3	宮		上一	上二		上一		上二	上一		宮		上二
			그	리		ᄋ					와		
4	上一	宮	上一	宮		上二	上一	上二	上一	宮			上一宮
5	宮		宮	上一	宮	下二		宮	宮下一		下二		宮
			우	니									
6	下一		上一	宮		上二	上一	上二	上一	宮			上一宮
	다												
7	宮		宮			宮		上一	宮	宮下一	下二		宮
	니												
8	宮			宮				宮				宮	

[악보 1] 〈眞勺 一〉의 前腔

#												
33	宮		宮	上一宮	宮下一	下二		宮	宮下一		上一宮	宮下一
			넉								시	
34	宮			宮				宮			宮	
35	宮		宮	上一	宮	上二	上一	上二	上一	宮		上一宮
	라		도									
36	宮	下一	宮	上一宮	宮下一	下二		宮	宮下一		下二	宮
			니	믄								
37	宮		下一	上一	宮	宮		宮	上一	宮	宮下一	
	흔	딕										
38	下二		下一	宮	下一	下二	下三		下四		下三	下一
	녀	져					라					
39	下二		下二			宮	上一宮	宮下一		下二		宮
	아											
40	宮		下一		下二	下三	下三		下四	下五		下五
	으											

[악보 2] 〈眞勺 一〉의 大葉

---

20) <정과정>의 樂曲名이다.

41	宮			宮	上一		宮	上二	上一		上二	上一	宮		上一宮
				벼	기			더							
42	宮		下一	宮	上一		宮	下一		下二	下三		下二		宮
	시			니											
43	宮			宮				宮	上一宮	宮下一			下二		宮
	뉘	러						시					니		
44	宮			下一		下二		下三	下三		下四	下五		下五	
	잇												가		

[악보 3] 〈眞勺 一〉의 附葉

위 악보에서 보는 것처럼 <정과정>의 전강은 전체 8행강行綱21) 중 색칠된 말미의 2행강이 여음으로 구성되어 있는 데 반해 대엽과 부엽 부분은 여음이 없이 종지형으로 끝나고 있다. 이러한 각각의 악구에 실리는 가사의 형태를 살펴보면, 전강에는 여음을 제외한 6행강에 2행강당 한 마디씩이 들어가 세 마디의 가사가 실리기 쉬운 데 반해, 대엽이나 부엽에는 전체 8행강이나 4행강 안에 네 마디나 두 마디의 짝수 마디 가사가 실리기 쉽게 되어 있다.

비교적 초기 형태의 강엽腔葉 구조로 짐작되는 여타의 고려가요 악곡들에서도 위와 같은 강조腔調와 엽조葉調의 상이성이 공통적으로 드러난다. <동동動動>, <한림별곡翰林別曲> 등에서도 전반부의 강조腔調에는 말미에 여음이 있는 반면, 후반부의 엽조에는 그렇지 않은 것이다.22) 이 경우 각 악

---

21) 행강 : 井間譜에서 16 井間 6大綱으로 된 세로 줄.

22) <동동>과 <한림별곡>은 <정과정>과 함께 비교적 이른 시기에 창작된 고려가요로 볼 수 있다. <정과정>의 창작연대는 넓게는 고려 의종대(1146~70 재위)에서 명종대(1170~97 재위)에 걸친 12세기 중후반 즈음이고, <한림별곡>의 창작연대는 『高麗史』 '俗樂' 條의 기록인 "이 곡(한림별곡)은 고종대 한림의 여러 유생들이 지은 것이다.(此曲 高宗時 翰林諸儒 所作)"를 참조했을 때 고종(1213~59 재위) 집권기인 13세기 전반 무렵이다. 한편 <동동>은 형성연대에 대한 문헌적 단서는 없으나, 그 악곡구조가 <진작>에 영향을 준 것으로 보이므로 역시 12세기 이전의 이른 시기에 지어진 것으로 볼 수 있다. <동동>의 생성연대에 대해서는 양태순, 앞의 책, 105~107 참조. 한편, <동동>이나 <한림별곡> 악곡에는 <진작>에서 보이는 腔·葉 등의 악조 표시가 되어 있지 않다. 그러나 구조의 유사함으로 미루어

구에 실린 가사를 비교해 보면, <정과정>과 <한림별곡>의 경우 강조腔調에
는 세 마디의 가사가, 엽조葉調에는 네 마디의 가사가 실려서, 율격이 악곡
구조의 영향을 입고 있음을 알 수 있다.23) <한림별곡>의 1장은 다음과 같
이 엽葉을 중심으로 세 마디 형식과 네 마디 형식이 나뉜다.24)

(전강) 元淳文 / 仁老詩 / 公老四六
(중강) 李正言 / 陳翰林 / 雙韻走筆
(후강) 沖基對策 / 光鈞經義 / 良鏡詩賦
(부엽) 위 / 試場ㅅ 景 / 긔 엇더 / ᄒ니잇고

(대엽) 琴學士의 / 玉笋門生
琴學士의 / 玉笋門生
(부엽) 위 / 날조차 / 몃부니 / 잇가

이상에서 말미에 여음이 오는 강조腔調의 구조와 그렇지 않은 엽조葉調
의 구조가 각각 고려가요의 세 마디 율격과 네 마디 율격에 관련되어 있
음을 살펴보았다. 그런데 강조腔調의 형태와 엽조葉調의 형태 중 더 고형古

볼 때, <동동>의 악곡 구조는 <진작> 전반부의 腔葉 구조와 같은 형태로 구성되었음을 알
수 있다. 양태순, 앞의 책, 105~106면 참조. <한림별곡> 역시 악조 표시가 뚜렷이 되어 있
지는 않지만, 『악장가사』 소재 <한림별곡>에 나타난 '葉'이라는 표시를 중심으로 전반부
는 腔調＋附葉으로, 후반부는 葉調로 볼 수 있다.

23) <동동>의 율격은 <정과정>이나 <한림별곡>과는 달리 악곡의 영향을 그리 받지 않은 것으
로 보인다. 이는 <동동>이 유래가 오래된 민요 형식의 노래이기 때문으로 보인다. 즉, <동
동>의 경우에는 악곡을 염두에 두며 가사가 창작된 것이 아니라 이미 있던 가사가 새로
지어진 악곡에 실린 것으로 판단된다. 이에 반해 개인에 의해, 혹은 구체적인 연향의 자리
에서 창작된 <정과정>이나 <한림별곡> 등은 그것들이 실릴 악곡을 염두에 두고 형성된
것이라고 볼 수 있다.

24) <한림별곡>의 악조는 <진작 4>와의 대응 관계를 통해 추정한 것이다. 그 이유는 <한림별
곡>은 <진작 4>와 그 구조가 유사하고, 선율에 있어서도 <진작 4>를 부분 축소한 것으로
보이기 때문이다. 양태순, 앞의 책, 109~110면.

形은 강조腔調인 것으로 추정된다. 왜냐하면 강과 엽이라는 명칭에서 이미 엽은 부속적인 느낌을 주고 있고, 엽은 위치상으로도 항상 강 뒤에 오며, 무엇보다도 실제 선율상 엽은 강으로부터 파생되어 형성된 것이기 때문이다.[25] 이렇게 볼 때 고려가요의 초기 악곡에서 보이는 강의 형태는 엽의 형태보다 선행하는 것이라고 추정된다.[26]

그런데 보다 뒷시대의 악곡일 것으로 판단되는 고려가요 악곡들은 악구 말미의 여음이 축소되거나 사라지면서 대개 엽조葉調의 형태를 띠고 있음을 볼 수 있다. 이러한 현상은 고형古形의 강조腔調가 신형新形의 엽조葉調에 자리를 내주게 된 결과라고 본다.[27] 고려가요 중 비교적 후기의 작품으로

---

25) 강과 엽의 파생관계에 대해서는 이창신, 앞의 글 참조.

26) 腔의 형태가 지니는 의미에 대해서는 확증할 수 없다. 성호경은 腔의 선율적 특징을 宋代의 詞와 연관지어 설명한 바 있다. 성호경, 앞의 글 참조. 그러나 본 장에서 추측하기에는 악구 말미에 여음이 옴으로써 세 마디의 가사를 싣는 腔의 형태는 가창민요와 유관한 형태가 아닌가 한다. 그것은 현전하는 가창민요들의 예를 볼 때 쉽게 짐작할 수 있다. 물론, 현전하는 가창민요들의 형성시기를 정확히 알 수 없으므로 이들 민요에서 보이는 형태가 고려가요에 영향을 준 것이라고 단정하기는 어렵다. 그러나 이러한 형태가 향악의 語短聲長의 특징과 잘 부합하며, 민요와 친연성이 강한 유절양식 고려가요에도 또한 이러한 형태의 악구들이 많이 보인다는 점에서, 이러한 형태는 유래가 오래된 가창민요와 유관한 형태라고 볼 수 있다. 유절양식 고려가요 중 <청산별곡>과 <가시리> 각각의 한 악구씩을 예로 들면 다음과 같다.

<歸乎曲(俗稱 가시리)> (時用鄕樂譜)

宮			宮		上一		宮			下一		下二	
가	시				리		가			시		리	
宮			上三		上二		上一	宮				宮	
이			쇼		나			는					

<靑山別曲> (時用鄕樂譜)

下一			宮		宮		上二		上一		宮	下一	
밀			위		랑		드		래		랑		
下二					下三		下二				下二		
싸					먹		고						

27) 腔調가 葉調에 자리를 내주게 된 원인에 대해서는 확증할 수 없다. 성호경은 腔調는 宋代의 詞에서, 葉調는 元代의 曲에서 영향을 받은 것이라고 보았는데, 그렇게 본다면 엽조가 강조보다 승하게 된 것은 시대적인 유행의 탓이었다고도 볼 수 있을 것이다. 성호경, 앞의 글 참조. 다만 이 글에서는 여음이 없는 엽의 형태가 음악의 빠르기와 관련된 것이 아니었을까 하는 추측을 덧붙여본다. 엽을 강에서 파생시키면서도 강과 다른 형태로 만든 것은

짐작되는 <이상곡履霜曲>이나 <만전춘滿殿春>은28) 구조상으로는 각기 <진작>이나 <처용가處容歌> 악곡과 유사하다.29) 그러나 <이상곡>과 <만전춘>의 각 악구는 <진작>이나 <처용가>와 달리 거의가 여음이 없는 엽조葉調의 형태로 구성되어 있다. 16정간 1행강 당 번호를 매겨 <만전춘>과 <이상곡>의 구조를 도시하면 다음과 같다.

```
1    2    3    4
5    6    7    8
9   10   11!  (12)


13   14   15   16!
17   18   19   (20)
```

[그림 1] 〈만전춘〉의 악곡 구조도30)

속도감의 변화를 꾀한 것일 수 있다. 엽에는 강에 비해 상대적으로 가사가 촘촘히 실림으로써 곡의 후반부로 갈수록 빠른 느낌을 줄 수 있었을 것이다. 그리고 고려 말기로 갈수록 여음이 없이 촉급하게 가사가 실리는 엽의 형태를 선호하게 된 것이 아닐까 추측해본다.

28) <이상곡>과 <만전춘>은 고려가요 중에서도 男女相悅之詞的 성격이 강하여 조선조에 들어와 개찬의 대상이 된 작품들이다. 이러한 이들 노래의 성격으로 미루어 볼 때, 이 작품들이 지어진 연대는 도덕성의 문란이 심화되었던 고려 말기 즈음으로 여겨진다. 또한 신빙성에 논란이 없는 것은 아니나, <이상곡>의 작자로 추정되는 채홍철의 생몰연대(1262~1340)를 고려해 볼 때, <이상곡>은 13세기 말이나 14세기 전반에 지어진 곡으로 볼 수 있다. <이상곡>의 생성연대에 대해서는 張孝鉉, 「履霜曲의 生成에 관한 고찰」, 『국어국문학』 92, 국어국문학회, 1984, 158~159면; 崔龍洙, 『高麗歌謠硏究』, 계명문화사, 1996, 210~238면 참조.

29) <이상곡>의 구조에 대해서는 김상훈의 「'속악가사'로 본 고려속요의 형태 연구」(연세대학교, 석사학위논문, 1991), 33~35면과 양태순의 앞의 책 86~88면에 지적되어 있다. <만전춘>의 구조에 대해서는 張師勛의 「滿殿春形式考」, 『國樂論考』, 서울대학교 출판부, 1966에서 밝혔다.

30) <만전춘> 전체 악곡은 아래와 같은 구조가 반복된다. 이 중 전반부인 1~12행강까지는 두 번 변주 반복되며, 후반부인 13~20행강까지는 한 번 완전 반복된다. <만전춘>의 악구를 위와 같이 구분한 것은 일차적으로는 종지형과 여음에 의해서, 2차적으로는 장구장단의

1 2 3 4	18 **19 20 21**	30 31	35 36 37!
<u>5 6 7</u> 8	22 **23 24 25**	*32 33!*	(38 39)
<u>9 10 11</u> 12 13!	*26 27!*	(34)	
14 15 16!	(28 29)		
(17)			

[그림 2] 〈이상곡〉의 악곡 구조도[31]

이러한 악곡 형태를 바탕으로, 〈만전춘〉과 〈이상곡〉은 다음에서 보는 바과 같이 전반적으로 네 마디 율격을 띠게 되었다.

얼음 / 우희 / 댓닙자리 / 보와 // 님과 / 나와 / 얼어주글/ 만뎡
얼음 / 우희 / 댓닙자리 / 보와 // 님과 / 나와 / 얼어주글 / 만뎡
졍情둔 / 오놄범 / 더듸 / 새오시라 // 더듸 / 새오시라
— 〈만전춘〉(악장가사) 1~12행강

경경耿耿 / 고침샹孤枕狀애 / 어느ᄌᆞ미 / 오리오
셔챵西窓을 / 여러ᄒᆞ니 / 도화桃花ㅣ / 발發ᄒᆞ두다
도화桃花ᄂᆞᆫ / 시름업서 / 쇼춘풍笑春風ᄒᆞᄂᆞ다 / 쇼춘풍笑春風ᄒᆞᄂᆞ다
— 〈만전춘〉(악장가사) 13~20행강

비 오다가 / 개야아 / 눈 하 / 디신 나래
— 〈이상곡〉 1~4행강

네 마디 시행이 실리기 쉬운 엽조葉調는 이와 같이 고려가요 악곡의 주

주기에 의한 것이다. 〈만전춘〉 악곡은 4행강을 단위로 깅구강단이 반복된다. 구조도에서 괄호가 쳐져 있는 부분은 여음이고 '!' 표시는 종지형이다.

31) 〈이상곡〉의 구조도 역시 일차적으로는 종지형과 여음에 의해 나뉘었고, 2차적으로는 선율 반복의 주기성에 의해 구분하였다. 구조도에서 특이한 글꼴로 되어 있는 부분은 선율이 서로 일치하는 부분이다.

류를 형성하다가 독립성을 띠고 분화하게 되면서 네 마디 단형시가 형성
될 기반을 조성하였다. 시조의 '모체'로 지적된 <만전춘>이나 <후전진작>
원사原詞의 각 연들은 바로 엽조葉調의 독립성을 바탕으로 생성된 것이었
다. 여타 고려가요의 구성은 전체 서술이 이어지는 통절형식通節形式, 또는
동일한 형식의 연이 반복되는 유절형식有節形式으로 되어 있다. 그런 까닭
에 엽조로 구성된 악절에 네 마디 시행이 와도 그것만을 떼어 내어 단형
시로 보기 어려웠다. 그런데 <만전춘>이나 <후전진작> 원사原詞는 연들의
내용과 형식이 각기 독립되어 있어서, 각 연들이 각기 하나의 단형시 형태
를 취하게 되었다. 이러한 <만전춘>과 <후전진작> 원사의 구성은 큰 악절
단위들의 독립성이 강해지면서 그러한 음악적 구성에 영향을 받아 이루어
진 것으로 볼 수 있다.

　　<만전춘>과 <후전진작> 원사原詞의 독립적인 연들은 고려가요 악곡에
서 큰 악절단위들의 독립성이 강해지면서 일부 엽조葉調는 독립되어 모곡
母曲에서 떨어져 나가기도 했던 당시의 음악적 정황을 보여주는 듯하다.
엽조葉調의 독립은 널리 알려진 <북전北殿>의 존재를 통해 실증할 수 있다.
그러나 이 외에도 <만대엽> 이전 엽조의 독립을 방증하는 여타의 작품들
이 있다. 이득윤李得胤이 편찬한 『현금동문류기玄琴東文類記』(1620)에 실려 있
는 <대엽大葉>, <평조대엽平調大葉 일명一名 낙수조洛水調>, <대엽大葉 김종손
金從孫> 등 세 편과 『시용향악보』에 실린 <평조대엽보平調大葉譜> 등이 그것
이다. 이 곡들은 구조와 선율면에 있어서 <만대엽>과 동일계통의 선행 작
품들로 파악된다.[32] 이러한 현전하는 여러 대엽조大葉調와 <북전>의 존재
로 미루어볼 때, 고려가요 악곡에서 엽조의 독립은 사실로 입증된다. 그리

---

32) 황준연, 「大葉에 關한 研究」, 『예술논문집』 24, 예술원, 1985, 119면.

고 이때 독립된 부분은 특히 대엽大葉과 관련 있는 부분임을 알 수 있다.

<만대엽>이나 <북전>이 각각 <진작>이나 <후전진작>의 대엽大葉·부엽 附葉과 관련된 부분임을 상기할 때, 여타의 독립된 대엽조大葉調들이 관련된 악곡도 <진작>이나 <후전진작>의 대엽·부엽 부분일 것이다. 그런데 <진작>이나 <후전진작>의 대엽·부엽 부분에 비슷한 밀도로 가사가 실린다면 네 마디 3행시가 실리기 쉽다. <후전진작> 대엽·부엽 부분의 한문 개찬 가사는 그러한 정황을 잘 보여준다.

大葉　慶雲 / 深處에 / 仰重瞳 / ᄒᆞ니나ᄂᆞ
　　　一典 / 南薰에 / 解慍風 / 이로다나
附葉　鳳凰이 / 來舞ᄒᆞ니 / 九成中 / 이로다

　　　　　　　　　　　　　　　　　　　― <北殿>, 『樂學軌範』

이상에서 볼 때, <만전춘> 2연이나 <북전>과 같은 준시조형태는 엽조葉調의 독립, 특히 대엽조大葉調의 독립이라는 음악적 상황하에서 발생한 것임을 알 수 있다. 엽조葉調로 구성된 고려가요 악곡의 악절단위간 독립성이 강해지면서 <만전춘> 2연과 같은 준시조형이 나타났고, 그러한 준시조형은 독립한 대엽조大葉調 악곡들을 기반으로 확산될 수 있었다.

3. <만대엽慢大葉>의 성립과 시조형의 완성

대엽조大葉調가 독립되어 짧은 노래로 불리던 즈음에 점차 가곡歌曲으로 발전하게 된 것은 <진작眞勺>에서 파생된 <만대엽慢大葉>이었다. <진작>과 <만대엽>, 그리고 이후 가곡의 관계는 다음과 같은 기록들을 통해 확인된 바이다.

> 평조만대엽은 모든 악곡의 조종이다.
> (其平調慢大葉者, 諸曲之祖.)
>
> — 李得胤, 『玄琴東文類記』(1620)

> 지금 사용하고 있는 만대엽·중대엽·삭대엽은 <鄭瓜亭> 三機曲에서 나왔다.
> (時用大葉慢中數, 皆出於瓜亭三機曲中.)
>
> — 梁德壽, 『梁琴新譜』(1610)

이들 자료로 보아 <만대엽>은 고려시대의 <진작眞勺>으로부터 조선시대의 <중대엽中大葉>·<삭대엽數大葉>으로 이어지는 중간 도상에 위치한 중요한 작품임을 알 수 있다. 준시조형태 중 <진작>의 전통을 이어받은 <만대엽>에 실렸던 것이 다시 <만대엽> 악곡의 자체 원리에 의해서 완성된 시조형으로 거듭나게 된다.

3.1. 종장 음수율의 기원

<만대엽>이 진작류眞勺類[33] 중에서도 특히 <진작眞勺 삼三>과 관련을 맺고 있음은 황준연에 의해 밝혀진 바이다. 그는 <진작 3>의 대엽·부엽 부분과 <만대엽>의 길이가 일치함을 들어 두 곡 사이의 관련성을 논하였다.[34] <진작 3>의 대엽·부엽 부분은 그 구조에 있어서도 <만대엽>과 유사점을 보이는데, 이 점 또한 두 곡간의 관련성을 입증하는 근거로 판단된

---

33) 『大樂後譜』에 실려 있는 <眞勺 一>·<眞勺 二>·<眞勺 三>·<眞勺 四>를 통칭한 말이다.
34) 황준연, 앞의 글, 125면.

다. <만대엽>의 중요한 구조적 특징으로 분석된 것은 이二, 삼지三旨의 선율이 사四, 오지五旨에서 반복된다는 점인데,35) <진작 3> 또한 이러한 특징을 지니고 있는 것이다. <만대엽>과 <진작 3>의 대엽·부엽 부분을 제시하면 다음과 같다.36)

旨													
1旨			上一 오		宮 ᄂ		宮	上一	宮	下一		下二 리	
	宮 오		上一	上二	上一 ᄂ	宮		上三	上二 리		上二	上一 宮 나	
2旨	宮		上二 미	上一 일		宮	下一		下二	下一		上一 에	
	宮 오		上一 上二	上一 ᄂ		上一	宮 리		宮			나	
3旨	上二 졈		上一 上二	上一 므	디	宮	下一		下二	宮 도	上一	宮	
	下一 새	上一宮	下一	宮 디		上一	宮 도	下一			下二		
	下二 오						下一宮 ᄂ	下一			下二 리		
4旨	宮		上四 새	上三		上二	上一	上二	上四	上三	上二 리		上一
	宮		上一 上二	上一	上一	宮	宮 나			宮			
5旨	上二 미		上一 上二	上一 일	댱	宮	下一 샹		下二	宮	上一 의		宮
	下一 오	上一宮	下一	宮 ᄂ		上一	宮 리	下一			下二 오		
	下三 쇼					下四				下五 서			

[악보 4] 平調慢大葉 (琴合字譜)

---

35) 황준연, 「歌曲의 形式」, 『한국음악연구』 10, 한국음악학회, 1980, 89면.

36) [악보 5]에서 <진작 3>을 五旨 형식으로 구분한 것은 <만대엽>과의 비교상 편의를 위한 것이다. 원래 <진작 3> 악보에는 이러한 五旨 구분은 없다.

大葉 / 附葉	旨											
大葉	一旨	宮				宮 녁		上一 시				宮	
		宮 라		上一	上二 도		上一				宮	
	二旨				宮 님		上一 을				宮	
		下一 흔			下二		宮 디					
	三旨				下一 녀		宮 겨				下一 라	
		下二 아		宮	上一		宮 下一		下二	下三		
		下二 으			下二		下二			宮		
	四旨	宮			宮 벼		上二 기				上一 더	
		宮										
附葉	五旨	宮 시		上二	上一		宮 니	上一	宮		下一	
		下二 뉘	러	宮			下一 시				下二 니	
		下三 잇					下四 가				下五	

[악보 5] 〈眞勺 三〉 大葉·附葉 (大樂後譜)

위의 [악보 4] <평조平調 만대엽慢大葉>을 보면 이지二旨와 사지四旨의 후반부, 삼지三旨와 오지五旨의 전·중반부가 각각 일치하는 모습을 볼 수 있다. 그런데 [악보 5]의 <진작 3> 또한 3지와 5지의 전·중반부가 일치하는 모습을 보인다. 이를 비교하면 다음과 같다.

三旨 1행강				下一		宮			下一	
五旨 1행강	宮		上二	上一		宮	上一	宮	下一	

三旨 2행강	下二		宮	上一	宮	下一			下二	下三
五旨 2행강	下二		宮			下一				下三

三旨 3행강	宮			宮	上二				上一	
五旨 3행강	下三				下四			下五		

이와 같이 <만대엽>은 <진작 3>의 영향을 받아 형성된 것임을 알 수 있다. 그런데 <만대엽>에 대한 <진작 3>의 영향은 악곡구조뿐만 아니라 가사를 붙이는 방식에까지 미쳐 있다. <만대엽>에 실린 가사 <오ᄂ리>는 단순한 네 마디 3행시로서 준시조형을 띠고 있다. 이것이 <만대엽> 악곡에 실린 모습을 [악보 4]에서 보면, 대체로 한 행강 당 한 마디의 가사가 실려 있다. 그런데 4지와 5지에서는 이러한 일관성이 지켜지지 않는다. 즉, 4지에는 2행강당 한 마디만이 실렸고, 5지에는 3행강당 네 마디나 실린 것이다.

<만대엽> 4지의 가사 배분이 위와 같이 성긴 것은 <만대엽>의 모곡으로 추정되는 <진작 3>으로부터 영향 받은 것으로 보인다. [악보 5]의 색칠된 부분에서 보는 바와 같이 <진작 3> 대엽·부엽 부분의 4지에 해당하는 부분에도 <만대엽> 4지와 같이 3음절만의 가사가 배분되어 있는 것이다.

<만대엽> 이후 모든 가곡류 악곡의 4지에는 3음절의 가사만 실리는 것이 법칙화된다. 문학적으로 볼 때 이는 시조 종장 첫 마디의 3음절 법칙을 의미하는데, 이러한 법칙이 <진작 3>으로부터 기원한 것임을 이상의 논의를 통하여 알 수 있다. 이와 같은 사실은 다음의 기록을 통해 볼 때 그 타당성이 더욱 입증된다.

근래에 柳淙이 말했다. "우리나라의 모든 노래는 鄭敍의 瓜亭曲 이후로
大中小篇을 막론하고 모두 五章으로 되어 있으며, 第 四章은 반드시 三字로
세 번 끊어 노래하는데, 이것은 중국에는 없는 형태이다.

(頃曰, 柳淙言, 東俗萬言歌詞, 自鄭敍瓜亭曲以後, 無論大中小篇, 悉定爲五章,
而第四章, 則必以三字爲三折, 唱之, 此中國所未有之體云.)[37]

한편 <만대엽>의 5지 형태 또한 관습화되어 가곡으로 이어진다. [악보
6]에서 보는 바와 같이, <만대엽> 4지에 <오ᄂ리> 2행의 마지막 마디를
싣고 나면, 3행을 실을 곳은 5지밖에 없다. 그것이 실린 양상을 보면 첫째
행강에 '믜일 / 댜양의' 두 마디가 실렸고, 둘째, 셋째 행강에 각각 '오ᄂ
리', '오쇼셔' 한 마디씩이 실렸다. 그런데 '믜일 댜양의'는 두 마디로 볼
수도 있지만 한 마디로 볼 여지도 충분히 가지고 있다. 그러므로 이것이
1행강에 실린 것은 그리 어색하지 않다. 그리하여 <만대엽> 5지는 첫 행강
에는 5음절의 긴 가사를, 둘째, 셋째 행강에는 각각 3음절의 보통 길이의
가사를 싣게 되었는데, 이러한 가사 배분 형태는 그대로 가곡으로 이어져
내려온 듯하다. 현행 가곡에서도 5지의 첫 행강에는 대체로 5음절 이상의
긴 가사가 실리기 때문이다.[38]

지금까지의 논의를 통하여 가곡의 4지와 5지에 실리는 가사의 형태는
<진작3>과 <만대엽>의 가사배분 관습에 그 기원을 두고 있음을 알 수 있
다. 그런데 3음절이 실리기는 같으나, <만대엽> 4지에는 가사 2행의 마지
막 마디가 실리고, 가곡에는 시조 3행의 첫 마디가 실린다. 이것은 어떻게

---

37) 黃胤錫, 『頤齋亂藁』 5책, 1779(己亥)년 6月 14日 條. 이 기록은 서울대 권두환 교수님의 厚
意로 접할 수 있었다. 이러한 규칙성은 현행 가곡에서도 지켜지고 있다. 다음은 그 예다.
"初章 내 언제 信義 없어 / 貳章 님을 언제 속였관대 / 參章 月沈三更에 온 뜻이 바이 없네
/ 四章 추풍에 / 五章 지는 닢 소래야 낸들 어이 하리요" ─<平調 二數大葉>.
38) 각주 37번의 현행 <平調 二數大葉> 참조.

된 일일까? 이것은 <만대엽>의 가사인 일명 <오ㄴ리>보다 더 <만대엽>의 구조에 어울리게끔 가사의 형태를 조정한 결과로 보인다. <만대엽>에서는 4지 가사가 3지 가사와 연결되지만, 4지 가사는 3지 가사와 연결되기보다는 5지 가사와 연결되는 것이 곡의 구조와 보다 어울리기 때문이다.

『금합자보』의 <평조만대엽>은 이二, 삼지三旨의 선율이 사四, 오지五旨에서 반복된다. 이러한 구조로 보아 <만대엽>은 일一, 이二, 삼지三旨의 전반부와 사四, 오지五旨의 후반부로 양분되는 것으로 일반적으로 이해된다.[39] 그렇다면 선율이 크게 둘로 나누어지는 부분에서 가사도 구분되는 것이 바람직하다. 즉, 일, 이, 삼지의 가사와 사, 오지의 가사가 구분되는 것이 더 알맞다는 것이다. 이렇게 가사를 조절했을 경우, 4지의 3음절 가사는 마지막 행의 첫 마디가 된다. 이와 같이 악곡과 가사의 구조를 좀 더 조화롭게 다듬는 과정에서 <만대엽> 4지의 가사는 5지의 가사와 연결되게 되었다. 그리고 그 결과 첫째 마디는 3음절이고 둘째 마디는 과음절過音節이라는 시조 종장의 음수율이 성립하게 되었다.

3.2. 중장의 세 마디 구조와 네 마디 구조

준시조형은 <만대엽>에 얹혀 불리는 과정에서, 전래의 <진작 3>의 가사 배분 관습으로부터 영향을 받고, <만대엽>의 구조와 보다 조화되도록 그 형식이 가다듬어져, 결국 종장의 특이한 음수율을 형성하게 되었음을 앞 절에서 보았다. 이러한 가정대로 시조의 종장이 <만대엽>의 4·5지에 얹혀 불렸다면, 시조의 중장은 3지에 모두 실려야 했을 것이다. 그런데 <만내

---

39) 주 35) 참조. 또한 [악보 4] 참조. [악보 4]에서 색칠된 부분은 서로 같은 선율로 되어 있는 곳이다.

엽> 3지는 3행강으로 되어 있어 세 마디의 가사를 신기에 적합하나,[40] 시조의 중장은 다른 행과 마찬가지로 네 마디인 것으로 알려져 있다. 그렇다면 이 점은 <만대엽>의 악곡구조와 시조의 형식이 관계없음을 보여주는 사실이 될 것이다. 그런데 <삭대엽數大葉>에 실린 시조에 비해 비교적 그 연원이 오래되었을 것으로 추정되는 <중대엽中大葉>의 시조들을 보면 다음과 같이 특징적인 모습이 간파된다.[41]

> 이 몸이 주거 주거 일빅번 고쳐주거
> 白骨이 塵土ㅣ 되여 넉시라도 잇고업고
> 님 향흔 一片丹心이야 가싈주리 이시랴
>
> — <中大葉 又調>, 『梁琴新譜』

> 잘새는 늘아들고 새들은 도다온다
> 외나모 두리고는 뎌 션ㅅ야
> 네 뎔이 언마나 멀관듸 遠鍾聲이 나느니
>
> — <中大葉 平調 俗稱心方曲>, 『琴譜(延大所藏)』

> 놈은 다 자는 밤의 내 무스일 홈자 씨야
> 젼면불익코 둔 님 둔 님 그리는고
> 출하로 내 몬져 죽어 제 그리게 ㅎ리라
>
> — <中大葉 平調第二>, 『琴譜(延大所藏)』

> 부허코 섬거울슨 아마도 西楚霸王
> 긔쫑天下야 어드나 못 어드나
> 千里馬 絶對佳人을 누를 주고 니건다
>
> — <中大葉 平調第三>, 『琴譜(延大所藏)』

---

40) [악보 4] 참조.
41) 인용 작품들은 17~18세기에 나온 고악보들과 『靑丘永言(珍本)』, 『海東歌謠』, 『歌曲源流(국립국악원본)』 등에 실린 중대엽 시조들을 중복되는 것을 생략하고 모두 보인 것이다.

어제 검던 머리 현마 오ᄂᆞᆯ 다셸쇼냐
<u>경리쇠용이</u> 뎨 엇던 ᄂᆞᆯ그니오
어저버 쇼년ᄒᆡᆼ락이 ᄉᆞᆷ이런가 ᄒᆞ노라
—<中大葉 平調界面調第一>, 『琴譜(延大所藏)』

三冬의 뵈옷 닙고 巖穴의 눈 비 마자
<u>구롬 ᄭᅵᆫ 볏뉘도</u> ᄶᅬᆫ 적이 업건마ᄂᆞᆫ
西山의 ᄒᆡ 디다니 그ᄅᆞᆯ 셜워 ᄒᆞ노라
—<中大葉 平調界第三>, 『琴譜(延大所藏)』

清凉山 六六峰을 아ᄂᆞ니 나와 白鴎
<u>白鴎야 헌ᄉᆞᄒᆞ랴</u> 못 미들슨 桃花로다
桃花야 ᄯᅥ나디마라 舟子알가 ᄒᆞ노라
—<中大葉 羽調第一>, 『琴譜(延大所藏)』

ᄆᆞᆯ 업서 四輪車 ᄐᆞ고 채 업서 ᄇᆡᆨ우션 쥐고
<u>臥龍江邊의</u> 헌거히 가ᄂᆞᆫ 날을
어ᄃᆡ셔 漢室皇叔 날 못 어더 ᄒᆞ노니
—<中大葉 羽調第二>, 『琴譜(延大所藏)』

百歲 살 人生이 술로 ᄒᆞ야 八十사니
<u>ᄂᆞᆷ이 닐오ᄃᆡ</u> 덜사다 건마ᄂᆞᆫ
酒不到劉岭墳上土니 아니먹고 어이리
—<中大葉 羽調第三>, 『琴譜(延大所藏)』

百川이 東到海ᄒᆞ니 何時예 復西歸오
<u>古往今來예</u> 逆流水 업건마ᄂᆞᆫ
엇더다 肝腸서근 믈은 눈으로셔 나ᄂᆞ니
—<中大葉 羽調界面調第二>, 『琴譜(延大所藏)』

黃河水 묽다더니 聖人이 나시도다
草野群賢이 다 니러 나단말가
어즈버 이 江山 風月을 눌을 주고 가리요
―＜中大葉第一心方曲＞, 『浪翁新譜』

碧海 渴流後에 白모래 섬이 되여
無情芳草는 히마다거든
엇더타 우리 王孫은 歸不歸을 ᄒᆞᄂᆞ니
―＜中大葉第二＞, 『浪翁新譜』

이바 楚ㅅ사름들아 네 님금이 어듸가니
六里靑山이 뉘 ᄯᅡ히 되닷말고
우리도 武關 다든 後ㅣ니 消息몰라 ᄒᆞ노라
―＜二中大葉＞, 『靑丘永言』

空山이 寂寞ᄒᆞ되 히우는 져 杜鵑아
蜀國興亡이 어제오늘 아니여든
至今히 피ᄂᆞ게 우러셔 남의 이를 긋ᄂᆞ니
―＜羽調初中大葉＞, 『歌曲源流』

仁心을 터히 되고 孝悌忠信 기동이 되여
禮義廉恥로 ᄀᆞ즉이 녜엿시니
千萬年 風雨를 만난들 기울쥴 이시랴
―＜羽調初中大葉＞, 『歌曲源流』

위에서 보는 바와 같이, 중대엽에 실린 시조들은 거의가 중장이 다른 장
들에 비해 짧아서, 첫 마디가 긴 세 마디로 이루어진 것으로 볼 수 있다.
중대엽에 실린 시조들 외에도 초기 시조의 모습을 살펴보면 위와 같이 첫

마디가 긴 세 마디로 이루어진 것들이 비교적 많은 편이다. 이 점은 다른 연구자들에 의해서도 지적된 바 있으나 그 이유는 뚜렷이 해명되지 못한 듯하다.42) 그런데 이제 초기시조 중장의 이러한 형태가 <만대엽> 3지의 구조를 고려한 것이라는 것을 알 수 있다.

초기 시조 중장의 긴 첫 마디는 둘로 나누어질 수 있다는 점에서 준시조형의 네 마디 형식과 크게 괴리되지 않으면서도, 쉽게 한 마디로 묶여 <만대엽> 3지의 첫 행강에 실릴 수 있었던 것으로 보인다.43) 그런데 이러한 초기시조의 중장 형태는 후기로 올수록 초장初章과 같은 네 마디 구조를 지향하게 된다. 다음 표에서 15, 16세기 시조는 심재완의 『역대시조전서歷代時調全書』 중에 나와 있는 시조들 중 『진본珍本 청구영언靑丘永言』과 여러 개인 문집 등을 통해 비교적 작가를 신빙할 수 있는 작가의 작품들을 송강松江 정철鄭澈 이전까지 조사한 것이고, '전체'로 표시한 것은 『역대시조전서』에서 대체로 30수 간격으로 평시조를 뽑아 통계 낸 수치이다.

---

42) 최재남은 이현보 시조들의 중장이 이러한 형식적 특징을 가지고 있음을 지적하고, 이는 "내면적 암시, 양보적 전제"로서 초기 시조의 특징이라고 하였는데, 구체적인 설명이 없어서 잘 이해되지 않는다. 崔載南, 『士林의 鄕村生活과 詩歌文學』, 국학자료원, 1997, 197면 참조. 한편 양태순 역시 이현보 시조에서 중장이 세 마디성을 띰을 지적하였는데, 이에 대하여 그는 시조가 <만대엽>의 가사로부터 영향을 받은 결과라고 하였다. 양태순, 앞의 책, 360면. 그러나 <만대엽> 가사 2행은 네 마디로 구성되어 있으므로, 초기 시조의 중장이 세 마디성을 띠게 된 것은 <만대엽> 가사의 영향이 아니라 <만대엽> 악곡의 영향이라고 보아야 한다.

43) 왜 하필 중장의 둘째 마디나 셋째 마디가 아닌 첫째 마디가 긴 것일까에 대해서는 다음과 같이 추측해본다. 중장이 실리는 3지는 5지와 그 선율이 유사하다. 앞서 본문에서 <정과정>의 부엽에서도 살펴보았지만, 그외 <履霜曲> 등의 예에서 볼 때도 선율이 같은 부분에는 같은 형태의 가사가 오기 쉽다는 것을 알 수 있다. <이상곡> 악곡의 한 행강에는 보통 3, 4음절의 시구가 실린나. 그런네 "宮 上一 宮 下一 下二 下 下二 下二"의 선율로 돼어 있는 행강에는 항상 '곱도신 길헤', '넌즈세 너우지', '고대셔 싀여딜'과 같이 5, 6음절의 가사가 실려 있는 것이다. 그런데 <만대엽> 5지의 경우 첫 행강에 긴 마디의 가사가 실려 있고, 둘째, 셋째 마디에는 각각 짧은 마디가 얹혀 있다. 그렇다면 3지 가사의 배분법은 5지 가사의 배분법으로부터 영향을 받아 형성된 것이라고 추측해 볼 수 있다.

	중장이 초장보다 작음	중장이 초장보다 크거나 같음
15세기	63%	37%
16세기~정철 이전	58%	42%
전체	42%	58%

위의 표를 통해 초기에는 중장의 길이가 초장보다 작은 경우가 많았는데, 후기로 오면 중장이 초장과 같거나 큰 경우가 더 많아졌음을 알 수 있다. 초기 시조의 중장의 길이가 짧은 것은 만대엽 3지의 구조와 어울리도록 조정하는 과정에서 발생한 현상인 것이라고 앞에서 추정하였다. 그런데 현행 가곡에서도 시조의 중장은 가곡 3지에 몰려 실리는데, 중장의 길이가 네 마디로 길어지는 경향을 보이는 것은 왜일까? 그것은 시적 요구 때문이었을 수도 있겠지만, 음악적 요구와도 일치하는 듯하다. 왜냐하면 〈만대엽〉의 가사 배분 형태가 보다 곡의 구조에 맞는 형태로 변화했기 때문이다. 그러한 변화 과정은 〈만대엽〉 이후 형성된 〈중대엽〉을 통해 살필 수 있다. 〈중대엽〉이 실린 최고最古 문헌인 『양금신보梁琴新譜』를 통해 〈중대엽〉의 가사 배분 양상을 살펴보면 다음과 같다.

1늘			오	ㄴ		리
	오ㄴ		리	쇼		셔
2늘			미	일	에	
	오ㄴ	리	쇼	셔		
3늘	졈그			디	도	
	새 디		도	마ᄅ		시
	고					
4늘			새	라		
	난(나는)					
5늘	미 양		댱	식	에	
	오ㄴ	리				
	쇼			셔		

[악보 6] 〈中大葉〉(梁琴新譜)

위에 실린 가사는 <만대엽> 가사와 거의 같다. 그런데 <만대엽>에서와
는 달리 <중대엽>에서는 3지의 가사가 앞의 두 행강에 몰려 실려 있다.
『양금신보』 소재 <중대엽 우조羽調>에 실린 '이 몸이'로 시작되는 시조44)
도 3지에 배분되는 형태가 이와 같다. 이렇게 3지의 가사를 앞에 몰아 싣
는 것은 뒤의 한 행강을 비워둠으로써 1·2·3지와 4·5지를 뚜렷이 구분하
려는 의도적 장치였을 것으로 보인다. 현행 가곡에서 보면 3지와 4지 사
이에 중여음中餘音이 오는데,『양금신보』<중대엽> 3지 말미에 가사가 비
어있는 한 행강은 비록 여음 표시는 안 되어 있지만 이러한 여음 역할을
한 것으로 보인다. 현행 가곡의 중여음은 3지에서 갈라진 것으로 이해되
므로45)『양금신보』<중대엽> 3지의 마지막 행강은 여음 역할을 했던 것
이 분명하다.

3지의 가사가 앞의 두 행강에 몰려 실릴 경우 6정간 당 균등하게 가사
한 마디씩이 들어가기 쉽게 된다. 이 경우 시조의 중장은 세 마디보다는
네 마디로 형성되는 것이 보다 더 악곡과 조화된다고 할 수 있다. 이런 이
유로 후기로 갈수록 시조는 네 마디를 지향하게 되었던 것으로 보인다. 결
국 시조의 중장은 악곡 구조에 따라 네 마디가 세 마디로 조정되었다가
다시 네 마디로 돌아오는 과정을 거쳐 형성되었던 것이다.

---

44) 일명 <丹心歌>.
45) 현행 가곡의 장고장단 점수는 一章이 20点, 二章이 17点, 三章이 23点, 3장에서 갈라진 中
餘音이 10点, 四章이 17点, 五章이 30点, 大餘音이 33点이라고 한다. 황준연, 앞의 글, 87면.

4. 결론

시조의 형식이 『만대엽』 악곡과는 직접적인 관련이 없다는 기존의 견해와는 상반되게, 시조의 형식은 『만대엽』의 직접적인 영향하에서 형성된 것으로 보인다.

네 마디 3행시라는 준시조형의 발생은 고려가요 악곡에서 엽조葉調의 발전·분화 현상과 유관한 것으로 판단된다. 초기의 고려가요들에서, 강조腔調는 말미에 여음이 와 세 마디의 가사를 싣기가 쉽고, 엽조는 여음이 없이 종지형으로 끝나 두 마디나 네 마디의 짝수형 가사를 싣기 쉬움을 보았다. 그런데 고조古調인 강조에 비해 신조新調였던 엽조는 후기 고려가요 악곡들에서 그 영향력이 강화되었고, 그 결과 후기 고려가요들은 전반적으로 네 마디 율격을 띠게 되었다. 이후 엽조의 분화는 <만전춘> 2연이나 <북전>과 같은 준시조형을 발생시키는 계기가 되었다.

엽조의 발전·분화 과정에서 형성된 준시조형은 <만대엽>에 실려 불리는 과정에서 완성된 시조의 형식을 갖추게 된다. <진작 3>의 영향을 받아 형성된 <만대엽>은 사지四旨에 3음절의 가사를 싣는 <진작 3>의 전통을 고수했고, 이는 곧 시조 종장 첫 마디의 3음절 법칙을 형성하는 동인動因이 되었다. 이후 <만대엽> 오지五旨 첫 행강의 과음절過音節 현상 또한 법칙화되어, 시조 종장 둘째 마디의 과음절 규칙을 낳았다.

시조의 형식이 <만대엽> 악곡과 무관하다는 주장의 주된 근거가 되는 것은 시조의 중장 형식이 <만대엽>의 3지 형태와 부합하지 않는다는 점이었다. 그러나 초기시조들을 대상으로 살펴본 결과 이들의 중장은 <만대엽> 3지의 형태에 부합하는 세 마디 형식을 갖추고 있음을 알 수 있었다. 이로 <만대엽>의 3지 형태는 시조와 만대엽의 상이성을 드러내는 근거가

아니라 오히려 이 둘의 관련성을 보강·확인시켜주는 근거로 활용해야 할
것으로 보인다.

　시조의 중장 형식은 후기로 오면 <중대엽>의 영향을 받아 네 마디 형식
을 지향하게 된다. 그러나 초기시조의 세 마디 중장 형식은 후기로 와도
네 마디 중장 형식과 함께 여전히 공존함을 본다. 그러므로 중장의 세 마
디성과 네 마디성은 시조의 완성형을 규정하는 데 기준으로 작용하지는
못한다. 이렇게 볼 때, 결국 시조의 완성형은 네 마디 3행의 준시조형태에
더하여, 첫 마디는 3음절이고 둘째 마디는 과음절過音節인 종장의 음수율을
갖추었을 때 성립함을 알 수 있다. 그리고 이러한 시조의 완성형은 <만대
엽> 이후에 출현한 것으로 결론지을 수 있다.

시조 율격론의 난제[*]

1. 들어가는 말

시조 율격에 대한 논의는 20세기 초반 국문학자들에 의해 시작되었으며, 이때 파악된 시조의 율격은 음수율音數律이었다.[1] 그러나 시조는 음절수가 고정되어 있지 않기에 음수율 논의는 이후 비판과 극복의 대상이 되었고, 그리하여 20세기 중반의 여러 실험을 거쳐 20세기 후반에 들어서는 주로 음보율音步律을 통하여 시조의 율격은 이해되게 되었다. 이후 음보율은 음수율에 비해 고정적인 율격 체계를 보여준다는 점에서 시조 율격의 중요한 이론이 되었다.[2] 하지만 이 역시 적지 않은 이론상의 난점을 지니

* 이 글은 「시조 율격론의 난제」(『한국시가연구』 36, 한국시가학회, 2014)를 부분 수정한 것이다.

1) 이병기, 「時調와 그 연구」, 『학생』, 1928.9; 이광수, 「時調의 自然律」, 『동아일보』, 1928.11. 2~8; 조윤제, 「時調字數考」, 『신흥』 4, 1930; 조윤제, 『한국시가의 연구』, 을유문화사, 1948; 안확, 『時調詩學』, 조광사, 1940.

2) 정병욱, 「古詩歌 韻律論 序說」, 『최현배 선생 화갑기념 논문집』, 1954; 이능우, 「字數考 代案」, 『서울대논문집』 10, 1958; 김석연, 「時調 韻律의 科學的 硏究」, 『아세아연구』 32, 고려대학교 아세아문제연구소, 1968; 황희영, 『韻律硏究』, 동아문화비교연구소, 1969; 정광, 「韓國 詩歌의 韻律 硏究 試論」, 『응용언어학』 7권 2호, 서울대학교 어학연구소, 1975; 김흥규, 「평

고 있어서, 다시 음수율의 입장에서 이에 대한 반론을 제기한 경우도 이미 여럿 나온 상태이다.[3] 이처럼 시조를 포함한 한국시가의 율격에 대한 논의는 여전히 음수율과 음보율 논의 사이의 어디쯤에 있다. 그리고 이 둘 간의 공방은 다음에서 보는 것처럼 사뭇 치열한 양상을 보인다.

음수율에서 생각한다면, 정형시는 당연히 자수가 고정되어 있어야 하니까, 자수가 고정되어 있지 않은 시조는 정형시라고 하기에 무언가 좀 모자라거나 불완전한 정형시라고 한다. 심지어는 기형적인 정형시라는 말도 쓴다. 그러나 음보율의 입장에서는 음보격과 행의 형식이 일정한 것만으로 온전한 정형시가 되는 데에 아무런 지장이 없다. 우리 시가의 정형시형은 이렇게 규정되는 것이 당연하다.[4]

그러나 영시와 같은 강약률의 복합 음절 율격이 아닌 소위 순수 음수율의 율격 체계에서는 음보가 있을 수 없다. 왜냐하면 음절군을 구분하는 기준으로서 음운의 이차적 특징 — 예컨대 강약, 고저 따위와 같은 자극이 없어서 그 음절 수를 동일한 단위로 분절할 수 없기 때문이다. 설령 음절 수

시조 종장의 律格·統辭的 定型과 그 기능」, 『어문론집』 19·20 합집, 고려대학교, 1977; 김흥규, 『한국문학의 이해』, 문학과지성사, 1984; 김대행, 『韓國詩歌構造硏究』, 삼영사, 1976; 김대행, 『시조유형론』, 이화여자대학교 출판부, 1986; 조동일, 「시조의 율격과 변형 규칙」, 『국어국문학연구』 18, 영남대학교 국어국문학과, 1978; 조동일, 『한국시가의 전통과 율격』, 한길사, 1982; 조동일, 『한국민요의 전통과 시가율격』, 지식산업사, 1996; 성기옥, 『한국시가 율격의 이론』, 새문사, 1986. 정병욱(1954)과 김흥규(1977)의 논문은 김대행, 『韻律』, 문학과지성사, 1984에 재수록된 것을 참조하였다.

3) 조창환, 『韓國現代詩의 韻律論的 硏究』, 일지사, 1986; 오세영, 「한국시가 율격재론」, 『한국근대문학론과 근대시』, 민음사, 1996; 김정화, 「韓國 詩 律格의 類型」, 『어문학』 82, 2003; 한수영, 「현대시의 운율 연구방법에 대한 검토」, 『한국시학연구』 14, 2005 참조. 한편, 다음의 논의들은 한국시가 음보율의 문제와 한국시가에 내재된 음수율적 특성을 함께 지적하면서도, 음보율과 음수율 중 어느 한 쪽을 편들기보다는 음보의 존재와 음절수의 중요성을 모두 인정하고자 하였다. 성호경, 『한국시가의 형식』, 새문사, 1999, 40~54면; 고정희, 「고전시가 율격의 교육 내용 연구」, 『국어교육연구』 29, 서울대학교 국어교육연구소, 2012, 415~447면.

4) 조동일(1996), 222면.

의 반복이 휴지나 기타에 의해서 호흡 단위breath group로 분절된다 하더라도 엄밀한 객관성을 갖기가 힘들다. 그러므로 필자는 한국 시가의 율격에서 음보의 개념을 추방해야 한다고 생각한다. 즉 음수율의 율격 체계에서는 음보 그 자체가 없는 것이다.[5]

첫 번째 논의가 음수율을 비판하며 음보율을 주장하고 있는 데 반해, 두 번째 논의는 음보율을 비판하고 다시 음수율을 주장하고 있다. 이렇듯 한국시가 율격에 대한 논의가 합의를 보지 못하고 있는 상황에서, 율격론과 관련하여 여전히 특히 문제가 되는 장르는 다름 아닌 시조이다. 시조는 한국시가의 장르 중 현재까지 본격적으로 창작되고 있는 유일한 장르이기에, 그 창작론과 관련하여 율격의 문제가 계속 제기되고 있는 상황이다. 그런데 한국시가 전반에 대한 율격론이 합의를 보지 못하고 있듯 시조 역시 그러하여, 시조의 율격은 여전히 음수율로 설명되기도 하는가 하면, 그 창작에 있어선 음수율적 요소가 도외시되는 경향을 보이기도 한다. 예를 들면 다음과 같다.

> 시조형식의 3장 12구체가 지니는 자수는 초·중·종장 각 15자 내외로 잡아서 한 수가 소요하는 자수는 45자 내외가 되는 셈이다. 각 구의 자수가 약간씩 넘나드는 것은 무방하나 종장 처리에서만은 종장 제1구의 3자를 어기지 않는 것이 정도正道이며, 종장 제2구는 5자 이상을 확보할 때 시조의 율격이 살아난다.[6]

> 새벽이 / 남긴 추위 / 보내지 / <u>못해</u>
> 풋가지에 / 이는 / 을씨년스런 / <u>조름</u>

---

5) 오세영(1996), 67면.
6) "시조의 형식", 『두산백과』, <http://www.doopedia.co.kr>, (2013.11.25).

유년이 / 이 기슭에 그린 / <u>수줍은</u> / <u>안부</u>

— 이처기, 「산수유소식」 중

　전자의 예에선 시조의 형식이 음수율적 규칙을 통해 설명되었음을 본다. 그러나 후자의 예는 전자에서 규정한 음절수에 미치지 못하고(39음절), 시조의 음수율로 흔히 거론되던 3·4조나 4·4조를 준수하기보다 2음절의 짧은 마디를 다용했다. 실제 현대시조의 창작 경향을 보면 이른바 3·4조니 4·4조니 하는 음수율적 성격은 그리 중시되지 않는 것으로 보인다. 위의 예처럼 2음절 이하의 과음절寡音節 마디도 흔히 쓰이고, 또한 5음절 이상의 과음절過音節 마디도 고시조에 비하여 훨씬 많이 쓰인다. 그런데 문제는 이러한 현대시조의 경향이 정당한 것인가 하는 점에 대하여 시조의 율격론과 관련하여 의견의 합치를 보지 못하고 있다는 점이다. 그리하여 위의 시조에 대해 다음과 같은 비판이 제기된 바도 있다.

　　시조는 시조대로의 독자 영역을 확보함으로써 존재 의의가 있는 것인데, 그 독자영역의 하나가 음수통제라는 것이다. 시조의 외형적 형식은 음수율로 파악되는 형식미가 아니라 음보율로 파악되는 형식미를 가진 시 형태라는 생각이 일반화되자 음보 안에 내재할 수 있는 음절수는 임의적이라는 생각에까지 도달하여 시조의 전통적 형식미를 깨뜨리는 경향이 두드러지게 나타나고 있다. 시조를 음보율로 파악한다고 해도 음수의 통제를 전제하고 있다는 사실을 놓쳐서는 안 된다. 그런데도 현대시조 시인들의 작품 중에는 한 작품 안에 2음절짜리 음보가 여러 번 등장하는가 하면 9음절짜리 음보가 등장하기도 한다. 이것은 시조의 음보가 3이나 4음절을 기준으로 하고 있고 이렇게 이룩된 음보가 최빈치로서 등장하고 있다는 사실을 위반하고 있는 것이다.[7]

---

7) 임종찬, 「現代時調 作品을 통해 본 創作上의 문제점 연구」, 『시조학논총』 12, 한국시조학회,

위와 같은 맥락에서, 전자의 인용시조는 "시조의 형식미와는 거리가 있는 작품이므로 시조로서는 실패작"[8]이라는 비판을 받은 바 있기도 하다. 그러나 이러한 비판의 타당성에 대해서는 의견이 분분할 터인데, 이때 문제의 핵심은 결국 시조의 율격을 어떻게 파악해야 할 것인가 하는 점이다.

율격론은 시의 형식론 중 핵심을 차지하는 부분이다. 따라서 시조 연구에서 율격론의 중요성은 재언할 필요가 없다. 그런데 전술한 바와 같이 한국시가의 율격에 대해서는 아직도 팽팽한 의견의 대립이 존재하고 있는 상황이다. 더구나 최근 시가문학의 연구영역이 문학 내적 부분보다는 문학 외적 부분, 또는 문화적 의미 등에 보다 치중하게 되면서 율격론의 문제는 미제謎題의 영역으로 거의 잊혀지다시피 한 감마저 있다. 그러나 율격론의 미정립은 현재도 활발히 진행 중인 시조의 창작과 발전을 저해하는 요소가 될 수 있다. 그러므로 이 글에서는 그간에 이루어진 시조 율격론이 지닌 문제점을 음수율과 음보율 각각의 측면에서 살펴보고, 이를 통하여 그러한 문제점을 넘어설 수 있는 대안을 타진해 보고자 한다. 그러나 그전에 먼저 율격의 의미에 대하여 살펴볼 필요가 있을 듯하다. 한국시가 율격론의 여러 문제는 율격에 대한 일종의 오해에서 파생된 감이 없지 않기 때문이다.

2. 율격의 의미

한국 시가 연구에서 율격이란 용어는 대체로 두 가지의 서로 나른 시각

1996, 226면.
8) 윗글, 224면.

에서 사용되어 왔다. 하나는 한시漢詩의 격식과 관련된 것이고, 다른 하나는 영시英詩의 '미터metre/meter'와 관련된 것이다. 일찍이 이병기가 시조의 '율격'을 논의했을 때 그가 말한 율격은 한시의 격률格律 개념을 빌려온 측면이 다분했다. 인용하면 다음과 같다.

> 律格은 詩形을 일운 것이고 語音을 音樂的으로 利用한 것인데 그 音度나 혹은 音長을 基調로 한 音性律과 그 音位를 基調로한 音位律과 그 音數를 基調로 한 音數律과의 세 가지가 잇다. 다시 말하면 漢詩의 平仄法과 가튼 것을 音性律이라 韻脚法과 가튼 것을 音位律이라 造句法과 가튼 것을 音數律이라 한다.9)

이병기는 율격을 음성률音性律, 음위율音位律, 음수율音數律로 분류하고 이들을 각기 한시의 평측법平仄法, 운각법韻脚法, 조구법造句法에 대응하는 것으로 설명하였다. 이러한 설명은 한문학에서 일반적으로 말하는 격률의 개념에 부합하는 것으로, 현재까지도 통용되고 있다.10)

그러나 이후 율격은 영시의 '미터'meter를 가리키는 말로 주로 사용되었다. 미터에 상응하는 리듬체계에 대한 주목은 정병욱의 「고시조 운율론 서설」에서 처음 보인다.11) 그는 여기서 미터의 번역어로 '운율'을 사용하였는데, 이후 학자들은 운율은 보다 넓은 '리듬'의 개념이라 보고, 미터의 번역어로 운율보다는 율격을 주로 사용하였다. 예를 들면 다음과 같다.

---

9) 이병기, 「律格과 時調 (一)」(동아일보, 1928.11.28.)

10) "격률 : 시(詩)·부(賦) 등의 자수(字數)·구수(句數)·대우(對偶)·평측(平仄)·압운 따위에 관한 격식과 규율", 『大漢韓辭典』(교학사, 1998); "율격 : 한시(漢詩)의 구성법에서 언어와 음률을 가장 음악적으로 이용한 격식. 평측, 운각(韻脚), 조구(造句)의 세 가지가 있다.", 『표준국어대사전』(국립국어원, <www.korean.go.kr>).

11) 정병욱(1954), 김대행(1984)에서 재인용, 43~52면.

- 이 글에서 사용하는 율격은 'meter'에 해당하는 용어이고, 율동은 'rhythm'에 해당하는 용어이다. 율격은 율문의 일반적 규칙을 지칭하는 것이고, 율동은 일반적 규칙의 구체적인 실현을 지칭하는 것이다.12)
- 律格meter은 律文verse을 이루고 있는 소리의 반복적이고 규칙적인 양식을 말한다.13)
- 우리는 <韻律rhythm>과 <律格meter>이라는 두 용어를 구별하여 쓰기로 한다. … 율격론은 이와 같은 선형적 질서의 바탕에 놓여 있는 틀이 무엇이며, 그것은 어떤 규칙을 거쳐 실현되고 또 변형되는가를 구명하는 연구 부문이다.14)
- 여기에서 우리는 율격meter이 율동rhythm과 개념상 구별되어야 할 필요성을 느낀다.15)

한시에서 말하는 율격과 영시에서 말하는 미터는 일종의 시의 리듬체계라는 점에서는 같지만, 그 구체적인 면모는 상이하다. 간단히 비교하여, 한시의 율격이 이병기의 설명대로 음성音性, 음위音位, 음수音數의 세 측면에 대한 것이라면, 영시의 미터는 음위音位의 요소는 빼고 음성音性과 음수音數에 대한 것만 논의의 대상으로 삼는다고 할 수 있다. 근체시의 형식 또한 까다롭고 엄정한 것으로 익히 알려져 있지만, 미터 또한 엄격한 규칙성을 가장 큰 특징으로 한다. 미터는 서구시에 나타나는 리듬의 한 종류이되 그 중에서도 가장 규칙적이고 엄격한 리듬체계라고 설명되는 것이다.16)

---

12) 조동일(1982), 130면.
13) 김대행(1986), 12면.
14) 심홍규(1984), 148면.
15) 성기옥(1986), 20면.
16) "meter", *The New Princeton Encyclopedia of Poetry and Poetics*, Princeton Univerity Press, 1998, p.772 : "In that they show grouping, hierarchy, and repetition, ms. are simply species of rhythm, as was recognized by Aristotle, namely the most regular, strict, or rigid species."

미터가 지닌 규칙성이란 시행 내에서 일정한 단위가 반복되는 현상을 뜻한다. 시가에서 말하는 미터는 고대로부터 측정measure이라는 개념으로 사용되어 왔다고 한다.17) 마치 거리를 측정하는 단위로서의 미터가 일정한 길이를 지니듯이 시행 내에도 반복되는 일정한 길이의 단위가 있을 때 이러한 리듬체계를 미터라고 한 것이다.18) 이때 단위 길이의 일정성은 음운자질의 형태적 반복에 의해 보장되고 통사적 의미와는 무관하게 이루어진다. 또한 음운자질의 반복은 이원성二元性을 기초로 하여야 한다. 즉, 'metron'19)이나 'foot'와 같은 반복단위는 장단長短이나 강약强弱 등과 같은 율격자질marker에 따라 이원적 구조를 지녀야 하고,20) 통사적 구조에 의하여 형성되는 휴지休止(pause)와는 아무런 관련이 없어야 한다. 그것은 언어기호의 의미와는 관련 없는 순전히 형식적인 현상인 것이다.21) 다음의 예를 통해 이를 살펴본다.

---

17) 앞의 책, 776면.

18) *Oxford Dictionary*에 정의된 "metre"의 개념을 참고할 만하다. "metre : the rhythm of a piece of poetry, determined by the number and length of feet in a line."[행 내 음보들의 개수와 길이에 따라 좌우되는, 시의 리듬]

19) 그리스시의 율격단위. 복수형은 metra.

20) 그리하여 만일 시행 내의 반복단위가 短短格 音步[pyrrihcs]나 强强格 音步[spondees], 또는 單音節 音步[monosyllabic feet]처럼 이질성을 지니지 않았다면, 그것은 미터의 단위에서 제외되어야 한다고 설명되기도 한다. *The New Princeton Encyclopedia of Poetry and Poetics*의 다음 설명들 참조. "M. is a binary system based only one phonological feature, while linguistic (phonological) rhythm in its fullest sense embraces pitch or intonation patterns, stressing, vowel length, timing, and juncture."(p.773); "The unit must have heterogeneous members, hence pyrrhics, spondees, and "monosyllabic feet" are excluded."(p.776); "Pauses are not metrical because they cannot be counted or measured like events."(p.772).

21) John Lotz, "Elements of Versification", W. K. Wimsatt ed., *Versification : Major Language Types*, New York University Press, 1972, p.4 : "It is a purely formal phenomenon which refers to the language signal alone without reference to the semantic content of that signal."

Ŏf thát | fŏrbí | ddĕn trée | whŏse mór | tăl táste

— John Milton, <Paradise Lost> 中

위의 시는 약강 5보격iambic pentameter의 율격에 따라 지어진 시다. 보는 바처럼 통사적 구조와 관련 없이 강약이라는 음운 자질의 규칙에 따라서만 미터가 형성되고 있다. 이처럼 미터는 고대 그리스시의 전범으로부터 형성되어 서구시의 규범으로 전파된 엄격하고 특이한 리듬의 한 종류이다.22) 따라서 이와 같은 역사적 개념을 지닌 미터를 한국시가의 정형률을 규명하는 데 사용한다는 것은 애초부터 쉽지 않은 일이었다고 해야 할 것이다.

물론 보다 보편적이고 비교문학적인 시각에서 미터에 대한 이해는 좀 더 포괄적인 양상을 띠기도 한 것으로 보인다. 국내에서 특히 많이 수용된 1970년대 존 로츠의 율격론에 따르면, 이원적 율격자질 없이 순전히 음절 수를 통하여 이루어지는 이른바 순수음절 율격syllabic meter도 율격의 한 유형으로 포괄되었던 것이다. 그러나 이 경우에도 미터는 의미론적인 현상과는 관련 없이 언어의 형식적 속성과만 관련된, 셀 수 있는 반복적 규칙을 나타낸다는 점에서는 변함이 없었다.23)

---

22) 고대 그리스의 비극 시인 Homer로부터 형성된 강약 6보격[dactylic hexameter]은 이후 라틴어와 지중해연안의 언어로 전해져, 수많은 서구의 시가들이 강약율을 모방하게 되었다고 한다. *The New Princeton Encyclopedia of Poetry and Poetics*, 779면 : "the force of the example of Homer was great enough to impel the dactylic hexameter into Lat. Med. poetry and to produce countless accentual imitations in all the Western vernaculars down to the end of the 19th c, despite the fact that the dactyl is not a pattern natural to any of them."

23) John Lotz(1972), 2면 : "Verse is defined as a language text viewed in all its linguistic functions and characterized by meter, which is the numerical regulation of certain properties of the linguistic form alone."

　그런데 다음 장에서 보겠지만, 시조를 비롯한 한국시가에 대한 율격논
의는 율격을 미터와 같은 개념으로 보면서도 위에서 설명한 것과 같은 미
터의 기본적 전제 — 통사적 속성과는 관련 없이 율격자질을 통해 구현된
다는 — 는 다분히 무시해 왔다. 이 같은 어긋남은 애초부터 율격론이 시조
및 한국시가의 리듬체계를 설명하는 데 잘 맞지 않는 옷 같은 것이었기
때문이었을지 모른다. 시원적으로 엄격한 시간적 규칙성을 특징으로 하는
율격meter으로 한국시가의 특성을 설명하는 것은 어느 정도는 의미가 있
을지언정 그렇게 큰 의미를 지닌 것은 아니었을 수 있다. 마치 서양음악의
화성학和聲學으로 국악을 설명하는 것이 큰 의미가 없는 것처럼 말이다.

　그러나 고정적인 반복 단위를 한국시가에서 찾고자 하는 노력은 더해지
면 더해졌지 결코 줄어들지 않았다. 음수율에서 음보율로 넘어가는 율격
론의 진행은 보다 확실한 율격을 찾고자 한 노력에 다름 아니었다. 여기서
드는 의문은 왜 한국시가에서 고정적 율격을 그토록 찾으려 했던가 하는
점이다. 왜 한국시가라는 몸은 율격이라는 옷에 잘 맞지 않음을 인정하지
않았던 것일까? 여기에는 뚜렷한 율격의 존재는 시가의 리듬상의 성취를
담보하는 것이라는 전제가 있었던 것이 아닐까? 하지만 율격은 율문의 기
본적인 요소일 뿐, 시가가 지닌 모든 리듬 현상을 설명하는 것은 아니다.
로츠 또한 언급했듯이 시가의 리듬을 강화하는 요소에는 각운은 물론이고
두운 또는 성운의 조화, 후렴과 병렬 등 여러 가지가 있을 수 있다. 다만
이들 요소는 이것만으로는 율문의 기초적인 리듬을 형성할 수 없을 뿐이
다.[24] 이는 다시 말하면 율격은 좋은 시가 리듬을 형성하기 위한 한 요건

---

24) 위의 책, 12면 : "Besides the constitutive linguistic components necessary for meter,
　　 there may be other phonological and grammatical features which underline and
　　 emphasize the metric structure. These, however, do not by themselves create meter

일 뿐임을 의미한다. 따라서 율격체계가 엄격하든 느슨하든 그것은 리듬과 관련한 시가의 미감에 어떠한 확정적 의미도 제공해 주지 않는다고 해야 할 것이다.

로츠는 율문verse을 율문이게 만드는 리듬의 체계를 미터라고 규정함으로써 미터, 즉 율격이 다양한 언어로 된 율문들의 특성을 포괄할 수 있는 개념이 되게 하고자 하였다.25) 폭넓은 비교문학적 시각을 견지하고 있었던 만큼 그는 율문의 리듬 체계가 매우 다양한 양상으로 전개될 수 있음을 명시할 만큼의 통찰을 지니고 있었다. 즉, 율격 중에는 시 전편에 걸쳐 규칙의 엄격한 적용을 요구하는 경우도 있지만, 반대로 느슨한 규칙을 지닌 율격도 많이 있음을 그는 예증하였다.26) 그러나 이러한 구분이 시가의 미적 성취와 관련된 것이라고는 서술된 바가 없다.27)

그렇다면 이제는 율격에 대한 오해를 내려놓을 때가 된 듯하다. 잘 맞지 않는 옷에 몸을 끼워 넣으려다 생긴 오해와 혼란을 불식하고 시조를 비롯한 한국시가의 정형률에 대해 다시 생각해 보아야 할 것이다.28) 이를 위해

---

and they may also function independently in prose."

25) 위의 책, 4면 : "Meter, the constitutive property of verse."; 5면 : "A non-metric text is called prose."

26) 위의 책, 6면 : "new intermediary type"; 15면 : "Or, we could make a typology of the numerical regulations imposed on the meter (strict, loose, or permitting variations)."

27) 미터에 대한 이론은 미터의 체계가 유사-미터[quasi-metrical]나 비-미터[non-metrical]로 된 시작법의 전반적인 범위와 맺고 있는 관계들을 설정해 주어야 한다고 설명된다. The New Princeton Encyclopedia of Poetry and Poetics, 776면 : "it[a metrical theory] must map out the links between metrical systems and the entire range of quasi-metrical and nonmetrical prosodies;"

28) 문학 이론을 수용하는 과정에서 이러한 혼란이 생기는 것은 특이한 일은 아닐 것이다. 그리스 고전의 시작법이 서양 율문에 수용되어 온 과정에서 그것이 맞는지 안 맞는지를 볼 수 있기 위해서는 이천 년의 시간이 필요했다고 하니 말이다. 위의 책, 777면 : "The main story to be told is simply one of the wholesale appropriation of the categories and

다음 장들에서는 그간 있었던 음수율론과 음보율론의 진행 양상과 그에 내포된 문제점들을 차례로 살펴보고자 한다.

3. 음수율의 난제

시조의 정형률에 대한 초창기 국문학자들의 논의는 시조를 포함한 한국 시가의 리듬 전반에 대한 모색 속에서 이루어졌다. 새로운 시형을 모색해야 한다는 당대의 사명 속에서 부각된 것이 음수율론이었고, 그러한 음수율에 대한 모색 가운데 시조의 정형률에 대한 논의 또한 이루어진 것이다.

음수율에 대한 본격적인 실험이 이루어진 것은 최남선의 신체시부터라고 할 수 있다. 그는 일본 신체시의 음수율을 모방하여 여러 편의 작품을 지었고, 이후 신체시의 율조인 7·5조는 한국 근대시의 형성 과정에서 큰 영향을 미쳤다.[29] 어찌 보면 한국 근대시의 리듬 형성 과정은 7·5조의 수입·모방과 그로부터의 탈피로 요약될 수도 있을 듯하다. 이 과정에서 한국 시가 리듬의 동인에 대한 깊은 모색이 이루어졌다. 그러한 과정을 단적으로 보여주는 것이 주요한의 다음과 같은 언급이다.

　"과거에 조선말 시가의 형식으로 말하자면 시됴이던지 민요이던지 운다
　는법은 업섯고 다만 글자수효(다시말하면「씰라블」의수효)가 일뎡한 규률

---

terms of Cl. prosody, overlaid onto all subsequent Western verse system. It took about two millennia to be able to see whether they fitted or not."

29) 이광수, 「육당 최남선론」, 『조선문단』 6, 1926.3, 82~83면 : "우리 시의 새격조와 새형식을 차즈랴고 … 그는서양시의 본을 바다서 글자 수가 규측적으로 가튼 시형식을 만들어보랴고하엿스나 … 일본의 이마요오(今樣)에서 나온 七五調를 만히 사용하엿고."

을 짜를 섄이엇습니다. (…중략…) 엇던이는 일본시가의 형식인 七五 혹은 五七됴를 시험해본것도 잇습니다. 만은 그결과가 다새론시를 지으랴는데 합당한 재료가 못되엿습니다."30)

위에서 주요한은 한국의 고전시가에 압운이 없고 음절수와 관련한 리듬만이 있을 뿐임을 지적하였다. 그러나 이어 그는 일본시를 모방한 음수율이 한국시가의 리듬을 형성하기에 부적합함을 들어 음수율만으로는 '신시'를 짓기에 불충분하다는 난제를 제시하였다. 이와 같은 딜레마 위에서 근대시의 리듬은 모색되었고, 시조의 정형률에 대한 연구 또한 이루어졌다. 7·5조라는 신체시의 기계적 음수율이 초기 동경유학파 문인들인 김억, 주요한 등의 민요시 운동을 통해 극복되기 시작하였고, 김소월에 이르러서는 그 구태를 완전히 벗고 근대시의 율조를 이루었음은 널리 알려진 사실이다. 이 시기 시인들은 고정된 음수율을 탈피하면서도 '격조', 즉 리듬감을 지닌 시를 짓고자 고심하였다.31) 그 결과 탄생한 것이 7·5조의 영향을 받았으면서도 음절수에 일정한 제한을 두지 않은 이른바 민요시이다.

민요시의 율조를 이룰 수 있었던 것은 한국시가의 리듬에 대한 1920년대경 시인들의 고심, 고전시가를 비롯한 한국시가의 본질에 대한 시인의 직관, 그리고 치열한 시정신과 자유율에 대한 욕망 등이 어우러졌기에 가능했을 것이다. 근대시가 이처럼 한국시가의 '격조'를 찾아갔던 데 비해, 한국시가의 리듬체계를 논리적으로 설명할 이론은 아직 충분히 갖춰지지 못했던 듯하다. 한국시가의 율격자질이 음절에 있음을 밝힌 주요한의 견해는 당대 국문학자들에게 통용되었으나, 율격에 대한 논의는 흔히 리듬

30) 주요한, 「노래를 지으시려는 이에게」, 『조선문단』 창간호, 1924, 49면.
31) 한수영, 『운율의 탄생』, 아카넷, 2008, 123~169면 참조.

에 대한 논의와 섞여 그 본질이 흐려지곤 했던 것으로 보인다. 이를 보면
다음과 같다.

> 그 高低音·強弱音이 一般的으로 一定하게는 있다 하진 못하더라도 과연
> 아주 없다고 할 수 없습니다. (…중략…) 우리 詩歌에는 이 音數律로 하여
> 가장 理想的으로 된 定型詩가 곧 時調입니다.[32]
> 조선어는 언어의 성질 상 그 형식을 서양의 영어나 동양의 한시와 동일
> 이 할 수 없고 차라리 일본의 시형에 유사를 구하지 않을 수 없다. (…중
> 략…) 그러나 감정의 유통에는 그에 따른 자연한 율미Rhythm가 있으니, 조
> 선시에도 서양 혹은 중국과 다른 조선시의 특유한 고저를 승인하지 않으면
> 아니될 것이고[33]

전자의 예에서 이병기는 한국시가의 율격자질이 음수임을 인정하면서
도 고저나 강약의 리듬 또한 없지 않음을 서술하였다. 그러나 그는 율격적
특징과 리듬상의 성질을 같이 논하여 율격에 대한 논의를 흐린 감이 있다.
이러한 점은 후자의 조윤제의 언급에서 또한 유사하게 보인다. 조윤제 또
한 강약이나 고저가 없는 한국어는 음수율에 의거할 수밖에 없다는 주요
한의 견해를 "전인이 미발한 탁견"이라며 적극적으로 받아들이면서도, 고
저와 같은 리듬상의 문제를 함께 논하여 율격논의의 본질을 역시 흐린 측
면이 있다.

율격논의에 리듬현상이 종종 끼어들 수밖에 없었던 것은 시조의 율격이
음수율만으로는 파악되기 어렵다는 인식이 있었기 때문이었을 것이다. 사
실 이 시기에 이루어진 시조 음수율 논의는 시조의 정형률을 단지 음수율

---

32) 이병기(1928), 249~251면.
33) 조윤제(1948), 131~133면.

로만 파악하고자 한 것은 아니었다. 반대로 음수율은 시조의 정형률에 있
어서 하나의 중요한 측면이긴 할지언정 그 전부는 아님을 초창기 국문학
자들은 거의 어김없이 거론하였다.[34] 이 같은 모호성으로 인하여 시조의
율격은 다분히 음수율이면서도 음수율만은 아니라는 엉거주춤한 모양새
로 남게 되었다. 그리고 이러한 어색한 모양새는 두 방향의 연구를 촉발한
것으로 보인다. 그 하나는 보다 정형적인 음수율에 대한 모색이었고 다른
하나는 음수율 외의 다른 율격에 대한 모색이었다. 이 중 먼저 이루어진
것은 전자였고, 이는 다음과 같은 이른바 시조의 '기본형' 혹은 '이념'으로
정리되었다.[35]

3 · 4 · 3(4) · 4
3 · 4 · 3(4) · 4
3 · 5 · 4 · 3

조윤제는 이광수의 논의를 이어받아 시조의 기본형을 위에서처럼 확정
하고, 이는 "시조 형식론 상 빼지 못할 한 시험"[36]이 될 것이라고 예견하

---

34) 이병기의 다음과 같은 언급을 예로 들어볼 수 있다. "이렇게 몇 자 이상 몇 자 이하에서는
자유스럽게 쓸 수 있는 이 시조의 음수율은 자수가 한정이 있고도 없으며 변화도 자유자
재합니다. 이런 점이 기성시형으로서는 가장 자유스럽고 자연스럽게 된 것이라 합니다. 어
떤 이는 이 시조의 음수율을 78, 78, 87로 하여 … 이걸로만 자수를 한정하자 하기도 하나,
… 이 형식 하나만이 시조형식의 전부가 아닙니다. 만일 이것만이 시조의 형식인 줄 알고
고집을 한다면 큰일입니다. 옛날 언문풍월을 짓고 한시 모방이나 좋아하던 그 어른네들로
이런 형식 하나만 가지고 고집한 이는 없었습니다." 이병기(1928), 252면.
35) 시조의 이른바 기준형식은 이광수에 의해 제기되었고, 조윤제에 의해 뒷받침되었다. 이광
수(1928), 조윤제(1948) 참소.
36) 조윤제(1948), 135면 : "그러나 우리는 좀 더 나아가 일견 혼돈하고, 불정돈하여 보이는 시
조에서 정확한 그 자수는 얻기 어렵다 하더라도 시조 자신이 가지고 있는 운율 상 방불한
이념(Idea)이라고도 할만한 자수를 파악할 수 없을까. 만약 그렇게 할 수 있다면 그는 시
조 형식론 상 빼지 못할 한 시험일 줄 생각한다."

였다. 과연 그의 생각은 현재 시조의 형식에 대해 널리 퍼진 통설이 되었다. 그러나 그의 논의는 일반에는 통설로 받아들여지면서도 학계에서는 부정되는 아이러니한 상황을 맞게 된다. 그럴 수밖에 없었던 것은 그의 논의가 시조의 정형률에 대한 통찰을 담고 있으면서도 궁극적으로 고정된 율격을 제시할 수는 없었기 때문이라 볼 수 있다. 이른바 기본형에 부합하지 않는 시조 작품들이 너무나 많았던 것이다. 이후 한국시가에서 고정된 율격을 찾고자 하는 열망은 강약률, 고저율 등에 대한 논의로 이어지다가 마침내 음보율론에 이르게 된다. 하지만 이러한 시도들은 시조의 시행 내에 존재하는 구성단위에 대한 적절한 주목은 유도했을망정 사실상 시조의 율격을 해명하기에는 그 역시 난점을 지니고 있었다.

4. 음보율의 난제

음보율을 처음 제시한 이는 정병욱이다. 그는 "3음절이나 4음절이라는 음절 수"는 "어형론적 문제"일 뿐 "운율 체계"와 관련된 것은 아니라고 주장하였다. 다시 말해 한 마디가 3~4음절로 된 것은 한국어의 특성상 일반적인 것일 뿐 이러한 음절수의 규칙을 통해 한국시가의 율격이 성립되는 것은 아니라는 것이다. 이렇게 음수율을 비판하고 그는 그 대안으로 이른바 '음보율音步律'을 제시하였다. 이른바 '3음보 시행'이니 '4음보 시행'과 같은 말이 그로부터 사용되게 되었다.[37]

그러나 정병욱은 음보율이라는 용어를 처음 사용하기는 하였으되, 한국

---

37) 정병욱, 앞의 글, 59~63면.

시가의 율격을 이것으로만 파악하고자 한 것은 아니었다. 오히려 율격론의 전반적인 체계에서 한국시가의 율격은 강약률에 속하는 것으로 그는 파악하였다. 그리고 그러한 강약률을 성립시키는 단위로서 음보를 제시한 것이다. 그러나 이미 초기 국문학자들이 간파한 바처럼 한국시가는 강약률을 가지기 어렵다. 율격자질은 일반적으로 음운론적 자질이어야 하는데, 한국어에서 강약은 음운론적 자질이 아니기 때문이다. 이후 몇몇 학자들의 실험 끝에 한국시가는 강약이나 고저를 율격자질로 삼을 수 없다는 견해가 다시 일반화되고 정병욱의 강약률론은 지지기반을 잃었지만, 그의 음보율론만은 다음과 같이 많은 국문학자들의 지지를 얻게 된다.[38]

　이처럼 실제의 작품과 자수율론의 <定型>이라는 것이 제대로 들어맞지 않을 때, 우리 시가가 과연 글자수의 규칙성에 지배되는 율격 원리를 가지고 있는가는 크게 의심할 만한 일이 아닐 수 없다. … 여기서 소리마디의 규칙성을 율격 형성의 기본요소로 보는 음보율론에 의해 우리 시가의 율격을 설명해야 할 필요성이 확인된다.[39]

　율격을 음수율에 입각하여 분석한 학자들은 음보는 문제 삼지 않고, 음

---

38) 정병욱 이후 음절수 이외의 율격자질을 발견하고자 하는 노력은 주로 어학자들에 의해 이루어졌다. 김석연(1968), 황희영(1969) 등은 sonagraph 등의 기계를 이용한 실험 결과를 바탕으로 한국시가의 율격을 고저율과 장단율에서 찾았다. 정광(1975) 또한 중세시가의 율격은 고저율로, 현대시의 율격은 장단율로 파악하였다. 그러나 이들의 논의는 한정된 몇몇 실험이나 작품 분석만을 통하여 얻어진 것으로, 일반화하기에 어려움이 있으며, 고저, 장단 등을 한국어의 음운자질이라고 볼 근거도 확실하지 않다는 점에서 문제가 된다. 이런 까닭에 이들 논의에 대해서는 이미 비판이 제기된 바 있다. 예창해, 「한국시가율격의 구조 연구」, 『성대문학』 19, 성대국어국문학회, 19/6, /4~87면, 김대행(1976), 29~31면 참조. 사실 한국시가의 율독 시에 나타나는 강약, 고저, 장단 등의 현상은 율격론의 차원이 아니라 리듬의 차원에서 파악되어야 마땅한 것이다. 초기 국문학자들이 보여준 율격과 리듬 사이의 혼동이 여기에서 지속됨을 볼 수 있다.
39) 김흥규(1984), 149~150면.

절이 가장 중요하다고 생각했는데, 음보율이라는 새로운 방법이 등장하면서 가장 중요한 것은 음보라는 사실이 분명해졌다.[40]

음보율론은 간단히 말하면 한국시가에는 규칙적인 음절수는 없지만 규칙적인 음보수는 있다는 것으로 요약할 수 있다. 다시 말해, 한국시가는 음수율로 보아서는 무정형해 보이지만 음보율로 보면 3음보나 4음보 등의 간명한 규칙성을 지니고 있다는 것이다. 이는 기본적으로 엄격한 규칙의 고수를 전제로 하는 율격 논의에서 매력적인 생각이 아닐 수 없다.[41] 그러나 음보율론에도 또한 몇 가지 난점이 존재함을 다음에서처럼 보게 된다.

4.1. 음보의 등장성等長性

음보율의 난점 중 하나는 음보의 개념에 대한 것이다. 정병욱이 사용한 '음보'라는 용어는 영시英詩의 '풋트foot'를 번역한 것이다. '풋트'는 강음절과 약음절의 조합으로 이루어진 일종의 음절군인데, 영시의 율격은 일정한 종류의 '풋트'가 반복됨으로써 이루어진다.[42] 이러한 반복단위로서의 음보가 지녀야 할 요건으로 정병욱은 '등장성等長性'[43]에 주목하였다. 그리

---

40) 조동일(1996), 290면.

41) 조동일의 다음과 같은 언급을 참고로 들 수 있다. 조동일(1996), 220면 : "음보율이 음수율보다 나은 이론이라고 할 수 있는 근거는 이미 존재하고 있는 율격 인식을 체계적으로 설명하는 것이 무리가 적고, 조리가 더 잘 선다는 데 있다."

42) 전 장에서 인용한 밀턴의 시 참조. 영시에서 쓰이는 율격으로는 iamb(弱强 음보), trochee(强弱 음보), dactyl(强弱弱 음보), anapest(弱弱强 음보) 등이 있다. 한편, 불시와 같은 순수 음절율격에서 풋트는 한 음절이라고 설명되기도 한다. 풋트는 라틴어 'pes', 그리스어의 'metron'(복수형 metra, "measure"를 의미함)에 해당하는 어휘다.

43) 정병욱, 앞의 글, 45면 : "우리는 운율(metre)이 연속하는 순간의 시간적 등장성을 뜻한다는 것과, 율동은 그 등장성을 역학적으로 부동하게 하는 조직이라는 것을 인식함으로써 운율의 본질을 비교적 정확하게 파악할 수 있었다고 본다."

고 이러한 '등장성'을 지닌 단위를 한국시가의 시행 내에서 찾아 이를 음
보로 파악할 수 있음을 주장하였다.

'등장성'은 이후 논의들에서도 음보의 성립요건으로서 공통적으로 중요
시된다. 하지만 이러한 음보의 등장성을 성립시키는 자질을 한국시가에서
찾아내는 것은 결코 쉬운 일이 아니었다. 전술했듯이 영시의 '풋트'는 일
정한 음절 조합 방식에 의해 성립하므로, 한 작품 내의 모든 '풋트'들은 일
정한 음절수로 구성된다. 그렇기에 시간적으로 각 '풋트'는 동일성을 지닌
다. 이에 반해 한국시가의 이른바 음보는 동질성을 보장하는 음운론적 기
반이 명확하지 않다. 정병욱이 설정한 음보는 어절과 유사한 단위였고, 이
는 애초부터 문장의 의미와 결부되는 통사적 단위이지 음운론적 규칙에
기반한 단위는 아니었다. 이에 정병욱은 한국어에서 어절 어두에 오는 강
세의 존재를 들어 각 음보의 음운론적 동질성을 입증하고자 하였지만, 앞
서 언급했듯이 강약은 한국어의 음운자질이 아니기에 이후 학계에서 별
반향을 얻지 못했다.44)

고저나 장단 등의 자질 또한 한국시가의 율격자질로 파악하기에는 그리
여의치 않았는데, 이 또한 앞서 언급한 바와 같다.45) 하지만 그래도 비교

---

44) 정병욱은 한편으로 악보에 기재된 가사의 형태를 통해 음보의 시간적 등장성을 입증하고
자 하기도 하였다. 그는 악보의 일정 단위인 3大腔 8井間에 시가의 음보가 배분되는 양상
을 들어, 3대강 8정간이라는 음악 단위의 시간 길이가 같듯이, 1음보에 주어지는 시간 역
시 같다고 주장하였다. 윗글, 58~59면 참조. 그러나 율독을 전제하는 시가의 율격을 음악
의 규칙에 의해 파악한다는 전제부터 무리가 있다. 시가의 일정 단위들이 동일한 음악 길
이에 실려 있다고 해서, 율독시에도 그 단위들이 일정 시간에 배분되는 것은 아닌 것이다.
더구나 정병욱이 음보라고 칭한 한국시가의 단위들은 그의 주장과는 달리 시실 일정한 음
악 단위에 배분되어 있지도 않다. 예를 들어 <청산별곡>의 경우, 그 첫 행이 악곡에 실린
양상은 '살어리 / 살어리 / 랏 / 다'와 같이 나뉜다. 빗금으로 나뉜 부분들은 악곡의 8정간
에 각기 실린다.

45) 각주 38번 참조.

적 중요하게 거론된 자질은 장단이었던 것으로 보인다.46) 장단은 한국어의 음운자질로서 일부나마 기능하기에 율격자질로 쓰일 가능성이 그나마 있다. 이런 이유로 장단의 자질은 특히 주목되었던 게 아닌가 한다. 그러나 문제는 시가의 율독 시 일어난다고 가정된 음절의 장음화 현상은 음운론적 법칙과는 아무런 관련이 없다는 점이다. 장음뿐 아니라 '정음停音'이라는 개념까지 설정하여 한국시가의 율격을 체계적으로 규명하고자 한 성기옥의 논의를 통해 이를 살펴보기로 하자.

> 얼운은- 막대집고 아희는- 술을메고
> 微吟-∨ 緩步ᄒ야 시냇ᄀ의 호자안자

성기옥에 따르면 <상춘곡賞春曲>은 위와 같이 율독되는데, 여기서 '-'는 장음을, '∨'는 '정음'을 의미한다.47) 그런데 장음으로 표시된 부분은 언어학적으로 장음화와 아무런 관련이 없는 부분이다. 그런가하면 언어학적으로 장음화가 일어나야 할 '완보緩步'의 '완緩'에는 장음화가 일어나지 않고 있다. 정음으로 표시된 부분 또한 정음의 개념 자체가 언어학적인 것이 아니기에 애매하긴 마찬가지다.48) 사정이 이러하기에, 장음과 정음의 존재를 들어 위의 시행들이 등장等長한 4음보로 율독된다고 장담하는 것은 아

---

46) 김석연(1968, 22면)은 "리듬의 等長性을 꾀하는 율동감에서 나온" 장음화 현상을 들어 음보의 등장성을 해명하고자 하였고, 정광(1975, 160~162면)은 '모라[mora]' 개념을 통하여 한국시가의 율격론에서 장단의 자질이 지니는 기능을 설명하였다. 이후 김대행(1976, 34~37면), 성기옥(1984, 124~125면) 등도 모라 개념을 원용하여, 시가 율독 시 일어나는 음절의 장음화 현상을 설명하고 이를 통해 음보의 등장성을 규명하고자 하였다. 이 논의들에 대해서는 뒤에서 상술할 것이다.
47) 성기옥(1986), 112면.
48) 성기옥은 그가 말하는 장음이 언어학적으로 규정되는 장음이 아님을 명백히 서술해 놓았다. 그는 이것을 '비언어학적 장음화'라고 불렀다. 위의 책, 113면.

무래도 묘연한 일이 된다. 더구나 다음처럼 이른바 음보의 음절수 차이가
확연한 경우는 더 문제가 된다.

朔風은 나무 긋틱 불고 明月은 눈 속에 춘듸

김종서金宗瑞(1383~1453)가 지었다는 시조의 초장이다. 이것을 이른바 4음
보격에 따라 읽으면 "삭풍朔風은 / 나무 긋틱 불고 / 명월明月은 / 눈 속에
춘듸"와 같이 된다. 이때 서로 동등한 음보라고 나뉜 첫음보의 '삭풍朔風
은'과 둘째 음보의 '나무 긋틱 불고'가 율독 시 같은 시간이 소요된다고 어
떻게 말할 수 있겠는가? 이를 해결하기 위해 '층량보격層量步格'의 존재가
주장되기도 하였지만,[49] 이에 이르면 혼란은 오히려 더욱 커진다. 장음과
정음의 존재를 통해 음보의 등장성이 힘겹게나마 규명되는 듯하더니, '층
량보격'의 존재를 듦으로써 등장성이라는 음보의 조건이 아예 무화되고
있는 듯이 보이기 때문이다.[50]

혹자는 위의 김종서 시조와 같은 경우는 예외적인 경우로서 변격이라고
보아야 한다고 말할지 모른다. 하지만 시조 초장에서 5음절 마디가 사용되
는 것은 변격이라 처리하기에는 그 빈도가 적지 않다.[51] 그렇다면 시조가
등장한 음보로 이루어진다고 말하는 것은 시조의 기준음수율을 논하는 것
과 비슷하게 적지 않은 한계를 지닌 것이라 해야 할 것이다.

49) 위의 책, 141면 참조.
50) 다음의 언급을 참조할 수 있다. 조창환(1986), 31면 : "음보라는 용어 속에 층량적인 것을
규칙화하여 인정한다는 사실 자체가 불합리하다. … 음보라는 말은 균등한 발화 시간이나
발음량의 반복적 현상을 전제로 한 것인데 … 층량 음보격이리는 말 자체가 앞뒤 무순되는
개념이어서 이처럼 용어 개념을 확대 사용하려면 차라리 이 개념을 포괄할 수 있는 새로
운 용어의 사용이 불가피하다고 본다."
51) 이른바 시조에서 흔히 사용되는 음절수로 많은 연구자들이 5음절 이상을 들어 놓은 바 있
다. 참고로 시조의 음절수에 대한 제가의 견해를 정리해 보면 다음과 같다.

아래와 같이 음성분석기를 사용한 결과도 실제로 음절수가 다른 시조 마디가 등장하게 발화되지 않음을 보여준다. 물론 음보의 등장성이란 물리적으로 완벽히 동일한 시간성을 의미하는 것은 아니다. 그러나 실험결과가 보여주는 마디 간의 시간적 차이는 다음 표에서 보는 것처럼 퍽 뚜렷한 것이어서 주목할 만하다.

[표 1] 음성인식기로 측정한 시조 마디의 발화시간[52]

시조	피실험자	전반행		후반행	
		앞마디 발화시간 (휴지포함시간)	뒷마디 발화시간 (휴지포함시간)	앞마디 발화시간 (휴지포함시간)	뒷마디 발화시간 (휴지포함시간)
초장	1	0.68	0.85 (1.22)	0.54	0.94 (1.62)
	2	0.87	1.28 (1.72)	0.71	1.09 (1.72)
	3	0.79	1.27 (1.81)	0.57	1.21 (1.91)
	4	0.82	1.40 (1.85)	0.63	1.16 (1.86)
	5	0.68	1.34 (1.47)	0.59	1.12 (1.58)
	6	0.62	1.30	0.50	1.12 (1.66)
	7	0.83 (1.19)	1.18 (1.38)	0.67 (0.93)	1.07 (1.68)
	8	0.87 (1.09)	1.26 (2.01)	0.60 (1.10)	1.42 (2.05)

	이은상				조윤제				김종식			
	제1마디	제2마디	제3마디	제4마디	제1마디	제2마디	제3마디	제4마디	제1마디	제2마디	제3마디	제4마디
초장	2~5	2~6	2~5	4~6	2~4	4~6	2~5	4~6	2~5	3~6	2~5	4~6
중장	1~5	2~6	2~5	4~6	1~4	3~6	2~5	4~6	1~5	3~6	2~5	4~6
종장	3	5~8	4~5	3~4	3	5~9	4~5	3~4	3	5~8	4~5	3~4

서원섭, 「平時調의 形式 硏究」, 『어문학』 36(한국어문학회, 1977), 42~45면 참조.

52) 이 통계는 "Praat"라는 소프트웨어[말소리의 음성과학적 분석을 위한 컴퓨터용 공개 소프트웨어. 암스테르담 대학교의 파올 부르스마(Paul Boersma)와 다비트 베닝크(David Weenink) 개발.]를 이용하여 낸 것이다.
<http://www.fon.hum.uva.nl/praat> 참조. 분석기를 통하여 얻어낸 그래프는 본 장 말미에 참고삼아 붙여 놓았다. 분석 시조는 본문에서 인용한 김종서의 '삭풍은~' 시조이다. 조사대상자는 1. 경기(남20대), 2. 경기(여20대), 3. 경북(남20대), 4. 경남(여30대), 5. 전북(남50대), 6. 강원(여20대), 7. 경북(남40대), 8. 서울(여30대)이다. 1~6은 국문과 외 전공과 관련된, 대학 재학 이상의 학력 소지자들이다. 7~8은 고전시가 전공자들인데, 7은 시조의 율격이 음보율이라고 생각한 연구자이고, 8은 필자 자신이다.

시조	피실험자	전반행		후반행	
		앞마디 발화시간 (휴지포함시간)	뒷마디 발화시간 (휴지포함시간)	앞마디 발화시간 (휴지포함시간)	뒷마디 발화시간 (휴지포함시간)
중장	1	0.40	0.66	0.68	0.75 (1.44)
	2	0.40	0.63 (0.72)	0.66	0.97 (1.34)
	1	0.40	0.66	0.68	0.75 (1.44)
	2	0.40	0.63 (0.72)	0.66	0.97 (1.34)
	3	0.50	0.62	0.50	0.90 (1.49)
	4	0.53	0.63	0.69	0.96 (1.63)
	5	0.58	0.75 (0.86)	0.82 (0.94)	0.86 (1.02)
	6	0.37	0.65	0.76	0.90 (1.12)
	7	0.7 (0.88)	0.69 (1.03)	0.73 (1.05)	0.80 (1.58)
	8	0.65 (0.95)	0.76 (1.18)	0.87 (1.00)	0.89 (1.71)
종장	1	0.69	1.04 (1.12)	0.59	0.45
	2	0.97	1.20 (1.32)	0.75	0.4
	3	0.84	0.92	0.57	0.41
	4	0.86	1.06	0.85	0.52
	5	0.79 (0.86)	0.85 (0.90)	0.72	0.4
	6	0.83 (0.92)	0.92	0.70	0.54
	7	0.70 (1.10)	0.83 (1.26)	1.00 (1.15)	0.51
	8	0.86 (1.12)	1.08 (1.53)	0.91 (1.15)	0.59

위의 실험결과를 통해 알 수 있는 사실은 음절수와 발화시간이 대체로 비례한다는 점이며, 휴지의 길이는 마디의 음절수와 관계없이 그 위치에 따라 달라진다는 점이다. 즉, 휴지의 길이는 시행의 통사적 구조와 관련된 것으로, 마디 간 휴지보다 구 간 혹은 행 간 휴지가 깊을 알 수 있다. 이는 음절수가 짧은 마디의 경우 좀 더 긴 휴지가 따르리라는 기존의 예상과 배치되는 결과이다.[53]

---

53) 다음과 같은 견해는 상당히 보편화된 것으로 보이는데, 이에 따르면 휴지의 길이는 마디의 음절수와 반비례할 것으로 예상되고 있다. "이렇게 음절수가 반드시 같지 않은 음보들의

물론, 율격이란 심리적인 현상이지 물리적인 현상이 아님을 들어 위와 같은 실험의 의의에 의문을 가지는 것도 충분히 가능하다.[54] 하지만 한 언어의 자연적인 특성에 위배되는 율격을 요구하는 시가는 그 생명력이 길기 어렵다는 사실을 염두에 둘 필요도 있을 것이다. 한국어는 강약이나 장단과 같은 음운자질이 뚜렷하지 않고, 음절의 다과에 따라 발화시간에 차이가 난다. 위의 실험결과 또한 이를 보여주고 있다. 만일 이러한 한국어의 특성에도 불구하고 마디를 같은 시간에 발화하도록 규정하는 율격이 요구되었다면 시조가 그토록 오랜 시간 동안 한국인의 사랑을 받을 수 있었을까? 구어의 자연스러운 호흡에 의해 형성되고 향유된 시조에 그러한 율격의식이 존재했으리라 가정하는 것 자체가 어려운 일임은 차치하고라도 말이다.

또한 심리적으로 보아도, 음절수가 다른 시조의 마디들이 등장한 것으로 인식되지는 않는 것으로 보인다. 예컨대 "노란 나비 / 춤추고 // 붉은 꽃은 / 핀다네"와 "나비는 / 춤을 추고 // 붉은 꽃 / 피어 있네" 중 어느 것이 더 시조다운가를 물어본다면 고전시가 전공자라면 대부분 후자가 시조답다고 말할 것이라 예상된다. 이러한 예는 의식의 차원에서 음절수의 다과多寡가 실제로 의미를 지님을 보여준다. 만일 시조의 음보가 실제로 등장한 것으로 의식되는 것이라면 '3·4·3·4'의 음절수로 진행되는 행이 '4·3·4·3'으로 진행되는 행보다 더 시조다운 것으로 느껴질 리는 없을 것

율격적 等價性(심리적·감각적으로 인정되는 等특性)은 작은 음보들의 끝소리를 연장하거나 좀더 큰 쉼을 덧붙임으로서 보장된다." 김홍규(1984), 153면.

54) 이미 6·70년대의 언어학자들이 해놓은 분석결과가 있는데 이러한 물리적 분석이 또 필요할까 하는 의문을 제기할 수도 있다. 그러나 예전의 연구결과들은 시조 마디의 음절수와 발화시간의 상관관계를 파악하는 데 목적을 둔 것이 아니었으며, 실험대상 또한 여러 명이 아니었고, 시조 한 수 전체를 분석의 대상으로 삼지도 않았다. 요즘에는 음성분석기를 인터넷으로 쉽게 이용할 수 있기에 필자는 검증 차원에서 이를 시도해 보았다.

이기 때문이다.

등장성을 기반으로 하는 음보율에 대한 논의는 이후 별다른 진전을 보이지는 못한 듯하다. 이를 다시 요약하면, "한국시가의 음보는 통사적 휴지 및 관습적·율격적 휴지에 의해 형성되며, 그 등장성은 의식적으로 음보말 휴지나 끝소리를 연장함으로써 성립한다."가 된다.[55] 율문 내의 형식 단위가 심리적으로 동등한 비중으로 인식되는 것은 물론 가능한 일이다. 예컨대 와카和歌의 율행들은 5나 7 등 서로 다른 음절수로 이루어져 있지만 어쨌거나 같은 율행이기에 유사한 무게를 지닌 것으로 받아들여질 수 있다. 그러나 이러한 율행들을 '등장'하다고 말할 수 있을까? 문제는 한마디로 말해 '심리적·감각적으로 인정되는 등장성等長性'이란 개념의 모호함에 있는 듯하다. 이는 여전히 해명하기 어려운 음보율의 난제로 남아 있다.

4.2. 음보율의 체계성

음보율의 또 다른 문제는 그것이 비교문학적 율격론 일반과 맺고 있는 관계에서도 찾아진다. 율격의 연구대상을 세계문학으로 넓히면서 로츠는 율격을 단순율격과 복합율격으로 나누었다. 이때 단순율격은 순수 음절율격이며, 복합율격은 음절수와 더불어 다른 운율 자질들, 즉 고저, 강약, 장단 등이 개입하는 율격이다.

그런데 로츠의 율격체계에 음보율을 끼워 넣는 것은 사실 잘 어울리지 않는다. 로츠가 행한 율격 분류의 기준은 율격자질이다. 율격자질이란 동

---

55) 각주 53번 및 조동일(1996), 221면 : "휴지에 의해서 구분된 문법적 토막이 일정한 수로 연속되어 되풀이될 때 그것을 음보 또는 율격적 토막이라고 한다." 참조.

사적 체계와 관련 없이 시행의 율격에 작용하는 음절 또는 음운요소이다.
그런데 음보란 그러한 음절 또는 음운요소가 결합된 덩어리를 뜻한다. 따
라서 음수율·고저율·강약율·장단율 등과 함께 음보율을 설정하는 것은 대
단히 어색한 일이 된다. 분류의 기준이 맞지 않는 것이다. 예를 들어 영시
에는 음보가 뚜렷이 존재하지만 영시의 율격을 음보율이라고 하지는 않는
다. 사정이 이러함에도 불구하고 음보율을 로츠의 비교문학적 율격체계에
편입시키려는 노력이 이어진 것으로 보인다. 예를 들면 다음과 같다.

위와 같은 도식[56]을 통해 김흥규는 로츠의 율격체계를 약간 수정하여
'단순율격'을 '음량률'로 대체하고, 그 안에 '음보율' 항목을 따로 둘 것을
주장했다. 로츠가 말한 '단순율격'은 음절수에만 근거하여 형성되는 율격
으로서, 사실상 음수율과 같은 개념이다. 이러한 단순율격의 개념을 위와
같이 수정한 것은 물론 음보율을 비교문학적 율격론의 체계에 편입시키
기 위함이다. 이러한 생각은 성기옥의 논의에서도 유사하게 보인다. 그
역시 "단순율격을 음절의 「수」로 측정한다는 규정이 음절의 「양」으로 수
정되어야 한다."[57], "우리 시가의 율격유형은 단순율격의 하위유형으로서,

---

56) 김흥규(1984), 150면.
57) 성기옥(1986), 121면.

음절율과는 또다른 유형의 음량율이라 규정할 수 있다."[58]라고 언급한 바
있다.

위와 같은 음량률의 성립 근거는 음보의 등장성이다. 각 음보의 음절수
는 다르지만 그 음의 양은 같다는 점에서 이를 음량률이라 불러야 한다는
것이다. 그러나 음보의 등장성이 객관적으로 성립하기 어려운 개념임은
앞서 본 바와 같다. 더구나 문제가 되는 것은 음량률의 개념은 사실 로츠
의 율격 유형 중에 이미 존재하고 있다는 점이다. 위의 도식에 나타난 장
단율이 바로 그것이다. 장단율은 로츠의 도식에서는 'Durational[지속시간과
관련된]'[59]로 표현되었는데 논문의 다른 여러 부분들에서는 이를 'quantitative
[양적인]'로 나타내었다. 이는 영시에서와 같은 강약률을 'qualitative[질적인]'
로 부르는 것과 대비되는 표현으로, 고대그리스시의 장단율과 같은 것을
나타낸 것이다. 장단율이란 길고 짧은 음절들의 대비를 통해 율격이 형성
됨을 의미하는데, 음절의 지속시간과 관련된다는 점에서 'quantitative
meter'로 표현되기도 한다. 이 'quantitative meter'를 번역하면 음량률이
되니, 음량률은 곧 장단율인 셈이다.

한국시가의 음보는 음절의 개수는 일정하지 않지만 '모라'mora로 보면
일정하다고 했을 때, 그 '모라'의 개념 또한 장단율과 관련된 것이었다. 한
국시가와 같은 음량률의 예로 든 고대 인도시의 율격 또한 장단율이다.[60]
이러한 장단율은 음운론적 자질에 의해 성립한다는 점에서 한국시가의 율

---

58) 위의 책, 125면.
59) John Lotz(1972), 16면.
60) 아리안계의 어떤 4마트라 음보가 예로 들어졌다. 싱기옥, 앞의 책, 125면 이 음보는 음절
　　이 단단단단(○○○○), 장장(○ - ○ -), 장단단(○ - ○○), 단단장(○○○ -), 단장단(○○
　　- ○)의 배열에 따라 5개의 모형이 형성될 수 있다고 하는데, 이는 장단율의 일종이다. 또,
　　고대 그리스시의 대표적인 율격 모형이라고 하는 'dactylic hexameter'를 예로 들어보면,
　　이는 대체로 '장단단(○ - ○○)'으로 구성된 6개의 음보로 구성된다.

격과 분명 다르고, 새로운 율격유형도 아니다. 그럼에도 음량률은 일반율격론의 '새로운 유형'이자 한국시가의 율격 유형으로 제시되었다.[61] 그러나 이는 이미 존재해 온 일반율격론을 이해하는 데 혼란을 일으킬뿐더러 한국시가의 율격을 설명하기에도 적절한 개념이 되기 어렵다.

이상과 같이 보았을 때, 음보율의 율격자질을 규명하여 음보율을 일반율격론의 체계 내에서 이해하고자 한 시도는 소기의 성과를 거두었다고 볼 수 있을지 의문스럽다. 무엇보다 문제는 이러한 음보율 논의가 한국시가 율격의 본질에 대하여 큰 오해를 야기하고 있다는 점이다. 그것은 음보율이 음수율의 대척점에 놓여 있다는 생각이다. 음보율론에서는 음보율의 상대개념으로 항상 음수율을 든다. 위에 든 도식에서도 그랬고, 음수율에 대응하는 음량률(=음보율)을 설정한 것도 그러하며, 로츠의 단순율격이 "음절 위주의 것과 음보 위주의 것으로 다시 구분되어야 한다"[62]고 한 언급 또한 마찬가지다. 그러나 음보율론에서도 한국시가의 율격이 음절수와 밀접한 관련을 가진다는 점은 부정하지 않는다.[63] 따라서 율격자질을 놓고 본다면 한국시가의 율격을 음수율과 대척점에 놓는 것은 부적절한 일이다.

그런데 위에서 말한 것과 같은 음보율론의 결정적 문제점은 사실 음보율론에서 궁극적으로 말하고자 했던 핵심 주장이자, 음보율론을 이끌어온 강력한 동인이었던 게 아닌가 싶다. 음보율론은 무엇보다 전대에 미완성된 음수율론에 대한 반동의식에서 형성되었으며 그러한 의식은 음보율론의 진행과정에서 더욱 깊어진 것으로 보인다. 이미 서론에서 본 바 있지

---

61) 김대행(1976, 37면)은 아예 한국시가의 율격을 장단율로 규정하기도 하였다.
62) 조동일(1996), 290면.
63) 성기옥(1984), 124면 : "우선 음절은 기층체계 형성의 필수자질이며 장음과 정음은 이에 보조적으로 관여하는 수의적 자질이라는 면에서 그러하다."

만, 다음의 언급은 음수율에 대한 이러한 불신을 잘 보여준다.

> 음수율에서 생각한다면, 정형시는 당연히 자수가 고정되어 있어야 하니
> 까, 자수가 고정되어 있지 않은 시조는 정형시라고 하기에 무언가 좀 모자
> 라거나 불완전한 정형시라고 한다. 심지어는 기형적인 정형시라는 말도 쓴
> 다. 그러나 음보율의 입장에서는 음보격과 행의 형식이 일정한 것만으로
> 온전한 정형시가 되는 데에 아무런 지장이 없다. 우리 시가의 정형시형은
> 이렇게 규정되는 것이 당연하다.[64]

음수율과 관련하여 파생된 일종의 열등의식은 한국현대문학사의 민족
문학론 내에서 극복되어야 할 것으로 여겨졌고, "우리 시의 자기 동일성
회복과 깊이 관련된, 중대한 쟁점으로 부각되어"[65] 있었던 듯하다. 그리하
여 음수율론은 식민사관 속에서 나온 비주체적인 것으로 비치고, 이를 극
복하고 다른 민족문학과 동등한 위치에 한국시가를 자리매김할 '주체적인
율격론'이 요청되었던 것이 아닌가 한다.

그러나 식민지기의 음수율은 결코 식민사관의 소산으로만 매도할 수 있
는 것은 아니다. 그 시기는 사실 한국시가의 율격에 대한 의식이 그 어느
때보다 첨예했던 때라고 할 수 있다. 본격문학의 범주에 들지 못하던 한국

---

64) 조동일(1996), 222면. 음보율을 음수율에 대립하는 개념으로 위치지운 것은 다음의 언급들
을 통해도 확인된다. 김흥규(1984), 151~152면 : "그러므로 우리 시가의 율격은 음량율격
의 범주에서 설명되어야 하며, 그 가운데서도 음절수의 규칙성에 제약되는 佛詩나 日本詩
와 달리 音步律의 유형에 속하는 것으로 봄이 타당하다."; 조동일(1996), 290면 : "율격을
음수율에 입각하여 분석한 학자들은 음보는 문제 삼지 않고, 음절이 가장 중요하다고 생
각했는데, 음보율이라는 새로운 방법이 등장하면서 가장 중요한 것은 음보라는 사실이 분
명해졌다. 행을 이루는 음절수는 고정적이면서 행을 이루는 음보수는 가변적인 것이 일본
시나 프랑스 시의 규칙이고, 행을 이루는 음보수는 고정적이면서 행을 이루는 음절수는
가변적인 것이 우리 시의 규칙이다. 한국 일본 프랑스 시의 율격은 모두 율격 유형상 단순
율격에 속하면서도, 이와 같은 중요한 차이가 있다."
65) 성기옥(1986), 2면.

어시가의 본질을 규명하고 이를 새로이 민족문학으로서 수립하고 했던 이 시기의 열망은 이후시기에 비해 결코 뒤지지 않을 것이다. 여러 율격자질 들과 한국어의 특성을 고려하여 결론지은 논의의 수준 또한 뒷 시기에 비해 크게 떨어지지 않는다. 또한 율격 체계가 보다 엄정하냐 그렇지 않으냐 하는 것은 시가의 미적 성취와 직결되는 문제가 아님은 제2장에서 이미 서술한 바와 같다.

그렇다면 이제 좀 더 실정에 맞고 유연한 시각으로 한국시가의 율격을 바라보아야 할 것이다. 자칫 고립되거나 불통할 수도 있는 인식체계에서 한 발짝 비껴나, 세계문학의 견지에서 보다 소통 가능한 율격론을 세워야 할 것이다. 이를 위해서는 앞에서 살핀 음수율론과 음보율론의 실과 허를 파악하고 이를 변증법적으로 지양하는 것이 필요하다.

5. 나오는 말

시조는 정형시 중 비교적 형식이 자유로운 장르이다. 그런데 율격은 엄 격하게 지켜져야 하는 정형시의 규칙이다. 그러기에 시조의 율격은 시조 작품들이 지닌 다양한 형식 속에서 율격이라는 엄격한 규범을 찾기 위한 부단한 노력이었다고 할 수 있다. 그것은 다양한 현실과 단일해야 할 규범 사이에서 접점을 찾으려는 시도였다. 그러나 이러한 노력은 의도가 너무 앞선 나머지 현실을 무시하거나 또는 지켜져야 할 규범의 성격을 도외시 한 측면이 없지 않았다. 그 결과 시조의 율격론은 여전히 혼란스러운 채로 진행 중이다. 이 글에서는 그러한 혼란의 상황과 문제점, 그리고 그 원인 을 통시적 흐름에 따라 고찰함으로써 차후 대안적인 시조 율격론을 정립하는 데 발판이 되고자 하였다.

먼저, 제2장에서는 율격의 개념을 고찰함으로써, 지금까지 있었던 시조 율격론의 문제점들을 파악하는 데 전제로 삼고자 하였다. 미터의 번역어로서 율격이라는 용어가 수용된 과정을 밝히고, 율격은 통사적 구조와 관련 없이 음운 자질의 규칙에 따라 형성되는 기계적인 리듬의 형식임을 고찰하였다.

이어 제3장에서는 시조 율격론을 통시적 순서에 따라 음수율론과 음보율론으로 대별하여 살펴보았다. 초창기 국문학자들에 의해 주장된 음수율론은 한국시가의 율격자질이 음절임을 간파한 결과로서 의미 있는 것이었다. 그러나 시조의 구성단위들은 음절수상 어느 정도의 규칙만 보일 뿐 명확히 정해진 규칙은 가지고 있지 않기에 음수율론은 명확한 율격론이 되기 어려웠고, 그렇게 해서 나온 이른바 기준형 논의 또한 다양한 시조형을 포괄하기에는 어려움이 있기에 비판되었다.

그리하여 보다 고정된 율격모형으로서 음보율이 주창되었다. 음보는 풋트의 번역어로서 수용된 개념이다. 그러나 사실상 시조에는 율격자질에 의해 등장성을 보장받는 음보가 존재하지 않는다. 시조의 각 행을 이루는 네 마디의 구성단위들은 등장하다기보다는 오히려 음절수의 다과가 인식되는 부등한 단위임을 살폈다. 또한 음보율은 분류의 기준상으로도 문제가 있으며, 음보율의 다른 이름으로 제시된 음량률은 비교문학적 논의의 장에서 장단율과 혼동을 일으킴을 지적하였다.

요약하면, 지금까지의 음수율론이나 음보율론은 그 어떤 것도 시조의 율격을 설명하기에 충분하다고 할 수 없다. 음수율로는 명확한 율격을 제시할 수 없다. 음보율론은 율격의 속성도, 시조 리듬의 실제도 곡해한다는 문제가 있다. 그렇다면 이러한 문제들을 지양하는 대안적 율격론은 어떠한 것이 될 수 있을까?

우선, 율격자질을 기준으로 할 때 시조의 율격은 음수율적인 것임을 인정해야 할 것이다. 사실 음보율론에서도 한국시가의 율격이 음절수와 밀접한 관련을 가진다는 점은 부정하지 않는다. 따라서 시조의 율격은 음수율과 대척점에 놓이는 어떤 다른 체계라기보다는 음수율의 일종으로 보는 것이 옳다. 한편, 등장성을 전제조건으로 하는 음보 개념은 시조의 실제와 맞지 않으므로, 시가의 통사적 구성단위를 지칭할 수 있는 마디와 같은 개념으로 수정되어야 할 것이다.

그러나 위와 같이 생각할 경우, 초창기 음수율론자들이 봉착하였으며, 이후 음보율론자들이 비판하였던 문제로 다시 돌아오게 된다. 그것은 정해진 음수율적 규칙이 시조에 존재하는가 하는 점이다. 이와 관련하여 생각해 볼 수 있는 것은 초기 국문학자들이 제시한 이른바 기준율과는 다른 형태의 음수율적 규칙이다. 제2장에서 언급하였듯이 모든 종류의 시가가 엄격한 율격을 가지고 있는 것은 아니다. 전범을 추수하고 정해진 율격의 고수를 중시하는 장르가 있었는가 하면, 구술적 전통 속에서 보다 자유로운 형식을 통해 향유된 장르도 있었다. 후자의 경우, 그 율격을 한 마디로 설명하는 것은 쉽지 않은 일이 된다. 이와 관련하여 존 로츠는 '공리적公理的 율격'66)이라는 개념을 제시한 바 있는데, 시조의 율격 또한 한 마디로 설명하기는 어렵지만, 몇 가지의 규칙이 복합적으로 작용하여 형성되는 것으로 설명하는 것이 실제에 합당할 것으로 보인다. 이는 특히 마디 간의 음절수 차이를 통해 실현되는 상대적 음수율과 관련된 것으로 판단되는데, 이에 대해서는 별고를 통하여 논의하고자 한다.

---

66) 이는 율격체계를 이루는 모든 요소들을 찾고 이들이 맺는 관계 양상의 규칙들을 설정하는 율격론의 방법이다. John Lotz(1972), 115~116면.

【첨부1】 [표 1]의 원자료

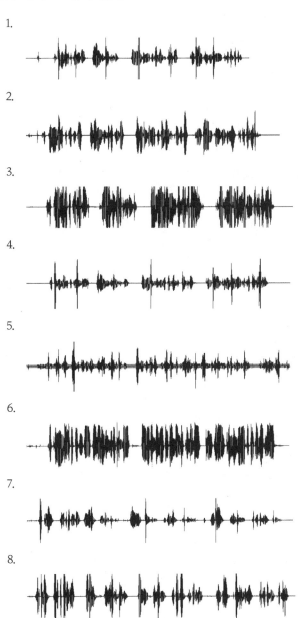

시조의 정형률*

1. 서론

앞 장에서 시조의 율격론이 전개되어 온 과정과 그 과정에서 드러나는 문제점들에 대해 논의하였다. 시조의 율격은 연구사 초기에는 음수율音數律로 파악되었으나, 이후 음보율音步律로 보는 시각이 우세해졌으며, 이러한 경향은 현재까지 이어지고 있다. 그러나 근래에는 음보율론의 문제점들이 제기되면서 다시 음수율을 긍정하는 연구결과들이 제출된 바 있는 등, 시조 율격에 대한 이해는 아직도 명확하지 않은 양상을 보이고 있다. 이러한 혼란은 시조 율격론에 내재되어 있는 한계에 기인한 것인데, 음수율론은 명확한 시조 율격을 제시하기 어렵다는 문제를, 음보율론은 등시성等時性을 본질로 하는 음보 개념을 시조에 적용하기 힘들다는 문제를 지니고 있다. 이러한 시조 율격론의 난제를 필자는 앞 장에서 자세히 다루었는데, 이에서 제기한 문제의식을 발판으로 삼아 본 상에서는 대안적인 시

* 이 글은 「시조의 정형률」(『東方學志』 167, 연세대학교 국학연구원, 2014)을 부분 수정한 것이다.

조 형식론을 모색하고자 한다.

이어지는 장에서는 두어 가지 전제를 먼저 살펴볼 것이다. 그것은 첫째, 시조의 리듬규칙은 율격뿐 아니라 병렬률을 통해 함께 고찰하는 것이 바람직하다는 점, 둘째, 음운자질을 기준으로 할 때 시조의 율격은 음수율[1]에 속하며 율격은 상대적으로 느슨할 수도 있다는 점이다. 이러한 전제들을 바탕으로 본 장에서는 시조의 율격단위를 규명하고 이어 시조의 상대적 음수율 및 대우적對偶的 병렬률에 대해 고찰함으로써 시조의 정형률을 밝혀 보고자 한다.

2. 논의의 전제

2.1. 율격 및 정형률의 개념

시조의 리듬규칙은 주로 율격律格을 통해 구명되어 왔다. 율격은 리듬이나 운율韻律 등의 용어와 흔히 혼용되는데, 본격적인 한국시가 율격론에서는 율격을 리듬이나 운율 등과는 구별되는 개념으로 한정하여 사용하고 있다. 우선, 율격 및 리듬과 관련해서는 전자는 규칙을 의미하며 후자는 구체적 작품이 지닌 음악성의 다양한 양상을 포괄적으로 지시한다는 점에서 다른 것으로 해석된다. 한편, 율격과 운율에 대해서는 후자가 전자를

---

[1] 이는 로츠가 말한 순수음절율격(pure syllabic meter) 혹은 단순율격(simple meter)과 동일한 개념이다. 이는 율격자질의 특성에 따라 성립하는 범주인데, 强弱이나 長短 등 여타 율격자질의 관여 없이 음절수에 따라 성립하는 율격의 종류이다. John Lotz, "Elements of Versification", W.K. Wimsatt ed., *Versification : Major Language Types*, New York University Press, 1972.

포함하는 것으로 이해된다. 즉, 운율은 압운과 율격을 함께 지칭하는 보다
포괄적인 개념으로 해석되고 있다. 논자에 따라서 운율은 영어의 prosody
로, 율격은 metrics로 이해하기도 하는데,[2] 율격을 metrics와 같은 개념으
로 보는 것은 국문학계에서 거의 일반화되어 있다.[3]

그런데 metrics를 의미하는 율격을 통해 시조의 리듬규칙[4]을 적절히 설
명할 수 있는가 하는 점에 대해 다시 생각해 볼 필요가 있다. metrics는
상대적으로 좁은 의미로 사용되기도 하고 넓은 의미로 사용되기도 하는
데, 좁은 의미로 사용될 때 그것은 서양시에서 강약强弱이나 장단長短 등에
의해 형성되는 foot나 metron 등에 대한 이론으로 이해된다. 그것은 음악
에서의 박자와 유사하게 시가의 시행이 foot나 metron 등에 의해 시간적
으로 일정하게 분절되는 양상에 관한 이론이다. 한편, 보다 넓은 의미로
사용될 때 그것은 순수음절률純粹音節律이나 고저율高低律 등에 대한 이론도
포함할 수 있다. 하지만 어느 경우에나 율격/metrics는 시가에서 의미와
무관하게 규칙적으로 셀 수 있는 기계적 단위와 관련된 것이라는 점에서

---

2) 김대행, 『우리 詩의 틀』, 문학과비평사, 1989, 27~28면.

3) 조동일, 『한국시가의 전통과 율격』, 한길사, 1982, 130면 : "이 글에서 사용하는 율격은
   'meter'에 해당하는 용어이고, 율동은 'rhythm'에 해당하는 용어이다. 율격은 율문의 일반
   적 규칙을 지칭하는 것이고, 율동은 일반적 규칙의 구체적인 실현을 지칭하는 것이다."; 김
   대행, 『韻律』, 문학과지성사, 1984, 12면 : "律格meter은 律文verse을 이루고 있는 소리의
   반복적이고 규칙적인 양식을 말한다."; 김흥규, 『한국문학의 이해』, 문학과지성사, 1984,
   148면 : "우리는 <韻律rhythm>과 <律格meter>이라는 두 용어를 구별하여 쓰기로 한다. …
   율격론은 이와 같은 선형적 질서의 바탕에 놓여 있는 틀이 무엇이며, 그것은 어떤 규칙을
   거쳐 실현되고 또 변형되는가를 구명하는 연구 부문이다."; 성기옥, 『한국시가 율격의 이론』,
   새문사, 1986, 20면 : "여기에서 우리는 율격meter이 율동rhythm과 개념상 구별되어야 할
   필요성을 느낀다."

4) 여기서 말하는 리듬규칙은 리듬과는 다르다. 리듬이 개개 작품에서 실현되는 다양한 양태를
   포괄하는 것이라면, 리듬규칙은 규칙으로서 기대되는 리듬의 일정한 형식을 뜻한다. 리듬규
   칙은 율격을 포함하지만 이보다 더 넓은 개념이다. 이 글에서는 이를 정형률이란 용어로 표
   현하였는데, 이에 대해서는 후술할 것이다.

는 변함이 없다.5) 그런데 시조의 경우 의미와 무관하게 일정하게 나눌 수 있는 리듬단위가 뚜렷하지 않은 편이어서, 시조의 형식적 규칙을 율격/metrics로만 파악하는 것이 바람직한가 하는 의문이 들게 된다. 다음의 예를 들어 이 점을 살펴보자.

Ŏf thát | fŏrbí | ddĕn trée | whŏse mór | tăl táste
— John Milton, <Paradise Lost> 中

꽃 보고 | 춤추는 나비와 | 나비 보고 | 방긋 웃는 꽃과

전자의 예는 영시에서 흔히 쓰이는 약강 5보격iambic pentameter의 율격에 따라 지어진 시구절이다. 여기에서는 통사적 구조나 단어 경계와 관련 없이 강약이라는 음운 자질의 규칙(""는 약음절, "′"는 강음절을 의미)에 따라 미터가 형성됨을 볼 수 있다. 이에 비해 시조의 한 구절인 후자의 예는 어떠한 음운자질에 의해 율격단위가 나뉘는 것인지 명확하지 않다. 흔히 시조의 행은 4음보로 나뉜다고 말하지만, 이른바 음보를 구분할 음운자질이 뚜렷하지 않은 것이다. 달리 말해 위의 예는 "꽃 보고 춤추는 | 나비와 | 나비 보고 방긋 웃는 | 꽃과"로 끊어 읽을 수도 있다. 통사적 구조에 따라 본다면 이것이 오히려 적절한 독법인데, 굳이 위에 제시한 것처럼 율격단위를 나누어야 할 이유를 음절, 또는 장단, 강약 등과 같은 어떠한 음운자질로도 설명하기 어렵다.6) 따라서 음운 자질의 규칙에 따라 형성되는

---

5) 고저율로 분류되는 중국시나 순수음절률로 분류되는 프랑스의 알렉산드랭, 일본의 와카 등도 高低라는 음운자질이나 음절수의 기계적 규칙에 따라 설명된다. 율격이 언어의 의미와 관계없이 형성되는 것이라는 점에 대해서는 다음을 참조할 수 있다. John Lotz, op. cit., p.4 : "It is a purely formal phenomenon which refers to the language signal alone without reference to the semantic content of that signal."

율격을 통해서 시조의 리듬규칙을 파악하는 것은 일정한 한계를 지닌다.

그렇다면 시조의 리듬규칙은 어떤 방면에서 파악할 수 있을까? 율격/metrics로 논하기 어려운 운문의 리듬규칙은 여러 방향에서 존재할 수 있는데, 압운이 대표적인 것일 테고, 또다른 것으로는 병렬률parallelism을 들 수 있다. 병렬률은 서구에서는 헤브루시 리듬의 핵심으로 일찍이 주목을 받아 왔는데,[7] 이러한 규칙은 율격/metrics 외의 차원에서 논의될 수 있는 것이다. 그런데 시조의 경우, 규칙적이고 기계적인 반복적 리듬단위, 즉 율격을 찾는 것은 어려운 편인가 하면, 병렬률은 꽤 뚜렷한 양상을 보인다. 그렇다면 시조의 리듬규칙을 꼭 율격/metrics를 통해서만 찾아야 하는가 하는 의구심이 든다. 이보다 외연이 넓은 개념을 통해 그것은 규명되어야 하는 것이 아닐까?

영어에서 metrics보다 넓은 개념을 찾는다면 prosody나 versification 같은 것이 있다. 이들 또한 영시의 특성상 metrics와 밀접한 관련을 지니고 있고 때로는 거의 같은 의미로 사용되기도 한다. 그러나 이들은 병렬률이나 압운과 같은 다른 종류의 리듬규칙을 포괄할 수 있는 말이다. 그렇다면 시조의 리듬규칙은 율격/metrics와 같은 좁은 개념만을 통해 보기보다는 prosody나 versification과 같은 보다 넓은 개념을 통해 파악하는 것이 효과적일 것으로 판단된다.

---

6) 물론, 이 글에서 이어질 논의에 따른다면 이 시조의 예는 '꽃 보고' 및 '나비 보고' 뒤에서 끊어 읽는 것이 맞는데, 이는 字數가 고정되어 있지는 않지만 모종의 규칙에 따르는 음수율 때문이다. 다만, 여기서 말하고자 한 것은 시조의 율격이 다른 정형시들처럼 명확하게 음운 자질에 따라 규정되는 것이 아니기에 율석 이외의 나른 방면에시도 그 리듬규칙을 고려할 필요가 있다는 것이다.

7) 고대 헤브루시의 병렬에 처음으로 주목한 연구는 잘 알려져 있듯이 Robert Lowth의 논문인데, 이는 1778년에 이루어졌다. Roman Jakobson, "Grammatical Parallelism and its Russian Facet", *Selected Writings Ⅲ*, Mouton, 1971, pp.99~100 참조.

율격론뿐 아니라 압운론, 병렬률 등을 포괄할 수 있는 prosody / versification에 대응하는 용어로 이 글에서는 정형률이라는 용어를 사용하기로 한다.[8] 운율이라는 용어를 사용할 수도 있겠으나, 운율이라고 하면 꼭 압운론을 다루어야 할 것 같은 인상을 주어 적절치 않은 측면이 있다. 시조의 경우 애초에 압운이 존재하지 않기 때문에 압운론은 논의할 수도 논의할 필요도 없기 때문이다.[9] 한편, 율격이란 말 자체를 prosody / versification에 대응하는 좀 더 넓은 개념으로 사용할 수도 있겠으나, 이 경우 metrics에 해당하는 또 다른 용어가 필요하게 된다. 이 경우 이미 metrics를 지시하는 것으로 굳어진 '율격' 및 관련 용어(율격자질, 율격단위 등)에 대한 수차례의 수정이 필요할 것이므로 효율성이 떨어진다. 따라서 본 장에서는 리듬규칙을 포괄적으로 지시할 수 있는 정형률이라는 개념 아래 시조의 율격 및 병렬률을 함께 고찰하고자 한다.

2.2. 시조 율격의 종류와 성격

율격에 대한 논의는 간단히 말하면 시가의 리듬을 형성하기 위해 규칙적으로 반복되는 율격단위의 종류와 그 성격을 규명하는 것이라 할 수 있

---

8) versification과 prosody는 시가의 형식적 규칙이라는 의미로 유사하게 쓰이는데, 전자는 주로 作詩의 테크닉과 관련되며 후자는 시가 형식에 대한 이론 및 시학을 포함한다는 점에서 차이를 지니기도 한다. 정형률은 이러한 양 경우를 포괄할 수 있는 용어로 쓸 수 있겠다. "versification", *The New Princeton Encyclopedia of Poetry and Poetics*, Princeton Univerity Press, 1998, p.1353; Gay Wilson Allen, *American Prosody*, New York : Octagon Books, 1978, pp.ⅩⅤⅱ~ⅩⅤⅲ 참조.

9) 한시나 영시에서 보이는 규칙적인 압운이 시조에 존재하지 않음에 대해서는 별다른 설명이 필요하지 않을 것이다. 김대행은 시조뿐 아니라 한국시가 전반에는 "압운의 개념에 맞고 또 압운으로서의 기능을 보이는 압운 형태가 없었다"는 결론에 이른 바 있다. 김대행, 앞의 책, 1984, 36면 참조.

제2부 한국시가의 형식 167

다. 시조의 율격 또한 그러하다. 그런데 시조의 율격적 반복단위 및 그 반복방식을 규명하기에 앞서 전제해야 할 것은 일반율격론의 분류 체계 내에서 보았을 때 시조를 포함한 한국시가의 율격은 음수율이라는 점이다. 이 점을 전제하지 않고서는 시조의 율격단위 및 그 반복방식을 재고하는 것은 불가능하다. 현재 시조의 율격은 흔히 음보율로 이해되고 있는데, 음보율에서는 시조의 율격단위를 음보로 파악하기 때문에 이러한 음보율의 체계 내에서는 시조의 율격단위를 반성적으로 재고하는 것이 불가능한 것이다.

율격적 반복단위는 일반적으로 율격자질에 의해 형성되며, 율격자질은 음운론적으로 유의미한 자질이어야 한다.[10] 영어에선 강약이, 그리스어에선 장단이, 중국어에선 고저가 음운론적 자질이며, 이러한 자질을 통해 강약률, 장단율, 고저율을 이루는 율격단위가 형성된다. 이에 비해 한국어에는 뚜렷한 음운자질이 존재하지 않기에, 프랑스어나 일본어와 유사하게 음절수에 의해서만 율격단위가 구성된다. 음절 외에 다른 자질을 통해 한국시가의 율격을 규명하려는 노력이 수차례 있었으나, 현재는 거의 받아들여지지 않고 있다. 한국시가의 율격이 '단순율격', 즉 순수음절률임에 대해서는 연구자들 간에 합의가 된 것으로 판단된 바 이다.[11] 따라서 시조의

---

10) 각주 6번 참조.

11) 정병욱 이후 음절수 이외의 율격자질을 발견하고자 하는 노력은 주로 어학자들에 의해 이루어졌다. 김석연, 황희영 등은 sonagraph 등의 기계를 이용한 실험 결과를 바탕으로 한국시가의 율격을 고저율과 장단율에서 찾았다(김석연, 「時調 韻律의 科學的 硏究」, 『아세아연구』 통권 32, 고려대학교 아세아문제연구소, 1968; 황희영, 『韻律硏究』, 동아문화비교연구소, 1969). 정광 또한 중세시가의 율격은 고저율로, 현대시의 율격은 강단율로 파악하였다(정광, 「韓國 詩歌의 韻律 硏究 試論」, 『응용언어학』 7권 2호, 서울대 어학연구소, 1975). 그러나 이들의 논의는 한정된 몇몇 실험이나 작품 분석만을 통하여 얻어진 것으로, 일반화하기에 어려움이 있으며, 고저, 장단 등을 한국어의 음운자질이라고 볼 근거도 확실하지 않다는 점에서 문제가 된다. 이런 까닭에 이들 논의에 대해서는 이미 비판이 제기된 바 있다

율격단위 또한 음절수에 의해 형성될 것이며 그 율격은 음수율 또는 순수 음절률로 분류되어야 한다.

그런데 시조의 음절수는 프랑스시나 일본시와 같은 여타 음수율 시가들과 달리 명확히 고정되어 있지 않기에, 시조의 율격은 음수율이 아니라 음보율로 보아야 한다는 주장이 팽배해 왔다. 그러나 율격은 상대적으로 엄격할 수도 느슨할 수도 있다. 예컨대 영시의 율격은 강약의 주기적 교체에 따르는 것으로 알려져 있지만, 고대 영시의 경우 그 주기성은 덜 규칙적이었다고 한다. 즉, 영시의 대표적 율격으로 알려져 있는 약강격iambic의 경우 '약강' 형식으로 음절이 반복되지만, <베어울프>와 같은 고대시의 경우 '약강'과 '약약강' 등의 형태가 함께 섞여 자유롭게 쓰였다고 한다.12) 후에 논의하겠지만, 시조의 율격적 반복단위 또한 음절수 규칙을 지니고 있기는 하지만 그것은 일본의 와카나 프랑스의 알렉상드랭처럼 음절수의 고정을 요구하지는 않는다. 다시 말해 시조의 율격은 음수율이되 좀 느슨한 종류의 것이다.

율격적 반복단위의 상대적 고정성을 염두에 두는 것은 시조의 율격론에서 특히 중요한데,13) 그렇게 하지 않았다가는 기계적 규칙성을 무리하게

(예창해, 「한국시가율격의 구조 연구」, 『성대문학』 19, 성대국어국문학회, 1976, 74~87면; 김대행, 『韓國詩歌構造硏究』, 삼영사, 1976, 29~31면). 사실 한국시가의 율독 시에 나타나는 강약, 고저, 장단 등의 현상은 율격론의 차원이 아니라 리듬의 차원에서 파악되어야 마땅한 것이다. 성기옥의 연구에서는 한국시가의 율격자질이 음절임은 학계의 합의사항인 것으로 서술되었다(성기옥, 『한국시가 율격의 이론』, 새문사, 1986, 62면).

12) 고대 영시의 표준 시행은 4개의 강음절로 구성되는데, 강음절 사이에 있는 약음절의 개수는 일정하지 않았다고 한다. Paul Fussell, "The Historical Dimension", Harvey Gross edit., *The Structure of Verse*, New York : The Ecco Press, 1979, pp.41~42 참조.

13) 율격 중에는 시 전편에 걸쳐 규칙의 엄격한 적용을 요구하는 경우도 있지만, 반대로 느슨한 규칙을 지닌 율격도 많이 있음은 로츠에 의해 지적된 바이기도 하다. John Lotz, op. cit., p.15 참조. "Or, we could make a typology of the numerical regulations imposed on the meter (strict, loose, or permitting variations)."

도출하려 하거나 혹은 반대로 시조에는 율격이 없다는 아이러니한 결과에 도달할 수도 있기 때문이다. 등장^{等長}한 음보를 찾아내려 한 노력이 전자에 해당한다면, 시조는 정형시임에도 불구하고 율격이 존재하지 않는다고 하는 모순에 봉착하는 것은 후자의 경우이다.

한편, 음보율을 음수율과 상대되는 범주로 놓는 것은 분류의 기준을 공평하게 적용한 견해라 보기도 어렵다. 음수율이 율격자질이라는 기준에 따라 분류된 범주임에 비해, 음보율은 율격적 반복단위가 여러 음절의 조합으로 이루어졌는가 여부에 따라 성립할 수 있는 용어이기 때문이다. 사실, 율격의 종류를 막론하고 대부분의 시가에는 음절의 조합으로 이루어진 율격단위가 존재하며, 이는 프랑스시나 일본시 등 여타 음수율 시가에서도 마찬가지다. 알렉상드랭 시행의 경우, 12음절로 이루어진 한 행은 6음절씩 반으로 나뉘는데, 이때 각 반행은 강세에 따라 다시 두 부분으로 나뉜다. 17세기 정격의 경우 제3, 6, 9, 12번째 음절에 강세가 오고 이에 따라 하나의 시행은 3음절씩 4부분으로 등분되었다. 일본 와카의 경우, 각기 5·7·5·7·7 음절로 이루어진 행들은 그 안에서 다시 두 부분으로 나뉜다.[14] 이렇게 볼 때 알렉상드랭은 4음보격으로, 와카는 2음보격으로 볼 수 있다. 그러나 그렇다고 해서 알렉상드랭이나 와카의 율격을 음수율이 아니라 음보율이라고 말하지는 않는다.

따라서 음절이 모인 율격적 반복단위[15]를 찾아내는 것은 의미가 있긴 하

---

14) Jacqueline Flescher, "French", W.K. Wimsatt ed., op. cit., p.178; 김정화, 「韓國 詩 律格의 類型」, 『어문학』 82, 2003, 173면 참조.

15) 흔히 음보라고 지칭되지만 엄밀히 말하면 음보는 복합율격에서만 나타나는 율격단위이다. 앞서 언급한 바처럼 순수음절율격 시가에서도 음절들이 모인 반복단위가 존재하기는 한다. 그러나 복합율격 시가에서 음보/foot는 통사적 구조와 관련 없이 강약이나 장단 등 율격자질에 의해서만 형성되는 데 비해, 순수음절율격 시가에서 음절수의 결합은 통사적 구조와 밀접한 관련이 있다. 더군다나 후술할 시조의 경우, 이러한 율격단위는 음절수조차 일

되 그것을 율격자질에 따른 분류 체계 내에 끼워 넣으려 해서는 안 될 것이다. 다시 말해, 음수율, 강약률, 장단률 등과 층위가 같은 범주로 음보율을 상정해서는 안 된다. 그보다는 일반율격론의 분류체계 내에서 시조는 음수율에 속함을 분명히 하고, 시조에 존재하는 율격적 반복단위가 음절이라는 율격자질과 관련하여 어떻게 형성되는가 하는 점을 밝혀야 한다.

요약하면, 시조의 율격은 음수율에 속하되 그것은 엄밀히 고정되어 있기보다는 느슨한 규칙성을 지니고 있다. 이제 이러한 시조의 율격을 살펴보고 이후 병렬률을 함께 고찰함으로써 시조의 정형률을 살펴보도록 하겠다.

3. 시조의 율격단위

3.1. 마디

흔히 음보로 파악되어 온 시조의 율격단위는 '마디'로 재정립되어야 한다. 앞장에서 언급했듯이 기계적으로 등장等長한 반복단위인 foot나 metron 등에 해당하는 음보는 사실상 시조에 존재하지 않기 때문이다.16) '마디'는 음보의 대안으로 거론되어 온 한국시가의 율격단위이다. 이는 로츠가 언급한 '콜론colon'과 유사한 것으로 흔히 이해되는데, 이에 대해서는 이미 수차례의 선행논의가 있었다. 일찍이 한국시가 율격의 분석에 있어서 콜론 단위에 주목한 이는 정광이다. 그는 "긴밀하게 결합된 접착적인

정하지 않아, 음보/foot와는 거리가 사뭇 멀다. 따라서 이는 음보와는 다른 개념으로 이해되어야 하는데, 이는 다음 장에서 논의할 것이다. 한국시가 율격론 중 음보 개념의 문제점에 대해서는 김진희, 앞의 글 참조.

16) 2.1항의 인용구 참조.

단어군"[17]인 콜론이 한국시가의 율격 분석 시 유용한 분석 단위임을 논하
였다. 김대행 또한 콜론 단위에 주목하였는데, 처음에는 콜론이 음보로 세
분되는 것으로 보았지만,[18] 이후의 논의에서는 음보라는 용어의 부적절성
을 지적하고 콜론에 해당하는 '마디'를 시가율격의 기본단위로 설정하였
다.[19] 조창환 또한 음보라는 용어에 대한 비판 속에서 콜론에 해당하는
'율마디'라는 용어를 통해 시가 율격을 분석하고자 하였으며,[20] 오세영 역
시 이와 유사한 견해를 피력하였다.[21]

콜론이란 길이가 일정치 않은 통사적 구문과 유사한 것으로서, 율격적
휴지休止에 의해 구분되는 단위이다. 이에 대한 설명을 살펴보면 다음과
같다.

> 콜론은 시행 내에서 응집성 있게 연속된 한 부분인데, 그것은 통사적으
> 로 밀접하지만 율격적 목적에 의해 수정이 가해지기도 한다는 특징을 지닌
> 다.[22]

> 콜론 : 율격 혹은 리듬의 기본 단위. foot, metron 등과 유사하나, 이것들
> 보다 길고, 흔히 다른 성격의 콜론들과 함께 발견된다. foot, metron 등 等
> 時的인 하위단위로 나누기보다는 보다 큰 리듬 연속체로서 발화할 수 있는
> 단위이다.[23]

---

17) 정광, 앞의 글, 154면.
18) 김대행, 앞의 책, 1976, 31~34면.
19) 김대행, 앞의 책, 1989, 119~121면.
20) 조창환, 『韓國現代詩의 韻律論的 硏究』, 일지사, 1986, 44면.
21) 오세영, 「한국시가 율격재론」, 『한국근대문학론과 근대시』, 민음사, 1996, 68~70면.
22) John Lotz, op. cit., p.11 : "The colon is a cohesive, sequential stretch of the verse line
    characterized by syntactic affinity or correctedness utilized for metric purposes."
23) "colon", *The New Princeton Encyclopedia of Poetry and Poetics*, p.223 : "(1) a basic
    metrical or rhythmical unit, similar to the foot or metron but longer than either and

'콜론'은 대개 단어보다는 길지만 문장보다는 짧은 단위인데 이러한 비교적 느슨한 단위개념은 시조의 마디를 설명하기에 적절해 보인다. 시조의 마디 또한 대개 어절과 일치하는 통사적 단위이나 때로는 어절을 넘어 구문 단위로 확장되는 유연성을 지닌 구조체이다. 그 성립 근거가 율격적 休止[24]라는 점 또한 '콜론'과 일치한다. 예를 들면 다음과 같다.

朔風은 / 나무 긋틴 불고 / 明月은 / 눈 속에 춘듸

김종서가 지었다는 시조의 초장이다. 이는 위에서처럼 네 부분으로 나뉘는데, 어떤 경우에는 하나의 어절로 이루어져 있지만(첫째·셋째), 다른 경우에는 두 개 이상의 단어가 결합된 형태임을 볼 수 있다(둘째·넷째). 이때 각각의 단위는 등시적等時的인 음보가 아니라 통사적 구조(이 경우에는 주어부와 서술부)와 율격휴지에 의해 형성된 마디로 보는 것이 타당하다.

사실 음보 대신 마디를 사용하자는 것은 이미 여러 학자들이 제기한 바이다. 그럼에도 불구하고 음보가 계속 더 많이 사용되어 온 것은 음보가 보다 일찍 한국시가 율격론에서 보편화된 용어이기 때문인 면도 있다. 그

---

often found alongside cola of different character-hence, a means of articulating a larger rhythmical sequence, rather than measuring it into the equivalent subsections called feet or metra."

24) 음보율에서도 시조의 이른바 음보가 율격적 휴지에 의해 구성된다고 보는 점에서는 별 이견이 없는 상황이다. 그런데 음보율론에서는 이러한 휴지를 단지 호흡과 관련하여서만 설명하는데, 사실 그것만으로는 시조의 율격 휴지를 설명하기에 충분치 못하다. 호흡에만 의거한다면, 앞서 보았던 "꽃 보고 | 춤추는 나비와 | 나비 보고 | 방긋 웃는 꽃과"와 같은 경우에 대해 설명하기 어렵다. 호흡에 따른다면 이는 "꽃 보고 춤추는 | 나비와 | 나비 보고 방긋 웃는 | 꽃과"로 읽힐 수도 있기 때문이다. 전자가 후자보다 자연스러운 독법이라고 느껴지는 것은 시조의 상대적 음수율과 관련되는 것으로 보아야 할 것인데, 이에 대해서는 다음 장에서 서술할 것이다.

러기에 음보가 한국시가의 율격단위로서 적합하지 않은 개념임을 알면서
도 그 용어를 바꾸기보다는 용어의 내포를 달리 이해하면 된다고 생각하
기도 한 듯하다.[25] 그러나 음보라는 용어는 '보격'이라는 용어와 함께
'foot'와 혼동될 여지가 상존하며, 이러한 혼란은 비교문학적 논의나 번역
시 더욱 가중될 것이다. 또한 지금까지 음보는 등시성을 속성으로 하는 것
으로 이해되었으나, 마디는 시간상 오히려 서로 차이를 지닐 수 있는 단위
여서 내포상 음보와 확연히 다르다.[26] 따라서 기존 용어를 고집하며 그 내
포를 수정하려 하기보다는, 다른 의미를 지닌 다른 용어를 사용하는 것이
효율적일 것이다.

3.2. 반행

시조의 마디는 두 개가 결합되어 반행半行을 이룬다. 이 반행은 동질성
과 이질성을 모두 갖춘 시조의 기본적이며 가장 중요한 율격적 반복단위
일뿐더러 병렬의 근간을 이루기도 하다는 점에서 더욱 중요하다. 이러한
점들에 대해서는 다음 장들에서 논의할 것이고, 여기에서는 반행의 개념

---

25) 예컨대 조동일은 시조의 율격단위는 율격휴지에 의해 구분된다는 점에서 음보보다는 '율
격적 토막' 정도의 용어가 더 적합하다고 보면서도, 음보가 많이 쓰이는 용어이므로 잠정
적으로나마 음보라는 용어를 사용한다고 한 바 있다. 조동일, 『한국민요의 전통과 시가율
격』, 지식산업사, 1996, 215~219면 참조.
26) 음수율과 같은 단순율격에서의 마디는 장단율이나 강약율과 같은 복합율격에서의 음보와
는 달리 等價할 수도 있고 그렇지 않을 수도 있다. 예컨대 17세기 알렉상드랭에서는 각기
3음절로 된 균등한 마디 4개가 한 행에 규칙적으로 쓰였지만, 와카의 경우에는 각 행마다
마디의 음절수가 불균등하게 정해져 있다. 5·7·5·7·7의 음절수로 이루어진 와카의 행들은
각기 다음과 같은 음절수 형태로 양분된다. 3·2, 3·4, 4·1, 3·4, 4·3. 요컨대 음수율로 된
시조의 마디를 무리하게 등시적인 것으로 규정하려 할 이유는 없으며 그것은 사실에도 맞
지 않다는 것이다.

에 대해서만 살펴보기로 한다.

시조의 초·중·종장은 각기 통사적으로 완결성을 이루는 행 단위라고 볼
수 있다. 이러한 각 행은 다시 율격휴지에 따라 양분되는데, 양분된 각각
의 단위가 반행이다. 시조에서 반행의 존재는 널리 알려져 있는 편이다.
일찍이 이병기는 "초장初章·중장中章에는 각각 두 구句씩 되어 있고, 그 구
句마다 두 구두句讀로 되어 있으며"27)라고 하여 시조에서 반행의 존재를
언급하였고, 정병욱 또한 "이런 시가 형태는 강약약형 4음보라 하겠는데
그 독법scansion에 있어서는 생리적인 조건으로 인하여 대개는 전 2보와 후
2보의 중간에 휴지caesura를 넣어서 'breath group'으로 나눔이 마땅할까
한다."28)라고 하여 반행의 존재를 암시하였다. 조동일 또한 "반행 또는 반
줄"29)의 단위를 명시하였으며, 특히 김대행은 율격과 관련된 중요 단위로
반행을 인식하였다.30)

그러나 시조의 반행은 마디나 행에 비해 소홀히 다루어지는 경향이 있
고, 명명법에 혼선이 있기도 하다. 예를 들어 다음의 경우들을 보자.

시조형식의 3장 12구체가 지니는 자수는 초·중·종장 각 15자 내외로 잡
아서 한 수가 소요하는 자수는 45자 내외가 되는 셈이다. 31)

고려 중엽에 발생한 3장 6구 45자 내외의 4음보격 정형시.32)

---

27) 이병기, 「時調와 그 연구」, 『학생』, 1928.9, 251면.
28) 정병욱, 「古詩歌 韻律論 序說」, 『최현배 선생 화갑기념 논문집』, 사상계사, 1954; 김대행,
    앞의 책, 1984, 62면.
29) 조동일, 앞의 책, 1982, 67면.
30) 김대행, 앞의 책, 1989, 122면 : "두 마디를 합한 것을 구절이라 하며 구절은 율격의 의미
    단위로 보편화되어 있다."
31) "시조의 형식", 『두산백과』, <http://www.doopedia.co.kr>, (2013. 11. 25).
32) "시조", 『중학생을 위한 국어 용어사전』, 2007.8.25. 김대행, 성호경 또한 반행의 율격적 중

전자의 예에서는 시조의 형식을 설명함에 있어 행이나 마디[33]는 언급하였지만 반행의 존재는 언급하지 않았다. 한편, 후자의 예에서는 반행을 '구'로 명명하였는데, '구'는 전자의 예에서 보는 것과 같이 종종 마디와 같은 의미로 이해되기도 하여 혼선을 빚는다.[34] 그런데 다음 장들에서 보게 되겠지만, 반행은 시조에서 매우 중요한 율격단위로 그 위상을 제고할 필요가 있다. 또한 길게는 행에서 짧게는 마디에 이르기까지 다양하게 쓰여 온 '구'와 같은 용어를 쓰기보다는, 세계의 여러 율문들에서 보편적으로 사용되는 반행 개념을 사용하는 편이 바람직하겠다.

지금까지 시조의 율격단위로서 마디와 반행의 개념에 대해 살펴보았다. 마디와 반행은 선행 연구에서 수차례 언급된 것이기는 하되 그 중요성에 대한 인식이나 개념의 정립에 있어서는 여전히 미흡한 점이 있기에 특히 이것들을 중심으로 시조의 율격단위를 논의하였다.[35] 이제 마디 간의 음수율적 규칙을 통해, 동질성과 이질성을 갖춘 반행의 율격단위가 시조에서 형성되는 양상을 살펴보기로 한다.

요성을 논하면서도 이를 구절 혹은 구 등으로 표현하였다.

33) 전자에서는 이를 '구'로 표현하였고, 후자에서는 이를 '음보'로 지칭하였다.

34) 이병기는 구를 마디나 반행을 지시하는 데 혼용하였고(이병기, 앞의 글), 조윤제는 마디를 구라 표현하였다(조윤제, 『朝鮮 詩歌의 硏究』, 을유문화사, 1948).

35) 한편, 시조의 율격단위에는 이것들 외에 기저단위로서의 음절과 상부단위로서의 행이 있다. 음절은 마디를 구성하고, 행은 두 개의 반행에 의해 구성된다. 시조의 행들은 흔히 초장·중장·종장으로 불리는데, 이러한 용어들은 관습적으로 굳어져 있는데다가 지시하는 바가 명확하므로, 이 글에서는 편의상 이를 그대로 사용하기로 한다.

4. 상대적 음수율

음수율로 분류되는 외국의 시가들은 일반적으로 행의 고정 음절수를 통해 그 율격이 설명된다. 예컨대 프랑스의 알렉상드랭은 각 행이 12음절로 구성되며, 일본의 와카는 각 행이 5·7·5·7·7 음절로 구성된다. 그런데 시조는 주지하듯 각 행의 음절수가 일정하지 않다. 본 장에서 표본으로 삼은 시조들[36] 중 몇 수만 뽑아 보아도 이는 쉽게 알 수 있다.

시조의 음절수

표본번호	작품번호	초장	중장	종장	전체
2	#12	15	14	17	46
3	#20	14	12	16	42
4	#30	14	15	16	45
5	#40	16	13	15	44
6	#53	17	15	16	48

변격적 특성이 농후한 1번 시조를 제외하고 차례로 2~6번 시조를 뽑아 보았다. 각 행의 음절수가 크게는 3음절까지 차이가 나고 전체 음절수는 모두 다름을 볼 수 있다. 그러나 이들 시조는 모두 평시조의 일반적 형태를 하고 있고, 정격과 변격으로 나눌 만한 차이를 보이지는 않는다.

사정이 위와 같기에 시조의 형식과 관련하여 음절수와 관련된 어떤 규칙을 제시하기에 난점이 생긴다. 논자에 따라서는 기준음절수로 3~4음절

---

36) 본 장에서는 심재완 편, 『역대시조전서』(세종문화사, 1972)에 수록된 3,000여 편 남짓의 시조들 중 300수를 뽑아 조사의 표본으로 삼았다. 추출 방식은 1번, 10번, 20번 시조 순으로 10수 건너 1수씩을 뽑는 것으로 하였다. 해당 번호의 시조가 사설시조인 경우 그 뒤의 시조를 대신 뽑았다.

또는 4음절을 들기도 하고, 때로는 1~4음절 사이에서 시조의 마디는 용
납되어야 한다고 말하기도 한다. 그러나 기실은 시조의 마디는 그 위치에
따라서도 자주 쓰이는 음절수에 차이가 난다. 선행 연구자들의 몇 견해를
통해 이를 살펴보면 다음과 같다.[37]

	이은상				조윤제				김종식			
	제1마디	제2마디	제3마디	제4마디	제1마디	제2마디	제3마디	제4마디	제1마디	제2마디	제3마디	제4마디
초장	2~5	2~6	2~5	4~6	2~4	4~6	2~5	4~6	2~5	3~6	2~5	4~6
중장	1~5	2~6	2~5	4~6	1~4	3~6	2~5	4~6	1~5	3~6	2~5	4~6
종장	3	5~8	4~5	3~4	3	5~9	4~5	3~4	3	5~8	4~5	3~4

위에서 보는 것처럼 시조 마디의 음절수는 허용치가 넓으며, 그 위치에
따라서도 서로 상이한 것으로 파악된다. 또한 연구자에 따라서도 시조 마
디의 음절수는 다양한 양상으로 이해되고 있다. 이렇다 보니 시조의 율격
을 음절수로 해명하는 것은 거의 불가능한 것처럼 보이기도 한다. 이 때문
에 시조의 마디는 차라리 등시적等時的인 것으로 이해되어야 한다는 주
장[38]이 나오게 된 것이라 할 수 있다.

하지만 마디의 고정적 음절수를 찾으려는 노력을 잠시 유보하고 그 상
대적 관계를 통해 규칙성을 보려 하면 의외로 단순한 규칙을 발견하게 된
다. 그것은 반행 내에서 앞마디는 뒷마디보다 작거나 같다는 규칙이다. 시
조 반행의 음수율은 2·4조, 3·4조, 4·4조, 3·5조 등 여러 가지가 있어서 한
마디로 표현하기 어려우나, 마디 간의 상대적 크기 차이를 기준으로 하면

37) 아래의 표는 다음 논문을 참고하여 작성한 것이다. 서원섭, 「平時調의 形式 硏究」, 『어문학』
36, 한국어문학회, 1977, 50면 참조.
38) 음보율론이 바로 그것이다.

'앞마디≦뒷마디'라는 일반적 규칙이 성립하는 것이다. 이러한 음수율적 관계는 선행 연구들에서 다음과 같이 이미 통찰된 바 있다.

> 初·中章은 <小(平) - 平 - 小(平) - 平>의 비교적 규칙적인 흐름을 유지함으로써 각 章의 뒤에 무엇인가가 이어질 것을 예상케 하는 律格的 開放性을 띤다.[39]

> 시조와 가사의 시행에서 구내句內 앞음보는 뒷음보보다 짧은 시간적 범위를 지녀서, 이들 두 음보간의 관계를 '단 - 장' 등(후구에서는 '단 - 장' 또는 '장 - 장')으로 설정하는 것으로서, 곧 리듬의식의 발현으로 본다는 것이다.[40]

전자의 예에서 김흥규는 반행단위에 주목하지는 않았지만, 마디 간의 상대적 길이 차이를 통해 실현되는 시조의 음수율을 최초로 도식화하였다. 그러나 이러한 통찰은 등장성等長性을 전제로 하는 음보율 논의 속에서 그 의미가 흐려진 것으로 보인다. 한편, 후자의 예에서 성호경은 마디 간의 음수율이 형성되는 단위가 '구'[이 글의 용어대로라면 반행]임을 보여주고 있다. 그는 시조나 가사 작품의 '구내句內'에서 앞마디보다 뒷마디가 긴 경우가 많음을 들어 이를 "'단 - 장'의 리듬"[41]이라고 명명하였다.

그러나 '앞마디<뒷마디'와 같은 규칙은 '흔한' 것일 뿐 '일반적인' 것은 아님을 들어, 이는 율격과 관련된 것이 아니라 '작품마다의 독특한 질서라는 차원'에서 이해해야 한다는 반론이 제기된 바도 있다.[42] 하지만 실제로

---

39) 김흥규, 앞의 책, 45면. 그는 시조의 형식을 다음과 같이 도식화하였다.
　　소(평) 평 소(평) 평
　　소(평) 평 소(평) 평
　　소　　과 평　　소(평)
40) 성호경, 『한국시가의 형식』, 새문사, 1999, 49면.
41) 위의 책.
42) 조동일, 앞의 책, 1996, 227~228면.

모든 작품에서 실현되는 규칙이라는 것은 존재하지 않는다. 개개의 작품들은 언제나 율격이라는 규범의 준수와 일탈 사이 어디엔가 놓이는 것이기 때문에, 율격은 대체로 지켜지는 규칙일 뿐 반드시 지켜지는 것은 아닌 것이다.[43] 더구나 부등식을 '앞마디<뒷마디'에서 '앞마디≦뒷마디'의 형태로 수정하면 이에 포괄되는 작품의 양은 더욱 많아진다. 이에 대한 통계적 수치를 제시하면 다음과 같다.[44]

	앞마디<뒷마디	앞마디≦뒷마디
제1반행	93.14%	100%
제2반행	46.34%	99.91%
제3반행	84.16%	100%
제4반행	46.72%	100%
제5반행	99.95%	100%

	앞마디>뒷마디	앞마디≧뒷마디
제6반행	77.73%	98.94%

---

43) 예컨대 '5-7-5-7-7'의 음수율을 지니고 있는 것으로 알려진 일본의 短歌의 경우에도 실제로는 '5-7-5-7-8', '6-7-5-7-7', '5-7-6-7-7', '5-7-5-8-7' 등 여러 변형을 보여준다. Robert H. Brower, "Japanese", W. K. Wimsatt, 앞의 책, 43면 참조.

44) 이 통계는 서원섭, 앞의 글, 46면에 나와 있는 시조의 음수율 통계표를 활용하여 낸 것이다. 서원섭의 통계는 『역대시조전서』 3,335수 중 2,759수의 평시조를 대상으로 한 것이다. 서원섭의 통계표 내 괄호 안의 숫자까지 집계하여 위의 표와 같은 통계 수치를 얻었음을 밝혀둔다. 그런데 서원섭의 통계표는 시조의 초·중·종장 중 어느 한 부분에서라도 적어도 100회 이상 사용된 음수율만을 집계하고 있어서, 총 2,759수의 분석 작품들의 초·중·종장들 가운데 약 20% 정도는 집계하지 않았다. 따라서 이들을 포함하여 본다면 실제로 '앞마디≦뒷마디(마지막 반행은 반대)'라는 상대적 음수율 규칙에서 벗어나는 경우는 더 많을 수도 있다. 본 장에서 표본으로 삼은 고시조 300수를 대상으로 조사해 본 결과, 총 1,800개의 반행 중 30개의 반행(전체의 0.02%)이 규칙에 어긋나는 것으로 조사되었다. 그러나 이 수치는 본 장에서 제시하는 시조 반행의 상대적 음수율 규칙을 무화시킬 민큼 큰 수치는 아니다. 한편, 본 장에서 서원섭의 통계자료를 이용하기는 하였으나, 본 장의 자료 분석 방식은 서원섭의 방식과 전혀 다른 것임을 밝혀둔다. 서원섭의 논문에서는 각 마디별로 음절수로를 조사했을 뿐, 마디나 반행 간의 상대적 음수율에 대해서는 전혀 고려하지 않았다.

따라서 시조 반행의 음수율적 규칙은 '앞마디≦뒷마디'의 형태(제6반행은 반대)로 나타내는 것이 보다 적절할 것이다. 이러한 규칙을 도식화하면 다음과 같다.

제1반행 : 앞마디≦뒷마디
제2반행 : 앞마디≦뒷마디
제3반행 : 앞마디≦뒷마디
제4반행 : 앞마디≦뒷마디
제5반행 : 앞마디≦뒷마디
제6반행 : 앞마디≧뒷마디

반행은 이질성과 동질성을 모두 갖춘 율격단위로서 시조에서 기능한다. 이질성은 반행 내 마디 간의 음절수 차이를 통해 실현되고, 동질성은 반행과 반행 사이에서 실현된다.[45] 시조는 모두 여섯 개의 반행으로 이루어지는데, 마지막 반행을 제외하면 각 반행을 이루는 마디 간의 음수율적 관계는 일반적으로 '앞마디≦뒷마디'의 양상을 보인다. 단, 마지막 반행은 종결부로 성격을 달리한다.[46] 리듬은 기본적으로 동질적 요소의 반복으로 형성된다는 점을 생각해 볼 때, 시조의 가장 중요한 리듬단위는 마디라기보다 반행이라 할 수 있다. 구조적 유사성을 통해 동질성을 확보하는 것은 마디가 아니라 반행이기 때문이다.[47]

---

45) "앞마디≦뒷마디"라는 규칙의 동질성을 의미한다.
46) 주지하듯 시조 종장의 마지막 구는 4·3조가 압도적으로, '앞마디>뒷마디'의 양상을 띤다. 이는 다른 구들과 정반대의 형태이다. 시의 종결부에서 이렇듯 율격이 달라지는 것은 시상의 마무리를 위한 것이라고 생각할 수 있다. 비슷한 예로, 일본 고전시 중 長歌가 5·7조를 반복하다 마지막 행에서만 7·7조로 이루어진 것을 들 수 있다. 시조 종장의 율격이 지닌 의미론적 의의는 조윤제와 김흥규의 글들에 잘 설명되어 있다. 조윤제, 앞의 책, 179면; 김흥규, 「평시조 종장의 律格·統辭的 定型과 그 기능」, 『어문론집』 19·20 합집, 고려대학교, 1977.

시조의 반행이 율격단위로서 이질성과 동질성을 함께 갖추고 있다는 점은 음보의 경우와 비교하여 생각해볼 수도 있다. 'metron'이나 'foot'와 같은 음보는 장단長短이나 강약強弱 등과 같은 율격자질의 교체에 따라 이원성을 지니고, 그러한 교체 양상이 반복됨에 따라 동질성을 지닌다. 음보는 이렇듯 이질성과 동질성을 함께 지니고 있을 것을 요청받는데,[48] 시조의 반행 또한 이와 유사하게 이질성과 동질성의 요소를 함께 지니고 있다. 물론 길이로 보았을 때 'metron'/'foot'와 시조의 반행은 상이하여 이들이 자아내는 율격적 효과를 유사한 것으로 보는 데는 한계가 있겠으나, 율격의 요소로서 이질성과 동질성을 시조의 반행이 모두 지니고 있음은 눈여겨볼만하다.[49]

이처럼 반행 내 마디들의 음절수 차이로 성립하는 시조의 음수율을 '상대적 음수율'이라 표현할 수 있겠다. 이는 마디 간의 상대적 관계를 통해서 음수율적 규칙을 나타낼 수 있다는 의미이다. 이를 '장단율長短律'로 표현한 경우도 있으나,[50] 그 경우 음절 자체의 장단 자질에 근거하여 형성되는 장단율durational meter과 혼동될 우려가 있다. 앞서 논의했듯이, 율격

---

47) 마디가 음절수상 동질성을 확보하기 어려움은 앞서 예로 든 "꽃 보고 / 춤추는 나비와 / 나비 보고 / 방긋 웃는 꽃과"를 상기해 보면 쉽게 짐작할 수 있다.

48) 그리하여 만일 시행 내의 반복단위가 短短格 音步[pyrrihcs]나 強強格 音步[spondees], 또는 單音節 音步[monosyllabic feet]처럼 이질성을 지니지 않았다면, 그것은 미터의 단위에서 제외되어야 한다고 설명되기도 한다. *The New Princeton Encyclopedia of Poetry and Poetics*, p.776 : "The unit must have heterogeneous members, hence pyrrhics, spondees, and "monosyllabic feet" are excluded."

49) 한편, 정병욱은 'meter'는 "연속하는 순간의 시간적 등장성"을 뜻하고 'rhythm'은 "그 등장성을 역학적으로 부동하게 하는 조직"을 말한다고 설명하여, 율격과 리듬을 별개의 것으로 오해할 소지를 남겨놓은 바 있다(정병욱, 앞의 글, 김대행, 앞의 책, 1984, 45면 참조). 그러나 율격은 리듬의 규칙인바, 리듬을 통해 율격이 형성되는 것이지 율격과 리듬이 각각 따로의 현상인 것은 아니다. 따라서 율격은 동질성과, 리듬은 이질성과 관련된다고 본다면, 이는 올바른 이해가 아니다.

50) 성호경, 앞의 책, 54면.

자질을 기준으로 분류할 때 시조의 율격은 음수율에 해당하는 것으로 보아야 한다. 그런데 시조의 음수율은 음절의 개수는 명확히 고정해 놓지 않고 대신 율격단위 간의 상대적 규칙을 정해 놓은 것이므로 이를 상대적 음수율이라고 명명할 수 있겠다.[51]

한편, 행 또한 시조의 음수율을 이루는 중요한 율격단위이다. 행의 음수율 또한 음절수는 정해져 있지 않지만 구성요소 간의 음절수 차이를 통해 규정되는 상대적 음수율이다. 이를 도식화하면 다음과 같다.

제1행(초장) 제1반행 ≤ 제2반행
제2행(중장) 제1반행 ≤ 제2반행
제3행(종장) 제1반행 ≥ 제2반행

위와 같은 도식이 나오는 것은 행 내 반행들이 '앞마뒤≤뒷마디'의 규칙으로 일반화될 수 있으면서도 실제로는 전반행前半行과 후반행後半行 사이에 미묘한 차이가 있다는 점에 기인한다. 즉, 전반행에서는 앞마디가 뒷마디보다 작은 경우가 보다 많은 데 비해, 후반행에서는 앞마디가 뒷마디보다 작은 경우와 그 둘이 같은 경우가 거의 같은 비율로 존재한다.[52] 그런데 전반행이나 후반행의 뒷마디는 대개 4음절로 고정되는 경향이 강하

---

51) 시조의 율격은 '고정음수율'에 대응하는 '유동음수율'로 개념화된 바도 있다. 이 용어는 홍재휴의 "유동적 자수율"(홍재휴, 『韓國古詩律格研究』, 태학사, 1983, 13면) 개념을 받아들여 김정화가 사용한 것이다(김정화, 앞의 글, 182면). 이 용어는 마디의 음절수가 '한도내적 자율성을 지닌' 율격을 의미하는 것으로 쓰였다. 이 글에서 사용한 상대적 음수율의 개념은 마디 간의 상대적 음절수 규칙을 내포한다는 점에서 이와 다르다.

52) 이는 기준음수율을 통해 단적으로 드러난다. 초·중장 전반행의 기준음수율은 3·4인 데 비해, 그 후반행의 기준음수율은 3·4 혹은 4·4이다. 기준음수율이란 가장 빈번히 사용된 음수율을 말한다. 조윤제, 「時調字數考」, 『신흥』4, 1930, 『朝鮮 詩歌의 研究』, 을유문화사, 1948에 재수록; 서원섭, 앞의 글 참조.

다.53) 이 때문에 행 전체로 볼 때 '전반행≦후반행'과 같은 양상이 실현되는 것이다.54) 한편, 제3행, 즉 종장에서 이것이 뒤집히는 것은 제3행의 전반행이 여타 반행들과 다른 차이점에 기인한다. 제3행의 전반행은 다른 반행들과 마찬가지로 '앞마뒤≦뒷마디'로 일반화할 수 있지만, 더 자세히 따지면 뒷마디의 길이가 앞마디에 비해 비교적 많이 긴 편이다. 이 또한 시가의 마무리 형식과 관련된 음수율적 현상으로 볼 수 있다.55)

이상에서 본 것처럼 시조의 율격은 반행 또는 행 내 구성요소들 간 음절수의 상대적 차이를 통해 이루어지는 상대적 음수율이다. 음수율의 규칙은 반행 내의 '앞마뒤≦뒷마디', 행 내의 '전반행≦후반행'이며, 이러한 규칙은 마무리 부분인 제6반행 혹은 종장에 와서 역전된다. 이 중 특히 종장의 음수율적 특성은 비록 그것이 음수율과 관련된 것임이 명시되지는 않았더라도, 일찍부터 시조의 미학을 이루는 중요한 형식적 특성으로 거론되어 왔다. 따라서 이러한 율격적 특성을 일관되게 설명하기 위해서는 기본적으로 음수율의 체계 내에서 마디와 반행, 행 등의 율격단위들이 맺고 있는 구조적 관계를 파악할 수 있어야 할 것이다. 종장의 음수율적 역전뿐 아니라 초중장의 '전반단위≦후반단위'와 같은 음수율적 특성이 지닌 의미에 대해서도 보다 깊은 주의가 주어져야 할 것이다.56)

---

53) 서원섭의 자수율 통계표를 이용하여 조사해 본 결과 초·중장의 전반행이 4음절로 끝나는 경우는 초장 87%. 중장 66%이며, 후반행이 4음절로 끝나는 경우는 초장 94%, 중장 100%이다.

54) 서원섭의 자수율 통계표를 이용하여 조사해 본 결과 '전반행≦후반행'의 규칙이 실현된 경우는 초장 93.36%, 중장 98.99%이다. 종장에서 '전반행≧후반행'의 규칙이 실현된 경우는 99.02%이다.

55) 각주 47번 참조.

56) 일본시의 경우를 예로 생각해 보면, '5-7'조는 보다 엄숙하고 고양된 느낌을 주는 반면, '7-5'조는 보다 가벼운 느낌을 주는 것으로 해석된다고 한다. Robert H. Brower, 앞의 글 참조. 시조의 음수율적 특징이 지닌 의미를 논한 경우는 드문 것으로 보이는데, 안확의 다

5. 대우적對偶的 병렬률

시조의 정형률에서 상대적 음수율과 함께 논의되어야 할 다른 하나는 병렬률이다. 이를 살펴보기 위해서는 우선 병렬의 개념을 한정해야 하겠다. 병렬은 일반적으로 다음과 같이 정의된다.

> 인접하는 구나 절, 문장들에서 일어나는, 동일하거나 유사한 통사적 형태
> 의 반복. 두 개가 짝지어지는 형태가 흔하지만, 반복적 형태가 더 확장되는
> 경우도 드물지 않다.57)

위의 정의는 통사적 유사성이 병렬의 조건임을 명확히 하고 있다. 서구에서 병렬은 연구 초기에는 주로 의미 전개와 관련하여 이해되었지만, 후기로 오면서는 의미 전개보다는 통사적 유사성이 병렬의 핵심임이 강조되었다. 병렬은 통사적 유사성을 근간으로 하여 의미의 병치 및 대조를 이루고 음운론적 유사성까지 이루는 장치로 이해되었으며, 율격이 명확하지 않은 헤브루시나 민요시 등의 리듬을 형성하는 중요한 장치로 파악되었다.58)

음과 같은 논의가 있어 참조가 된다. "朝鮮詩歌의 音節結合은 古代로부터 簡單으로 複雜에 小로 大에 漸行하는 自然의 進化法則을 取하야 小數를 먼저하고 多數를 後에하는것이 普遍 的規範으로 된것이라 고로 五音을 兩折함에도 先二後三으로 한것이 通例로 되니 時調詩의 一章數韻도 十五字를 先七後八로한것이 그理致라 고로 一句의 音節도 처음七字를 先三後四 로 區分함은 順調인 그原理와 그體係에서 나온것이라 … 그것이 詩人의 實用에 平易하고 又和平味가 있으며 內容及情緒를 句함에도 適宜하게된것이라 이러므로써 自來人士가 時調 詩를 愛用한것이라" 安自山, 『時調詩學』, 교문사, 1949, 23~24면.

57) "paralllism", *The New Princeton Encyclopedia of Poetry and Poetics*, p.877 : "The repetition of identical or similar syntactic patterns in adjacent phrases, clauses, or sentences; the matching patterns are usually doubled, but more extensive iteration is not rare."

58) *Ibid.*, pp.877~879 참조.

시조 또는 한국시가에 나타난 병렬에 대해서는 몇 차례 선행연구가 이루어진 바 있다.[59] 이에 따르면 시조의 병렬은 초·중장에서 나타나는 경우가 대다수이고 종장에는 거의 쓰이지 않는다. 초·중장에서 반행 간, 혹은 행 간 병렬은 매우 흔한데, 반행과 반행이 짝을 이루거나, 행과 행이 짝을 이루는 형태로, 대부분 한 쌍으로 구성된다는 특징을 지닌다. 이는 병렬 중에서도 길게 늘어지는 병렬이 아니라 쌍으로 구성되는 병렬이라는 점에서 대우적對偶的 병렬이라 지칭할 수 있겠다. 주지하듯 대우법은 한시의 특징적인 기법으로서, 두 쌍의 문형이 구조상 유사하며 어휘 간에 의미적 대조를 이루는 특수한 유형의 병렬이다.[60] 시조의 병렬은 한시의 대우법처럼 어휘 간의 의미적 대조를 고수하지는 않지만, 그러한 경우 또한 적지 않으며, 압도적 다수가 쌍으로 이루어진다는 점에서 대우적 병렬이라 명명할 수 있겠다.

표본을 통해 조사해 본 결과, 고시조 작품 중 약 40%는 행 간 혹은 반행 간에서 뚜렷한 병렬을 사용하는 것으로 드러났다. 그 중 반행 간 병렬이 행 간 병렬보다 3배가량 많으며, 이는 주로 초장에서 이루어진다.[61] 예를 들면 다음과 같다.

---

59) 병렬을 율격과 관련하여 본 연구로는 김대행의 연구가 있다. 그는 한국 민요의 율격이 병렬과 관련되어 있다고 보고 이를 "ab"형과 "aaba"형으로 구분하였다. 김대행, 앞의 책, 1989, 53~63면, 86~126면 참조. 시조와 병렬을 관계시킨 논의로는 정혜원,『한국 고전시가의 내면미학』, 신구문화사, 2001, 320~329면; 김수경,「시조에 나타난 병렬법의 시학」,『한국시가연구』13, 2003, 145~180면 참조. 정혜원은 시조에서의 "對偶"가 "구와 구, 행과 행 사이에 나타나며 행 내의 대구 형식이 훨씬 우세"(322면)함을 언급하였다. 김수경은 시조의 병렬을 "행 내 병렬"과 "행 간 병렬"로 나누어 분류하고, 각각의 병렬이 지닌 내용적·구조적 의미에 대해 분석하였다.

60) 劉若愚,『中國詩學』, 명문당, 1994, 169~271면 참조.

61) 반행 간 병렬이 쓰인 작품수 : 초장 -57, 중장 -33, 종장 -1, 전체 91수. 행간 병렬이 쓰인 작품수 : 초중장 -24, 초중종장 -3, 초종장 -1, 전체 28수.

반행 간 병렬의 예 : *剛毅 果敢 烈丈夫요 孝親 友弟 賢君子ㅣ라 (#12 초장)
　　　　　　　　　*鸚鵡의 말이런지 杜鵑의 虛辭ㅣ런지 (#8 중장)
행간 병렬의 예 : *내 길흔 완완ᄒ니 압희 몬져 셔오쇼셔
　　　　　　　내 밧츤 넉넉ᄒ니 ᄀᆞ흘 몬져 갈ᄅᆞ쇼셔 (#57 초·중장)

한편, 구조적 일치가 위의 예들보다 덜한 경우도 존재하는데, 예를 들면
다음과 같다.

　*閔氏네 하 어슨 쳬 마쇼 고와로라 ᄌᆞ랑 마쇼 (#6 초장)
　*功名을 모르노라 江湖에 누어잇셔 (#25 초장)

　*사ᄅᆞᆷ이 죽어갈 졔 갑슬 주고 살쟉시면
　顏淵이 죽어갈제 孔子ㅣ 아니 살녀시랴 (#140 초·중장)
　*술먹고 뷔거를 져긔 먹지마쟈 盟誓ㅣ러니
　盞잡고 구버보니 盟誓홈이 虛事ㅣ로다 (#173 초·중장)

#6의 경우 부정의 명령형으로 끝나는 구조는 일치하나 제1마디와 제3
마디의 통사적 성격은 상이하다. #25의 경우 제1마디는 목적어, 제3마디는
부사어여서 통사적 구조가 다르나─제2마디와 제4마디는 서술어로 일치
한다─, 한편으론 공명功名과 강호江湖의 의미적 대립이 뚜렷하다. #140은
전반행의 구조는 일치하나 후반행의 구조는 같지 않다. #173의 초장과 중
장은 전반행들이 일종의 조건절로 기능한다는 점에서 구조적으로 일치한
다. 그리고 그 후반행들은 구조적으로는 일치하지 않지만 어휘의 반복이
있고 의미상 대를 이룬다. 이런 경우들은 통사적 일치성이 앞서의 예들처
럼 확연하지는 않지만, 이 역시 병렬이 사용된 것으로 볼 수 있겠다. 표본
중 총 24수의 시조들에서 이러한 병렬이 쓰였다.62)

그런가 하면 다음의 경우도 생각해봄 직하다.

　*屛間梅月 兩相宜는 梅不飄零 月不虧라 (#126 중장)
　*扶桑에 나는 날빛 崑崙山이 몬져 바다
　　黃河水 맑는 딕로 天下文明 허더니라 (#131 초·중장)

위의 예들은 구조나 의미상 대를 이룬다고 할 수는 없으나, 한문구의 사
용을 통해 형태적 병렬이 일어나고 있는 것으로 보인다. #126의 중장을 보
면, 후반구에서는 '매불표령梅不飄零'과 '월불휴月不虧'가 내부적 병렬을 이루
고 있으나, 전반구와 후반구 사이에는 통사적 병렬이 없다. 그런데 반행
간에 7음절의 한문구가 형태적으로 병렬되고 있는 모습을 볼 수 있다.
#131의 초장과 중장 또한 의미나 통사상으로는 병렬이 쓰이지 않았으나,
한문구가 동일한 위치에서 쓰임으로써 형태적 병렬이 일어나고 있다. 이
러한 경우들은 구어와 한문을 섞어 사용하던 당대 언어생활의 특징이 반
영된 것이라 할 수 있을 텐데, 총 9수의 시조에서 이러한 모습을 볼 수 있
었다.

이상에서 본 것과 같은 시조의 병렬법은 의미적으로나 음운적으로나 시
조의 리듬을 강화하는 것으로 볼 수 있다. 의미적·통사적 병치는 균형감
있는 리듬을 야기한다. 병렬에 의한 리듬을 흔히 의미의 리듬 혹은 문법적
리듬이라고 말하는데,63) 바로 그러한 리듬이 시조에서도 조성되는 것이

---

62) 반행 간에 쓰인 경우 13수, 행 간에 쓰인 경우 11수. 구조적으로 완전히 동일하지는 않더라
　도 병렬이라 부르는 예로는 병렬률 시가의 대표격으로 알려져 있는 고대 헤브루시의 경우
　를 들 수 있다. 헤브루시의 병렬은 균형이 잡힌 완전한 병렬["balancing"/"complete"]인
　경우도 있고, 전반부가 후반부에서 반향되는 불완전한 병렬["echoing"/"incomplete"]인
　경우도 있는 것으로 설명된다. Perry B. Yoder, "Biblical Hebrew", W. K. Wimsatt, op.
　cit., p.57 참조.
63) 김대행, 앞의 책, 1989, 54~63면; Gay Wilson Allen, 앞의 책, 232~234면 참조.

다. 또한 통사적 유사함은 음운적 유사함을 유발하여 율격 단위 간의 동질
성을 강화한다. 이러한 측면은 특히 보통보다 긴 음절로 구성된 마디가 쓰
일 때 두드러져 보이는데, 예를 들면 다음과 같다.

곳 보고 / <u>춤추는 나뷔와</u> // 나뷔 보고 / <u>당싯 웃는 곳과</u> (#21 초장)

밑줄친 것처럼 각 반행의 뒷마디들은 각기 6음절로 되어 있는 과음절過
音節 마디이다. 과음절 마디가 쓰인 반행은 다른 반행들에 비해 음절수가
많아 반행 간에 균질하지 못한 느낌을 주기 쉽다. 이해를 돕기 위해 다음
과 같은 경우를 가정해 보자.

꽃 보고 / 춤추는 나비와 // 파란 / 하늘과

위의 예는 전반행과 후반행 모두 '앞마디≤뒷마디'의 규칙을 충족하고
있다. 그러나 전반행과 후반행을 비교하면 음절수 차이가 5음절이나 되어
반행 간에 불균등한 느낌을 준다. 이 경우 후반행은 사실상 전반행의 절반
길이밖에 되지 않는다. 이러한 문제는 과음절 마디가 쓰일 때 흔히 일어남
직한 일이다.

그러나 #21의 인용구에서는 이러한 문제가 병렬 구성을 통해 극복되었
음을 볼 수 있다. 여기에서는 과음절 마디가 병렬구문을 통하여 전반행과
후반행에 균질하게 쓰여 있어 전반행과 후반행 사이에 일정한 패턴의 반
복이 일어나고 있다. 즉, '보통 마디 + 과음절 마디'의 형태가 반복되는 것
이다. 이를 통하여 과음절 마디가 야기하는 불균질한 느낌이 어느 정도 해
소된다.

그런가 하면, 긴 마디가 쓰인 시조의 경우, 일반적인 병렬의 방식을 사용하진 않았으나 반행 간에 음절수의 형태를 맞추는 경우도 있어 주목된다. 예를 들면 다음과 같다.

기러기 쎼 / 쎼만니 안진 곳에 / 포슈야 총를 / 함부로 노치마라 (#41 초장)

위의 예에서는 일반적인 병렬의 방식은 쓰이지 않았다. 그러나 제2마디와 제4마디의 음절수를 같게 조절하여 긴 마디가 야기할 수 있는 불균질성을 해소하고 있다. 이렇듯 반행 간 음절수의 짝을 맞추는 경우를 율격적 병렬이라 부를 수 있을 듯하다. 병렬의 의미를 이처럼 확장시킬 수 있는지에 대해서는 의문이 있을 수 있으나, 병렬은 통사나 의미 차원에서뿐 아니라 음운 차원에서도 일어나며 각 층위의 병렬은 흔히 상보성을 띤다는 야콥슨의 견해를 상기한다면, 이처럼 여러 층위의 병렬을 시조에서 분석하는 것도 가능하겠다.64) 의도적인 것인지의 여부는 확실치 않으나 현대시

---

64) R. Jakobson(1971), p.129 : "Pervasive parallelism inevitably activates all the levels of language : the distinctive features, inherent and prosodic, the morphologic and syntactic categories and forms, the lexical units and their semantic classes in both their convergences and divergences acquire an autonomous poetic value."(만연한 병렬은 언어의 전 단계를 활성화할 수밖에 없다. 뚜렷한 특징들, 내재적이거나 율격적인 것, 형태적이고 통사적인 범주와 형식들, 의미적 단위, 그리고 그것들이 결합하고 나뉘어 형성되는 의미론적 계층들은 자율적인 시적 가치를 획득한다.); 같은 책, p.133 : "The syntactic parallelism stops at the last word, while there is a complete correspondence in morphologic structure, in the number of syllables, in the distribution of stresses and word boundaries, and, moreover, a striking phonemic likeness of the two marginal words." (통사적 병렬은 마지막 단어에서 끝난다. 그러나 형태적 구조, 음절의 개수, 강세 및 단어 경계의 배분, 그리고 무엇보다 현저한 음운론적 유사성이 시행의 바깥쪽 단어들 사이에 일어난다.) 한편, 앞에서 언급한 한자어를 통한 형태적 병렬 또한 이와 관련하여 생각해볼 수 있다.

조에서 이러한 율격적 병렬이 흔히 쓰인다는 사실도 주목할 만하다.[65]

고시조 표본 중 6음절 이상의 긴 마디가 초장 또는 중장에서 사용된 작품수는 29수로, 전체의 10% 정도이다. 그런데 이 중 병렬에 의해 마디의 부등성이 완화된 경우는 12수이고, 율격적 병렬이 쓰인 경우인 3수를 포함하면, 총 15수의 작품에 병렬이 쓰였다. 환산하면, 긴 마디가 쓰인 작품들 중 약 52%에 병렬이 쓰였다. 이를 통해, 반행 간의 균질성을 충족시키는 보족적 리듬장치로 시조에서 병렬이 사용됨을 알 수 있다.

이상의 경우들을 종합하여 보면, 고시조 표본에서 통사적 병렬·의미적 병렬·형태적 병렬·율격적 병렬 등에 의해 반행 간의 동질성을 강화한 작품의 수(어느 하나라도 쓰인 작품수)는 총 133수로, 전체의 44% 정도이다. 병렬은 통사, 의미, 음운의 여러 층위에서 동질성과 이질성을 통해 리듬을 조성한다. 시조에서도 이는 마찬가지다. 특히 반행 단위의 동질성을 확보하는 데 시조에서의 병렬은 중요한 역할을 하는 것으로 보인다. 시조의 병렬은 반행 간에 가장 빈번히 나타나며, 통사적 병렬이 일어나지 않는 경우라 하더라도 의미적·형태적·율격적인 여러 층위의 병렬을 통해 반행 간의

---

65) 예로, 이호우 시조집의 70수 작품 가운데 긴 마디가 빈번히 쓰인 16편의 작품(바람벌, 술, 다방 「향수」에서, 이끼, 봄은 한 갈래, 너 앞에, 해바라기처럼, 바위 앞에서, 벽, 나의 가슴, 물결, 태양을 잃은 해바라기, 지연, 설, 이단의 노래, 기빨)에서 율격적 병렬이 일어난 경우는 13편이나 된다(<술>, <이끼>, <봄은 한 갈래> 제외). 이를테면 다음과 같은 경우이다. "禁斷의 동산이 어디오 地獄도 오히려 가려니 // 生命이 죽음을 섬기어 핏줄이 辱되지 않으랴"(<異端의 노래> 제4수 중 초·중장) 이 예에서는 초장과 중장 내에서 각 구 간에 의미상의 병렬과 율격적 병렬이 함께 나타나고 있다. 초장의 "禁斷의 동산이 어디오"와 "地獄도 오히려 가려니"는 통사적 구조가 일치하지 않는다. 그러나 '禁斷의 동산'과 '地獄'이 의미상 병렬을 이루고, "禁斷의 / 동산이 어디오", "地獄도 / 오히려 가려니"로 율독되어 율격적 병렬을 이룬다. 이러한 의미적·율격적 병렬은 중장의 "生命이 죽음을 섬기어"와 "핏줄이 辱되지 않으랴" 사이에서도 유사하게 일어난다. 이와 관련해서는 김진희, 「현대시조의 율격 변이 양상과 그 의미 - 이호우 시조를 중심으로」, 『열상고전연구』 39, 297~325면 참조.

유사성이 확보되는 경향이 있음을 보았다. 이처럼 시조에서 병렬은 반행을 단위로 한 시조의 율격에 특히 기여하는 보충적 리듬장치라는 의미를 지닌다.

6. 결론

지금까지의 논의를 정리하면 다음과 같다.

1. 시조의 율격단위에는 마디, 반행, 행이 있다. 마디는 콜론과 유사한 개념으로, 율격 휴지에 의해 나뉘는 통사적 단위로서 그 길이는 단어보다 크고 문장보다 작은 범위에서 다양하다. 반행은 마디 두 개가 모인 것으로, 동질성과 이질성을 갖춘 시조의 중요한 율격단위이다. 행은 반행 두 개가 모인 것으로, 역시 시조의 음수율을 형성하는 반복단위이다.
2. 반행의 음수율적 규칙은 '앞마디≦뒷마디'로 나타난다. 단, 마지막 반행에서만은 시상의 종결을 위해 '앞마디≧뒷마디'로 규칙이 역전된다.
3. 행의 음수율적 규칙은 '전반행≦후반행'으로 나타난다. 단, 마지막 행에서만은 역시 시상의 종결을 위해 '전반행≧후반행'으로 규칙이 역전된다.
4. 2·3번과 같이, 시조의 율격은 율격단위의 음절수가 정해져 있지 않고 율격단위 간 음절수의 상대적 규칙을 통해 형성되는 상대적 음수율이다.
5. 시조에서 병렬은 특히 초·중장의 반행 간 리듬을 강화하는 보충적 리

듬 장치로 쓰인다.

이상에서 시조의 정형률을 상대적 음수율과 병렬률의 두 가지로 나누어
살펴보았다. 이에 더하여 기존에 논의된 고정음수율적 요소와 기준음수율
적 요소까지 더한다면 시조의 정형률은 어느 정도 해명이 되리라 본다. 고
정음수율적 요소란 종장 첫 마디가 3음절로 구성되는 것을 말한다. 그리고
기준음수율적 요소란 초·중장 내 반행은 3·4조, 4·4조로 흔히 구성되며, 종
장 전반행은 3·5조로, 그 후반행은 4·3조로 대개 구성됨을 의미한다.66)

물론, 위와 같은 설명은 너무 길어 집약적이지 못한 느낌을 주기도 한
다. 그러나 수많은 시가 종류에 대한 리듬규칙은 언제나 간명하게만 설명
될 수 있는 것은 아니다. 복잡한 현상을 억지로 간명한 설명에만 끼워 맞
추려 하기보다는 좀 복잡하더라도 실상을 드러낼 수 있는 설명방식이 시
조의 정형률을 기술하는 데는 더욱 적절하리라 본다.

시조의 정형률은 일찍이 정형이비정형定型而非定型이라는 표현으로 설명
되었듯이 유동적 여지를 많이 지니고 있다. 상대적 음수율이든 여러 방면
에서의 병렬률이든 시조의 리듬단위들은 같으면서도 다르고, 그 양상은
패턴은 있되 하나로 규정되지는 않는다. 상대적 음수율의 측면에서 보면
각 행의 반행들은 "앞마디≦뒷마디"라는 구조 측면에서는 동일하지만, 전
반행과 후반행을 놓고 비교하면 전자보다는 대체로 후자가 무거운 특성을
보인다. 행 간을 비교해 보아도, "전반행≦후반행"이라는 구조측면에서는
동일하지만, 첫째 행(초장)과 둘째 행(중장)을 놓고 비교하면 후자보다는
대체로 전자가 길게 구성되는 특징을 지닌다.67) 시조의 리듬규칙은 이처

---

66) 각주 53번 참조.
67) 3·4조, 4·4조 외에도 시조에 많이 쓰이는 음수율로는 2·4, 3·5, 2·3, 3·3조 등이 있는데,

럼 반행과 반행 사이, 행과 행 사이에서 동일성과 차이성의 중층적 패턴을 통해 형성된다. 이렇듯 중층적인 시조의 리듬규칙을 등장等長한 4음보만으로 풀이한다는 것은 아무래도 무리일 것이다.

로츠는 일찍이 우랄 언어에 속하는 모르도바어 시가를 분석하면서 이른바 '공리적公理的 방식axiomatic'의 율격론을 제안한 바 있다. 이는 율격체계를 이루는 모든 요소들을 찾고 이들이 맺는 관계 양상의 규칙들을 설정하는 율격론의 방법인데,68) 음절수의 고정된 규칙보다는 율격단위의 다양한 관계에 의해 구성되는 시조의 율격을 기술하기에 적절한 방법으로 보인다.

무엇보다 시조의 정형률론은 시조의 미적 특징을 최대한 풍부히 밝힐 수 있는 도구가 되어야 한다. 그것은 지나친 단순화와 고정성에 대한 집착에서 벗어나 시조 리듬의 규칙적 요소를 세심하게 밝혀주는 일에 좀 더 힘써야 할 것이다. 닫힌 율격론이 되기보다 차후의 수정 가능성을 열어놓는 열린 율격론을 지향하는 공리적 율격 기술 방식69)은 이를 위한 한 방

이 중 2·4조는 초·중장의 전반행에서, 3·5조는 초장의 전반행에서, 그리고 2·3조와 3·3조는 중장의 전반행에서 흔히 쓰인다. 이처럼 상대적으로 적은 음절수 조합이 중장에서 많이 쓰이기에 중장의 길이는 초장보다 짧은 경우가 많다. 반행의 음수율에 대한 이 같은 규칙은 전술한 서원섭, 앞의책, 1977, 49면의 통계표를 바탕으로 도출하였다.

68) John Lotz, op. cit., pp.115~116 : "This axiomatic method treats the subject matter explicitly by listing exactly all the primitives (i.e., the undefined terms of a system) and establishing all relationships among these basic constituents by axioms (or rules)." 로츠가 소개한 모르도바어 시가의 율격 양상은 시조와 많이 닮아 있다. 불규칙한 음수율을 지니고 있으며, 한 행이 마디와 같은 보다 작은 율격단위로 나뉘고 이러한 율격단위들 간에 상대적인 음수율 규칙이 존재하는 것이 그렇다. 그러한 음수율 규칙의 양상을 들어 보면 다음과 같다. 1. 대응하는 마디들은 동일한 음절수를 지닌다. 2. 첫 마디는 절대 가장 작은 음절수(3음절)로 구성되지 않는다. 3. 마지막 마디가 4음절로 되어 있으면 다른 마디들도 모두 그러하다. 4. 4마디로 구성된 행에서는 처음 두 마디는 음절수가 같고, 세 번째 마디는 중간 음절수로 구성되며, 마지막 마디는 가장 작은 음절수로 이루어진다.

69) 공리적 율격론은 닫힌 체계가 아니라 차후 수정이 가능한 묘사적 진술과 같은 것으로 보아야 한다고 설명된다. Ibid., p.119 : "Therefore, instead of regarding the above account of Mordvinian verse as a closed explanatory system, we regard it as a descriptive

법이 될 수 있다.

---

statement which may perhaps be modified with the introduction of additional data or, possibly, with the expurgation of wrong data." 이는 음운론적 자질에 의한 규칙뿐 아니라, 율격적 상부구조 및 그러한 상부구조에 음운론적 자질이 실현되는 양상을 자세히 기술하는 율격론이라 할 수 있다.

제3부
한국시가의 장르와 장르성

향가의 송도적 서정성*

1. 문제 제기

향가의 장르적 특성에 대한 이해는 크게 두 가지 방면에서 이루어져 온 것으로 보인다. 하나는 개인 정서를 표백하는 서정장르로 그것을 바라보는 경우이고, 다른 하나는 종교적 기능이나 목적과 밀접히 관련된 종교문학으로 그것을 이해하는 경우이다. 전자의 시각에서는 향가에 나타나는 정서의 곡진함이나 비유와 상징의 뛰어남 등이 주로 논의 대상이 되고, 후자의 시각에서는 종교적 의식이나 기능 등의 문학 외적 맥락이 보다 중시된다. 그러나 이러한 두 방면의 이해는 어느 한 일면만이 부각될 것이 아니라, 양방향이 함께 고려되어야 한다고 본다. 그러할 때 향가의 장르적 특성은 구명될 수 있을 것이다.[1] 향가의 이러한 특성은 선인들의 언급을

---

* 이 글은 「향가의 송도적 서정성 - <모죽지랑가(慕竹旨郎歌)>와 <잔기파랑가(讚耆婆郎歌)>의 송도적(頌禱的) 서정성에 대하여(Ⅰ) - 시간성과 관련하여」(『국문학연구』 20, 국문학회, 2009)를 부분 수정한 것이다.

1) 향가의 문학성보다는 불교적 성격에 주목한 논의는 조윤제의 "鄕歌의 佛敎的 影響은 實로 크다 할 것"과 같은 언급에서부터 찾을 수 있다(趙潤濟, 『朝鮮詩歌史綱』, 동광당서점, 1937,

통해서도 짐작할 수 있다. 『삼국유사三國遺事』의 저자 일연一然(1206~1289)은 "신라인들이 향가를 숭상하였음"[2]을 말하였고, <보현십원가普賢十願歌>를 지은 균여均如(923~973)는 향가가 "세상 사람들이 놀며 즐기는 도구"[3]였다고 하였다. '숭상'의 대상이 되는 노래란 범속한 노래는 아닐 것이다. 그런가하면 '놀며 즐기는' 노래란 성스럽기만 한 노래도 아닐 것이다. 본 장에서는 향가의 이러한 성聖/속俗의 양면성을 종합적으로 고찰함으로써 그 장르적 특성을 살펴보려 한다.

본 장에서 주된 대상으로 삼은 작품은 <모죽지랑가慕竹旨郎歌>와 <찬기파랑가讚耆婆郎歌>이다. 이 두 작품은 송도적頌禱的인 성격을 띠고 있다는 점에서 종교성과의 친연성이 유추된다. 두 작품 모두 시적 대상을 예찬하고 그를 추구한다는 점에서 송도성을 지니고 있는데,[4] 이러한 송도성은 종교

51면). 특히 종교적 목적 또는 의식과의 관련을 통해 향가의 본질적 특성을 파악한 대표적인 예로는 김동욱과 임기중의 견해를 들 수 있다. 김동욱은 "鄕歌 自體가 國家的인 佛敎儀式에 쓰이었을 뿐만 아니라 個人的인 齋儀式에 쓰이었다"라고 주장하며, 향가는 "'鄕讚'으로써 佛敎的 祈願과 發願의 노래"라고 하였다(金東旭, 『韓國歌謠의 硏究』, 을유문화사, 1961, 13면). 그는 자신의 용어인 '향찬(鄕讚)'을 '佛敎 讚頌歌'(위의 책, 23면)라는 말로 설명하기도 하였는데, 이는 즉, 신라어로 불린 '불찬가(佛讚歌)'를 뜻한다. 한편, 임기중은 향가를 "불교적 목적(興法)을 위한 특수한 문학형태"로 규정하여, 종교적 목적성을 중심으로 향가의 장르적 본질을 파악하였다(임기중, 「변문과 향가의 언어구조」, 『불교문학연구입문 율문·언어편』, 동화출판공사, 1991, 20면·46면. 성호경, 『신라향가연구』, 태학사, 2008, 45면에서 재인용). 그러나 일찍이 양주동은 향가에는 종교적인 내용뿐만 아니라 인간적 삶의 문제를 다룬 것들이 많음을 다음과 같이 지적한 바 있다. "詞腦歌가 當時에 何必 佛敎的인 內容뿐아니라 널리 自然과人生, 戀慕·諧謔·哀怨·憧憬·達觀·諦觀等 人生百般의 機微, 乃至 安民理國의 理想까지 무엇이나 노래하지안흔것이 업섯음은 「彗星歌·慕竹旨郎歌·獻花歌·怨歌·讚耆婆郎歌·遇賊歌·處容歌」 등등에서 그 일반을 엿볼수잇다."(梁柱東, 古歌硏究(증보판), 일조각, 1965, 53면.)

2) 『三國遺事』 권5, 「感通」, <月明師兜率歌> : "羅人尙鄕歌者尙矣."

3) 『均如傳』, 「歌行化世分者」 : "世人戱樂之具".

4) 윤영옥은 "詞腦와 讚은 같으면서도 根本的으로 詞腦는 頌的인 것이 아닌가 한다."라고 언급하며 <찬기파랑가>가 송(頌)의 특성을 지니고 있음을 지적하였다. 尹榮玉, 『신라시가의 연구』, 형설출판사, 1980, 49면 참조. 근래에는 "지식인인 화랑이 지은 향가로 시경의 송과 비슷하게 훌륭하다고 인정된 인물을 찬송하는" 작품으로 <찬기파랑가>와 <모죽지랑가>가 거

적인 의식요에서 흔히 나타나는 성격인바,[5] 종교성과 밀접히 관련되어 있는 것이다. 그러나 이 작품들은 또한 종교성 외에 서정적 면모를 다분히 드러내기도 한다.[6] 그런데 서정성은 인간적인 것이므로 '속俗'의 성격을 띤다. 그러므로 이들 작품을 통해 성聖과 속俗의 두 지향이 만나는 향가의 특성을 살필 수 있을 것으로 짐작된다. <모죽지랑가>와 <찬기파랑가>가 지닌 이러한 특성을 본 장에서는 '송도적 서정성'이라고 지칭하고자 한다.

본 장에서 기술하려고 하는 송도적 서정성의 개념은 향가의 장르성을 설명하는 한 열쇠가 되리라고 본다. 왜냐하면 '송頌'은 일연이 향가의 장르적 특성을 표시한 개념이기도 하기 때문이다. 이는 다음과 같은 대목을 통해 볼 수 있다.

> 羅人尚鄕歌者尚矣, 盖詩頌之類歟. 故往往能感動天地鬼神者非一.
>
> 신라인들은 향가를 숭상하였으니, 이는 대개 『시경』의 송頌과 같은 종류가 아니었겠는가. 그리하여 종종 천지와 귀신을 능히 감동시킨 것이 한둘이 아니었다.

론된 바 있다. 류해춘, 「향가의 언술방식과 신라인의 사회의식」, 『우리문학연구』 18, 우리문학회, 2005, 140면 참조.

5) <모죽지랑가>와 <찬기파랑가>를 종교적 의식요로 본 것은 김동욱의 견해가 대표적이다. 그는 <찬기파랑가>를 "耆婆郎의 死後齋式에서 올린 佛讚歌"로 해석하였고, <모죽지랑가>는 "竹旨郎 逝去 後의 讚歌"라고 보았다. 김동욱, 앞의 책, 23, 32면 참조.

6) 서정성과 관련되어 주로 많이 논의된 작품은 <모죽지랑가>이다. 다음의 언급들을 예로 들 수 있다. "<慕竹旨郎歌>는 得烏가 竹旨에 向한 思慕의 情을 抒情한 것이라 하겠다."(윤영옥, 앞의 책, 188면); "전혀 呪歌的인 성격을 갖지 않고 있다. 그리고, 첫째 유형과는 달리 記述物과 노래의 내용이 직결되어 있지도 않으며, 노래가 '너'와 '나'의 대칭적 관계를 보여주는 전통적인 抒情詩의 특질을 가진 작품이다."(林基中, 『新羅歌謠와 記述物의 研究』, 이우출판사, 1981, 258면); "본격적인 文學意識에서 작가된 서정시"(김종규, 「慕竹旨郎歌에 나타난 文學意識」, 『국어국문학』 126, 국어국문학회, 2000, 164면). 한편, <찬기파랑가>와 관련해서는 시정성을 직접 논의한 경우는 별로 없고, 주로 상징이나 심상 등이 논의된 편이다. 이로는 梁柱東, 「新羅歌謠의 文學的 優秀性」, 『國學研究論攷』, 을유문화사, 1962; 芮昌海, 「<讚耆婆郎歌>의 文學的 再構 및 解釋 試論」, 『한국고전시가작품론1』, 집문당, 1992; 성호경, 「찬기파랑가(讚耆婆郎歌)>의 시세계」, 『국어국문학』 136, 국어국문학회, 2004 등을 들 수 있다.

위의 인용문은 『삼국유사』「감통感通」 항목 <월명사 도솔가月明師 兜率歌>조의 한 대목이다. 여기에서 "시송지류詩頌之類"의 구절은 일반적으로 "시詩와 송頌의 부류"로 풀이된다. 그러나 이러한 풀이는 지나치게 범박하여 향가의 특성을 적시하지 못한다는 점에 착안하여 최철은 이를 "시경詩經의 송頌과 같은 류類"[7]로 해석한 바 있다. 즉, 육의六義의 하나인 송의 문체에 향가가 특히 가까움을 지적한 것으로 이 구절을 본 것이다. 송頌은 신격이나 제왕 등 위대한 대상을 찬미하며 성스러운 세계를 표상한다. 향가에 짙게 드리워져 있는 종교적 색채를 생각할 때, 성聖의 영역과 밀접한 송의 문체와 향가를 관련시키는 것은 무리 없는 것으로 판단된다. 특히 위 인용문의 맥락을 통해 볼 때 이러한 해석은 더욱 타당한 것으로 보인다. 위 인용문의 앞 구절에서는 신라인들은 대개 향가를 '숭상'하였다고 하였으며, 뒤의 구절에서는 향가가 종종 천지귀신을 감동시킨다고 하였다. 이 구절들은 모두 향가가 표상하는 세계가 성聖의 영역과 관련됨을 암시한다. 따라서 이러한 향가를 육의六義 중 성스러운 세계와 가장 가까이 닿아 있는 송頌의 문체에 비견하는 것은 자연스러운 문맥을 이룬다.

'송'의 장르가 다른 운문 장르들과 변별되는 가장 큰 지점은 그것이 신에게 바쳐지는 노래라는 점이다. 즉, 인간사를 다룬 '풍風'이나 '아雅'와는 달리, '송'은 신에게 드리는 제사와 관련된 노래이다.[8] 따라서 향가를 '송의 종류'로 파악한 일연은 향가가 지닌 '성聖'의 속성을 부각한 것이라고 볼 수 있다. 그러나 향가가 '송의 종류'라고 할 때, 그 장르적 특성은 '송'의 일반적 특성에서뿐만 아니라, 여느 송과는 다른 향가만의 특수성 속에서도 파악해야 할 것이다. 이때 여느 송과 달리 향가가 지닌 특수성은 그

---

7) 崔喆, 「향가연구의 쟁점」, 『모산학보』 10, 1998, 53면.
8) 이에 대해서는 다음 장에서 자세히 다룰 것이다.

것의 서정적 측면에 있다고 본 장에서는 가정한다. 그렇다면 향가의 장르성은 그것의 송도성과 서정성을 함께 구명함으로써 이해될 수 있을 것이다.

<모죽지랑가>와 <찬기파랑가>의 종교성과 서정성을 함께 거론한 경우로는 다음과 같은 예들을 들 수 있다.

> "聖과 凡의 葛藤"9)
> "竹旨를 敬虔한 마음으로 단지 崇仰하여 讚美한 것만이 아니고 現世와 來世에서의 人我俱亡의 人間의 悲劇的 終末을 認識하면서 그런 情緖 가운데서 그리움의 對象인 竹旨와 自身을 바라다 본 것"10)
> "종교적 내용을 떠나서도, 그 형상에 있어서 자기강조성 및 고조된 감정 상태의 직접적인 표백 등으로 해서 서정시의 표현구조를 잘 가지고 있는 것"11)

그런데 이른바 서정성은 종교성에 비해 명확히 설명하기가 더 어려운 면이 있다. 향가의 종교성은 텍스트 내적 측면에서뿐 아니라, 텍스트에 부대된 설화 등의 텍스트 외적 측면에서도 논의되기 때문에 보다 구체적인 논의가 가능하다. 이에 비해, 서정성은 텍스트 내적 측면을 통해서만 파악할 수 있을 뿐인데, 그 개념 자체가 난해한지라 구체적인 논의가 쉽지 않다. "우리는 서정시의 혹은 서정적인 것의 일반적인 성격을 규정하려는 시도를 전면적으로 포기하는 것이 옳을 것이다."12)라고 한 르네 웰렉의 말이

9) 金烈圭, 「韓國文學과 그 '悲劇的인 것」, 『韓國民俗과 文學硏究』, 일조각, 1971, 298면.
10) 윤영옥, 앞의 책, 193면.
11) 李在銑, 「鄕歌의 基本性格」, 金承璨 편저, 『鄕歌文學論』, 새문사, 1986, 54면.
12) Lamping, Dieter, 장영태 역, 『서정시 : 이론과 역사 : 현대 독일시를 중심으로』, 문학과지성사, 1994, 18면에서 재인용.

역설적으로 보여주듯이 서정성을 밝히는 작업은 쉽지 않은 일이다. 그간 향가의 서정성은 주로 인간적 정서의 표백이라는 점에서 고찰되어 왔다. 이는 '서정'이라는 개념의 사전적이고 일반적인 정의에 가장 쉽게 부합하는 접근방식이다. 그러나 그것은 충분한 분석의 대상이 되기에는 범박한 면이 없지 않다.

본 장에서는 <찬기파랑가>와 <모죽지랑가>에 내재된 서정성을 시간성의 측면에서 접근하고자 한다. 이 작품들의 시간성은 다른 송도적 시가들의 시간성과는 상이한 양상을 보인다. 따라서 시간성의 측면을 통해, 두 편의 향가가 여타의 송도적 시가들과 변별되는 지점을 파악할 수 있을 것이다. 그런데 문학에서 시간성은 작품의 장르적 지향성과 밀접한 관련을 지닌 것으로 이해되는바,13) 시간성을 통해 두 편의 향가가 여타의 송도적 시가들과 다른 장르적 지향성, 즉 서정성을 지닌다는 점을 살펴볼 수 있을 것이다.

---

13) 시간성은 장르론의 전통적인 주제라고 할 수 있다. 장르와 시간에 대한 서구의 논의에 대해서는 다음 표를 참조할 수 있다. 전동진, 『서정시의 시간성 시간의 서정성』, 도서출판 문학들, 2008, 58면에서 정리한 것이다.

관점	논자	장르적 성격		
		서정적	서사적	극적
표현론적 관점	슈타이거	과거적 정상	현재적 전략	미래의 이해
실용적 관점	함부르거	현실적	비현실적	비현실적
	카이저	표명	교통과 재현	도전과 해명
구조적 관점	잉가르덴		회상, 진행 과거시간의 현재	
모방적 관점	허트	작가가 한 파도가 되는 양상	작가가 강가에서 거리를 둔 채 보고 말하는 양상	작가가 강물의 모든 파도에 스며드는 양상
	클라이너	현재 지향	과거 지향	미래지향
	랭거	'현재 시제'와 '직접 전달의 기법'; 현재	기억의 투사; 과거	'운명의 양상'; 미래

2. 송도적 시가의 친-계기적親繼起的 혹은 초-계기적超繼起的 시간과 서사성·교술성

유협劉勰(465~521)의 『문심조룡文心雕龍』에서는 "사시四始의 목록들인 풍風, 대아大雅와 소아小雅, 그리고 송頌은 매우 훌륭한 것이며, 그 중에서도 송은 가장 훌륭한 것이다."[14]라고 하여, '풍風·아雅·송頌'의 대표적인 율문 장르들 중에서도 송이 가치론적 우위를 지님을 말하였다. 이러한 평가는 "반드시 순정純正하고 아름다운 것이어야 하는" 송의 내용적 성격과 관련된 것이며 또한 제사에서 사용된다는 그것의 용도와도 관련된 것이다. 이러한 송의 성격에 대하여 『시경詩經』의 <모시대서毛詩大序>와 유협의 『문심조룡』에서는 다음과 같이 설명해 놓았다.

> 송頌은 성덕盛德의 형용을 찬미하여 그 성공을 신명에게 고하는 것이다.
> (頌者, 美盛德之形容, 以其成功告於神明者也.)

> 송頌은 용容이니, 성덕을 찬미하여 그 형용을 서술하는 것이다. … 신명에게 고하는 모습을 형용한 것을 송이라고 한다. … 송의 중요한 기능은 신들에게 드리는 제사와 관련되어 있기 때문에 그것에 담겨 있는 내용은 반드시 순정하고 아름다운 것이어야 한다.
> 頌者, 容也, 所以美盛德而述形容也. … 容告神明謂之頌. … 頌主告神, 義必純美.

송의 기능과 관련해서는 두 경우 모두 그것이 제의祭儀와 관련됨을 지적하고 있는데, <모시대서>에서는 송을 "신명에게 고하는 것"으로, 『문심조룡』에서는 그것을 "제사와 관련"된 것으로 파악하였다. 한편, 송의 내용과

---

14) 『文心雕龍』, '頌讚' : "四始之至, 頌居其極." 원문과 번역은 최동호 역편, 『문심조룡』, 민음사, 1994를 참조했다.

관련해서 역시 두 경우가 비슷한 견해를 보인다. 즉, 성덕의 형용을 서술하고 찬미하는 것을 송의 내용으로 공통적으로 파악하고 있다. 이 때문에 『문심조룡』에서는 특히 "송은 곧 용容"이라는 해석을 내리기도 하였다. 한편, 『문심조룡』에서는 "성덕의 형용"뿐만 아니라 "신명에게 고하는 모습" 자체를 그리는 것 또한 송의 내용이 됨을 말하였는데, 이렇게 볼 때, 송의 내용은 성스럽고 덕성스러운 대상의 행적을 서술하거나 또는 제사 의식을 묘사하는 것 등으로 이루어짐을 알 수 있다.

　『문심조룡』에서는 주周나라의 송 가운데 <시매時邁>라는 작품을 송의 규범적 작품으로 보았고,[15) 또 "상商나라의 송 이래로 송의 양식은 언어와 형식을 완전히 갖추게 되었다"[16]라고도 하였다. 이들의 예를 통해 송頌의 성격을 살펴보기로 한다.

A

實右序有周	실로 우리 주나라를 높여 차례를 잇게 한지라
薄言震之	잠깐 진동시키니
莫不震疊	놀라고 두려워하지 않는 이가 없으며
懷柔百神	백신들을 회유하여
及河喬嶽	하수와 높은 산악에 미치니
允王維后	진실로 왕이 훌륭한 임금이시도다

B

明昭有周	밝은 주나라가
式序在位	지위에 있는 자들을 차례로 서열하고
載戢干戈	방패와 창을 거두며

---

15) "時邁一篇, 周公所製. 哲人之頌, 規式存焉." (주송 가운데 있는 <시매>라는 작품은 주공이 지은 것인데, 성인이 지은 이 작품은 송의 창작에 요구되는 규범을 보존하고 있다.)
16) "自商已下, 文理允備."

載櫜弓矢　　활과 화살을 활집에 넣고
我求懿德　　내 아름다운 덕을 구하여
肆于時夏　　이 중하에 베푸니
允王保之　　진실로 왕이 보존하시도다

C

武王載斾　　무왕이 깃발을 실으사
有虔秉鉞　　경건히 鉞鉞을 잡으시니
如火烈烈　　불이 열열히 타오르는 듯하여
則莫我敢曷　　나를 감히 막을 이가 없도다
苞有三蘖　　한 뿌리에 세 싹이 났는데
莫遂莫達　　뜻을 이루지 못하고 통달하지 못하여
九有有截　　九州의 무리가 끊고 돌아오거늘
韋顧旣伐　　위와 고를 이미 정벌하시고
昆吾夏桀　　곤오와 하걸을 치도다

　　A와 B는 주송周頌 중 <시매時邁>의 일부이고, C는 상송商頌 중 <장발長發>
의 한 대목이다.[17] <시매>는 무왕武王이 상商나라를 정벌한 것과 관련된 노
래로, 주공周公의 작품으로 알려져 있다. 여기에서는 무왕이 "잠깐 진동시켜"
천지를 "놀라고 두려워하게" 만든 무공武功을 찬미하고, 이어 무력을 거두고
"아름다운 덕"을 베푼 모습을 또한 찬양하였다. 이렇게 볼 때, 성스러운 무
왕의 행적을 서술하여 그 용맹한 무공과 성대한 덕을 기린 것이 <시매>의
내용임을 알 수 있다. 한편, <장발>에서는 탕왕湯王이 하夏나라의 걸桀과 위
韋, 고顧, 곤오昆吾 등을 척결한 무훈武勳을 시간적 흐름에 따라 보다 자세히
서술하여 그 용맹스러운 기상을 표현하였다. 이 중 <장발>은 대제大禘, 즉,

---

17) 번역은 成百曉 譯註, 『詩經集傳 下』, 전통문화연구회, 1998, 363~365; 426~431면을 참조
했다.

여러 선조들에게 함께 드리는 제사에서 쓴 시이다. 그런 까닭에 "그 시에 상 나라의 선조들을 일일이 말하였다."18) 즉, 우禹임금으로부터 현왕玄王인 계契, 그리고 탕湯임금에 이르기까지 선왕들의 업적을 시간적인 순서에 따라 서술 해 놓은 것이 이 편의 서술방식인 것이다. 이와 같이 『시경』에 수록된 송들 은 위대한 선조들의 업적을 서술하고 그 무공武功과 덕德을 기리고 있다.

『시경』에 실린 송들 중에는 위와 같은 서사적 내용뿐만 아니라, 『문심 조룡』에서 언급한 바와 같이 "신명에게 고하는 모습", 즉 제사지내는 상황 을 그린 작품들 또한 찾아볼 수 있다. 그러나 그러한 예를 이번에는 『시경』 에서가 아니라 고려대의 향가인 균여均如(923~973)의 <보현십원가普賢十願 歌> 중에서 살펴보도록 한다. 모두 11수의 10구체 향가로 구성된 <보현십 원가>는 불교적 성격을 강하게 띠고 있는데, 그 중에서도 <예경제불가禮敬 諸佛歌>와 <칭찬여래가稱讚如來歌>는 송頌의 성격이 짙다. 먼저, <예경제불 가>를 보면 다음과 같다.

원문	양주동 역19)	김완진 역20)
心未筆留	ᄆᆞᅀᆞ미 ᄇᆞ드루	ᄆᆞᅀᆞ미 부드로
慕呂白乎隱佛體前衣	그리ᄉᆞᆲ몬 부텨 前에	그리ᄉᆞᆲ본 부텨 알ᄑᆡ
拜內乎隱身萬隱	저누온 모몬	저ᄂᆞ온 모마ᄂᆞᆫ
法界毛叱所只至去良	法界 ᄆᆞᆺᄃᆞ록 니르가라	法界 업ᄃᆞ록 니르거라
塵塵馬洛佛體叱刹亦	塵塵마락 부텨ㅅ 刹이	塵塵마락 부텻 刹이역
刹刹每如邀里白乎隱	刹刹마다 뫼시리ᄉᆞᆲ본	刹刹마다 모리ᄉᆞᆲ본
法界滿賜隱佛體	法界 ᄎᆞ샨 부텨	法界 ᄎᆞ신 부텨
九世盡良禮爲白齊	九世 다아 禮ᄒᆞᅀᆞ져	九世 다ᄋᆞ라 절ᄒᆞᅀᆞ져
歎曰 身語意業無疲厭	아으 身語意業無疲厭	아야 身語意業無疲厭
此良夫作沙毛叱等耶	이에 브즐 ᄉᆞᆺ다라	이렁 ᄆᆞᄅᆞ 지ᅀᅡᆺ못ᄃᆞ야

---

18) 『詩經集傳』, 「商頌」, <長發> : "大禘之祭, 所及者遠, 故其詩歷言商之先后."

<예경제불가>는 전반적으로 해독상의 큰 어려움이 없다. 1~4행의 전반부에서는 마음의 붓으로 부처를 그리며 절하는 몸이 '법계法界', 곧 온 세상에 이르기를 기원하고 있다. 예배를 드리는 행위를 묘사하면서, 그러한 행위가 참되기를 희구한 것으로 볼 수 있다. 5~8행의 중반부에서는 '진진塵塵'과 '찰찰刹刹'마다 모신, 온 세계에 충만한 부처에게 영원토록 예를 드리고자 하는 발원을 서술하였다. 9~10행의 후반부에서는 '신身·어語·의意'가 만들어내는 '업業'을 씻는 노력을 계속하겠다고 다짐하였다.21) 이렇게 볼 때, 전체적으로 이 작품은 부처에게 예배를 드리는 상황을 묘사하며 부처의 성덕을 찬양하고, 영원한 경배를 다짐하는 것으로 이해할 수 있다.

다음으로, <칭찬여래가>를 보면 다음과 같다.

원문	양주동 역	김완진 역
今日部伊冬衣	오늘 주비ᄃ릭	오늘 주비ᄃᆞ히
南無佛也白孫舌良衣	南無佛이여 슬ᄫᆞᆯ손 혀아이	南無佛이여 슬ᄫᆞᆯ손 혀라히
無盡辯才叱海等	無盡辯才ㅅ 바ᄃᆞᆯ	無盡辯才ㅅ 바ᄃᆞᆯ
一念惡中 涌出去良	一念악히 솟나가라	一念악히 솟나거라
塵塵虛物叱邀呂白乎隱	塵塵虛物ㅅ 뫼시리슬ᄫᆞᆫ	塵塵虛物ㅅ 모리슬ᄫᆞᆫ
功德叱身乙對爲白惡只	功德ㅅ몸을 對ᄒᆞᅀᆞᆸ디	功德ㅅ 身을 對ᄒᆞᅀᅡᆯ박
際于萬隱德海肹	ᄀᆞᆺ 업슨 德바ᄃᆞᆯ 홀	ᄀᆞᆺ 가만 德海ᄅᆞᆯ
間王冬留讚伊白制	西王ᄃᆞᆯ루 기리ᅀᆞᆸ져	醫王ᄃᆞᆯ로 기리ᅀᆞᆸ져
隔句 必只一毛叱德置	아으 비록 一毛ㅅ 德두	아야 반ᄃᆞᆨ 一毛ㅅ 德도
毛等盡良白乎隱乃兮	몯ᄃᆞᆯ 다아 슬보뇌	모ᄃᆞᆯ 다ᄋᆞ라 슬ᄫᆞᆫ 너여

19) 梁柱東,『增訂 古歌硏究』, 일조각, 1965, 673면. 이하 양주동의 향가 해석은 이 책에 의거했다.
20) 김완진,『향가해독법연구』, 서울대학교출판부, 1980, 158면. 이하 김완진의 향가 해석은 이 책에 의거했다.
21) 이 부분은『華嚴經』에 나오는 다음 구절을 원용한 것이다. "衆生界盡, 衆生業盡, 衆生煩惱盡, 我懺乃盡, 而虛空界乃至. 衆生煩惱, 不可盡, 故我此懺悔無有窮盡, 念念相續無有間斷, 身語意業無有疲厭."(『華嚴經』권40, <普賢行願品>) 박재민,『口訣로 본 普賢十願歌 解釋』, 연세대학교 석사학위논문, 2001, 42면에서 재인용.

<칭찬여래가>의 1~4행 역시 '남무불南無佛'을 외는 의식을 묘사하고 있
다. 1행의 '주비'는 '부중部衆'을 뜻하는 말로,[22] 의식에 모인 무리들을 의미
한다. '남무불南無佛'을 외는 순간 '변재辯才', 즉 말을 잘 하는 재주가 바다
처럼 끝없이 솟아오른다고 하여, 성대한 의식을 묘사하고 있다. 이어지는
5~8행에서는 부처의 덕을 찬양하고 그 덕을 기리고자 하는 발원을 내고
있다. 여기서 부처는 곧 '공덕功德ㅅ신身'으로, '진진허물塵塵虛物', 즉 세상만
물이 그를 모실 만큼 공덕이 많은 존재이다. 이를 다시 'ㄹ 업슨 덕德바들',
즉, '끝 없는 덕의 바다'라는 관습적 비유로 칭송하였다. 마지막 9~10행에
서는 지금까지의 칭송으로는 부처가 지닌 '일모一毛의 덕德'도 사뢰지 못했
다고 하여, 부처가 지닌 덕의 성대함과 그를 찬양하고자 하는 마음의 간절
함을 표현하였다.

이상과 같이 볼 때, <보현십원가> 중 송頌의 성격을 가장 강하게 띤 <예
경제불가>와 <칭찬여래가> 두 편은 부처에게 예배를 드리는 의식을 묘사
하고 부처가 지닌 공덕의 성대함을 찬양하는 것이 주된 내용임을 알 수
있다. 『문심조룡』에서 언급한 바와 같이, 의식을 드리는 모습을 묘사하는
것이 여기서는 주된 내용이 되고 있다.

지금까지 『시경』에 수록된 송頌의 예와, 불찬가佛讚歌의 성격을 띤 <보현
십원가> 등을 살펴보았다. 이를 통해 송도적 시가의 주된 내용이 성덕聖德
의 행적을 서술하고 그 공덕을 찬양하며 또한 그에 대한 의식을 올리는
과정을 묘사하는 것 등임을 알 수 있었다. 이러한 송의 성격은 신라나 고
려조에 불려진 송도적 시가들도 지니고 있었을 것으로 짐작된다. 이들 신
라와 고려조의 송도적 시가들은 『삼국사기三國史記』와 『고려사高麗史』 「악

---

22) 양주동. 앞의 책, 703면.

지樂志」의 기록들을 통해 그 존재를 확인할 수 있다. 『삼국사기』「악지」에는 <회악會樂>과 <신열악辛熱樂>을 비롯하여 여러 가지 악樂의 명칭들을 나열하고, 그것들이 '향인이 기뻐하고 즐거워하여 지은 노래이다.'라고 설명하였는데, 이들을 보면 다음과 같다.

> <회악>과 <신열악>은 유리왕 때에 지은 것이요 <돌아악>은 탈해왕 때지은 것이요 <지아악>은 파사왕 때 지은 것이요 <사내악>은 내해왕 때 지은 것이요 <가무>는 내밀왕 때 지은 것이요 <우식악>은 눌지왕 때 지은 것이다. <대악>은 자비왕 때 사람인 백결 선생이 지은 것이요 <간인>은 지대로왕智證王 때 사람인 천상욱개자가 지은 것이다. <미지악>은 법흥왕 때에 지은 것이요, <도령가>는 진흥왕 때에 지은 것이다. <날현인>은 진평왕 때 사람인 담수가 지은 것이요, <사내기물악>은 원랑도가 지은 것이다. <내지>는 일상군의 음악이요 <백실>은 압량군의 음악이요 <덕사내>는 하서군의 음악이요 <석남사내>는 도동벌군의 음악이요 <사중>은 북외군의 음악인데 이들은 모두 우리 향인들이 기쁘고 즐거워서 지었던 것이다.[23]

위에서 보이는 여러 악樂의 종류들은 잘 알려진 유리왕대의 <도솔가兜率歌>와 같이 '집단적·공식적인 찬가'[24]로서 임금의 덕을 찬양하는 성격을 지녔을 것이다. <도솔가>와 관련된 『삼국사기』의 기록에는 얼어 죽어 가는 노인에게 옷을 덮어주고 '환과고독노병불능자활자鰥寡孤獨老病不能自活者(홀아비·홀어미·고아·아들이 없는 늙은이·늙고 병든 이로서 자활할 수 없

---

23) 『삼국사기』 권32, 「志」1, '樂' : "會樂及辛熱樂, 儒理王時作也, 突阿樂, 脫解王時作也, 枝兒樂, 婆娑王時作也, 思內(一作詩惱)樂, 奈解王時作也, 笳舞, 奈密王時作也, 憂息樂, 訥祇王時作也, 碓樂, 慈悲王時人百結先生作也, 竽引, 智大王時人川上郁皆子作也, 美知樂, 法興王時作也, 徒領歌, 眞興王時作也, 捺絃引, 眞平王時人淡水作也, 思內奇物樂, 原郎徒作也, 內知, 日上郡樂也, 白實, 坤梁郡{押梁郡}樂也, 德思內, 河西郡樂也, 石南思內, 道同伐郡樂也, 祀中, 北隈郡樂也. 此皆鄕人喜樂之所由作也."

24) 성호경, 앞의 책, 232면.

는 자)'를 구제한 유리왕의 치적이 서술되고, 이에 민속이 기뻐하여 <도솔가>를 지은 상황이 설명되어 있다.[25] 이를 통해 볼 때, <도솔가>에는 『삼국사기』의 기록에서 보이는 것과 유사한 유리왕의 치적이 서술·찬양되었을 것으로 추측된다. 이외에, 『고려사』 「악지」에 신라의 악樂으로 소개된 <동경東京>[26]이나 <장한성長漢城>[27] 등의 경우에도 이와 비슷한 성격을 띠었을 것으로 추정된다. 특히 <장한성>과 같이 특별한 역사적 사건과 결부된 경우에는 그러한 사적을 시간의 추이에 따라 서술하는 방식으로 구성되었을 것으로 보인다.

이와 같이 볼 때 송도적 시가에 내포된 시간의 양상은 대개 다음과 같은 두 가지로 나누어 살펴볼 수 있다. 그 하나는 역사적 사건을 계기적繼起的 시간[28]에 따라 서술하는 것이다. 이는 성덕의 행적을 서술하는 것과 관

---

25) 『삼국사기』 권1, 「新羅本紀」1, '儒理尼師今' : "五年, 冬十一月, 王巡行國內, 見一老嫗飢凍將死曰 : "予以眇身居上, 不能養民, 吏(使)老幼, 至於此極, 是予之罪也." 解衣以覆之, 推食以食之. 仍命有司, 在處存問鰥寡孤病老病不能自活者, 給養之. 於是, 隣國百姓, 聞而來者衆矣. 是年, 民俗歡康, 始製兜率歌. 此, 歌樂之始也." (왕이 국내를 순행하다가 한 노파가 주리고 얼어 거의 죽어 감을 보고 말하기를, 내가 조그만 몸으로 왕위에 있어 능히 백성을 기르지 못하고 노유로 하여금 이러한 지경에 이르게 하니 이는 나의 죄라 하고, 옷을 벗어 그를 덮어 주고 음식을 밀어 먹인 후, 이내 유사(관리)에게 명하여 곳곳마다 홀아비 홀어미 고아 아들이 없는 늙은이 병든 이로서 자활할 수 없는 자를 존문(慰問)하여 식료를 주어 부양하게 하였더니, 이에 이웃 나라 사람들이 소문을 듣고 오는 자가 많았다. 이 해 민속이 즐겁고 편안하여 비로소 왕이 <도솔가>를 지으니, 이는 가악의 시초였다.) 이병도 역주, 『삼국사기』, 을유문화사, 2001, 24면에서 인용.

26) 『고려사』, 「악지」, '동경' : "新羅昇平日久, 政化醇美, 靈瑞屢見鳳鳥來鳴, 國人作此歌, 以美之. 其所謂月精橋·白雲渡, 皆王宮近地. 世傳有鳳生巖." (신라는 昇平의 세월이 오래 계속되고, 정치와 敎化가 醇美하여 신령한 祥瑞가 자주 나타나고 봉새가 날아와 울었다. 나라사람들이 노래를 지어서 그것을 찬미했다. 이 노래에 나오는 월정교와 백운도는 모두 왕궁 근처에 있었던 곳들이다. 세상에 전하기는 봉생암이 있었다는 것이다.) 車柱環, 『高麗史樂志』, 을유문화사, 1972, 249~252면에서 인용.

27) 『고려사』, 「악지」, '장한성' : "長漢城, 在新羅界漢山北漢江上. 新羅置重鎭, 後爲高句麗所據. 羅人擧兵復之, 作此以紀其功." (장한성은 신라의 국경인 한산 북쪽 한강 가에 있었다. 신라에서는 거기에 큰 진을 두었는데, 후에 고구려에게 점거되는 바 되었다. 신라 사람들은 군사를 일으켜 그 성을 회복하고, 이 노래를 지어서 그 공을 기념했다.)

련된 것으로, 앞에서 『시경』의 예를 통해 볼 수 있었다. 다른 하나는 제의
의 상황을 현재적으로 묘사하거나, 신의 본질을 무시간적으로 서술하는
것이다. 이는 앞서 <보현십원가>의 예를 통해 살펴본 바와 같다.

위와 같은 두 가지의 시간 양상 중 전자, 즉 역사적 사건을 계기적 시간
에 따라 서술하는 방식은 서사성과 관련된 것으로 볼 수 있다. 서사성은
흔히 과거 시제와 관련된 것으로 이해되며, 또한 계기적 시간의 질서에서
크게 벗어나지 않는 것으로 여겨지기 때문이다.[29] 한편, 후자, 즉 제의의
상황을 현재적으로 묘사하거나, 신의 본질을 무시간적으로 서술하는 방식
은 교술성敎述性과 관련된 것으로 볼 수 있다. 교술성은 객관적 사물과 사
실, 또는 추상적 개념 등을 전달하거나 주장하는 장르적 성향으로 이해된
다.[30] 교술성은 서정성이나 서사성과 같이 본격적으로 논의되어 온 장르
범주가 아니다. 이 때문에 그것과 시간성을 관련시킨 논의도 거의 존재하
지 않는다. 그러나 "객관적 사물과 사실, 또는 추상적 개념 등을 전달하거

---

28) 계기적 시간은 시간에 대한 상식적 관념에서 일반적으로 받아들여지는 개념이다. 여기서
   계기는 "전후 관계를 순서짓는 원칙, 곧 순서로 정의된다." 이러한 순서는 "비가역성(非可
   逆性)"이라는 특징을 지니고 있다. 李昇薰, 『文學과 時間』, 이우출판사, 1983, 58면 참조.
29) "서사는 인생을, 줄거리를 가진 하나의 완결된 형태로 제시하기 때문이다. 그것은 줄거리
   를 통한 생의 인식이다."(金埈五, 『詩論』, 삼지원, 1997, 121면)라든가 "직선적인 시간의 흐
   름 위에 놓인 일상의 삶을 가장 잘 반영할 수 있는 것은 서사다."(전동진, 앞의 책, 20면)
   와 같은 생각들은 모두 이러한 인식을 기반으로 한 것이다.
30) 조동일은 교술 장르에 대해 다음과 같이 규정하였다. "첫째, 있었던 일을 / 둘째, 擴張的
   文體로, 一回的으로, 平面的으로 敍述해 / 세째, 알려 주어서 主張한다." 趙東一, 「歌辭의
   장르 規定」, 『어문학 21』, 한국어문학회, 1969, 72면 참조. 그는 또 교술장르가 "實際로 存
   在하는 世界相"을 표현한다고도 하였다. 이는 교술 장르에서 시적 대상이 "世界로서의 意
   味 또는 外延的 意味에 머물러야" 하는, "作品을 떠나서노 存在하는 實際物을 作品內에 디
   옮겨 놓은 것에 지나지 않"음을 뜻한다. 그는 또 "作品을 떠나서도 實際로 存在하는 것들
   이고 通用되는 意味에 따라서 이해되어야" 하는 "抽象的 槪念" 등을 다루는 것도 교술 장
   르의 특징이라고 설명하였다. 조동일, 「景幾體歌의 장르的 性格」, 『學術院論文集』 人文社
   會科學篇 15, 학술원, 1976, 231~232면 참조.

나 주장하는" 교술성이라는 범주를 상정할 때, 그것은 사물의 묘사나 사실의 전달이라는 서술방식에 내포된 현재성 혹은 무시간성과 관련되는 것으로 볼 수 있다.

송도적 시가에서 시간은 계기적 시간 질서와 충돌을 일으키지 않으며 대체로 그에 따르거나 아니면 그것과는 아예 무관한 양상을 보인다. 과거의 사적을 서술하는 서사적 담화에서나 현재의 의식儀式을 묘사하는 교술적 담화에서 시간은 계기적 질서를 대체로 따른다. 한편, 신의 본질을 서술하는 또 다른 종류의 교술적 담화는 무시간적 진리에 관한 것이어서 계기적 시간 질서와는 관련 없는 것이다. 그런데 이러한 송도적 시가의 시간 양상과는 달리, <모죽지랑가>와 <찬기파랑가>에서는 계기적 시간이 문제적인 시간으로 현상되고 이를 극복하기 위해 심리적 시간이 새롭게 구성되는 면모를 보인다. 두 편의 향가에 나타난 이러한 시간성은 자아의 동일성을 추구하는 서정성과 밀접하게 관련된다.

3. <모죽지랑가>·<찬기파랑가>의 탈-계기적脫繼起的 시간과 서정성

<모죽지랑가>의 첫 1·2행은 현재 시점에서 발화된다. 이를 보면 다음과 같다.

원문	양주동 역	김완진 역
① 去隱春皆理米	간 봄 그리매 **간 봄 그리워하매**	간 봄 몯 오리매 **간 봄 못 오리매**
② 毛冬居叱沙哭屋 尸以憂音	모든 것사 우리(울이) 시름 **모든 것사 설이 시름하는데**	모둘 기스샤 우롤 이 시름 **살아 계시지 못하여 우울 이 시름**

1행의 후반부인 '개리미皆理米'는 위에서 보는 바와 같이 '그리매'로 해석 되기도 하고 '못 오리매'로 해석되기도 하는데, 난해한 구절이어서 단정 짓기는 어렵다. 다만 확실히 알 수 있는 것은 '간 봄'이 현재의 시점과 단절되어 있다는 사실이다. 여기서 '간 봄'은 현재와 연속성을 갖지 못하는 과거로서, '그리움'의 대상이 되는 것이거나 혹은 다시는 '못 오는' 시간이다. 이렇듯 과거로부터 단절된 현재는 '모든 것이 시름겨운' 혹은 '(님이) 못 계시어 시름겨운' 부정적 의미를 띠게 된다. 과거와 단절된 현재의 시간 속에서 '시름'이라는 정서가 유발되고 있는 것이다. 이와 같이 <모죽지 랑가>의 처음 1·2행은 과거와 단절된 현재라는 문제적 시간을 형상화하고 있다.

이어지는 3·4행에서도 계기적 시간은 문제적으로 그려지는데, 이를 보면 다음과 같다.

원문	양주동 역	김완진 역
③ 阿冬音乃叱好支 賜烏隱	아룸 나토샤온 **아름다움 나타내신**	두듬곳 불기시온 **殿閣을 밝히오신**
④ 皃史年數就音墮 支行齊	즈시 살쯈 디니져 **얼굴이 주름살을 지니려 하옵내다**	즈시 히 헤나삼 헐니져 **모습이 해가 갈수록 헐어 가도다**

여기에서 시간은 횡포한 모습으로 나타난다. 이를 확인하기 위해, 해석상 별 이견이 없는 4행을 편의상 먼저 살필 수 있다. 4행의 '연수취음年數就音'에 대해서 양주동은 주름살을 의미하는 '살쯈'의 훈차로 보았으나, 이후의 연구사들은 '연수年數'의 자의字意에 충실히게 이 부분을 해석하는 편이다.[31] 그렇게 볼 때 이 부분은 해가 지남에 따라 쇠해 가는 죽지랑의 모습

---

31) 다음과 같은 예들을 볼 수 있다.

을 그린 것으로 이해할 수 있다. 여기서 계기적 시간은 시적 대상을 노쇠에(종국에는 죽음에) 이르게 하는 폭력적 성격을 띠고 있다.

한편, 위의 3행에 대해서는 해석상의 보다 많은 견해차가 존재하는데, 이를 통해 보아도 계기적 시간은 여전히 폭력적인 양상으로 나타남을 확인할 수 있다. 3행에 대한 이견은 '아동음阿多音'의 해석에서 주로 비롯된다. 이 부분을 양주동 이래 많은 연구자들은 '미美'의 의미로 풀이했다. 그러나 '미美'란 "무장武將의 공적이나 행동에 대한 것이 아니고, 무장의 얼굴에 대한 것이라 할 때에 문제를 보인다."32)라는 지적이 보여주는 것과 같이, 전체적인 시적 상황에 비추어 볼 때 이 부분을 '미美'의 의미로 풀 수 없다는 해석이 제기된 바 있다. 그러나 화랑에 대한 추모는 무장적武將的 가치를 중심으로 이루어지지는 않는다.33) 또한 '아동음阿多音'을 '아름'으로 읽는 것이 어학적으로 적절하고, '아름'은 아름다움의 의미로 흔히 쓰이던 고어였음을 감안할 때, 양주동의 해석은 무리 없는 것으로 판단된다.34) 이

연구자, 출전	어석	현대역
兪昌均, 『鄕歌批解』, 형설출판사, 1994	나히 마 다기너져	天命이 다하여 돌아 가셨구려!
楊熙喆, 『三國遺事鄕歌硏究』, 태학사, 1997	즈시 히 해나삼 딥니져	얼굴(이) 해(가/를) 헤어나감 (을) 등지고 가려
申載弘, 『향가의 해석』, 집문당, 2000	一年數 나솜 디기널져	高齡(및 時勢)에 나아가면서 축나 가겠구나

32) 양희철, 앞의 책, 80면.

33) 이는 본 장의 논의 대상인 <찬기파랑가>를 통해서도 볼 수 있는 바이다. 이에 대하여 박노준은 "이 노래에 비쳐져 있는 화랑의 현저한 얼굴은 文士的·思惟人的·求道者的·聖者的 기품 바로 그것이다. 尙武의 기골찬 품격과는 인연이 없는 傲霜孤節의 高雅함을 숭모하는 선비적 풍모만이 맴돌고 있다."라고 평가한 바 있다. 그는 이러한 견해가 張德順·李御寧의 「古典의 바다」(1976.7.10, 韓國日報의 연재물)에 의해 제시된 바 있다고 밝혔다. 朴魯埻, 『新羅鄕歌의 硏究』, 열화당, 1982, 223면.

34) '多'이 '드' 외에 '르' 음으로 쓰인 예로 양주동은 다음과 같은 경우 외에도 몇 예를 더 들었다. "古寧郡, 本古寧加耶國, 新羅取之, 爲古多攬郡, 一云 古陵縣. … 「古多攬」은 「고름」임으로 「古陵」과 相通" 한편, '아름'이 '美'의 의미로 쓰인 예로는 다음의 경우를 들었다. "世로 絲綸ㅅ음아로미 아름다오믈 알오져홀뎬 (欲知世掌絲綸美) - 杜諺卷六·四 / 美·佳 아

와 같이 풀이할 때, 위의 3·4행은 아름다웠던 죽지랑의 얼굴이 해가 감에 따라 쇠해 가는 상황을 제시한 것으로 볼 수 있다. 여기에서 계기적 시간은 존재를 죽음 근처로 이동시키며 부정적으로 변질시키는, 존재의 유한성을 유발하는 조건으로 그려진다.

이상에서 본 바와 같이 <모죽지랑가>의 첫 1~4행에서 시간은 모두 부정적인 양상으로 나타나고 있다. 계기적 시간으로서의 현재는 과거와 단절된 부정적 시간이며, 또한 시적 화자와 대상을 노쇠와 죽음으로 몰아가는 파괴적 시간이다. 이렇듯 두 차례에 걸쳐 일어난 계기적 시간의 위기를 <모죽지랑가>에서는 예기豫期의 시간성을 통해 극복한다. 이는 작품 후반부의 5~8행에 걸쳐 일어나는데, 이를 보면 다음과 같다.

원문	양주동 역	김완진 역
⑤ 目煙廻於尸七史 伊衣	눈 돌칠 ㅅ이예 **눈 돌이킬 사이에나마**	누늬 도랄 업시 뎌옷 **눈의 돌음 없이 저를**
⑥ 逢烏支惡知作乎 下是	맛나옵디 지소리 **만나뵙도록 (기회를) 지으리이다**	맛보기 엇디 일오아리 **만나보기 어찌 이루리**
⑦ 郎也慕理尸心未 行乎尸道尸	郎이여 그릴ㅁ슨미 녀올 길 **郎이여 그릴 마음의 녀올 길이**	郎이여 그릴 ㅁ슨미 즛 녀올 길 **郎 그리는 마음의 모습이 가는 길**
⑧ 蓬次叱巷中 宿尸 夜音有叱下是	다봊ㅁ슬히 잘밤 이시리 **다북쑥 우거진 마을에 잘 밤이 있으리이까**	다보짓 굴헝히 잘 밤 이샤리 **다복 굴헝에서 잘 밤 있으리**

해석상의 별 이견이 없는 7·8행을 편의상 먼저 본다. 이 부분이 미래의 시간과 관련된 것임은 쉽게 알 수 있다. 여기에서는 죽지랑을 그리워하는 마음이 지극하여 자신의 인생이 '쑥대가 우서진 길' 같고 잠조차 이룰 수

룸다올 - 石峯千字·一三" 양주동, 앞의 책, 109~111면.

없을 것이라는 미래의 상황을 가정하였다. 이 부분에 대해서는 해독상의
별 이견이 없다. 다만 8행을 평서형으로 보느냐 의문형으로 보느냐에 대
해서는 이견이 존재한다. 시상의 전개로 본다면, 이 부분은 의문형으로 보
는 것이 자연스럽다. 8행에서 '다북쑥 우거진 거친 길'이란 죽지랑을 그리
워하는 득오35)의 인생길을 비유하는 것으로 보이는데, 이때 8행 전체를
평서형으로 보면, 그러한 길이 득오의 인생에서 간혹 존재할 것이라는 의
미가 되어, 죽지랑을 그리워하는 득오의 인생길이 가끔씩은 힘들 수도 있
다는 정도로 풀이된다. 반면 이 행을 의문형으로 보면, 다북쑥 구렁과 같
은 험난한 길에서 어찌 잠이나마 이룰 수 있겠느냐는 의미가 되어, 잠조차
편안히 자지 못하는 간절한 기다림의 삶을 예견한 것이 된다. 다시 말해,
이 행은 평서형으로 볼 경우에는 시적 화자의 삶이 '가끔씩만' 힘들 것이
라는 의미가 되는 데 비해, 의문형으로 볼 경우에는 그것이 온전히 간구로
점철될 것이라는 의미를 띠게 되는 것이다. 그러므로 이 부분은 의문형으
로 파악하는 것이 시상 전개상 보다 자연스럽다.

한편, 5·6행 역시 전체적으로 평서형으로 보느냐 의문문으로 보느냐에
대해 이견이 존재한다. 후행하는 7·8행에서 끝없는 연모의 정을 그리고 있
다는 점으로 본다면, 6행은 꼭 만날 기회를 만들겠다는 다짐으로 보는 편
이 자연스럽겠다. 그렇게 볼 때 5·6행은 아름다운 죽지랑의 얼굴을 곧 만
나보리라는 다짐을 표현한 것으로, 7·8행과 마찬가지로 미래에 대한 예기
豫期임을 알 수 있다. 이러한 5·6행의 다짐은 앞서본 바와 같은 7·8행으로
이어져 더욱 굳어진다.

이와 같이 <모죽지랑가>의 5~8행은 1~4행에서 표현된 계기적 시간의

---

35) 得烏는 <모죽지랑가>의 작자로, 죽지랑의 郎徒이다.

부정성을 미래에 대한 예기豫期를 통해 극복하고 있다. 1~4행에서 시간은 자꾸만 지나가 버리는 계기적인 것으로 그려 있다. 그러한 계기적인 시간 속에서 시적 화자는 자아의 연속성과 동일성을 꾀하지 못한다. 현재는 과거와 단절된 것으로 나타나고, 계기적 시간은 자아의 죽음으로 이르는 무자비한 것으로 파악된다. 이러한 계기적 시간의 위기를 극복하기 위하여 시적 화자는 미래의 시간을 불러온다. 그 시간은 죽지랑과의 재회를 꼭 이룰, 열렬한 기다림의 의지적 시간이다. 그 시간 속에서, 계기적 시간의 위기가 불러일으킨 공허감과 허무, 슬픔은 극복된다. 잃어버린 과거와의 연속성을 꾀하기 위하여 시적 화자는 미래의 시간을 불러왔다. 그 시간은 이제 계기적 시간의 질서에 속해 있지 않다. 그것은 시적 화자가 선취先取한 시간이며, 이러한 예기의 시간성 속에서 계기적 시간의 위기는 극복된다.

이와 같이 <모죽지랑가>에 나타난 시간은 부정적인 계기적 시간과 그것을 극복하고자 하는 심리적 시간으로 구성된다. 그런데 계기적 시간의 위기는 곧 자아 동일성의 위기를 의미한다. 시간적 존재인 인간은 무한한 순간들의 나열로 구성된 계기적 시간의 질서 속에서는 자아의 동일성을 확보할 수 없다. 자아는 시간에 따라 변화하고 종국에는 죽음이라는 무無로 나아가기 때문이다. "언제나 자기 부정적 계기自己 否定的 契機를 가지고 있으면서 동시에 자기 동일성을 견지하"는 "유적流的 시간성으로서의 자아"의 아포리아를 해결하기 위해 현상학에서는 시간성을 지향하는 '의식류意識流'를 거론한다. 즉, 자아의 동일성은 "있었던 삶, 있게 될 삶, 지금 있는 삶"을 통합시키는 의식을 통해 획득된다고 보는 것이다.[36] 이와 같

---

36) 직접 인용 부분은 소광희, 『시간의 철학적 성찰』, 문예출판사, 2001, 452~453면에서 가져왔다. 시간과 자아에 대한 현상학적 논의에 대해서는 이 책의 443~550면의 내용을 주로 참조했다. 문학에서의 시간 논의는 주로 현상학적 시간 논의와 관련되어 온 것으로 보인

이 볼 때, <모죽지랑가>에 나타난 심리적 시간은 시적 자아의 동일성을 확보하기 위해 구성된 것이라고 볼 수 있다.

그런데 계기적 시간으로부터 탈피한 자유로운 심리적 시간의 구성이라든지 동일성의 추구와 같은 것은 서정적 장르와 관련하여 지적되어 온 특성들이다. 서정적 장르는 동일성의 획득을 목표로 하는 장르로 흔히 이해된다. "주체와 대상의 서정적 혼용lyrisches Ineinander"[37]이라는 슈타이거의 표현에서 단적으로 볼 수 있는바, 서정성은 일반적으로 동일성의 추구와 관련된 것으로 이해되어 왔다.[38] 그런데 이러한 동일성은 앞서 언급한 바와 같이 심리적 시간의 구성을 필요로 한다. 그러기에 동일성을 추구하는 서정적 장르는 심리적 시간의 자유로운 구성을 추구하는 장르로 파악된다.

서정적 장르는 현재의 시간과 관련된 것으로 흔히 이해되어 왔다.[39] 그러나 이때의 현재성은 객관적 시간에서의 한 순간을 의미하는 것이 아니라, 현재와 연속성·동일성을 보유하는 과거와 미래의 시간을 심리적으로

다. 한스 마이어호프는 "경험적 시간과 자연적 시간"을 대비하고, 경험적 시간과 관련하여 베르그송의 "의식의 직접적 소여"로서의 시간을 소개한 후, "문학의 시간취급은 항상 베르그송적이었다."라고 언급한 바 있다(Meyerhoff, Hans, 김준오 역, 『文學과 時間現象學』, 삼영사, 1987, 22~23면). 또한 그는 "시간과 자아와 예술작품은 상보적으로 동일한 패턴의 연속성, 통일성, 동일성을 띠고 있다."(58면)라고 하여, 시간성과 자아 동일성의 관계를 설명하기도 하였다. '문학적 시간'을 '경험적 시간'으로서 "진정한 자아가 획득되는, 따라서 자기동일성이 증명되는 시간 양상"(이승훈, 앞의 책, 54면)으로 본다든지, 혹은 "현상학적 시간으로서의 체험된 시간", "후설적 의미에서 주관적 시간"(전동진, 앞의 책, 44면) 등으로 파악하는 것은 모두 이와 동궤의 견해로 볼 수 있다.

37) Emil Staiger, *Grundbegriffe der Poetik*, pp.46~47. Lamping, Dieter, 앞의 책, 134면에서 재인용.
38) 이와 관련해서는 다음의 언급을 참조할 수 있다. "서사나 극과 구분되는 시정신은 단적으로 말해서 자아와 세계의 동일성에 있다. 여기서의 동일성이란 자아와 세계의 일체감이다."(김준오, 앞의 책, 34)
39) 각주 13번 참조.

구성함을 의미한다고 할 수 있다. 즉, 그것은 "과거 → 현재 → 미래의 시간의 흐름이나 미래 → 현재 → 과거로 흐르는 시간이 아니"라, "과거 → 현재 ← 미래, 과거 ← 현재 → 미래의 방향으로, 현재를 중심으로 수축하거나 팽창하는 시간"으로 파악된다.40) 이러한 시간은 계기적 시간의 비가역성 非可逆性을 벗어나 가역적可逆的인 양상을 띠고 있다.41)

<모죽지랑가>의 심리적 시간은 자기 동일성을 회복하는 시간인 동시에 주객主客 간의 합일을 꾀하는 시간이기도 하다. 즉, 그것은 기억과 예기의 시간성을 통해 시적 주체의 동일성을 획득한 동시에, 시적 대상과의 합일을 또한 기도하였다. 이 중 후자의 성격, 즉 믿음과 다짐을 통해 숭고한 객체와의 합일을 추구한다는 점에서 <모죽지랑가>는 종교성에 근접한다.42) 그러나 <모죽지랑가>에서 시적 대상, 즉 죽지랑은 신과 같은 완전성을 확보하지 못한다. 그는 시간적으로 유한한 대상으로 그려지고 있기 때문이다. <모죽지랑가>에서 표현된 계기적 시간의 두 번째 위기는 시적 화자와 대상의 유한성과 관련되어 있었다. <모죽지랑가>의 시적 화자는 시적 대상과의 재회를 예기함으로써 자아의 동일성을 회복하였지만, 그 경우에도 시간적 유한성의 문제는 풀리지 않은 채로 남아 있다. 그러기에 시적 화자가 보여주는 미래에의 의지는 숭고하면서도 비극적으로 느껴진다.

<찬기파랑가> 또한 숭고한 대상과의 합일을 추구한다. 그런데 여기서의 시적 대상은 <모죽지랑가>에서보다 완전성을 획득한 것으로 보인다. 이때 그 시간의 양상은 무시간성으로 나타난다. 무시간성은 "진리라든가 이념,

---

40) 전동진, 앞의 책, 23면.

41) 가역성은 문학적 시간의 양상으로 이해된다. 이는 "자연적 시간"이 "측정·질서·방향을 기본 원리로"하는 것과 대조적으로 파악된다. 이승훈, 앞의 책, 53면 참조.

42) 이런 점에서 서정성과 종교성은 상통하는 면이 있다. 이에 대해서는 4장에서 논의할 것이다.

또는 무의식의 세계나 영원, 법열의 순간같이 시간 개념을 적용하기 어렵
거나 시간의식[이 경우 시간은 유한성temporality을 뜻한다]을 초월한 상태
를 가리"키는 것으로, 서정적 장르가 지니는 시간성의 한 측면으로 파악된
바 있다.43) <찬기파랑가> 또한 부정적인 현재 시점에서 시작되는 점은
<모죽지랑가>와 같다. 그러나 그것은 곧 영원한 현재의 무시간성으로 이
동한다. 다음에 <찬기파랑가>의 전반부를 통해 이를 본다.

원문	양주동 역	김완진 역
① 咽鳴爾處米	열치매 **열치매**	늦겨곰 ㅂ라매 **흐느끼며 바라보매**
② 露曉邪隱月羅理	나토얀 ㄷ리이 **나타난 달이**	이슬 ㅂ랸 ㄷ라리 **이슬 밝힌 달이**
③ 白雲音逐于浮去 隱安攴下	흰 구룸 조초 ㅼㅕ가ᄂᆞ 안디하 **흰 구름을 좇아 떠감이 아니아?**	흰 구룸 조초 ㅼㅕ 간 언저레 **흰 구름 따라 떠간 언저리에**

1행의 시간은 현재에 고정되어 있다. 이 부분에서 시적 화자는 지금 울
며 무언가를 바라고 있다. 이 부분의 의미를 파악하기 위해서는 어석을 먼
저 고려할 필요가 있겠다. 위에서 보듯이 이 부분에 대한 양주동과 김완진
의 해석에는 차이가 있다. 일찍이 소창진평과 양주동은 이 부분을 전부 음
차音借로 보아 '열다開'의 의미로 풀었다. 그러나 이후의 많은 연구자들은
대체로 이 부분을 음차로 보기보다는 '열오咽鳴'에 담긴 한자의 의미를 중
시하는 경향을 보여 왔다.44) 그렇게 볼 때, 위의 1행은 시적 화자가 무언

---

43) 김준오, 앞의 책, 127~128면.
44) 이탁이 이를 '울오(嗚咽)'로 푼 이래, 서재극의 '목메-', 김완진의 '늦겨곰', 유창균의 '목며
   울' 등의 해석이 있었다. 최근 박재민은 이를 '우러곰'으로 풀기도 하였는데, 그 근거는 첫
   째, '咽鳴爾'의 '爾'가 '금/곰'의 음가(音價)를 지닌 '尒'의 표기인 것, 둘째, '嗚咽'의 古訓이
   '울··우러'인 점, 셋째, '우러-' 뒤에는 '곰'이 붙어 '우러곰'의 형태로 흔히 쓰였다는 점 등

가를 울며 바라는 순간을 형상화한 것임을 알 수 있다. 이 순간은 부정적 속성을 지니는데, 그것은 '울며 바라는' 시적 화자의 행위를 통해 드러난다. 그는 슬퍼하며 무언가를 희구하고 있다. 이 순간에 시적 화자의 의식은 어떠한 지향점을 찾지 못한 채 불안해하고 있다. 여기에서 시적 화자의 현재는 <모죽지랑가>의 전반부에서와 같이 과거와 단절되어 있는 것으로 보인다. 비록 <모죽지랑가>에서와 같이 시간의 문제가 전면화되지는 않았지만, <찬기파랑가>의 1행 또한 내포된 상황은 그와 비슷한 것으로 보인다. 즉, <모죽지랑가>에서 죽지랑의 부재로 인해 과거와 현재가 단절되었듯이, <찬기파랑가>에서도 기파랑의 부재는 현재와 과거를 단절시키고, '오열'이라는 부정적 정서를 유발하고 있다.

그러나 <찬기파랑가>의 시간은 계기적 순간에 머물지 않는다. 그것은 영원한 무시간적 현재로 나아간다. 이 과정은 모종의 정신과정을 통해 구현되는데, 그 하나는 상징적 사고이다. 시적 화자가 '우러곰 바란' 것은 기파랑의 현전이다. 이는 현실적으로 실현 불가능한 것이므로 1행에서 그것을 희구하는 시적 화자의 정서는 뜨겁고 혼란스럽다. 그러나 이러한 정서적 상황은 2·3행에 이르면 문득 조용하고 평화로운 정서로 변화한다. 이러한 변화를 가능하게 한 것은 마침 나타난 '달'에 대한 상징적 사고이다. 시적 화자는 기파랑의 현전을 울며 바랐다. 그런데 이때 나타난 것은 기파랑이 아니라 오직 달일 뿐이었다. 그러나 밝게 나타난 달의 모습은 시적 화자의 상징적 사고를 통해 곧 기파랑의 불멸성을 표상하게 된다. 이어 4~8행에서 시적 화자는 기억과 예기, 그리고 상상력을 통해 과거의 시간을 현재로 불러오고, 이를 통해 영원한 현재의 시간을 획득하며, 또한 미래를

이다. 박재민, 『三國遺事所載 鄕歌의 原典批評과 借字·語彙辨證』, 서울대학교 박사학위논문, 2009, 237~241면 참조.

선취한다. 이 부분을 보면 다음과 같다.

원문	양주동 역	김완진 역
④ 沙是八陵隱汀理也中	새ᄑᆞ란 나리여히 새파란 내에	몰이 가른 믈서리여히 모래 가른 물가에
⑤ 耆郎矣兒史是史藪邪	耆郎이 즈ᅀᅵ 이슈라 기랑의 모습이 있어라	耆郎이 즈ᅀᅵ올시 수프리야 기랑의 모습이올시 수풀이여
⑥ 逸烏川理叱磧惡希	일로 나릿 ᄌᆡ벽히 이로 냇가 조약에	逸烏나릿 ᄌᆡ벼긔 일오내 자갈 벌에서
⑦ 郎也持以攴如賜烏隱	郎이 디니다샤온 랑의 지니시던	郎이여 지니더시온 랑이 지니시던
⑧ 心未際叱肹逐內良齊	ᄆᆞᅀᆞᆷ의 ᄀᆞᆾ홀 좇누아져 마음의 끝을 좇과저	ᄆᆞᅀᆞᆷ의 ᄀᆞᆺ을 좇ᄂᆞ라져 마음의 갓을 좇고 있노라

4·5행에서 시적 화자의 기억은 '물가'라는 공간을 매개로 일어난다. 시적 화자는 푸른 물가에서 기파랑의 모습을 본다. <찬기파랑가>에서 '물가'의 이미지는 이 부분 말고도 바로 이어지는 6행에서도 다시 나타난다. 6~8행에서 시적 화자는 '물가'에서 '기파랑이 지니던 마음의 끝'을 좇고자 하고 있는 것이다. 이와 같은 시상 파악을 위해서는 어석상 몇 가지 고려해야 할 부분이 있다. 첫 번째는 4행의 '정리汀理'에 대한 것이다. 초창기에 양주동이 이를 '나리'로 풀어 냇물로 보았던 것과는 달리, 이후의 해독자들은 '정汀'의 의미에 충실하여 대체로 이를 '물가'의 의미로 보는 편이다.[45] 두 번째는 6행의 '적악磧惡'에 대한 것이다. 양주동은 이를 'ᄌᆡ벽'으

---

45) '汀'을 '물가'의 의미로 본 견해에는 소창진평의 '믈ᄀᆞ'설, 서재극의 '믈시블'설, 김완진의 '믈서리'설, 강길운의 '벼리'설 등이 있다. 김완진, 앞의 책, 86~87면 참조. 양희철, 앞의 책, 612~613면 참조. 한편, '汀' 앞의 '沙是八陵隱'에 대해서도 이견이 존재한다. 양주동은 이를 '새파른'의 음차로 보아 색채이미지를 부각하였으나, '汀理'를 물가로 해석하는 경우, '八陵隱'은 '파란'의 의미로 볼 수 없다는 시각이 제기된 바 있다.(신재홍, 앞의 책, 113면.) 물가의 땅이 파랄 수는 없다는 것이다. 그러나 박재민은 물가의 모래를 푸르게 파악하는

로 읽고 '조약돌'로 풀었으나, '적磧'의 고훈古訓은 '쟉벼리'로, 그 의미는
'물가의 돌 있는 땅'이다. 소창진평 이래 많은 연구자들이 '쟉벼리'설을 지
지했는데, 이는 '적磧'의 자의字意에 보다 충실한 해독이라고 볼 수 있다.
마지막으로 살펴볼 것은 6행의 '일오逸烏'에 대한 것이다. 이는 그간 '이로',
'일오(고유명사)' 등으로 해독되어 왔으나, 최근에는 '잊혀진'으로 풀이된
바 있는데, 어학적 정황으로 보나 문학적 의미로 보나 고려할 만한 견해로
보인다.46) 위와 같이 어석을 고려하며 볼 때, 4~8행에서 시적 화자는 '잊
혀진 냇가'에서 기파랑의 모습을 떠올리며 그의 고귀한 정신을 좇고자 하
는 의지를 표명하고 있음을 알 수 있다. 이때 특히 '일오逸烏', 즉 '잊혀진'
이라는 표현에 주목해 본다면, 4행과 6행에서 거듭 나오는 '물가'는 기파
랑의 과거와 관련된 공간이리라는 점이 짐작된다. 이 '물가'는 이미 남들
에게 '잊혀진' 공간이다. 1행에서 현재의 시간이 기파랑의 부재로 인해 과
거와 단절되어 있었듯이, '물가'와 관련된 기파랑의 행적은 이미 세인들의
기억 속에 남아 있지 않다. 기파랑이 그곳에서 무엇을 했을지는 확실하지
않다. 그러나 기파랑의 과거 행적과 관련하여 의미 있는 장소인 '물가'에
서 시적 화자가 기파랑이 존재했던 과거를 불러오고 있다는 사실은 짐작
할 수 있다.47)

시각이 존재하였다는 점을 감안하여 볼 때, 이 부분의 푸른 색채 이미지가 모래나 물가 등
의 소재와 배치되지 않음을 밝히고, '沙是八陵隱'을 '몰애 프른'으로 해독한 바 있다. 그 근
거는 예컨대 다음과 같다. "대 서늘ᄒ고 몰애 프른 浣花溪예 : 竹寒沙碧浣花溪 <杜詩初刊
21 : 04a>"(박재민, 앞의 논문, 244면.) 이 견해에 따르면 字意에 충실한 해독이 되면서도
뚜렷한 색채이미지 또한 보존되는 면이 있다.

46) 박재민은 '逸烏'가 "향찰 상용구의 하나로서 '語幹＋온'으로 구성되어 항상 명사 앞에 선
행한다는 특성을 가지고 있다."라고 그 쓰임새를 밝히고, ㅣ 뜻을 '잃은(잊히긴, 忘)'으로
풀이하였다. 위의 논문, 150면과 234면 참조.

47) 박노준은 <찬기파랑가>가 화랑의 세력이 쇠퇴한 시점에서 불린 것으로 추정한 바 있는
데,(박노준, 앞의 책, 225~227면) 이를 통해 기파랑의 행적과 관련된 공간이 세인들에게

그런데 여기서 기억 작용은 다만 과거를 회상하는 것에 국한되는 것이 아니라 상상력을 통해 그것을 현전시키는 데까지 이르고 있다. '기랑耆郎 익 즛', 즉 기랑의 모습은 과거에서 불려와 '모래 푸른 믈가'48)에 영원한 이미지로 새겨지고 있는 것이다. 육체가 영원성을 얻었다면 정신은 말할 것도 없다. 이제 시적 화자는 영원한 현재성을 획득한 기파랑의 'ᄆᅀᆞᄆᆡ ᄀᆞᆺ', 즉 '마음의 끝'을 좇는 자신의 미래상을 예기豫期한다. 이와 같이 영원한 존재를 확인하고 그와의 합일을 꾀함으로써 시적 화자는 계기적 시간의 위기를 궁극적으로 극복하게 된다. 이러한 충만한 시간성 속에서, 그것을 가능케 한 대상의 숭고성은 마지막 두 행에서 다시 한 번 예찬된다. 이 또한 상징화 과정을 통해서인데, 다음과 같다.

원문	양주동 역	김완진 역
⑨ 阿耶 栢史叱枝次 高攴好	아으 잣ㅅ 가지 높아 **아으 잣가지 드높아**	아야 자싯가지 노포 **아으 잣나무 가지가 높아**
⑩ 雪是毛冬乃乎尸 花判也	서리 몯누올 花判이여 **서리를 모르올 화랑장이여**	누니 모달 두폴 곳가리여 **눈이라도 덮지 못할 고깔이여**

이 부분은 눈이 덮지 못할 잣가지의 드높음으로 기파랑의 정신적 고결함을 상징화하고 있다.49) 이러한 상징화는 2~7행까지 과거 회상과 상징화, 그리고 미래에 대한 예기豫期 등의 과정을 통해 구성된 무시간적 현재를 강화하고 있다. 이와 같이 <찬기파랑가>의 시적 화자는 부정적인 계기

쉽게 잊혀 버린 정황을 추측해 볼 수도 있겠다.
48) 각주 45번 참조.
49) 양주동은 '雪是'를 '서리'로 보았으나, 이후의 연구자들은 이를 대체로 눈으로 보고 있다. 9·10행은 전체적으로 말미의 '花判'을 수식하고 있는데, '花判'이 무엇인지는 아직까지 밝혀지지 못했다. 김완진은 이를 '고깔'로 해석된 바도 있으나, 그보다는 한자어로 보고 화랑과의 관련성을 추정하는 견해가 많은 편이다.

적 시간으로부터 벗어나 영원한 무시간적 현재를 획득한다.

지금까지 <모죽지랑가>와 <찬기파랑가>에 구현된 시간성과 장르성에 대해 살펴보았다. 이 작품들은 시적 대상을 예찬하고 추구하는 송頌의 장르성을 지니나, 그 시간적 구조는 여느 송도적 시가들과 상이한 양상을 보인다. 앞 장에서 살핀바, 송도적 시가들에서 시간은 성인聖人의 행적을 서술하기 위해 계기적 시간에 따라 흐르거나, 성스러운 대상의 본질을 예찬하기 위해 초시간적 양상을 띠었으며, 각기 서사성과 교술성이라는 장르적 성향을 보였다. 이와 달리 <모죽지랑가>와 <찬기파랑가>에서 시간은 계기적 순서와 충돌하며, 그것을 벗어나 기억과 예기, 상징화 등의 정신 과정을 통해 주체의 동일성 회복을 추구하는 시간성을 띠었다. 이러한 시간성은 서정적 담화의 특징으로 볼 수 있었다.

한편, <모죽지랑가>에서는 유한성이라는 계기적 시간의 한계를 극복하지 못했다는 점에서 주체와 대상의 궁극적인 동일성을 이루지 못했던 것에 비해, <찬기파랑가>에서는 그러한 유한성을 극복하고 영원한 현재의 무시간성을 이루었다는 점에서 보다 궁극적인 주객 간의 동일성을 획득한 모습을 보였다. 결과적으로 <찬기파랑가>는 비교적 좀 더 성聖에 가까운 세계를 구현하게 되었고, <모죽지랑가>는 속俗의 한계를 뛰어넘지 못하는 비극적 색채를 띠게 되었다.

4. 송도적 서정성에 내포된 성聖/속俗의 양면성

<찬기파랑가>와 <모죽지랑가>의 시간 양상과 장르적 특성이 여느 송도적 시가들과 차이를 보이는 까닭은 무엇일까? <찬기파랑가>와 <모죽지랑

가>에서 영원한 현재를 구성하기 위해 과거를 회상하고 미래를 예기豫期
한 목적은 동일성을 회복하고자 하는 시적 화자의 욕망과 관련되어 있었
다. 즉, 두 작품에서의 계기적 시간은 애초에 시적 화자에게 결함을 지닌
시간으로 주관적으로 의미화되었다. 그러한 결함을 메우기 위해 두 작품
에서는 회상과 상징화 등의 정신 과정을 동원하여, 계기적 시간을 벗어나
심리적 시간을 구성하였다. 이에 비해『시경』과 <보현십원가> 등에서 본
송도적 시가들은 계기적 시간의 질서와 별 충돌을 일으키지 않는 모습을
보였다. 이러한 시간 양상의 차이는 무엇에 기인한 것일까?

　종교적 발화는 성스러운 시간의 회복을 추구한다. 종교적 의식을 통해
회복된 성스러운 시간은 영원한 현재로서의 무시간성을 띠게 된다.50) 그
러나 이러한 무시간성은 종교적인 특정 맥락을 통해 획득되는 것으로, 담
화의 특성과 관련되는 것은 아니다. 다시 말해, 종교적 발화와 서정적 발
화는 동일성을 지향한다는 점에서는 공통되지만, 동일성을 구현하는 과정
에서는 변별된다. 종교적 발화에서 동일성은 발화의 외적 맥락에서 발현
되는 것임에 반해, 서정적 발화에서 동일성은 발화의 내적 맥락에서 발현
되는 것이다. 그러므로 전형적 송頌은 동일성의 세계를 구현하지만, 발화
의 시간성과 장르성은 서정성과 거리가 있다. 전형적 송頌에서는 성스러운
존재의 공덕을 계기적으로 서술하는 것만으로도, 또는 제의祭儀의 과정을
묘사하는 것만으로도 성스러운 시간이 회복된다. 이는 발화 대상인 왕이
나 신의 성스러움, 그리고 제의 맥락의 종교성에 의해 가능한 것이다. 이

---

50) 엘리아데는 "종교적 인간은 제식이라는 수단에 의하여 일상적 시간의 지속으로부터 거룩
　　한 시간에로의 이행을 위험 없이 수행할 수가 있다."라고 지적하고, 거룩한 시간이란 "제
　　의라는 수단에 의해 주기적으로 회귀하는 일종의 영원한 신화적 현재"라고 설명한 바 있
　　다. Eliade, Mircea, 이동하 역,『聖과 俗 - 종교의 본질』, 학민사, 1983, 61~62면 참조.

에 비해 <모죽지랑가>와 <찬기파랑가>에서 시적 대상과, 수용의 외적 맥락은 그러한 종교성을 담보하지 못한다. 그것은 보다 세속적 성격을 지니고 있다. 그러나 그러면서도 그것은 송도라는, 종교성을 지닌 발화로 구성되어 있다. 이 간극, 즉 시적 대상과 작품 외적 맥락의 세속성과, 송도적 발화의 종교성 사이를 메우는 기제로서, 서정적 발화가 나타난다. 그러한 송도적 서정성은 상실된 종교성의 희구로서, 인간적 지점과 성聖의 지점을 동시에 내포한 세속적 성스러움의 성격을 띠게 된다.

<모죽지랑가>와 <찬기파랑가>의 주체-대상은 동일성 파괴의 위험에 노출된 존재로서, 여느 송頌의 주체-대상과는 다르다. 송頌의 시적 대상은 신성神聖을 확보하고 있기에, 계기적 시간이 문제되지 않는다. 신성한 의식에서 계기적 과거와 현재는 그 자체로 무시간적인 영원한 현재의 성격을 띤다. 그러기에 그것은 서사적이고 교술적인 담화로 구성될 수 있다. 이와 달리 <모죽지랑가>와 <찬기파랑가>의 주체-대상은 그러한 신성을 확보하지 못하고 있다. 따라서 그들이 무시간성을 확보하기 위해서는, 기억과 예기豫期의 심리적 시간을 구성하고 상징과 같은 정신적 기제를 동반하여야 한다. 즉, 서정적 담화로 구성되어야 하는 것이다.

송頌의 장르에서 시적 대상은 편재遍在하는 신이다. 그러므로 그 업적과 덕성을 서술하는 것만으로 시적 주체는 동일성을 담보할 수 있다. 이와는 달리, <모죽지랑가>와 <찬기파랑가>에서 시적 대상은 육체성과 유한성을 지닌 존재이다. 죽지랑은 아름다움이라는 육체성과, 그것이 시간의 흐름에 따라 쇠衰해 가는 유한성을 띠고 있다. 기파랑 또한 '즈'으로 표상되는 육체적 존재이며, 그 부재로 인한 시적 화자의 슬픔은 그의 유한성에 기인한 것이다. 이러한 시적 대상의 유한성으로 인해 시적 화자는 동일성을 담보할 수 없다. 그러나 이들 시적 화자는 또한 상징과 회상, 그리고 예기豫期

의 과정을 통해 동일성을 회복하고 대상을 예찬하는데, 이러한 과정은 시적 대상이 지닌 성聖의 속성에 어느 정도 그 기반을 둔 것으로 보인다. 시적 대상에 그와 같은 성의 속성이 없었다면, 두 작품에서 보여준 대범한 상징화와 예기로의 비약은 이루어지기 어려웠을 것으로 보이기 때문이다. 이와 같이 볼 때, 시적 대상의 유한성과 성스러움이라는 양 측면은 두 편 향가의 송도적 서정성을 형성한 동인이었음을 짐작할 수 있다.

<모죽지랑가>와 <찬기파랑가>의 시적 대상인 죽지랑과 기파랑은 모두 화랑인 것으로 보인다. 그런데 화랑이라는 존재는 유한성과 성스러움이라는 양면성을 지니고 있었던 듯하다. 이러한 시적 대상의 양면성을 바탕으로 <모죽지랑가>와 <찬기파랑가>의 송도적 서정성은 성립할 수 있었던 것으로 추측된다. 성과 속의 경계에서 독특한 서정성을 보여준 향가의 세계는 화랑제도라는 사회적 배경 위에서 성립하여 특유의 미감을 형성하였던 것이다. 이에 대한 실증적·미학적 고찰에 대해서는 후고를 기약한다.

강호가사의 서정적 구조*

1. 머리말

이 글은 조선전기 강호가사江湖歌辭가 보여준 변별적인 시학을 구명하는 것을 목적으로 한다. 여기서 강호가사란 자연을 주된 소재로 삼고 자연지향적 가치관을 보여준 가사작품들을 의미한다.[1] 기존 연구들에서 강호가사의 문학성은 '유형소'를 중심으로 작품군의 일반적 구조를 밝히고 이어 그 사상적·정치적 배경을 논의하는 방식으로 이루어졌다.[2] 이러한 연구들

---

* 이 글은 「조선전기 강호가사의 시학」(『한국시가연구』 24, 한국시가학회, 2008)을 부분 수정한 것이다.
1) 본 장에서 사용하는 강호가사라는 용어는 광의의 강호가사 정도로 이해할 수 있다. 기존의 연구자들에 의해 서경가사라든가 은일가사 등의 용어로 이해된 가사 작품들을 아우르는 개념으로 이 용어를 사용하고 있기 때문이다. 강호라는 개념에서 가장 주축이 되는 것은 자연이므로, 자연을 다룬 가사문학으로 강호가사를 이해하는 데에 큰 무리는 없을 것으로 보인다. 강호가도의 개념에 대해서는 趙潤濟, 『韓國文學史』, 제우당, 1984, 160~169면; 최진원, 「江湖歌道 硏究」, 성균관대학교 박사학위논문, 1974; 김흥규, 「江湖自然과 정지현실」, 『세계의 문학』 봄호, 민음사, 1981 등 참조.
2) 정재호, 「강호가사소고」, 『어문논집』 172, 고려대학교 국어국문학연구회, 1976; 서준섭, 「조선조 자연시가의 구조적 성격」, 『백영정병욱선생 환갑기념논총2』, 신구문화사, 1983; 윤덕진, 「강호가사 연구」, 연세대학교 박사학위논문, 1989 등 참조.

을 통하여 강호가사의 내외적 특징이 파악될 수 있었다. 그러나 강호가사
가 동시대에 자연을 다룬 다른 시가 장르들과 변별되는 독특한 구조와 미
의식, 그리고 그 의미에 대해서는 아직까지 더 심도 깊은 연구가 요청되고
있다. 이에 본 장에서는 조선전기의 강호가사로 논의의 대상을 좁혀, 그
시학을 규명하고자 한다. 이를 위해서는 우선 조선전기 강호가사의 문학
내적 특성을 분석하는 작업이 필요할 것이다. 따라서 1장에서는 조선전기
강호가사의 구조적 특징을 살피고, 그것이 지향한 미의식을 고찰할 것이
다. 다음으로, 이렇게 파악된 구조적 특징과 미의식을 보다 심층적으로 분
석할 필요가 있다. 따라서 2장에서는 인접 장르와의 관계를 통해, 또 작가
적·연행적 특성을 통해, 강호가사의 시학에 담긴 의미를 해석할 것이다.[3]

가사의 주된 구성원리가 확장적 문체에 있음은 가사의 외형적 특성만으
로도 드러나는 사실이다. 이러한 문체적 특징을 통하여, 가사의 장르적 본
질은 사물이나 사실의 나열과 전달을 추구하는 교술장르에 있는 것으로
파악되기도 하였다.[4] 그러나 조선전기 강호가사의 확장적 문체가 추구하
는 바는 사물이나 사실의 나열과 전달이 아니라, 자연미에서 받은 주관적
감동의 자세한 표현이다. 이러한 점을 보여주기 위하여 1장에서는 우선 조
선전기 강호가사에 구현된 다양한 수사적 기교들을 살펴, 이러한 수사적
기교들을 통해 자연미와 그 자연미에 기인한 감동을 낱낱이 다 말하는 것
이 조선전기 강호가사의 주된 구성원리임을 밝힐 것이다. 이어 또 다른 구
조적 특징으로서, 취흥을 정점에 놓는 극적 구조와[5] 갈등을 서술의 배면

---

3) 이는 "앞으로의 강호가사 연구는 자연미와 가사 장르가 만나는 지점이 장르 내적 문제를 통
   하여, 타장르와의 비교를 통하여 고구되어야 한다."고 본 윤덕진의 견해의 연장선상에 있다.
   윤덕진, 「강호가사 연구사 검토」, 鄭在晧 編, 『韓國歌辭文學硏究』, 태학사, 1996, 63면 참조.
4) 조동일, 「가사의 장르 규정」, 『어문학 21』, 한국어문학회, 1969 참조.
5) 여기서 극적 구조라는 표현은 고조되던 흥취가 취흥을 동반하며 절정에 이르는 내용 전개

에 숨기는 이면적 구조의 두 가지를 살펴볼 것이다. 이러한 구조적 고찰을
통하여, 조선전기 강호가사가 자연미를 위주로 한 우아미를 기조로 하지
만, 동시에 흥취의 고조를 통해 내적 갈등을 정서적으로 풀이하고자 하는
호방미를 드러내고 있음을 밝힐 것이다.

　강호가사의 구조적 특질과 미의식은 인접장르와의 관계, 작자층의 특성,
그리고 연행적 상황 등과 관련시켜 심화·이해할 수 있을 것이다. 인접장르
와의 관계에서 특히 주목되는 것은 경기체가이다. 경기체가와 가사의 영
향관계는 일찍부터 주목되어 왔다. 그러나 이는 주로 외적 형식상의 특징
에 기반한 것이었다. 경기체 장르는 조선조에 들어와 외적 형식에 파격
이 일어나며 전절前節과 후절後節의 뚜렷한 구별이 없어지게 되는데, 이러
한 형식상의 변화가 가사의 비연체非聯體 형식의 모태가 되었다는 것이 기
존 제설들의 입장이다.6) 그러나 경기체가와 가사, 특히 조선전기 강호가
사는 시대상의 근접성이나 외적 형식의 유사성 이외에도 언어적·구조적인
특성을 공유하고 있다. 따라서 이 글에서는 경기체가와 조선전기 강호가
사를 비교함으로써, 조선전기 강호가사의 문학적 특징과 그 존립기반을
더욱 구체화하고자 한다. 한편, 조선전기 강호가사가 경기체가의 영향 하
에서 독특한 문학세계를 형성하게 된 데에는 작자층의 특성과 연행적 맥

를 일컬은 것이며, 양식적 특성을 내포하는 것은 아니다.
6) 이러한 견해는 金台俊, 「別曲의 研究」, 『東亞日報』 1932, 1.15와 趙潤濟, 앞의 책, 170면 등에
　의해 비롯되었다. 정재호 역시 이런 입장에서 가사는 형식상 경기체가와 시조 등에서 영향
　을 받고, 내용상 <어부가> 등의 고시가와 중국의 辭賦 문학의 영향을 입어서 완성된 문학
　영테리고 설명하였다. 정재호, 『韓國 歌辭文學 研究』, 태학사, 1996, 53면 참조. 외적 형식의
　유사성에 근거한 경기체가와 가사의 관계에 대한 이러한 설명에 대하여서는 "문학사를 너
　무 단선적으로 보았고, 가사의 향유층이 다양하며, 형식상 음절율과 음보율이 다를 뿐 아니
　라 내용상도 많은 차이가 있으며, 또한 비연장체로 장형화한 까닭을 밝힐 수가 없다는 한계
　가 있다."라는 비판이 가해진 바 있다. 류연석, 『가사문학의 연구』, 국학자료원, 2004, 453
　면 참조.

락이 그 동인으로 작용하였을 것으로 보인다. 이에 대해서는 특히 작자층의 정치적 성향과, 가창歌唱이라는 연행적 조건이 고찰의 대상이 될 것이다. 이 글의 대상작품과 작가를 일별하면 다음과 같다.[7]

작가	작품	창작시기	출전
不憂軒 丁克仁(1401~1481)	賞春曲	미상	不憂軒集
俛仰亭 宋純(1493~1583)	俛仰亭歌	미상	雜歌(羅孫藏)
松湖 許橿(1520~1592)	西湖別曲	미상	蓬萊遺墨
岐峰 白光弘(1522~1556)	關西別曲	1555	雜歌(羅孫藏)

2. 강호가사의 구조와 미의식

2.1. 수사적 확장구조와 자연미

가사의 문체적 특성은 '확장적 문체'라는 용어로 표현된 바 있다. 이때 확장적 문체는 사실의 전달을 목적으로 하는 것으로 이해되었다.[8] 그러나

---

7) <관서별곡>은 『岐峯集』 소재의 것도 있으나, 김동욱 소장본 『雜歌』의 것이 더 古本이라는 기존의 판단에 근거하여 『잡가』 소재의 것을 텍스트로 삼았다. 김동욱, 「關西別曲 攷異」, 『국어국문학』 30(국어국문학회, 1965) 참조. 한편 <서호별곡>은 이본으로서 <西湖詞>가 존재하나, <서호사> 대신에 대상텍스트로 삼았다. 까닭은 <서호별곡>이 <서호사>에 비해 가창이라는 연행적 특성과 더 밀접한 관계에 있는 것으로 보이기 때문이다. 이 글에서는 조선 전기 강호가사의 문학적 특성을 형성한 배경으로서 가창이라는 연행적 특성을 중시한다. 따라서 가창적 성격이 보다 강한 <서호별곡>을 고찰의 대상으로 삼았다. <서호별곡>의 이본과 연행적 특징에 대해서는 윤덕진, 「<서호별곡>의 가사형성 연구」, 『동방고전문학연구』 1, 동방고전문학회, 1999와 김현식, 「<서호별곡>과 <서호사>의 변이양상과 그 의미」, 『고전문학연구』 25, 한국고전문학회, 2004, 183~215면 참조.

8) 조동일은 이를 "있는 그대로의 사실을 나타내기" 위한 문체라고 보았고, "주관적 감흥을 표현하는 서정"과 대척점에 있는 것으로 파악하였다. 조동일, 앞의 글, 68면.

본 장에서는 조선전기 강호가사의 확장적 문체가 지향하는 바는 사실의
전달에 있지 않고, 감동의 표현에 있다고 본다. 다음의 평어들을 통하여
이를 확인해 보자.

倪仰亭歌 宋二相純所製 說盡山水之勝 鋪張遊賞之樂 胸中自有浩然之趣9)
倪仰亭歌 則鋪敍山川田野幽夐曠闊之狀 亭臺蹊徑高低回曲之形 四時朝暮之景
無不備錄 雜以文字 極其宛轉 眞可關而可聽也10)
關西別曲… 歷遍江山之美 … 關西佳麗 寫出於一詞11)

위의 평어들에 쓰인 '설진說盡', '포장鋪張', '포서鋪敍', '역편歷遍' 등의 용
어들은 모두 자세한 진술을 의미한다. 그런데 이들 술어의 목적어들은 '산
수지승山水之勝', '유상지락遊賞之樂', '산천전야유현광활지상山川田野幽夐曠闊之
狀', '정대혜경고저회곡지형亭臺蹊徑高低回曲之形', '사시조모지경四時朝暮之景',
'강산지미江山之美' 등으로, 자연의 모습이나 그 아름다움, 혹은 자연을 유
상遊賞하는 즐거움 그 자체를 지시하고 있다. 이 평어들을 통해 우리는 가
사의 확장적 문체가 추구하는 바가 자연의 아름다움과 유상遊賞의 즐거움
을 낱낱이 표현하는 데 있음을 알 수 있다.

자연미와 그것이 주는 감동을 다 말하기 위하여 조선전기 강호가사의
확장적 문체에는 다채로운 수사 기법들이 쓰였다. 이 수사적 기법들은 사
실의 전달보다는 미적 체험의 표현을 지향한다. 이제, 조선전기 강호가에
쓰인 다채로운 수사적 기법들을 크게 비유법, 대우법, 그리고 설의·영탄법
등으로 나누어 살펴보도록 하자.

---

9) 洪萬宗, 『旬五志』.
10) 沈守慶, 「遣閑雜錄」, 『大東野乘』.
11) 洪萬宗, 『旬五志』.

먼저 주목되는 것은 비유법이다. 산수시 일반에서 보는 바와 같이, 강호가사에서 자연의 아름다움을 드러내는 가장 주된 방식은 서경敍景이다. 서경은 직서直敍와 비유적 묘사로 나누어 볼 수 있는데, 강호가사에는 직서에 비해 비유적 묘사가 월등히 많다. 이는 형사形似를 억제하는 조선전기 강호시조와 상반되는 특성이다.12) 비유법 중 직유는 특히 <면앙정가>와 <관서별곡>에서 두드러지게 사용되었으며, 인유는 <서호별곡>의 핵심적인 표현기법으로 쓰였다. 그리고 의인법 또한 직유 등과 섞여 많이 사용되었다. 수많은 예들이 있지만, 단적으로 다음의 두 예만을 들어본다.

　　無邊 大野의 <u>므슴 짐쟉</u> ᄒ노라 // 일곱 구비 홈머움쳐 므득므득 <u>버러ᄂ</u>
　　<u>ᄃ</u> ―<면앙정가>
　　<u>河陽 逸士</u>의 漁樵 問對乙 아ᄂ야 모ᄅᄂ냐 // 辟强 林泉과 <u>栗里</u> 田園의 홀
　　이리 뵈아히로다 ―<서호별곡>

첫 번째 예는 의인과 직유가 섞인 경우이다. 면앙정 주변의 산의 형세가 '무슨 짐쟉'을 하기 위해서 함께 모여 있는 듯하다고 했다. 두 번째 예는 <서호별곡>에 나타난 인유의 한 예이다. '하양河陽 일사逸士'는 중국 하남성河南省 하양 땅에 숨어 살며 시를 많이 지은 죽림칠현竹林七賢의 한 명인 원적阮籍을 이른다. 그리고 '율리栗里'는 중국 강서성 덕화현德化縣 서남쪽의

12) 율곡 이이의 <高山九曲歌>에 대하여 최진원은 形似가 억제된 '敍景而已'를 표현의 기조로 하며, 이를 통해 '淡泊한 興趣'를 자아낸다고 분석하였다(최진원, 『韓國古典詩歌의 形象性』, 성균관대학교 대동문화연구원, 1988, 61~81면). 또 이민홍은 율곡의 <고산구곡가>는 '辭約'의 형상화원리를 지니며, 퇴계의 <도산십이곡>은 實境의 형상화방식을 추구한다고도 했다(이민홍, 「高山九曲歌의 품격」, 반교어문학회편, 『조선조 시가의 존재양상과 미의식』, 보고사, 1999, 94면). 한편 <고산구곡가>의 구조상 특징으로 平淡이 지목되기도 했는데, 이러한 구조적 특징은 강호가사와 이질적이다(김병국, 「高山九曲歌의 美 - 平淡性을 중심으로」, 반교어문학회편, 『조선조 시가의 존재양식과 미의식』, 보고사, 1999, 108면).

땅 이름으로, 진晋나라 도잠陶潛이 관직을 버리고 귀거래한 곳이다. 이러한 인유를 통해 <서호별곡>에서는 작중 화자의 서호에서의 삶을 중국의 유명 문사들에게 빗대어 표현하였다.

강호가사가 객관적 묘사보다 주관적·비유적 묘사에 치중한다는 사실은 강호가사의 지향점이 사실의 기록과 전달보다는 미적 감동의 보여주기에 있다는 점을 시사한다. 비유적 묘사의 나열이 진행될수록 미적 감동의 크기도 함께 증폭된다. 특히 <면앙정가>에서 사용된 직유법은 '~둧'을 행의 말미에 배열함으로써 각운적인 리듬감까지 주어 정서의 고조를 한층 돕는다.13)

다음으로 대우법對偶法 또한 중요한 수사기법 중 하나이다. 강호가사에 나타난 대우법은 그간 대체로 균형이나 조화 등의 미감과 관련하여 논의되어 왔다.14) 그러나 병렬에 근접하는 다음과 같은 대우법들은 균형이나 조화와 같은 안정된 미감을 넘어 보다 고조된 정서를 표출하는 것으로 보인다.

○ 노픈 둧 [느]즌 둧 근는 둧 닛는 둧 // 숨거니 뵈거니 가거니 머믈거니

---

13) '~둧'은 리듬감을 형성하며 생동감 있는 묘사를 가능하게 한다는 점에서 <면앙정가>의 뛰어난 표현기법으로 주목받은 바 있다. 김성기, 『俛仰亭 宋純 詩文學 硏究』, 국학자료원, 1998, 398면; 최진원, 「俛仰亭歌의 畵中詩 - 散点透視를 중심으로」, 『고시가연구』 9, 한국고시가문학회, 2002, 77~79면. 면앙정가의 도입부는 각 의미단락들이 모두 '~둧'의 직유적 표현으로 마무리되는데, 이러한 '~둧'의 반복적 활용은 묘사대상의 인상을 각 의미단락의 말미에 강렬하게 제시하는 동시에, 한 소재에서 다른 소재로 넘어가는 전환점으로 또한 기능하면서 전체적으로 리듬감을 조성한다. 특히 세 번째 의미단락에서는 이러한 직유법이 단락 말미로 갈수록 반복적으로 쓰임으로써 리듬감과 정서를 더욱 고조시킨다.
14) <상춘곡>의 "桃花杏花는 夕陽裏에 뛰어 잇고 // 綠楊芳草는 細雨中에 프르도다"와 같은 대우법은 유가적인 균형미의 발현으로 해석된 바 있다. 윤석산, 「<賞春曲> 구조 연구」, 『고전문학연구』 13, 한국고전문학회, 1998, 79면 참조. 또, <면앙정가>에 보이는 여러 대우법 또한 士林들이 추구하는 '均과 和의 미학'이라고 해석된 바 있다. 김학성, 「송순 시가의 시학적 특성」, 『고시가연구』 4, 한국고시가문학회, 1997, 68면 참조.

○ 블닉며 투이며 혀이며 이아며
○ 누으락 안즈락 구부락 져즈락

위의 예는 <면앙정가>에서 뽑은 구절들이다. 첫 번째는 산들의 형세를 묘사한 것이고, 두 번째, 세 번째 예는 자연을 즐기는 즐거움을 보인 부분이다. 그런데 이들은 어느 한 쪽에도 치우치지 않는 균형감 있는 중도를 표현한 것이라기보다는, 말로 형용하기 힘든 자연의 무한한 다양성이나 자연을 완상하는 지극한 즐거움을 형상화한 것으로 보인다. 이에는 몇 가지 이유를 들 수 있다. 첫째, 대우를 이루는 반짝들이 모두 고유어 서술부로 되어 있다는 점이다. 고유어 서술부의 반복적 쓰임은 안정된 균제미보다는 역동적인 변화를 느끼게 한다. 둘째, 구 안에서 다시 대우가 형성되어 행 전체로 볼 때 열거에 가까운 대우가 되었다는 것이다. 두 짝으로 닫히는 대우와 달리 열거는 동질어의 반복을 가능하게 하는 열린 구조이다. 이러한 열린 구조는 안정감보다는 역동감을 준다. 마지막으로 셋째, 위의 예들은 모두 연결어미로 끝나 미종결된 통사구조로 되어 있다는 점이다.[15] 이러한 열려 있는 열거적 대우법을 통하여 <면앙정가>는 '간 데 마다 경이'인 자연이 유발하는 넘치는 감동을 표현하였다.

정서를 고조시키는 열거적·병렬적인 대우법의 예는 <관서별곡>과 <서호별곡>에서도 찾을 수 있다.

○ 龍山 落帽臺는 孟嘉 陳迹이오 // 撲地 閭閻은 滕王 古郡이오
麻浦 牙檣은 淇苑 綠竹이오 // 瓮店 煙火는 虞氏 河濱이오

---

15) 이것은 <상춘곡>의 "踏靑으란 오늘 ᄒ고, 浴沂란 來日 ᄒ새"와 같은 대우법이 종결어미를 통해 닫힌 문장구조로 끝나는 것과 다르다. <상춘곡>의 대우법이 닫힌 구조의 안정된 것이라면, <면앙정가>의 대우법은 열린 구조의 넘치는 것이라고 할 만하다.

　西江을 ᄇ라ᄒ니 林處士 西湖오 ─<서호별곡>
○ 거믄고 가약고 鳳笙 龍管을 // 블거니 혀거니 이아며 노ᄂ 양은
　─<관서별곡>
○ 되너미 너머들러 빈오개 올나안자 // 雪寒재 뒤히두고 長白山 구버보
　니 ─<관서별곡>

　<서호별곡>에서는 인유를 포함한 병렬적 대우법을 통해 유람의 홍취를
고조시키고 있는데, 전 56행 중 17행부터 24행까지 8행에 걸쳐 위와 같이
인유를 포함한 병렬이 이어진다. <관서별곡>에서는 <면앙정가>와 흡사한
병렬적 대우를 통해 풍류를 즐기는 홍취를 표현한 한편, 고유어 서술어로
구성된 대우법들을 통해 서술을 압축하고 리듬감과 정서를 부각하는 데
주력했다. 여정을 압축·서술한 <관서별곡>의 대우법의 예들은 정철鄭澈의
<관동별곡關東別曲> 서사序詞와의 유사점으로 인해 주목되기도 했는데, 작
품 전반에 걸쳐 무려 12회나 나타남을 볼 수 있다.
　이와 같이 조선전기 강호가사들은 비유와 대우의 수사 기교를 통하여,
자연미가 유발하는 감동의 고조를 표현하였다. 그런데 이러한 고조된 정
서의 표출은 통사적 변화나 율격구조상의 변화 등을 통하여 더욱 효과적
으로 이루어진다. 다음의 예를 통해 이를 살펴보자.

　ㄱ. 武陵이 갓갑도다 져 ᄆ이 권거인고 ─<상춘곡>
　ㄴ. 斜陽과 서거지어 細雨조ᄎ 쓰리ᄂ다 ─<면앙정가>
　ㄷ. 두르고 쏘존 거슨 모힌가 屏風인가 그림가 아닌가 ─<면앙정가>
　ㄹ. 오르거니 ᄂ리거니 長空의 쎠나거니 廣野로 거너거니 ─<면앙정가>
　ㅁ. 宇宙 勝賞을 ᄎᄌ리 업ᄉ먀 // 造物이 숨겻다가 大遊 盛迹이야 우리
　　로 열리로다 // 空明의 빗째를 흘리 노하 가ᄂ 디를 졷니노라 // 舞
　　雩예 曾點 氣像은 어써턴고 ᄒ노라 ─<서호별곡>

ㅂ. 江邊을 다 본 후에 返旆ᄒ여 還營ᄒ니 // 丈夫의 胸襟이 져기나 열니
　　거다 ─<관서별곡>

　ㄱ~ㄷ의 예는 의문 형식의 문장구조를 통해 비유법이나 대우법만으로
는 다 드러낼 수 없는 시적 화자의 감동을 표현하였다. 특히 ㄴ에서는 조
사 '조차'의 적절한 활용을 통하여 시적 화자의 경탄을 더욱 효과적으로
보여주며, ㄷ에서는 율격을 파괴하며 한 구를 덧붙임으로써 대우적 표현
을 넘쳐 흐르는 감동을 표현하였다. 이러한 율격의 파괴는 ㄹ에서도 보인
다. ㄹ은 aaba 형식의 민요적 리듬으로 행을 형성한 뒤에 다시 한 구를 더
한 형태이다.[16] 한편 ㅁ과 ㅂ의 예에서는 작품의 결사 부분에서 시적 화자
의 고조된 감정을 결정적으로 제시하는 데 영탄법이 쓰였음을 볼 수 있다.
　이상에서 본 바와 같이 조선전기 강호가사들은 비유와 대우, 설의와 영
탄 등의 수사를 동반한 자세한 진술을 통하여 정서적 체험을 확장하고 고
조시킨다. 이러한 수사적 확장구조는 조선전기 강호가사의 기본적인 구성
원리가 되는 것으로, 자연의 아름다움과 자연을 즐기는 즐거움을 낱낱이
드러내는 데 이바지한다. 그런데 이러한 서정의 고조는 취흥을 정점에 놓
는 내용구조를 통하여 더욱 강화된다. 이에 대하여 다음 절에서 살펴보도
록 하자.

2.2. 취흥의 극적 구조와 호방豪放

　조선전기 강호가사들은 본사를 통해 확산된 흥취가 결사 부분에서 취흥
을 동반하며 정점에 이르는 극적 구조로 되어 있다.[17] 구체적인 양상을 보

───────────

16) 이러한 리듬 형식은 같은 작품 중 "둧ᄂᆞᆫ 둧 ᄯᆞ로ᄂᆞᆫ 둧 밤눗즈로 흐르ᄂᆞᆫ 둧"에서도 보인다.

면 다음과 같다.

○ 술리 닉어거니 벗지라 업슬소냐 // 블니며 투이며 혀이며 이아며 //
오가짓 소린로 醉興을 비야거니 // 근심이라 이시며 시름이라 브터시
라 // 누으락 안즈락 구부락 져즈락 // 을프락 프람ᄒ락 노혜로 노거
니 // 天地도 넙고넙고 日月 혼가ᄒ다 ― <면앙정가>

○ 葡萄酒 鵝黃酒 鸕鷥爵 鸚鵡盃 一日須傾 三百杯을 // 馮池 蠻刀와 松江
鱸魚로 // 光芒이 戰國ᄒ니 霏霏 霏霏로다 // 手揮 絲桐이오 目過 還雲
ᄒ니 // 滄溟 烟月이야 ᄯ 우리의 물리로다 ― <서호별곡>

○ 千杯의 大醉ᄒ야 舞袖를 썰치니 // 薄暮 長江의 烏鵲이 지져괸다
― <관서별곡>

○ 小童 아히드려 酒家에 술을 믈어 // 얼운은 막대 집고 아히ᄂ 술을
메고 // 微吟緩步ᄒ야 시냇ᄀ의 호자 안자 // 明沙 조흔 믈에 잔 시
어 부어 들고 // 淸流를 굽어보니 써오ᄂ니 桃花ㅣ로다 // 武陵이 갓
갑도다 져 미이 긘 거인고 ― <상춘곡>

　<면앙정가>와 <서호별곡>에 표현된 풍류는 술과 음악, 벗을 동반한 것
이다. 온갖 종류의 음악과 흥겨운 춤사위, 여기에 맛있는 안주까지 어우러
져 자못 유락적 정서를 느끼게 한다. 이에 비해 <관서별곡>과 <상춘곡>의
풍류는 유락적 성격이 덜하다. 그러나 술로 인한 흥취의 고조는 이들 작품
에서도 확연히 드러난다. <관서별곡>의 작중화자는 "대취大醉ᄒ야 무수舞

---

17) 각 작품의 내용구조를 정리하면 다음과 같다. <상춘곡> : 풍월주인의 삶 소개 - 봄 자연의
아름다움 - 소요음영 - 취흥 - 봉두에서의 조망 - 안분지족 // <면앙정가> : 면앙정의 위치 -
주위승경 - 조망풍경 - 사계경물 - 취흥자득 - 결사 // <관서별곡> : 여성 - 대동상에서의 풍
류 - 관서 산천의 당당한 형세 - 주연 - 군사요지의 순행 - 감고흥회와 정치적 포부 - 음주가
무의 호연한 흥과 思親客淚 - 호연지기와 思君 // <서호별곡> : 시적화자, 시간배경 제시 -
뱃놀이의 시작 - 봄의 분위기 - 서호의 승경 - 강호생활 - 음악과 음주 - 羽衣道師와의 대화 -
강호지락.

袖를 썰치"고 있고, <상춘곡>의 화자는 무릉도원에 들어간 듯한 선적仙的 흥취를 느끼고 있다. 이러한 취흥의 극적 구조를 통하여 강호가사는 호방한 풍류를 지향한다. 다음의 평어를 통하여 이를 살펴보자.

宋公諱純 風流豪邁 爲一代名卿 所著無等諸曲至今傳唱 辭甚淸婉[18]

위의 평어에서 '호매豪邁'는 호방과 비슷한 의미를 지닌다. 이 표현은 문면상으로는 <면앙정가>의 작가인 송순의 인격에 대한 것으로 쓰였다. 그러나 고전시론상 작가의 인격과 작품을 따로 보지 않는다는 점을 생각해 보면, 이것은 곧 후술되는 <면앙정가>의 품격과도 관련되는 것으로 볼 수 있다.[19] 비단 <면앙정가>뿐만 아니라, 다른 조선전기 강호가사에서도 이러한 호방한 정서는 발견된다. 이에 대하여 좀 더 살펴보면 다음과 같다.

江山風月 거늘리고 내 百年을 다 누리면 // 岳陽樓上의 李太白이 사라오다 // 浩蕩情懷야 이예셔 더홀소냐 ─ <면앙정가>
舞雩예 曾點氣像은 어써턴고 ᄒ노라 ─ <서호별곡>[20]
丈夫의 胸襟이 져기나 열니거다 ─ <관서별곡>

위에서 보는 바와 같이 <면앙정가>에서의 '호탕정회浩蕩情懷', <서호별곡>에서의 '증점기상曾點氣像', 그리고 <관서별곡>에서 '장부丈夫의 흉금胸襟이 져기나 열니거다'와 같은 표현들은 이들 작품이 지향하는 미의식이 호

---

18) 李德馨, 「竹窓閑話」, 『大東野乘』.

19) 이 평어는 <면앙정가>에 대해 그 노랫말이 맑고 곱다고 하였다. 이는 <면앙정가>에 묘사된 자연의 우아미를 주로 한 평으로 볼 수 있다.

20) <서호별곡>의 결사가 <서호사>에는 "오늘날 浩然懷抱를 無極翁이야 아르시리라"로 바뀌어 있다. 그러나 호연한 흥을 표현한다는 점에서 두 부분의 의미는 유사하다.

방미豪放美에 있음을 보여준다. 호방은 호장豪壯, 호매豪邁와 비슷한 평어로 대개 시의 기氣를 중시한 용어이며, 언어적 측면으로 보았을 때는 자유로운 언어 구사를 함의한다.[21] 고려 후기 최자崔滋의 『보한집補閑集』에서 호방은 상품上品에 포함된 미적 이념이었다. 그러나 호방미는 조선시대로 들어와서는 최고의 시 품격으로 여겨지지 않았던 듯하다. 이황의 시론에는 소야疎野, 비개悲慨, 초예超詣, 표일飄逸, 광달曠達, 유동流動 등의 품격과 마찬가지로 호방미는 수용되지 않았다.[22] 이는 정서의 분방한 표출보다는 도학적 절제를 더 중요시했던 조선조 문인들의 유학적 경향 때문인 것으로 짐작된다. 그러나 조선전기의 강호가사는 취흥을 정점에 놓는 작품 구조와 다양한 수사기법들을 이용한 창의적인 언어구사를 통하여 호방미를 구현한 것으로 보인다.

조선전기 강호가사의 호방미는 당대의 강호가도 문학의 범주 안에 있으면서도 독특한 차이를 드러낸다. 당대의 강호시조가 형사形似의 억제를 통해 도학적 자연관을 표출하고 정서의 절제를 추구했던 데 반해, 강호가사

---

21) 姜在哲, 『漢詩文學의 理論과 批評의 實際』, 단국대학교 출판부, 2005, 123~188면 참조. 崔滋, 『補閑集』 卷下에서 '豪邁'는 시의 氣와 관련된 용어로 설명되며, 최상의 품격으로 언급된다. "文以豪邁壯逸爲氣 勁峻淸馺爲骨 正直精詳爲意 富贍宏肆爲辭 簡古倔强爲體 … 若詩則新奇絶妙 逸越含蓄 險怪俊邁 豪壯富貴 雄深古雅上也 … 夫評詩者 先以氣骨意格 次以辭語聲律(글이란 호탕하고 씩씩한 것을 氣로 삼고, 굳세고 밝은 것을 骨로 삼으며, 정직하고 정밀한 것을 意로 삼고, 간결하고 힘찬 것을 體로 삼는다. … 시의 경우에 신기하고 절묘하며 뛰어나고 함축성이 있으며, 험하고 괴상하고 똑똑하며, 호탕하고 부귀하며, 웅장하고 아담한 것이 최상이고, … 대개 시를 평하는 자들은 먼저 氣骨과 意格으로써 하고 그 다음에 辭語와 聲律로 한다.)" - 崔滋, 『補閑集』 卷下. 한편, 다음과 같이 호방은 자유로운 언어 구사와 관련된 용어로 『보한집』에서 쓰이기도 한다. "其語豪放不局(그 말이 호방하여 구애됨이 없다)". 釋皎然의 '變體ㅣ九字'에는 다음과 같이 설명되어 있다. "體格閑放曰逸(시의 체격이 호방한 것을 逸이라 한다)." 逸이란 일반적 경향이나 전통적으로 내려오는 정형성을 무시하고, 개성적으로 새롭게 창조해 낸 미적 경지가 있을 때 대체로 쓰이는 말이다.

22) 이민홍, 「퇴계시가의 이념과 품격」, 반교어문학회편, 『조선조 시가의 존재양상과 미의식』, 보고사, 1999, 41면.

는 수사적인 자세한 진술을 통해 자연미와 유상지락遊賞之樂을 남김없이 다 말했다. 한閑과 청清의 미를 추구했던 당대 산수문학의 주조와 달리 강호가사는 취흥을 동반하는 호방한 풍류를 지향했다.23) 그렇다면 이러한 강호가사의 특성들이 의미하는 바는 무엇일까? 그것은 그저 유락적이고 유미적인 홍취, 혹은 단순한 호기豪氣의 표현일까? 그렇지만은 않은 듯하다. 조선전기 강호가사가 지향한 호방미의 이면에는 내면적 갈등을 정서적으로 해소하고자 하는 또 다른 기제가 작용하고 있기 때문이다. 이에 대하여 다음 절에서 살펴보도록 하자.

2.3. 이면적 갈등 구조와 정서적 풀이

조선전기 강호가사의 문면에 드러나는 정치의식은 대체로 긍정적인 것이니, 다음의 예들을 통해 이를 살펴볼 수 있다.

○ 聖代예 逸民이 되어 ―<서호별곡>
○ 이 몸이 이렁굼도 亦君恩이샷다 ―<면앙정가>
○ 언제나 形勢을 긔록ᄒᆞ야 九重의 알외리라 ―<관서별곡>
○ 松間細路에 杜鵑花ᄅᆞᆯ 부치 들고 // 峰頭에 급피 올나 구릅 소긔 안자 보니 // 千村萬落이 곳곳이 버러 잇ᄂᆡ // 煙霞一輝ᄂᆞᆫ 錦繡 재 ᄂᆞᆫ ᄃᆞᆺ // 엇그제 검은 들이 봄빗도 有餘ᄒᆞᆯ샤 ―<상춘곡>

---

23) 조선전기의 서경적 산수시에서 보이는 자연은 清淨美나 閑寂을 표현하는 경우가 주를 이루는 듯하다. 이러한 자연의 모습은 부정적 의미에서의 七情을 극복하고 機心을 잊게 한다는 측면에서 조선전기 사림의 유학적 사고와 부합하는 것이었다. 특히 16세기 호남시인들이 한시에서 표현한 자연은 清과 閑의 미의식을 중심으로 한다는 점이 논의된 바 있다. 심경호, 「山水詩 및 山水素材詩에 나타난 自然觀」, 「韓國文學에 나타난 韓國人의 自然觀 研究」, 『韓國學論集』 32, 한양대학교 한국학연구소, 1998, 158~229면; 金起林, 「16세기 호남시인들의 산수시 고찰」, 『東洋古典研究』 7, 동양고전학회, 1996, 59~62면 참조.

  강호가사의 작자들은 당대를 '성대聖代'로 표현하고 '군은君恩'에 감사를
표명하며(서호별곡·면앙정가), 창작의 목적을 헌상에 두기도 한다(관서별
곡). <상춘곡>에 표현된 평화로운 '천촌만락千村萬落'의 모습 또한 태평성대
의 이미지를 조성하고 있다.

  그러나 문면에 나타난 이러한 정치의식의 이면에는 부정적 정치현실의
그림자가 드리워져 있다. <상춘곡>의 경우를 먼저 살펴보자. <상춘곡>의
서사 부분은 화자가 청자에 대해 우위를 점한 입장에서 교화적인 언술 태
도를 취하고 있는 것으로 흔히 이해되었으며, 이는 <상춘곡>의 교술적 성
격을 단적으로 보여주는 것으로 해석되었다. 그러나 이 부분은 자득한 과
시라기보다는 미결정적 갈등의 표현으로 달리 읽힐 수도 있다. <상춘곡>
의 처음과 끝 부분을 통해 이에 대해 살펴보자.

> 紅塵에 뭇친 분네 이내 生涯 엇더흐고 (A)
> 녯사름 風流를 미츨가 못 미츨가 (B)
> 天地間 男子 몸이 날 만흔 이 하건마는
> 山林에 뭇쳐 이셔 至樂을 모를 것가 (C)
> …
> 功名도 날 씌우고 富貴도 날 씌우니
> 淸風明月外예 엇던 벗이 잇소올고 (D)
> 簞瓢陋巷에 훗튼 혜음 아니 흐니
> 아모타 百年行樂어 이만흔들 엇지흐리(E)

  위에서 보는 바와 같이 <상춘곡>은 의문문으로 시작되어 의문문으로
끝난다. 서사를 메운 A·B·C의 의문문들은 자득한 과시의 표현으로 흔히
읽혀왔다. 그러나 자연 속의 즐거움이 형상화되기도 전에 연속적으로 이
어지는 이러한 의문들은 자득한 과시의 표현이라기보다는, 청자에게 동의

를 구하거나 혹은 화자 자신에게 되묻는, 미결정적 갈등의 표현으로 보인
다. 여기에는 '풍월주인'이 정말 가치로운 존재인가에 대한 내적 갈등이
내포되어 있는 것이다. 이러한 갈등은 "공명도 날 꺼리고 부귀도 날 꺼리
는" 외적 현실에 기인한다.[24] 시적 화자는 자연친화적 삶을 추구하지만,
이러한 추구의 이면에는 어쩔 수 없이 자연을 택할 수밖에 없었던 현실이
자리하고 있는 것이다.

문면으로 볼 때 자득한 주제적 진술이 그 이면에 갈등의 요소를 숨기고
있기는 <면앙정가>도 마찬가지이다. 다음과 같은 부분이 그 예이다.

> 블닉며 투이며 혀이며 이아며 // 오가짓 소릭로 醉興을 빅야거니 // 근
> 심이라 이시며 시름이라 브터시라 ― <면앙정가>

위의 예는 온갖 소리로 취흥을 북돋우니 '근심'과 '시름'이 붙어있겠느
냐고 묻고 있다. 물론 이는 고조된 취흥을 표현한 말이다. 그러나 이 언술
을 뒤집어보면, 만일 이러한 취흥이 없다면 근심과 시름이 존재한다는 말
이 된다. <면앙정가>는 전편에 걸쳐 자연미와 유상지락遊賞之樂의 묘사로
충만해 있지만, 이 구절에서는 그 아름다움과 즐거움 뒤의 그림자를 언뜻
보게 된다.[25]

---

24) 그동안 이 부분은 "나는 공명도 꺼리고 부귀도 꺼린다"는 의미가 전도된 표현으로 해석되
   어, 물아일치의 삶에 대한 시적 화자의 확고한 신념을 표현하는 것으로 읽히곤 했다. 그러
   나 이를 문맥 그대로 본 견해도 존재한다. 정재호, 『한국가사문학의 이해』, 고려대학교 출
   판부, 1998, 315면; 박병완, 「<상춘곡>의 분석적 연구」, 『한국고전시가작품론』 2, 집문당,
   1992; 김명호, 「상춘곡(賞春曲)의 결어(結語) 재해석과 시가사적 위치」, 『한국시가연구』
   20, 2006, 54면 참조. 특히, 오랫동안 벼슬길에 나아가지 못한, <상춘곡>의 작가 정극인의
   삶을 생각해 볼 때, 후자의 해석은 타당한 것으로 보인다. 이에 대해서는 이 장의 3.2절에
   서 다시 다룰 것이다.
25) 송순의 여타 시조 작품들에서 흔히 정치적 갈등의 요소가 보인다는 점을 생각할 때, 이러
   한 해석의 가능성은 더 커진다. 이에 대해서는 이 장의 3.2절 참조.

이와 같이 <상춘곡>과 <면앙정가>에 나타난 주제적 진술들은 청자에 대한 절대적 우위의 입장에서 가능한 교화적 발화가 아니라, 그 이면에 시적 화자의 갈등을 내포하고 있는 말들이다. 이러한 점은 이 진술들이 훈민가나 오륜가류에서 보이는 교훈적 진술들과는 그 성격이 다름을 보여준다.26)

한편, <서호별곡>에서 갈등의 상황은 작품의 주된 수사기법인 인유 속에서 표현된다. 다음이 그 예이다.

一片 苔磯는 <u>桐江</u> 釣臺라 // 氍氍 羊裘와 籊籊 竹竿으로 身世를 브텨쏘다
<u>河陽 逸士</u>의 漁樵問對乙 아ᄂᆞ냐 모ᄅᆞᄂᆞ냐

위에서 <서호별곡>의 시적화자는 엄자릉嚴子陵이나 죽림칠현竹林七賢의 원적阮籍과 같은 인물들에 빗대어졌는데,27) 이들은 모두 정치권력에서 소외되어 있던 인물들이다. 정치현실에 대한 작자의 부정적 인식은 음영吟詠의 목적으로 개작된 것으로 보이는 <서호사>에서는 더욱 확연히 드러난다.28) 여기에는 굴원屈原의 <어부사漁父辭>와 아황娥皇·여영女英의 고사 등이 자세히 서술되어, 불의한 세상을 등지고 사는 은자나 충신의 모습이 보다

---

26) <상춘곡>의 갈등요소에 대해서는 다음을 참조. 이승남, 『사대부가사의 갈등표출 연구』, 역락, 2003; 정재찬, 「담화 분석을 통한 가사의 장르성 연구」, 『선청어문』 21, 서울대학교 국어교육학과, 1993, 215~216면. 정재찬은 <상춘곡>에 내재된 갈등은 교술적 속성과 연결된다고 분석하였는데, 이는 본서의 입장과 차이가 있다.

27) '桐江'은 後漢의 嚴子陵이 숨어 지낸 富春山 속의 桐江에 있는 낚시터, '河陽 逸士'는 중국 河南省 河陽 땅에 숨어 살며 시를 많이 지은 竹林七賢의 한 명인 阮籍을 의미한다.

28) <서호사>는 <서호별곡>에 비해 4부격이 전형성이 강화되는 등, 음영적 성격을 보다 강하게 띠고 있는 것으로 이해된 바 있다. 윤덕진, 앞의 글; 김학성, 「가사 및 잡가의 정체성」, 『한국고전시가의 정체성』, 성균관대학교 대동문화연구원, 2002, 221~249면; 김현식, 앞의 글 참조. <서호별곡>에 함의된 정치적 갈등의 문제는 김현식에 의해 지적된 바 있다. 김현식, 앞의 글, 21번 주 참조.

뚜렷이 형상화되어 있다.[29]

마지막으로, <관서별곡>에서 갈등의 양상은 군데군데 틈입하는 애상적 정서를 통해 보인다. 다음과 같은 부분들이 그러하다.

> 皇城은 언제 쓰며 皇帝墓는 뉘무덤고 // 感古興懷ᄒ니 잔곳쳐 브어스라
> …
> 天高地廻하고 興盡悲來ᄒ니 // 이싸히 어듸메요 思親客淚 졀노 난다 ─<관서별곡>

'금수연하錦繡烟霞'와 '능라방초綾羅芳草'로 수놓인 평양의 애잔한 봄풍경의 묘사가 감상적 분위기를 만들기도 했던 <관서별곡>에서는 화려하고 씩씩한 유람의 도중에 위와 같은 애상이 틈입하곤 한다. 이러한 애상적 감상은 작품의 이면에 놓인 갈등의 상황을 짐작하게 한다.

지금까지 본 바와 같이 조선전기 강호가사들은 갈등 상황을 그 이면에 숨겨놓는 구조를 취하고 있다. 이러한 이면적 구조는 수사적 확장 구조와 취흥의 극적 구조라는 강호가사의 표면적 구조의 기저 동인이 되고 있다. 즉, 갈등상황을 문면에 드러내지 않고 이를 정서적으로 풀이하기 위해서, 흥취를 고조하는 표면적 구조가 필요했던 것이다.

조선전기 강호가사에 내재된 이중 구조는 당대 이현보李賢輔의 <어부단가漁父短歌>나 이별李鼈의 연시조 <장육당육가藏六堂六歌> 등에 현실에 대한 염오가 직접적으로 표현된 것과는 구별된다.[30] 그렇다면 이러한 이중적

---

29) "衆唱 在梁ᄒ니 이 너의 生涯로다 // 漁父莞爾而笑ᄒ고 鼓枻而去ᄒ야 // 滄浪之水淸兮어든 可以濯我纓이오 // 滄浪之水濁兮어든 可以濁我足이라 … 彭蠡 震澤과 雲夢 瀟湘이 衡陽의 形勝이로다 // 斑斑 哀淚는 竹枝에 ᄲ려시며 // 菲菲 餘恨은 薛荔의 즘곗도다" ─<西湖詞>, 『先祖詠言』.

30) 김흥규의 앞의 글과 최재남, 「이 별의 평산은거와 <장육당육가>」, 『士林의 鄕村生活과 詩

구조는 어떠한 배경에서 형성된 것일까? 이에 대하여 다음 장에서 살펴보
도록 하자.

3. 강호가사 시학의 형성 배경

3.1. 경기체가의 전통과 변용

3.1.1. 구조적 유사성

경기체가와 가사의 관련성에 대한 논의에 있어서, 외적 형식상의 비교
를 넘어 진전된 것은 양식적 유사성에 대한 논의였다. 이에 따르면, 경기
체가와 가사는 사물이나 사실의 나열이라는 구성원리를 공유하여 사실을
전달하는 것을 목적으로 하는 교술장르에 귀속된다.[31] 그러나 전 장에서
보았듯이 조선전기 강호가사의 확장적 문체가 지향한 바는 사실의 전달에
있지 않다. 그것은 미적 감동의 상세한 표현에 있으며, 이는 주로 주관적
묘사를 통해 구현된다. 그런데 이러한 정황은 경기체가에 있어서도 마찬
가지이다. 이렇게 볼 때, 경기체가와 가사가 구성원리상 유사성을 지니고
있다는 선행연구자의 판단은 적확한 것이되, 그 유사성의 내용은 전달을
목적으로 하는 사실의 나열이 아니라, 정서적 감동을 표출하는 자세한 주
관적 묘사에 있다는 점에서 수정을 요한다.

경기체가를 교술장르로만 볼 수 없음에 대해서는 그간에 많은 논의가

歌文學』, 국학자료원, 1997, 28~58면 참조.
31) 조동일, 「가사의 장르 규정」, 『어문학』 21, 한국어문학회, 1969; 「景幾體歌의 쟝르적 성격」,
    김학성 외, 『古典詩歌論』, 새문사, 1984, 242~263면 참조.

있었다. 이러한 논의들은 대체로 경기체가에 나타난 진술들이 궁극적으로
는 정서의 고조를 꾀한다는 점에서 서정적 성격을 지닌 것으로 파악하였
다.[32] 이제 조선전기 강호가사와의 비교를 통하여, 경기체가의 구조가 어
떻게 서정적 목적에 이바지하고 있는지 좀 더 자세히 고찰해보도록 하자.

첫째로, 자세한 묘사와 수사적 진술을 통해 정서적 감동을 표현하는 구
성방식을 살필 수 있다. 경기체가의 주된 구성방식으로 흔히 거론된 것은
단조로운 통사적 병렬이다. 그러나 선행 연구에서 이미 지적된 바 있듯
이,[33] 경기체가는 이러한 병렬만으로 구성되어 있지는 않다. 병렬적 구성
이 가장 뚜렷한 <한림별곡翰林別曲>에서조차 그 마지막 장에서는 그러한
구성이 해체된 모습을 보이는 것이다. 더구나 이어 등장하는 안축의 <관
동별곡關東別曲>과 <죽계별곡竹溪別曲>을 보면, 이 작품들의 행은 명사의 단
순나열을 벗어나 장면의 묘사를 종종 지향함을 본다. <관동별곡> 4장과 5
장의 예를 들어보자.

三日浦 四仙亭 奇觀異迹 // 彌勒堂 安祥渚 三十六峯
夜深深 波激激 松梢片月 // 爲 古溫貌 我隱伊西爲乎伊多
述郎徒矣 六字丹書 // 爲 萬古千秋 尙分明

仙遊潭 永郎湖 神淸洞裏 // 綠荷洲 靑瑤嶂 風烟十里
香冉冉 翠霏霏 琉璃水面 // 爲 泛舟景 幾何如
蓴羹鱸膾 銀絲雪縷 // 爲 羊酪豈勿參爲里古

32) 김흥규, 『한국문학의 이해』, 민음사, 2006, 116~117면; 성호경, 「경기체가의 장르」, 『국문
학사의 쟁점』, 집문당, 1986, 236~237면; 박일용, 「경기체가의 장르적 성격과 그 변화」, 『한
국학보』 13, 일지사, 1987, 7~10면.
33) 박일용, 앞의 책, 46~47면.

4장의 1, 2행과 5장의 1행은 여정을 보여주는 명사의 나열로 되어 있는 듯하다. 그런데 자세히 보면 4장의 1, 2행은 동일한 성질을 지닌 명사의 나열만은 아니다. 각 행의 첫째 구와 둘째 구가 셋째 구를 꾸며주는 형식으로 되어 있기 때문이다. 즉 이들은 "삼일포와 사선정의 기이한 경치와 자취", "미륵당과 안상저의 서른 여섯 봉우리들"로 해석되어 각기 하나의 경관을 제시하고 있는 것이다.[34] 첫 구와 둘째 구가 셋째 구를 수식하여 하나의 장면을 이루는 구성은 같은 작품 1장 2행의 "벽유당碧油幢 홍련막紅蓮幕 병마영주兵馬營主"(푸른 휘장 붉은 장막에 둘러쌓인 병마)라든지, 7장 2행의 "경포대鏡浦臺 한송정寒松亭 명월청풍明月淸風"(경포대와 한송정의 밝은 달과 맑은 바람)과 같은 표현에서도 찾아진다.

<한림별곡>에서 지배적이던 명사 나열의 행구성 방식은 이러한 방식으로 해체되어, 위의 예의 4장 3행과 5장 2,3 행을 보면 장면의 상세한 묘사가 시도되고 있음을 볼 수 있다. 이들을 풀어보면 "밤 깊고 물결은 잔잔, 소나무 끝엔 조각달", "푸른 연잎 자라는 모래톱과 푸르게 빛나는 묏부리, 십 리에 서린 안개 / 바람 향내는 향긋이, 눈부시게 파란 유리 물결에"와 같다. 시각, 청각, 후각의 각종 감각이 동원되어 감각적이고 상세한 묘사가 이루어졌다. 5장 4행의 "순채국과 농어회 은실처럼 가늘고 눈같이 희게 써네"와 같은 묘사 또한 시각적인 비유가 뛰어나다.

한편 이렇게 진행된 묘사는 각 장의 후반부에서 영탄적 혹은 설의적 표현으로 집약되어 고조된 정서를 표출한다. 4장 4행의 경우에는 "아 고운 모습 나와 비슷합니다."의 직유적 영탄이, 5장 6행에서는 "양락이 맛지단 들 이보다 더하리오"와 같은 설의적 표현이 사용되었음을 본다. 이렇듯 상

---

34) 번역은 임기중 외, 앞의 책을 따름. 이하 동일.

세한 묘사와 영탄적·설의적 표현들은 강호가사에서 본 것과 흡사하다.

경기체가의 묘사적 경향은 조선전기 관료사회에서 크게 유행한 <상대별곡霜臺別曲>에서도 지속된다. 이 작품에서 특징적인 것은 상태의 묘사뿐만 아니라 동작의 묘사 또한 보인다는 점인데, 다음을 통해 이를 살펴보자.

> ○ 各房拜 禮畢後 大廳齊坐 // 正其道 明其義 參酌古今 (3장 1·2행)
> ○ 駕鶴驂鸞 前呵後擁 辟除左右 (2장 3행)
> ○ 脫衣冠 呼先生 섯거 안자 // 烹龍炮鳳 黃金醴酒 滿鏤臺盞 (4장 2·3행)

처음 예에서는 "절하고 예를 마친 후 앉아 도를 바로 하고 의를 밝히며 고금을 참작한다."라는 학문행위가 표현되었고, 둘째 예에서는 "학 타고 난새를 몰며 앞에서 호령하고 뒤에서 옹위하여 좌우로 벽제하는" 당당한 행차의 모습이 그려졌다. 한편 마지막 예에서는 공무가 끝난 후 "의관을 벗고 전임자 불러 섞어 앉아 용봉을 삶고 구운 진미에 황금단술 누대잔에 가득 붓는" 연행의 자리가 묘사되었다. 이러한 행동의 묘사는 강호가사에서 유상지락遊賞之樂의 행위를 묘사한 부분들을 연상시킨다.

이와 같이 경기체가는 비록 한문의 형태이기는 하되, 장면의 상세한 묘사와, 영탄 혹은 설의적 표현의 배합을 통해 고조된 정서를 표현한다는 점에서 강호가사의 구성원리에 근접해 있다.

한편, 취흥의 극적 구조를 보이는 것 또한 경기체가와 조선전기 강호가사의 유사점이다. 경기체가의 구조는 외적구조로서 '기 - 서 - 결' 정도로 이해되어 왔을 뿐이다. 그런데 고려조의 경기체가인 <한림별곡翰林別曲>, <관동별곡關東別曲>, <죽계별곡竹溪別曲>과, 조선전기 관료들 사이에서 크게 유행한 <상대별곡霜臺別曲>을 포함하는 7편의 작품들이 강호가사와 같이 취흥을 정점으로 하는 구조를 보여주고 있다. 조선조에 들어와 송축용 악장으로 창작된 경기체가나, 유교적 도덕이나 불교적 사상을 담는 장르로 변용된 교훈적 혹은 종교적 경기체가를 제외하고 보면, 이러한 취흥의 극적 구조는 경기체가 양식의 일반적인 구조라고 볼 수 있다.[35]

이와 같이 경기체가는 자세한 묘사와 수사적 진술을 통해 구성되며, 취흥을 동반하는 정서적 고조의 구조를 취한다는 점에서 강호가사와 유사점을 지닌다. 그러나 강호가사는 경기체가의 전통을 이어받기는 했으되, 그와 다른 성격을 띠는 것도 분명하다. 강호가사는 경기체가에 비해 보다 도학적인 자연미를 중심적인 화두로 다루며, 흥취의 고조 이면에는 갈등의 요소를 숨기고 있는 것이다. 그런데 이러한 장르적 변화는 경기체가사상 후기작품인 <화전별곡花田別曲>과 <독락팔곡獨樂八曲> 등에서 그 맹아가 간취된다. 이를 다음 항에서 논의해 보자.

3.1.2. 처處의 문학으로의 변용

강호가사가 사림의 처處의 문학이며 자연미를 표현한 시가라는 점을 생각할 때, 경기체가와 강호가사가 만나는 구체적인 지점으로 떠오르는 것은 <화전별곡花田別曲>과 <독락팔곡獨樂八曲>이다. <화전별곡>은 작가가 중앙관료직에서 좌천되어 향촌에 유배되었던 시기에 지어진 작품이라는 점에서, <독락팔곡>은 관료로서의 삶을 거부하고 자연 속의 처사적 삶을 노래한 시가라는 점에서 주목의 대상이 된다.

<화선별곡>은 경기제가나 상호가사 특유의 상세한 묘사와 취흥의 확산

---

35) 다음과 같은 경기체가 작품 7편이 그 예이다. <翰林別曲>·<關東別曲>·<竹溪別曲>·<霜臺別曲>·<錦城別曲>·<配天曲>·<花田別曲>.

구조를 보여준다. 그러나 <화전별곡>에서의 흥취는 여타의 경기체가와는 다른 변형된 성격을 지닌다. 왜냐하면 이때의 흥취는 순전히 즐겁기만 한 흥취가 아니라, 시름을 잊는 방편으로서의 흥취로 보이기 때문이다. 이러한 추측은 이 작품의 형성 배경을 고찰할 때 가능하다. 이 작품은 작가인 김구金絿(1488~1534)가 기묘사화己卯士禍에 연루되어 남해南海의 절도絶島로 유배되어 있던 당시에 창작한 것이기 때문에, 그러한 상황에서의 흥취란 자긍심으로 가득찬 <한림별곡>이나 <상대별곡>류의 흥취와는 다르다는 점을 쉽게 짐작할 수 있다. <화전별곡>의 이면에 내재된 갈등의 양상은 다음과 같은 주제적 진술을 통해 엿보인다.

> 綠波酒 小麴酒 麥酒濁酒 // 黃金鷄 白文魚 柚子蓋 貼匙臺예 // 偉 ㄱ득 브어 勸觴景 긔 엇더ᄒ닝잇고 // 鄭希哲氏 過麥田大醉 (再唱) // 偉 어늬제 슬플 저기 이실고

위에서 <화전별곡>의 화자는 "위 어늬제 슬플 저기 이실고"라는 진술을 통해, 자득한 정서를 주제적으로 드러내고 있는 듯하다. 그러나 뒤집어 보면 이 언술은 슬픔의 존재를 역설적으로 드러내고 있다. 이는 전 장 3절에서 보인 바, <상춘곡>이나 <면앙정가>의 주제적 진술들이 지닌 성격과도 유사하다.

흥취의 의미 전도를 표현하기 위해 <화전별곡>이 취한 또 다른 문학적 장치는 흥미롭게도 패러디 양식이다. <화전별곡>은 마지막 장으로 보건대 <상대별곡>의 패러디임이 틀림없는데, 중앙관리들의 호화로운 모임보다 지방의 조촐한 모임이 즐겁다는 선언으로 끝을 맺고 있다. 이 부분을 비교해보면 다음과 같다.

楚澤醒吟이아 너는 됴ᄒ녀   초택에서 이소를 읊던 굴원이 너는 좋은가
鹿門長往이아 너는 됴ᄒ녀   녹문산에 숨어사는 逸士들이 너는 좋은가
明良相遇 河淸盛代예   明君 良臣 만나는 태평성대에
驄馬會集이아 난 됴ᄒ이다   총마로 모여듦이 나는 좋더라.

　　　　　　　　　　　　　　　　　　　—<상대별곡> 5장

京洛繁華ㅣ야 너는 불오냐   서울의 번화함이야, 너는 부러우냐
朱門酒肉이야 너는 됴ᄒ냐   지체높은 벼슬아치의 붉은 대문, 술과
　　　　　　　　　　　　　　　　　고기가 너는 좋으냐
石田茅屋 時和歲豊   돌무더기 밭에 띠로 인 작은 집, 사시가
　　　　　　　　　　　　　　　　　태평하고 풍년이 들고
鄕村會集이야 나는 됴하ᄒ노라   향촌의 모임을 나는 좋아하노라

　　　　　　　　　　　　　　　　　　　—<화전별곡> 6장

　위에서 보는 바와 같이 <화전별곡>의 화자는 <상대별곡>의 관료지향성
을 정면으로 거부하고 소박한 향촌의 삶을 예찬한다. 그러나 이러한 진술
은 <화전별곡>의 형성 배경을 생각할 때 문면 그대로 받아들이기 어렵다.
오히려 그것은 중앙 정치에서 소외된 자신의 상황을 애써 자위하는 것으
로 읽힌다. 이때 <화전별곡>에서 보여주는 흥취는 정치적 갈등의 또 다른
정서적 표출이라고 볼 수 있다. 여기에서 긍정적 감격을 표현하는 장르인
경기체가의 성격에 변화가 일어나게 된다. <화전별곡>의 흥취는 순수한
긍정적 흥취가 아니라 내적 갈등을 이면에 내포한 흥취인 것이다. 이러한
장르적 성격 변화를 <화전별곡>은 경기체가의 전형적 장르성을 띠고 있
는 <상대별곡>을 패러디함으로써 아이러니하게 나타내고 있다.[36]

────────────

36) <화전별곡>은 <상대별곡>을 패러디하는 과정에서 골계미를 또한 지향한 것으로 보인
　다. 여기에는 향촌인물들의 취중버릇이며 코골며 자는 모습 등등이 해학적으로 표현되
　어 있다.

 <화전별곡>은 갈등을 이면에 내포한 흥취의 고조를 보여준다는 점에서
강호가사의 작품세계에 한층 더 근접한다. 그런데 이 둘이 크게 다른 점은
자연미의 형상화 여부에 있다. <화전별곡>에는 유락적 즐거움만 그려져
있을 뿐 자연미에 대한 고려는 전혀 되어 있지 않기 때문이다.

 갈등을 내포하는 동시에 자연미를 형상화한 경기체가 작품은 <독락팔
곡>이다. <독락팔곡>은 자연의 청한미淸閑美와 소요음영逍遙吟詠하는 즐거
움을 형상화했다는 점에서 강호가사와의 밀접한 연관성이 발견된다. 그러
나 구조적 측면에서 보면 <독락팔곡> 또한 여타의 경기체가나 강호가사
와 변별되는 측면이 있다. 그것은 상세한 묘사보다 주제적 진술이 압도적
이며, 취흥을 정점에 놓는 구조도 없다는 점이다. 자연미가 형상화된
1·2·4장을 제외하고 보면, <독락팔곡>의 나머지 3·5·6·7장은 모두 주제적
진술을 주로 하여 구성되어 있다. 주제적 진술방식은 심지어 묘사가 우세
한 장들에서도 확연히 드러나는데, 이들의 예를 살펴보면 다음과 같다.

 草屋三間 容膝裏 昻昻一閒人 (再唱) // 琴書를 벗을삼고 松竹으로 울을ᄒᆞ니
 <u>修修生事와 淡淡襟懷에 塵念이 어딕 나리</u> // 時時예 落照趁淸 蘆花岸紅ᄒᆞ고
 殘烟帶風 楊柳飛ᄒᆞ거든 // 一竿竹 빗기안고 <u>忘機</u>伴鷗 景 긔 엇다ᄒᆞ니잇고
                                      ─<독락팔곡> 2장37)

 入山 恐不深 入林 恐不密 // 寬閒之野 寂寞之濱에 卜居를 定ᄒᆞ니
 野服黃冠이 魚鳥外 버디업다 // 芳郊애 雨晴ᄒᆞ고 萬樹애 花落後에
 靑藜杖 뷔집고 十里溪頭애 <u>閒往閒來</u> ᄒᆞᄂᆞᄠᅳᆮ // 曾點氏 浴沂風雩와 程明

---

37) "초가삼간에 겨우 무릎을 놓아 두고, 志行 높은 한가한 사람, / 거문고와 책을 벗삼고 송죽
   으로 울타리 치니 / 정제된 생활과 담담한 마음가짐 속에 속세 생각이 어디에서 나리 / 때
   때로 지는 해 맑아지고 갈대 꽃은 강가에 붉은데, / 비낀 안개와 도는 바람에 버들이 날리
   거든, / 낚싯대 비스듬히 안고 세사 잊고 갈매기와 어울리는 모습, 그것이 어떠합니까."

道 傍花隨柳도 이러틴가 엇다틴고
　暖日 光風이 불써니 블거니 興滿前ᄒ니 // 悠然胸次ㅣ 與天地萬物 上下同
流景 긔 엇다ᄒ니잇고

　　　　　　　　　　　　　　　　　　　　　－<독락팔곡> 4장38)

　2장을 보면, 1·2행에서 자연의 삶을 제시하자마자 3행에서 바로 주제적
진술인 "수수생사修修生事와 담담금회淡淡襟懷에 진념塵念이 어듸 나리"를 발
화하고 있음을 볼 수 있다. 형식상 의문문으로 된 이 진술은 강호가사에서
설의적 표현이 고조된 흥취를 발산했던 것과는 다르다.39) 여기에서는 흥
취를 고조시키기도 전에 먼저 이념적 진술이 등장하고 있기 때문이다. 이
어지는 자연의 묘사에서도 '망기忘機' 등의 어휘 선택은 이념성을 보다 직
접적으로 드러낸다. 4장에서도 또한 '한왕한래閒往閒來'하는 삶에 대한 상세
한 묘사에 주력하기보다는 그 '뜻'을 주제적으로 제시하고 있다.40) <독락
팔곡>의 3·5·6·7장은 더구나 거의가 주제적 진술로 이루어져 있으며, 독
선獨善의 의지를 강하게 표방하는 것을 그 내용으로 한다.
　<독락팔곡>은 자연미를 형상화하고 갈등을 표현했다는 점에서는 강호
가사와 유사하다. 그러나 갈등을 숨기고 흥취의 고조를 꾀하는 강호가사
와 달리, <독락팔곡>은 갈등을 직접적으로 진술하고 그것을 이치의 주제

---

38) "산에 들면 깊지 않을까 두렵고, 숲에 들면 빽빽하지 않을까 두려워라. / 넓고 한가한 들
　판, 적막한 강가에 살 집을 정하니 / 농부 옷에 누런 모자 써서 고기와 새밖에는 벗이 없
　다. / 향기로운 교외에 비는 개이고 나무마다 꽃이 진 뒤에 / 명아주 지팡이 짚고서 십
　리 길 시냇가를 한가로이 오가는 뜻은 / 증자가 욕기풍우하고, 정명도가 꽃 따라 버들 좇
　던 곳도 이렇던가 어떻던가. / 따뜻한 햇볕, 빛나게 부는 바람, 붉거니 밝거니 하여 흥은
　앞에 가득하니 / 유유한 가슴 속이 천지 만물과 더불어 상하로 흐르는 모습, 그것이 어떠
　합니까."
39) 이 장 2.1절 참조.
40) 4장의 구성은 한왕한래의 삶을 묘사한 1~5행까지와, 그 의미를 제시한 6~8행까지로 나
　누어 볼 수 있다. 이러한 구성은 5행 말미의 '~ᄒᄂᆫ뜨든'의 전환을 통해 이루어진다.

적 진술을 통해 극복한다. 이에 따라 강호가사가 표방하는 호방미와는 달리 <독락팔곡>은 비장한 미감을 드러낸다.[41]

지금까지 본 바와 같이, 조선전기 강호가사는 경기체가의 문학적 전통속에서 형성되었으면서도 경기체가 작품들과는 또 다른 독특한 구조적·미적 특질을 형성하고 있다. 그러면 경기체가 장르와의 이러한 공통점과 차이점은 어떠한 맥락에서 형성된 것인지를 작가층의 특성과 연행적 특성을 통해 살펴보도록 하자.

3.2. 작자층의 특성과 연행적 특성

3.2.1. 작자층의 정치적 적극성

강호가사의 낙관적인 작품세계는 강호가사 작가들의 적극적인 정치의식과 관련된 것으로 보인다. 먼저 <상춘곡>의 작가 정극인의 경우를 살펴보자. 정극인은 생애의 대부분을 산림에서 보내었고, 그의 대표작 <상춘곡> 또한 안빈낙도하는 삶을 읊고 있기에, 전형적인 처사적 인물로 비추어진다. 그러나 그가 삶의 대부분을 산림에서 보낸 것은 자의에 의한 것은 아니었던 것으로 보인다. 그는 1429년(세종11)에 생원시에 합격하고 그 후 20년 남짓 여러 번 대과에 응시했으나 낙방을 거듭하였다. 이러한 불운 때문에 그는 53세 되던 1453년(단종1)에 드디어 급제하기 전까지, 불우헌不憂軒이 소재한 전라도 태인현泰仁縣에서 생애의 오랜 시간을 보내게 된다. 71세 되던 1470년(성종1)에 치사한 이후 다시 산림에서 보낸 10년을 이에 더하면

---

41) <독락팔곡>에는 시적 화자의 좌절감 또한 반복적으로 형상화되는데, 이러한 정서 또한 <독락팔곡>의 비장미를 구성하는 요소이다.

그가 산림에서 보낸 세월은 사뭇 길다.[42] 그러나 그의 작품 세계를 통해 볼 때, 그는 정계보다 산림을 추구한 인물은 결코 아니었다. 그의 작품들에는 출사에 대한 욕망이 종종 내비치고 있기 때문이다. 다음의 예들을 통해 이 점을 살펴보자.

> ㄱ. 어찌하면 남주의 수령이 되어 // 처자를 기쁘게 할 수 있을까[43]
> ㄴ. 다만 몸과 마음이 아직 쇠하지 않았으니 // 나이를 줄여 다시금 홍진을 밟고 싶어라[44]
> ㄷ. 위로는 비 내리고 옆으로 바람맞는 몇 칸의 집에 // 헛된 명예를 따르는 한 선비가 있네[45]
> ㄹ. 하찮은 의복이라도 없으면 겨울 넘기기 어려운데 // 누가 나에게 추위 견딜 가죽옷을 줄 것인가 // 대과에 급제하지 못한 채 쉰세 해 // 사람을 가르치는 재미 늙을수록 더하네[46]

출사 전에 지은 것으로 보이는 ㄱ의 예나 치사 후에 지은 ㄴ의 예에서나 작자는 정치권력을 동경하는 모습을 보여준다. 이러한 자신의 모습을 ㄷ의 예에서는 '헛된 명예를 따르는 한 선비'로 그려 놓았다. ㄹ에서는 산림에 묻혀 교육과 학문에 전념하는 삶의 즐거움을 그렸으나, 그 즐거움은 전 2행에서 그려진 현실적 상황에 의해 조건지어진 것이다. 즉, 과거에 급제하지 못한 현실적 상황이 작가로 하여금 산림의 즐거움을 추구할 수밖에 없게 만든 것이다. 이때 산림의 즐거움은 작가가 진정으로 선택한 것이

---

42) 『국역 불우헌집』, 김홍영 역, 민족문화추진회, 1998, <해제> 참조.
43) "安得南州守 能令妻子悅." ―<火牟參判>, 『不憂軒集』 卷 .
44) "只有身心衰未了 縮年還欲踐紅塵" ―<致仕吟>, 『不憂軒集』 卷一.
45) "上雨傍風屋數間 浮名虛譽一儒冠" ―<詠懷>, 『不憂軒集』 卷一.
46) "無褐無衣難卒歲 雖將惠我禦冬裘 丹桂成寃五十三 誨人滋味老猶貪" ―<又寄栗甫>, 『不憂軒集』 卷一.

라기보다는, 어쩔 수 없이 선택하게 된 이차적 가치에 머물 뿐이다.

정극인의 작품에 나타난 자연지향성은 이렇듯 현실적 한계에 원인을 두고 있을 뿐, 현실에 대한 부정의식에 기인한 것은 아니었기에, 그의 작품에는 현실에 대한 염오의 감정은 거의 드러나지 않는다. 그보다는 권력지향적 의식과 현실적 한계가 빚어내는 갈등을 솔직하게 표현한, 위에 인용한 것과 같은 작품들이 눈에 띈다.

<관서별곡>의 작가 백광홍과 <면앙정가>의 작가 송순 또한 현실정치에 대해 적극적이었던 인물로 보인다. 백광홍의 경우에는 젊은 나이에 과거에 급제하고 사가독서賜暇讀書를 할 만큼 촉망을 받고 이제 관직에 막 나아가 바야흐로 정치적 포부를 펴려던 시점에 짧은 생을 마감해야 했으므로 정치에 대한 염오를 느낄 새도 없었으리라 짐작된다.47) 한편 송순은 네 임금을 모실 만큼의 긴 관직 생활을 비교적 평탄히 해내었던 인물로 평가된다. 이렇듯 비교적 순탄한 관직생활을 통해 그는 겸선兼善이라는 사대부의 이상을 실현하고자 노력했던 인물로 보인다. 다음에 보이는 송순에 대한 인물평이나 그의 작품세계를 통해 이를 짐작할 수 있다.

> 반드시 먼저 배척을 당하였어도 마침내 조금도 굴하지 아니하여 네 분의
> 임금을 모셨고 산림에 물러나 늙으면서 집동산에 정자를 짓고 면앙정이라
> 이름하였으니 대개 우주를 면앙한다는 뜻이었다. 대나무 남여를 타고 소나
> 무 아래로 가고 오면서 날마다 산늙은이와 물가의 벗으로 더불어 섞여 앉
> 아서 말하고 웃으면서도 나라를 사랑하고 임금을 근심하는 정성은 조금도
> 해이하지 않아서 시편으로 나타내고 가곡으로 표현하였다.48)

---

47) 백광홍은 1552년(명종7)에 문과에 급제하여 홍문관 정자가 되고 이듬해엔 湖堂에 뽑히는 영예를 누린다. 1555년(명종10)에 평안도 評事가 되어 이때 <관서별곡>을 지어 남겼는데, 이듬해에 병으로 죽었다. 洪直弼, <墓碣銘 幷序>, 『岐峯集』 권5 참조.

48) "必先見斥, 終不少屈, 左右四朝, 退老林下, 作亭家園崖上, 名曰俛仰, 蓋俯仰宇宙之義也. 以竹

늙엇다 물러가쟈 ᄆᆞ음과 의논ᄒᆞ니 / 이 님 ᄇᆞ리고 어드러로 가쟛말고 /
ᄆᆞ음아 너란 잇거라 몸이 먼저 가리라

— <致仕歌> 1수[49]

앞의 예는 송순의 정치적 삶이 여러 번의 우여곡절에도 불구하고 비교
적 성공적이었음을 보여주고, 그의 의식세계에는 자연에 대한 사랑과 정
치적 열정이 공존하고 있었음을 시사한다. 이러한 그의 적극적인 정치적
성향은 <치사가致仕歌> 3수에 잘 드러나 있는 것으로 분석된 바 있는데,[50]
위의 두 번째 예는 그 중 첫 수이다. 몸이 노쇠함에 치사할 때가 되었음을
알지만, '님', 곧 임금을 향한 우국지정은 그칠 수 없음을 이 작품은 표현
하고 있다. 치사 후에도 변함없는 이러한 적극적인 정치의식 하에서 <면
앙정가> 또한 창작된 것으로 보인다.

　이상에서 본 바와 같이, 강호가사의 작가들은 현실 정치에 대해 보다 적
극적인 입장을 지녔으며, 이러한 그들의 정치관이 강호가사의 작품세계를
형성하는 데 작용했던 것으로 보인다. 강호가사는 자연과 정치현실을 이
분법적으로 갈라 정치현실에 대한 염오를 드러내기보다는, 고양된 자연미
를 통해 정치적 갈등을 정서적으로 해소하고자 했다. 이러한 시학적 특징
은 강호가사 작가들이 견지한 적극적인 정치의식에 그 한 원인이 있다.[51]

　　輿, 往來松下, 日與山翁溪友, 雜坐談笑, 其愛君憂國之誠, 未嘗小弛, 發於篇什, 形諸歌曲." —
　　崔棄, <行蹟>, 『俛仰集』 권4. 본문의 번역은 이영무 역주, 『연강학술도서 한국고전문학전
　　집20』, 고려대학교 민족문화연구소, 1995, 86면 참조.
49) "老去兮欲退去 與心兮相議 云有吾主兮 欲去兮何地 自持兮佳容 而獨胡爲兮將之."
50) 신영명, 앞의 책, 95~98면.
51) 조선전기 강호가사 작가들이 보여준 적극적인 정치성향은 기존에 논의된 바 있는, 기호·호
　　남사림의 '개혁적 현실주의'와 관련하여 이해해 볼 수 있다. 이러한 기호·호남사림의 성향
　　은 '보수적 이상주의'를 추구한 영남사림과 대조되어 이해되었다. 위의 책, 58~113면 참조.

3.2.2. 가창성과 표현론적 국면

강호가사가 경기체가의 낙관적인 작품세계를 수용·변용한 배경에는 연행환경이라는 또 다른 요인이 놓여 있다. 선행연구에서 논의된 바와 같이, 경기체가는 사대부들의 집단적인 음주가무 행위와 관련 깊은 장르이다. 조선전기 사대부들에게 가장 인기 있었던 레퍼토리로 보이는 <한림별곡>과 <상대별곡>은 물론이거니와, 도덕적이거나 종교적인 장르로 변용된 경우를 제외하면, 경기체가는 사대부들의 집단적인 연희의 장에서 주로 불렸다. 이러한 연행적 특성은 경기체가의 낙관적 작품세계를 형성한 주된 요인 중 하나였던 것으로 이해된다.[52]

강호가사에 있어서도 가창성은 장르의 성격을 형성하는 데 중요한 요인이 되었을 것으로 보인다. 조선전기 가사의 가창성에 대해서는 이미 몇 차례의 논의가 있었거니와, 다음의 평어를 통해 이를 재확인해보도록 하자.

> 근세에 우리말로 長歌를 짓는 자가 많으니, 그중 송순의 <면앙정가>와 진복창의 <만고가>는 사람의 마음을 조금 흡족하게 한다. … [면앙정가는] 우리말과 한문을 섞어 써서 그 宛轉을 극하였으니, 진실로 볼 만하고 들을 만하다. 송공은 평생에 노래를 잘 지었는데, 이는 그 중에서도 가장 잘된 것이다. <만고가>는 … 우리말로써 가사를 짓고 곡조를 맞추었으므로, 또한 가히 들을 만하다.[53]

조선전기에 가사를 향유한 방식에는 크게 완독과 가창의 서로 다른 방

---

52) 경기체가의 연행적 특징에 대해서는 박경주, 『경기체가 연구』, 이회문화사, 1996, 71면 참조.

53) "近世俚語長歌者多矣, 唯宋純俛仰亭歌, 陳復昌萬古歌, 差強人意. … 雜以文字, 極其宛轉, 眞可關而可聽也. 宋公平生善作歌, 此乃其中之最也. 萬古歌 … 而以俚語塡詞度曲, 亦可聽也." ― 沈守慶, 「遣閑雜錄」, 『大東野乘』.

식이 있었던 것으로 대개 이해된다. 위의 인용문은 <면앙정가> 또한 이러한 두 가지 방식으로 향유되었음을 보여준다. 그러나 위의 기록에서 보는 바, 송순이 평소 잘 지은 것은 '노래'였으며, <면앙정가> 또한 노래로 인식되었던 만큼, 일차적으로 그것은 불리는 장르로 기능했던 것으로 보인다. 한편, <만고가>에 대해 이어지는 기록에서는 "가히 들을 만하다"라고 하여 가창을 통한 향유만을 언급하였는데, 이 경우 완독보다는 가창 위주로 작품이 향유되었던 양상을 짐작할 수 있다.

<서호별곡>과 <관서별곡>에서도 또한 가창은 중요한 제시양식이었다. <서호별곡>은 악부에 올렸다는 기록이 전하므로, 가창으로 연행되었다는 점을 알 수 있다. <관서별곡> 또한 평양지방의 기생들이 즐겨 불렀다는 일화가 남아 있는 것으로 보아 노래로 불린 작품임을 파악할 수 있다. 아래가 그 기록들이다.

> 또한 <서호사> 6闋이 있는데, 봉래 양사언이 악부에 실어서 3강 8엽 33절로 만들고 <서호별곡>이라고 했다고 한다. 후에 공이 쓸데없는 것은 깎아내어 고치고, 부족한 것은 더하고 보태었으니, 이것은 악부에 실린 것과는 다르다.[54]

> [최경창이] 백광홍의 옛날 기생에게 써주기를, "금수산의 안개 노을 옛 빛이 여전하고 / 능라의 방초는 지금도 봄이로다. / 선랑은 떠나신 뒤 소식마저 끊어지니 / 관서별곡 한 곡조에 수건 가득 눈물짓네."라고 하였다. 백광홍이 일찍이 평안평사를 맡고 있다가 세상을 떴다. 그가 지은 <관서별곡>은 지금까지 진하여저 노래불린다 이원의 여러 기생들이 듣고는 문득 눈물을 떨구었기에 이렇게 말한 것이다. 금수연하와 능라방초는 <관서별

---

54) "又有西湖詞六闋, 蓬萊楊使君, 載之樂府, 爲三腔八葉三十三節, 謂之西湖別曲. 後公多刪改增益, 與樂府所載不同". ─許穆, <西湖詞跋>, 『先祖詠言』.

곡> 가운데 나오는 말이다.55)

이때, 가창을 통한 가사의 향유는 혼자서도 불가능하지는 않았겠지만, 그보다는 여러 사람이 모인 친목의 장에서 주로 이루어졌을 것으로 짐작된다. <면앙정가>의 경우, 당시 호남의 유명한 문사들이 면앙정에 대한 수다한 작품들을 남기고 있는 사실을 볼 때, 면앙정을 중심으로 한 문사들의 모임에서 이 작품이 불리었을 것이라는 추측이 가능하다.56) 한편, <서호별곡>에는 집단적인 연행의 표지가 보다 뚜렷이 작품 내부에 담겨 있다. <서호별곡>은 뱃놀이를 주된 내용으로 하는데, 작품의 후반부에 놀이의 주체가 '그대네' 혹은 '우리'라는 집단적 주체로 설정되어 있다. 해당 부분을 살펴보면 다음과 같다.

> 翩躚ᄒᆞᆫ 羽衣道士이 江皐로 디나며 무로되 /그ᄃᆡ네 노로미 즐거오냐 엇써ᄒᆞ뇨
>
> …
>
> 宇宙 勝賞을 ᄎᆞᄌᆞ리 업ᄉᆞ랴 / 造物이 숨겻다가 天遊 盛跡이야 우리로 열리로다

위와 같은 집단주체의 설정은 <서호별곡>이 혼자가 아닌 여럿에 의해 연행되었음을 시사한다. 기묘사화의 여파로 정계로의 진출이 완전히 차단

---

55) 李睟光, 『芝峯類說』 권 13 : "贈白光弘舊妓曰 : '錦繡烟霞衣舊色. 綾羅芳草至今春. 仙郎去後無消息. 一曲關西淚滿巾.' 白光弘曾任平安評事而卒. 其所製關西別曲, 至今傳唱. 梨園諸妓聞輒下淚故云. 錦繡烟霞綾羅芳草, 乃其曲中語也.'"

56) 『俛仰集』 권7에는 면앙정 관련 시와 문, 그리고 면앙정 제영시를 남긴 여러 문인들에 대한 기록이 실려 있다. 당시 면앙정을 중심으로 한 문인들의 활발한 교류에 대해 '면앙정가단'이라는 이름이 붙여진 바도 있다. 丁益燮, 『湖南歌壇研究 - 俛仰亭歌壇과 星山歌壇을 중심으로』, 진명문화사, 1975, 50~59면 참조.

되었던 작가 허강이 서호에서 은둔생활을 하며 봉래蓬萊 양사언楊士彦, 토정土亭 이지함李之菡 등의 인물과 풍류생활을 즐기는 가운데,[57] <서호별곡>은 창작되고 향유되었을 것이다. <관서별곡> 또한 앞의 예문에서 보는 바와 같이 한 자리에서 여러 명의 사람들에 의해 향유되었음을 알 수 있다.

조선전기 강호가사가 복수 주체에 의해 향유되던 장르였다면, 그러한 연행상황에 어울리는 특성을 그것은 견지하고자 하였을 것이다. 그렇다면 사림의 연석에서 환영받는 노래는 어떤 성격의 것이었을까? 당대 시가작품의 한편에는 <한림별곡>이나 <상대별곡>과 같은 경기체가가 있다. 다른 한편에는 이황의 <도산십이곡>과 같은 도학적 연시조가 있다. 전자는 자긍과 풍류로 일관되어 사림의 미의식과 부합하지 않는 면이 있다. 반면 후자는 놀이에서 불리기에는 지나치게 절제미를 추구하는 감이 있다. 그런데 다음과 같은 기록은 앞서 든 두 종류의 노래와는 또 다른 성격의 노래를 사림이 그들의 놀이문화에서 즐겼음을 보여준다.

　공이 문 밖에까지 나와 맞으시고 안으로 데리고 가서 바둑을 두었다. 밥을 차리게 하고 이어 술을 내오게 했다. 큰 여종에게는 거문고를 타게 하고 어린 여종에게는 아쟁을 타게 하고는, <귀거래사>를 부르기도 하고, <귀전부>를 부르기도 하고, 이하의 <장진주>를 부르기도 하고, "杏花飛簾散餘春"을 부르기도 했다. 그 아들 문량은 자가 대성으로 옆에서 공을 모시고 앉아 있다가 또 <수곡>을 불렀다. 나와 대성이 일어나 춤을 추니 공도 일어나 춤을 추었다. 공의 나이 일흔여덟로, 나보다 나이가 위인데도 <u>더욱 흥겨워하고 비감해했다.</u>[58]

---

57) 許穆, 『先祖詠言』, <別錄> 참조.
58) "公出迎門外, 引坐圍碁. 命之食, 繼之以酒. 使大婢按琴, 小婢撫箏. 或歌歸來辭, 或歌歸田賦, 或歌李賀將進酒, 或歌蘇雪堂杏花飛簾散餘春. 其子文樑字大成, 侍坐亦歌壽曲. 余與大成起舞, 公亦起舞. 公之春秋七十八, 乃吾先年也, 愈爲之興懷悲梗." ― 周世鵬, <遊淸涼山錄>, 『武陵雜稿』

위의 기록은 주세붕周世鵬(1495~1554)이 청량산으로 유람을 떠나던 중 이
현보李賢輔(1467~1555)의 집에 들러 풍류를 즐긴 내용이다. 여기에서 불린 곡
들은 도잠陶潛의 <귀거래사歸去來辭>와 <귀전부歸田賦>, 그리고 이하李賀의
<장진주將進酒>, 소식蘇軾의 <월야여객음행화하月夜與客飮杏花下> 따위이다.
이러한 중국 시가들은 우아한 멋을 유지하면서도 동시에 내적 갈등과 정
서를 분방하게 노출한다는 점에서 음주가무의 현장에서 즐겨 불린 것으로
짐작된다. 중국문학에서 사辭와 부賦는 자유분방한 진술과 감정의 유로에
그 특징을 둔다. 도잠의 <귀거래사>는 자연미를 지향하면서도, 그 속에 내
적 갈등을 극복하고자 하는 파토스를 작품 전반에 걸쳐 드러내고 있다. 또
한 이하의 <장진주>는 자유로운 형식 안에서 화려하고 감각적인 작품세
계를 구현하였으며, 소식 또한 거침없고 자유분방한 작품세계로 유명한
시인이었다. 요컨대 이 작품들의 공통된 특징은 우아하면서도 분방한 정
서의 표출이라고 하겠다. 때문에 이를 즐기며 사림들은 "흥겨워하고 비감
해" 할 수 있었던 것이다.

사림의 연석에서 환영받은, 우아하면서도 분방한 정서적 풀이의 문학은
우리말 시가로도 요청되었을 것이다. 노래를 부르기에는 한시보다는 우리
말 시가가 보다 알맞기 때문이다.[59] 표현론적 시가에 대한 이러한 요청은
17세기 초반에는 다음과 같이 표현되기도 한다.

> 『象村集』에 보면, 芝峰의 <朝天錄歌詞>에 대해서 쓴 것이 있다. 거기에
> 말하기를, "중국의 가사는 옛 악부와 그 시대의 소리를 관현에 올려놓은 것
> 이지만, 우리 나라에서는 지방의 소리를 문자에 맞추어 놓은 것이다. 이것

卷7. 본문의 번역은 이혜순 외, 『조선 중기의 유산기 문학』, 집문당 1997, 375면 참조.
59) 이러한 사정은 이황의 <陶山十二曲跋>, 『退溪集』 권43에 다음과 같이 잘 나타나 있다. "今
之詩異於古之詩, 可詠而不可歌也. 如欲歌之, 必綴以俚俗之語, 盖國俗音節, 所不得不然也."

이 비록 중국과 다르긴 하지만, 그 정서와 경치를 모두 싣고 음률에 어울려
서 사람들로 하여금 빠져들게 하고 춤추게 하는 것은 한가지다."라고 하였
다. 믿음직하도다. 이 말이여!60)

위의 예는 시가의 기능을 "감정과 경치를 표현하여" "사람들로 하여금
감탄하고 빠져들어 춤추게 하는" 데에 두고 있다. 이는 16세기 중반의 대
표적인 시가관이라 할 만한 이황의 견해와는 사뭇 다르다. 이황이 온유돈
후溫柔敦厚한 심성의 회복을 시가의 목적으로 보아 시의 효용적·교훈적 기
능을 중시했다면,61) 위의 시가관은 그보다는 정서의 표현이라는 표현론적
기능에 무게를 두고 있는 것이다. 위의 예는 가사의 예를 들며 말하고 있
어서, 가사의 문학적 성격과 표현론적 문학관의 관계를 직접적으로 시사
한다. 한편 16세기 후반에 권호문이 쓴 <독락팔곡서獨樂八曲序>는 직접적으
로 가사 장르에 관한 것은 아니지만, 경기체가와 관련하여 주목할 만한 표
현론적 문학관을 피력한 바 있다.

옛 사람이 이르기를 노래는 많이 걱정스런 생각에서 나온다 하였으니,
이는 또한 내 마음의 불평에서 발해진 것이다. 그러나 주문공이 말하기를
그 뜻한 바를 노래하여 성정을 기른다 하였으니 지극하도다 이 말씀이
여.62)

---

60) "按象村集. 其書芝峰朝天錄歌詞曰 : "中國之所謂歌詞卽古樂府曁新聲, 被之管絃者俱是也. 我
國則發之藩音, 協呂文語, 此雖與中國異. 而若其情境咸載, 宮商諧和, 使人詠歎淫佚, 手舞足蹈,
則其歸一也"云. 信哉. 言乎." ―洪萬宗, 『旬五志』卷下.

61) "欲使兒輩朝夕習而歌之, 憑几而聽之, 亦令兒輩自歌而自舞蹈之, 庶幾可以蕩滌鄙吝, 感發融通,
而歌者與聽者, 不能無交有益焉.(아이들로 하여금 조석으로 익히어 노래하게 하고 궤석에
기대어 듣기도 하며, 또한 아이들이 스스로 노래하고 스스로 춤추게 하니, 거의 비루한 마
음을 씻어버리고 감발하며 융통할 수 있어서 노래하는 자와 듣는 자가 서로 유익됨이 없
지 않다.)" ―<陶山十二曲跋>, 『退溪集』.

62) 권호문, <獨樂八曲幷序>, 『松巖集』권6 : "古人云, 歌多出於憂思, 此亦發於余心之不平. 而朱

위의 인용문에서 작자는 성정지정性情之正만을 노래의 내용으로 해야 한다고 하지 않고, 불평한 심사를 표현하여 그것을 해소하는 노래 또한 옹호하고 있다. 물론 이 또한 궁극적으로는 성정지정의 회복을 추구한다는 점에서는 유교적 효용론의 자장 내에 있다. 그러나 성정지정뿐만 아니라 불평지심 또한 노래의 내용으로 삼고 있다는 점에서는 표현론적 시가관의 싹을 보여준다고 할 수 있다.63)

요컨대 사대부들의 집단적인 풍류에서 가창된다는 연행적 상황 속에서, 조선전기의 강호가사는 정서를 절제하기보다는 고조시켜 풀이하는 표현론적 문학을 지향하게 되었던 것으로 보인다. 그리고 이는 경기체가의 연행적, 문학적 특성의 연장선상에서 이해할 수 있다.

4. 결론

이 글에서 파악한 조선전기 강호가사의 특징은 첫째, 다양한 수사기교를 통해 자연미와 유상지락遊賞之樂을 낱낱이 다 말하는 구성원리를 견지한다는 것, 둘째, 취흥醉興을 정점으로 하는 내용 구조를 통하여 정서를 고조·풀이하는 호방미를 지향한다는 점, 셋째, 작품의 이면에 내적 갈등이 표현되어 있다는 점 등이었다.

조선전기 강호가사의 문학적 특성은 인접 장르인 경기체가와 유사성을 보였다. 상세한 묘사를 통해 정서를 고조시키며 취흥을 정점에 놓는 구조

文公曰, 詠歌其所志, 以養性情, 至哉斯言. 心之不平而有是歌, 歌之暢志而養其性."
63) 이에 대해서는 길진숙, 『조선 전기 시가예술론의 형성과 전개』, 소명출판, 2002, 267~271면 참조.

를 취한다는 점에서 경기체가와 강호가사는 서로 닮아 있었다. 특히 경기체가 <화전별곡花田別曲>과 <독락팔곡獨樂八曲>은 경기체가와 강호가사 사이의 보다 구체적인 접점을 보여주었다. 이들은 각기 흥취의 확산을 통해 갈등을 해소한다는 점과 자연미를 지향한다는 점에서, 경기체가 장르를 변용하여 강호가사의 시학에 근접한 것으로 파악되었다.

갈등을 이면에 담은 채 자연미와 유상지락遊賞之樂을 낱낱이 다 말하고 호방豪放의 미를 추구하는 조선전기 강호가사의 시학은 작가들의 정치적 성향이나 연행의 맥락과 관련지어 이해할 수 있었다. 즉, 이는 강호가사 작가들의 적극적인 정치관의 산물이며, 사림의 집단적 풍류의 장에서 가창된다는 강호가사의 연행 상황과 관련된 것으로 볼 수 있었다.

조선전기 강호가사의 작자들은 부정적 현실 대 긍정적 자연이라는 이분법적 사고를 지양하면서도 동시에 내적 갈등을 풀기 위하여, 자연미와 취흥을 통한 정서의 고조와 풀이를 지향했다. 결과적으로 강호가사는 내적 갈등의 노출보다는 조화로운 자연미의 형상화에 치중함으로써 우아미를 견지했고, 동시에 흥취의 적극적인 고조를 통하여 호방한 미를 드러냈다. 이러한 강호가사의 시학은 유가적 이상과 현실 정치에 대한 긍정을 잃지 않으며 내적 갈등을 정서적으로 풀이하고자 한 강호가사 작가들의 파토스의 표현이었다. 이는 유학적 세계관 내부에서 풀이로서의 문학을 추구한 유가적 표현론의 한 국면으로 볼 수 있다. 강호가사는 성정性情을 기른다는 유교의 효용론적 문학관과, 불평지심不平之心의 해소라는 표현론적 문학관외 사이에 있다. 효용론적 문학관이 우리말시가에 대한 공적 담론으로 기능하던 조선 전기에 강호가사는 감정의 절제보다는 감정의 풀이를 추구한 표현론적 문학으로 자리하였다.

송강가사의 시간성과 극적 구조*

1. 들어가며

　굳이 서포西浦 김만중金萬重(1637~1692)의 '아동지이소我東之離騷'[우리나라의 '이소'] 운운한 말을 듣지 않더라도, 송강松江 정철鄭澈(1536~1593)의 가사문학歌辭文學[1]은 한국시가사에서 단연 빛난다. 그 빛나는 지점은 주제에서도, 표현에서도 찾을 수 있을 것이다. 시국을 걱정하는 마음이라든지 자연 속의 삶에 대한 예찬과 같은 송강가사의 주제는 그 자체로 고상한 가치를 지닌다.[2] 서포가 높게 평가했듯이 민족어를 잘 사용한 것도 송강가사의 빛나는 점 중의 하나이다. 그러나 이러한 점들은 문학적 감동의 측면에서 본다면 핵심적인 것이 아닐 수도 있다. 다른 가사작품들과는 달리 송강가

---

* 이 글은 「송강가사의 시간성과 극적 구조」(『고전문학연구』 46, 한국고전문학회, 2014)를 부분 수정한 것이다.
1) <關東別曲>·<思美人曲>·<續美人曲>·<星山別曲> 등 네 작품.
2) 송강의 가사들은 흔히 주제적 특징을 중심으로 이해된다. <관동별곡>은 "戀君과 仙語"(이병기, 「松江歌辭의 硏究 (其一)」, 『진단학보』 4, 진단학회, 1936.4, 86면)를 담은 시가로, 양 미인곡은 "憂時戀君"(이병기, 「松江歌辭의 硏究 (其二)」, 『진단학보』 6, 진단학회, 1936.12, 464면)을 담은 노래로 일찍이 해석되었다.

사에서 특히 더한 감동의 지점이 있다면 그것은 무엇일까? 이를 생각해보기 위해 다음과 같은 옛사람들의 평어를 참고해 볼 만하다.

> 우연히 정송강의 <관동별곡>을 얻어 보았는데, 다만 가사가 지극히 俊逸하며 절주가 부드러울 뿐만 아니라, 수천 마디를 줄줄 이어, 느끼고 분기하며 격앙된 회포를 다 그려내니, 진실로 걸작이다.[3]

> 송강의 <전후 사미인사>는 … 그 말은 雅正하면서도 曲盡하고, 그 곡은 슬프나 바르다.[4]

> <속사미인곡> 또한 송강이 지었다. 대개 전편의 미진한 뜻을 펴서, 말이 더욱 공교롭고 뜻이 더욱 절실하다.[5]

조우인은 <관동별곡>이 "준일俊逸"하며, "느끼고 분기하며 격앙된 회포"를 그려내었다고 하였다. 김춘택은 송강의 전후 미인곡이 "곡진曲盡"하다 하였고, 홍만종은 <속미인곡>의 "뜻이 더욱 절실하다" 하였다. 이러한 평어들이 공통적으로 드러내 보이는 송강가사의 특성은 감정의 격절激切함이다.

감정의 격절성이라는 송강가사의 특성은 현대 연구자들에 의해 송강 문학의 미적 속성으로 거론되어 온 "초월성"이나 "낭만성" 등과 관련지어 볼 수도 있다.[6] 조우인이 평한 "준일俊逸"한 품격은 "표일飄逸"이나 "호방豪放"

---

3) 曹友仁, <續關東別曲序>, 『頤齋詠言』: "偶得鄭松江關東別曲者而觀之, 非但詞致俊逸, 節奏圓亮而已, 縷縷數千百言, 寫盡感憤激昻之懷, 眞傑作也." 金永萬, 「曹友仁의 歌辭集 頤齋詠言」, 『어문학』 10, 한국어문학회, 1963, 96면에서 인용.

4) 金春澤, <論詩文>, 「囚海錄」, 『北軒居士集』 卷16 : "松江前後思美人詞者 … 其辭雅而曲, 其調悲而正."《문집총간》185, 227上.

5) 洪萬宗, 『旬五志』: "續思美人曲, 亦松江所製, 復伸前調未盡之辭, 語益工而意益切." 국립중앙도서관본 영인본, 대제각, 1995, 385면.

등의 품격과 연관되고, 이러한 품격은 구애받지 않고 활달하여 탈속적이기까지 하므로 "초월성"을 지녔다 할 수 있다.[7] 또한, 감정을 유로하는 특성은 "낭만성"으로 규정 가능하다. 하지만 초월성이나 낭만성과 같은 용어는 그 내포적 의미를 고려할 때 송강가사의 특성을 설명하기에 꼭 들어맞는 개념은 아닌 듯싶다. 예컨대 <관동별곡>은 비록 신선이 된 것 같은 흥취를 불러일으키는 작품으로 평가되곤 했지만, 전체적인 내용을 보았을 때 초월적이라 하기에는 다분히 현실 지향적이다. <관동별곡>을 관통하는 중요한 주제가 연군戀君·우국憂國임은 부정할 수 없는 사실인 것이다. 또, 낭만적이라 하면 흔히 동경이나 우수, 애상과 같은 부드러운 정서가 떠오르곤 하는데, 미인곡의 정서는 너무 절실하여 이와 꼭 맞지 않다.

문학에서 흔히 표현되는 격렬한 감정을 지시하는 개념으로는 "파토스 pathos"가 있다. 이는 고대 그리스어에서 기원한 용어로, 이성을 뜻하는 로고스logos나 관습·윤리를 뜻하는 에토스ethos 등과 상대되는 개념으로서 흔히 감정의 격앙, 격정 등을 나타낸다.[8] 파토스는 "문제"나 "긴장", "갈등" 등과 함께 극 장르의 본질을 이루는 요소로 해석되기도 하는데,[9] 이는 송

---

6) 유예근과 최태호는 '초월'을 송강문학의 특성으로 규정하였고, 윤덕진은 호남지방의 詩風과 관련하여 송강가사의 낭만성을 강조하였다. 유예근, 「송강정철문학연구 - 한시문을 중심으로」, 경희대학교 박사학위논문, 1985; 최태호, 『松江文學論考』, 역락, 2000; 윤덕진, 『조선조 長歌 가사의 연원과 맥락』, 보고사, 2008, 53~65면.

7) 김득신은 <관동별곡>과 관련하여 "飄然遺世之興[표연히 세상을 버리고픈 흥]"을 언급한 바 있다. 金得臣, <關東別曲序>, 『柏谷集』 冊5.

8) 아리스토텔레스는 『수사학』에서 설득의 수단으로서 에토스·파토스·로고스의 세 요소를 들었다

9) 슈타이거는 극적 양식의 특성은 "긴장"하는 데 있다고 보았으며, "파토스"와 "문제"를 통해 추진되는 것이 극적 양식의 본질이라고 보았다. E. Steiger, 『시학의 근본개념』, 이유영·오현일 역, 삼중당, 1978, 206~243면 참조. "갈등"은 "긴장"의 다른 말이라 하겠는데, "갈등"이 문학용어로서 우리에게 보다 친숙한 용어이므로 본 장에서는 "갈등"을 주로 사용할 것이다.

강가사의 문학성을 설명하기에 적절한 개념이 될 것으로 보인다. 문제를 제기하고 이에 갈등하며 파토스를 표현하고 종국에는 문제의 해결에 이르는 구조를 지니고 있다는 점에서 송강가사는 서정양식에 속하면서도 동시에 극적 특성을 지닌다고 할 수 있다. 본 장에서는 송강가사가 지닌 이러한 극적 속성에 주목하고자 한다.

그런데 본 장에서 논의하고자 하는 것은 극 장르의 발화 양식상의 특징인 대화체와 관련된 것은 아님을 분명히 할 필요가 있겠다. 이를 설명하기 위해서는 '장르 분류의 기준'과 '장르성'의 문제에 대해 따져 봐야 한다. 장르 분류의 기준으로 흔히 거론되는 것은 발화 양식 혹은 제시 양식이라는 것이다. 이러한 기준에 따르면 극은 대화체를 본질로 하는 장르이며, 서정은 개별 발화로 이루어진 장르이다. 이때 송강가사가 서정양식에 속한다는 것에 이의를 제기할 이는 많지 않을 것이다. 송강가사에 쓰인 대화체는 본격적인 것이라기보다는 차라리 주변적인 장치에 가까운 것이고, 송강가사는 기본적으로 시적 화자의 독백에 의해 대부분의 진술이 이루어지는 서정양식에 속하는 것이다. 그러나 실제로 장르에 대한 이해는 발화 양식에만 국한되는 것은 아니다. 그것은 흔히 문학의 여러 주제적·형식적 특성들과 다양하게 얽혀 있다. 이러한 특성들을 아우르기 위해 '서정적·서사적·극적' 등과 같은 형용사적인 용어가 사용되기도 하는데, 본 장에서 송강가사의 극적 속성을 주목하는 것도 이와 같은 맥락에 놓인다. 본 장에서 주목하고자 하는 송강가사의 극적 속성은 발화양식으로서의 대화체에 대한 것이 아니라, 파토스와 갈등을 표현하고 문제의 해결을 지향하는 극 장르의 내용적·구조적 속성과 관련된 것이다.

한편, 송강가사에서 내적 갈등[10])이 형성되고 극으로 치닫는 것은 시간적 구조 속에서이다. 송강가사 작품들은 모두 시간적인 내용구조를 지니

고 있으며 그러한 구조는 전대前代 가사의 영향 속에서 이루어진 것으로
파악되는데, 송강가사에서 내적 갈등이 생겨나는 것은 전대 가사의 시간
적 구조가 변형되는 지점에서이다. 전대 가사들의 시간적 구조가 서정성
이나 서사성과 관련되는 양상을 띠고 있었다면, 송강가사에서는 그러한
시간적 구조가 변형되면서 그 가운데 극적 속성이 형성되는 것으로 보인
다. 따라서 본 장에서는 송강가사의 시간적 구조가 전대 작품의 영향 속에
형성·변이된 양상을 살펴보며 그 극적 속성을 규명할 것이다.

　사실 문학에서 표현된 시간11)의 성격을 장르성과 관련짓는 것은 새로운
일이 아니다. 일반적으로 문학의 삼대 장르라고 하는 서정적·서사적·극적
제 장르들이 지닌 본질적 특성은 세계에 처하는 인간의 의식 활동과 관련
되는 것으로 파악된다. 그런데 인간의 의식 활동들은 시간에 대한 의식 속
에서 이루어지는 것으로 이해된다. 즉, 과거를 기억하며 현재를 인식하고
미래를 기대하면서 의식 활동은 일어나고, 이러한 방식으로 의식적 현상
은 시간성을 띠게 되는 것이다.12) 이처럼 장르, 의식적 인간 존재, 시간성

10) 송강가사는 본질적으로 서정양식에 속하기에, 여기에서 구현되는 갈등은 인물과 인물 간
　　의 외적 갈등이라기보다는 시적 화자의 내면적 갈등이 된다.
11) 물론 여기서 말하는 시간은 繼起的인 물리적 시간이 아니라 개인에게 경험되는 주관적·심
　　리적 시간이다. 시간의 의미는 물리적 시간과 심리적 시간으로 흔히 나누어 파악된다. 물리
　　적 시간이 계기적으로 진행되는 객관적 시간이라면, 심리적 시간은 경험된 주관적 시간이
　　다. 이중 문학적으로 중요한 것은 물론 심리적 시간이다. 물리적 시간이 계기적, 非可逆的
　　인 데 비해 심리적 시간은 可逆的이다. 의식 속에서 시간은 한 방향으로 흐르지 않고, 현재
　　에서 과거로 되돌아가기도 하며, 미래로 향했다가 다시 현재로 되돌아오기도 하는 등 복잡
　　한 방향성을 띠는 것이다. 이렇게 가역적인 심리적 시간이 문학에는 표현된다. 물론 심리적
　　시간이 계기적 시간과 정반대에 놓이는 것은 아니다. 심리적 시간은 계기적 시간에 바탕을
　　두고 있되, 거기에 얼마든지 변형이 이루어질 수 있다는 뜻이다. 李昇薰, 『文學과 時間』, 이
　　우출판사, 1983, 53~58면 참조.
12) 인간에게 시간이 의식되는 방식에 천착한 중요한 성과로 거론되는 성 아우구스티누스
　　(Aurelius Augustinus, 354~430)의 『고백록』에서는 인간의 정신은 "기다리고expectat,
　　주의를 기울이며adtendit,[이 동사는 현재의 긴장을 상기시킨다], 기억한다meminit."라고

이 관련되고, 이에 따라 장르성과 시간성 간의 긴밀한 연관성이 상정된다. 서정 장르는 현재 지향적이고 서사 장르는 과거 지향적이며 극 장르는 미래 지향적이라고 하는 것과 같은 설명이 그러한 것이다.[13]

이제 위와 같은 맥락에서, 송강가사의 시간적 구조를 전대의 가사작품들과 비교하고 이를 통하여 그 극적 속성을 파악해 보려 한다. 송강가사에 특히 영향을 준 것으로 보이는 전대의 가사작품으로는 송순宋純(1493~1583)의 <면앙정가俛仰亭歌>와 백광홍白光弘(1522~1556)의 <관서별곡關西別曲>을 들수 있는데, 먼저 이들 가사 작품들의 시간적 구조와 그 장르적 함의를 살펴볼 것이다. 이후 전대 가사 작품들의 시간적 구조가 송강가사에서 개성적으로 변형되고, 이를 통해 송강가사의 극적 특성이 이루어지는 양상을 밝혀 보고자 한다.[14]

말하였다. P. Ricoeur, 『시간과 이야기1』, 김한식·이경래 역, 문학과지성사, 1999, 57면에서 재인용. 이후 현상학적 철학 전통에서는 시간성과 의식을 존재의 의미와 관련하여 천착하였다. 하이데거(1889~1976)는 "존재해오며 - 현재화하는 도래로서 통일적인 현상"으로서 시간성을 규정하고, 이러한 시간성이 바로 실존하는 현존재의 의미라고 보았다. M. Heidegger, 『존재와 시간』, 이기상 역, 까치, 433~438면 참조.

13) 서정·서사·극 장르들은 각기 현재·과거·미래를 지향하는 서로 다른 시간성을 보이는 것으로 흔히 논의되었다. 이는 서정장르는 순간적인 감정을 표현하며, 서사장르는 완결된 이야기를 서술하고, 극장르는 질문에 대한 해답을 추구한다는 점에서 그러한 것으로 이해할 수 있다. 본 장에서 또한 이러한 이해에 기대어 논의를 전개할 것이다. 김준오, 『詩論』, 삼지원, 1997, 118~131면; 전동진, 『서정시의 시간성 시간의 서정성』, 도서출판 문학들, 2008, 58면 참조.

14) 송강가사의 시간적 혹은 공간적 구조에 대한 논의로는 <관동별곡>의 공간적 구조, <성산별곡>의 시간적 구조에 대한 논의가 있었으며, 송강가사 전편의 시공간적 양상에 대해 종합적인 논의를 편 경우도 있었다. 김병국, 「假面 혹은 眞實 - 松江歌辭 關東別曲 評說」, 『국어교육』 18, 한국어교육학회, 1972, 43~66면; 김신중, 「松江歌辭의 時空上 대비적 양상」, 『고시가연구』 2·3집, 1995, 65~83면; 손종흠, 「성산별곡의 구조에 대한 연구 - 시간성(時間性)을 중심으로」, 『애산학보』 28, 애산학회, 2003, 131~155면 참조. 이 글의 시각은 이러한 선행논의들과 부분적으로 일치하는 부분도 있다. 그러나 송강가사 전편의 구조를 일관되게 시간성을 기준으로 분석하고 이를 극적 속성과 관련지어 해석한 것은 본 장이 선행연구들과 차별되는 지점이다.

2. 전대前代 작품의 순환적·계기적繼起的 시간성

<면앙정가>를 지은 송순과 <관서별곡>을 지은 백광홍은 모두 정철과 동시대 인물이자 호남시단의 스승 혹은 선배격으로서, 정철에게 직접적인 영향을 주었던 인물들이다. 이들의 교유 사실은 정철이 지은 <면앙송순제 문俛仰宋純祭文>, <봉증면앙상공화교지운奉贈俛仰相公和敎之韻>과 같은 작품이 나 『기봉집岐峯集』에 실린 <묘갈명墓碣銘>의 기록15) 등을 통해 직접적으로 확인할 수 있다. 또한 백광홍의 아우인 옥봉玉峯 백광훈白光勳(1537~1582)도 동년배로서 송강과 막역한 사이이기도 했다. 이러한 정황으로 보아서나, 작품 간의 직접 대비를 통해 보아서나, 송순과 백광홍의 가사작품들은 송강가사에 많은 영향을 준 것으로 파악되고 있다.

<면앙정가>나 <관서별곡>을 송강의 가사 작품과 비교한 연구는 이미 몇 차례 이루어진 바 있다. 특히 <관서별곡>과 <관동별곡>의 경우 어구 간의 유사성이 확연하고, 도임 여정과 도임지 유람이 이어 서술되는 전체적인 구조 또한 흡사한 것으로 밝혀졌다.16) 한편, <면앙정가> 또한 <관동 별곡>이나 <성산별곡>과 비교되는데, 어구 간의 유사성이 지적되기도 하고, 작중 공간의 내포적 의미가 지닌 차이성이 부각되기도 하였다.17) 이렇듯 <면앙정가> 및 <관서별곡>은 송강가사와 여러 측면에서 비견되어 그 영향관계를 짐작케 한다.

---

15) "公又與栗谷·靈川·石川·高峯·松江群賢, 結義道義之交."

16) 이상보, 「「關西別曲」 硏究」, 『국어국문학』 26, 국어국문학회, 1963, 74~76면 참조.

17) 김광조, 「江湖歌辭의 作中空間 設定과 意味 - <賞春曲>·<俛仰亭歌>·<星山別曲>을 중심으로」, 『한국시가연구』 23, 한국시가학회, 2007, 115~147면. 이 논문에서는 <상춘곡>의 공간은 관념적 공간으로, <면앙정가>의 공간은 현실적 공간으로, <성산별곡>의 공간은 현실성과 관념성이 복합된 공간으로 해석했다.

시간적 구조에서도 두 작품과 송강가사는 관련 양상을 보인다. <면앙정가>는 순환적 시간 구조를, <관서별곡>은 계기적 시간 구조를 특징적으로 드러내는데, 이러한 시간적 구조들은 송강가사에도 수용된다. 이 점을 고찰하기 위해 이 장에서는 <면앙정가>와 <관서별곡>의 시간적 구조를 먼저 살펴보기로 한다.

<면앙정가>의 순환적 시간 구조는 작품의 중후반부에서 나타난다. 그 이전의 전반부에서는 면앙정 주변의 자연 경관이 묘사되고 있어서[18] 시간의 경과를 전제하는 사건이 없고 다만 시적 화자의 현재적인 인식이 제시될 뿐이다. 이는 시적 화자의 서술이 일어나는 "서술 시간"만 존재할 뿐, 사건이 전개되는 "이야기 시간"은 존재하지 않는다는 점에서 무시간성을 띤다고 말할 수 있다.[19] 이에 비해서 중반부 이후부터는 사계절의 시간적 흐름에 따른 자연 경관의 변화가 제시되어 시간적 구조를 띠게 된다. 이 부분을 보면 다음과 같다.

A

籃輿롤 비야 타고 솔 아리 구븐 길로 오며 가며 ᄒᆞᄂᆞ 적의
綠楊의 우는 黃鸎 嬌態 겨워 ᄒᆞᄂᆞ괴야
나모새 ᄌᆞᄌᆞ지여 樹陰이 얼린 적의
百尺 欄干의 기 조으름 내여 펴니
水面 凉風이야 굿칠 줄 모로ᄂᆞ가
즌서리 싸진 후의 산 빗치 금슈로다
黃雲은 또 엇지 萬頃에 편거긔요

---

18) <면앙정가>는 다음과 같이 시작되어 이후로 묘사적 내용이 계속된다. "无等山 ᄒᆞ 활기 뫼히 동다히로 버더 이셔 / 멀리 쎼쳐 와 霽月峯의 되여거늘 / 無邊大野의 므슴 짐쟉 ᄒᆞ노라 / 일곱 구빈홀 머움쳐 므득므득 버려ᄂᆞᆫ 둣"
19) "텍스트 시간", 권영민, 『한국현대문학대사전』, 서울대학교출판부, 2004 참조.

漁笛도 흥을 계워 둘룰 坐라 보니는다
草木 다 진 후의 江山이 민몰커놀
造物이 헌亽ᄒ야 氷雪로 ᄭᅮ며내니
瓊宮瑤臺와 玉海銀山이 眼底에 버러셰라

B

乾坤도 가ᅀᆞ열샤 간 대마다 경이로다
人間을 써나와도 내 몸이 겨를 업다
니것도 보려 ᄒ고 져것도 드르려코
ᄇᆞ람도 혀려 ᄒ고 둘도 아즈려코
봄으란 언제 줍고 고기란 언제 낙고
柴扉란 뉘 다드며 딘 곳츠란 뉘 쓸려료
아츰이 낫보거니 나조히라 슬흘소냐
오ᄂᆞᆯ리 不足커니 내일리라 有餘ᄒ랴

A부분은 사계四季의 시간적 경과에 따라 진행되는 부분이다. 봄의 꾀꼬
리, 여름의 시원한 바람, 가을의 금수강산, 겨울의 눈 내린 풍경 등 계절별
로 특징적인 아름다운 자연이 그려진다. 이렇듯 계절에 따른 시간의 진행
은 기본적으로 계기적 시간 질서를 따르고 있다. 그러나 그것은 다만 자연
적인 시간 질서인 것만이 아니라 인간의 존재 방식에 어떠한 비전을 제시
하는 상징적인 시간 질서이다. 이는 겨울이 다하면 봄이 온다는 점에서 끝
이 다시 처음과 만나는 순환적 시간인데, 무한한 순환을 통해 항상성을 획
득하게 된다. 다시 말해 사계의 아름다운 시간을 그리는 순환적 시간 구조
는 항상적인 조화로운 시간에 대한 비전을 보여준다. 이러한 순환적 시간
은 <강호사시가江湖四時歌>나 <어부사시사漁父四時詞>와 같은 사시가四時歌
계열의 작품에서 자주 쓰인 것으로, 조선조 문인들이 지녔던 시간관의 일

단이다. 그것은 영원한 조화로움이 구현되는 이상적 시간이다.

순환적 시간이라는 전체적 시간의 이념 속에서 개인의 유한성은 잊혀진다. 개인은 조화로운 전체의 일부가 됨으로써 온전히 존재한다. 개인은 다만 조화로운 우주적 삶에 동참하기만 하면 된다. 이렇듯 온전한 삶에 대한 만족감이 B부분에는 표현되어 있다. 시적 화자에게 "아침"과 "낮", "오늘"과 "내일"은 변별성을 갖지 않는 항상적인 만족감을 주는 이상적인 영원한 현재이다.

한편, 기행가사의 효시로 일컬어지는 백광홍의 <관서별곡>은 부임지까지의 여정과 부임지에서의 유람을 주내용으로 하는데, 이러한 사건의 전개는 계기적 시간에 따른 것이다. 그러한 계기적 시간성 내에서 부분적으로 과거에 대한 회상적 인식이나 미래에 대한 기대 같은 것이 나오기도 하나, 그러한 부분들은 현재적 감흥에 치중하는 시적 화자의 인식 방향을 바꿀 만큼 비중을 띠지는 못한다. 단편적인 회상이나 예기豫期는 망각 속에서 밀려나고 이어지는 현재적 인식에 별 영향을 미치지 못한다. 다음에 예를 들어본다.

A

韶華도 슈이 가고 山水도 開暇ᄒᆞᆯ제 아니 놀고 어이ᄒᆞ리
受降亭의 비 숌여 鴨綠江 ᄂᆞ리져어
連江 列鎭은 창(장)긔 버듯 ᄒᆞ엿거늘
胡地 山川을 歷歷히 지ᄂᆞ보니
皇城은 언제 ᄭᅢ며 皇帝墓ᄂᆞᆫ 뉘 무덤고
感古 興懷ᄒᆞ야 盞 고쳐 부어라

B

琵琶串 ᄂᆞ리져어 坡渚江 건너가니

層巖絶壁 보기도 죠토다
九龍쇼의 빗를 띄고 統軍亭의 올나가니
臺隍은 壯麗ᄒ야 枕夷夏之交로다
帝鄕이 어듸믜오 鳳凰城 갓갑도다
西歸ᄒ리 이시면 好音이ᄂ 보늬고져

C

千盃에 大醉ᄒ야 舞袖를 썰치니
薄暮 寒天의 鼓笛聲이 지지괸다
天高 地廻ᄒ고 興盡 悲來ᄒ니
이 ᄯ히 어듸믜오
思親 客淚ᄂ 졀로 흘러 모로믜라

D

西邊을 다 보고 返旆 還營ᄒ니
丈夫 胸襟이 져그나 ᄒ리로다
셜믜라 華表柱千年鶴인들 날 가타니 ᄯ 보안난다
어늬제 形勝을 記錄ᄒ야 九重天의 ᄉ로료
未久 上達 天門ᄒ리라

　　인용한 부분은 <관서별곡>의 후반부에서 마지막까지이다. 후반부에는
계기적 시간에 따라 사건이 전개되면서도 회고와 기대 등의 시간적 의식
이 전중반부에 비해 비교적 다채롭게 나타난다. 그러나 이러한 시간적 의
식들은 어떠한 연관성을 갖지 못한다. A부분에서는 수항정受降亭에 올라
황성皇城과 황제묘皇帝墓를 보며 과거의 무상함을 생각한다. 그러나 이어지
는 B부분에서는 통군정統軍亭에 올라 "장려壯麗"한 풍경에 감탄하며 흥겨워
한다. 다시 이어지는 C부분에서는 과거의 시간 속에 있는 어버이를 그리

워하며 비감에 젖더니, D부분에서는 의기양양하게 귀로에 오른다. 이처럼 <관서별곡>에서는 회상이나 예기의 시간적 의식이 전후 맥락을 갖지 못하고 계기적 시간의 흐름 속에 잊혀진다.

<면앙정가>의 순환적 시간이 서정성과 관련된다면 <관서별곡>의 계기적 시간은 서사성과 관련된다고 할 수 있다. 순환적 시간은 영원한 초시간적 질서 속에서 자아와 세계의 동일성을 확보할 수 있다는 점에서 서정성과 연관되고, 계기적 시간은 사건 전개를 서술하는 데 근간이 되는 시간이라는 점에서 서사성과 밀접하다.[20] 가사는 특히 장르적 복합성을 지닌 것으로 이해되는데, <면앙정가>와 <관서별곡>은 일반적으로도 각기 서정성과 서사성을 강하게 지닌 작품으로 평가된다. 이 글에서 이 작품들의 시간적 구조를 분석한 결과도 이러한 일반적 이해에 부합함을 볼 수 있다. 그런데 <면앙정가>와 <관서별곡>에 내재된 이러한 시간 구조들은 송강가사에 수용되는 동시에 변질되어, 시적 화자의 내적 갈등을 유발하고 극적 구조를 형성한다. 이제 이러한 양상을 살펴보기로 한다.

---

20) 자아와 세계의 동일성을 추구하는 것은 서정적인 것의 본질이라고 흔히 이해된다. 서정시의 현재시제는 이러한 동일성을 가능케 하는 직관적 인식을 표현한 것이라 할 수 있는데, <면앙정가>의 순환적 시간 구조는 일종의 영원한 현재로서, 자아와 세계 간의 충만한 합일감을 표현한다. 서정시에서 동일성이 지니는 의미와 "영원한 현재"의 개념에 대해서는 김준오, 앞의 책, 34~42; 118~131면 참조. 한편, 특히 현대의 서사물들과 관련해 볼 때 계기적 시간이 서사성과 밀접한 연관을 지닌다는 데 대해 의문을 품을 수도 있다. 그러나 상식적으로 서사는 계기적 시간의 흐름에 따른 서술방식으로 이해된다.

3. 송강가사에 나타난 시간성의 변화와 극적 구조

3.1. 역사적 시간의 틈입과 순환적 시간의 균열 -<성산별곡>

<면앙정가>와 흔히 비견되는 <성산별곡>은 <면앙정가>에 쓰인 것과 유사한 순환적 시간 구조를 지니고 있다. <성산별곡>에서 순환적 시간 구조에 진입하는 부분은 다음과 같다.

> 山산中듕의 冊칙曆녁 업서 四스時시를 모르더니
> 눈 아래 헤틴 景경이 철철이 절로 나니
> 듯거니 보거니 일마다 仙션間간이라

이후 <성산별곡>의 내용은 "철철이" 펼쳐지는 "仙션間간"이라 할 만큼 완벽한 성산의 자연에 대한 예찬으로 구성되어 있다. 어떠한 계절이든 성산의 자연은 신선세계와 같은 아름다움을 자아내는 것으로 그려진다. 예를 들어 보면 다음과 같다.

계절	도입부	仙的 정취의 표현
봄	梅민窓창 아젹볏히 香향氣긔예 줌을 씨니	桃도源원은 여긔로다 武무陵릉은 어디메오
여름	南남風풍이 건듯 부러 綠녹陰음을 헤뎌내니	人인間간六뉵月월이 여긔는 三삼秋츄로다
가을	梧오桐동 서리돌이 四스更경의 도다오니	銀은河하를 건너쒸여 廣광寒한殿뎐의 올랏는 듯
겨울	空공山산의 싸힌 닙흘 朔삭風풍이 거두부러	瓊경瑤요窟굴 隱은世셰界계를 초즐이 이실셰라

위의 표에서 보는 것처럼 성산의 자연은 봄에는 '무릉'에, 가을에는 '광

한전'에, 겨울에는 '경요굴 은세계'에 비유되고 있다. 여름 또한 인간의 시간을 초월해 있는 것으로 그려진다. 속세를 초월한 이상적인 선계의 시간이라는 점에서 <성산별곡>의 사계는 동질적인 시간이다. 이는 <면앙정가>보다도 초시간적超時間的 특성이 한층 더 강해진 면모를 보인다. <면앙정가>의 순환적 시간구조 또한 영원한 현재의 자족성을 드러내었지만, <성산별곡>은 선적仙的 이미지를 강화하여 더욱 이상적인 시간을 제시한다.

그런데 <성산별곡> 본사의 후반부는 문득 이러한 이상적인 시간으로부터 이탈하며 구성된다. 이를 보면 다음과 같다.

> 山산中듕의 벗이 업서 黃황卷권를 빠하두고
> 萬만古고人인物믈을 거스리 혜여ᄒ니
> 聖셩賢현은 ᄏ니와 豪호傑걸도 하도 할샤
> 하ᄂᆞᆯ 삼기실제 곳 無무心심 홀가마ᄂᆞᆫ
> 엇디ᄒᆞᆫ 時시運운이 일락배락 ᄒᆞ얏ᄂᆞᆫ고
> 모를 일도 하거니와 애들옴도 그지업다
> 箕긔山산의 늘근 고불 귀ᄂᆞᆫ 엇디 싯돗던고
> 一일瓢표를 썰틴 後후의 조장이 더옥 놉다
> 人인心심이 ᄂᆞᆾ ᄀᆞᆺ툐야 보도록 새롭거ᄂᆞᆯ
> 世셰事ᄉᆞᄂᆞᆫ 구롬이라 머흐도 머흘시고

<성산별곡>에서 분위기의 전환은 급작스럽다. 인용한 데서 보이듯이 이 부분은 "山산中듕의 벗이 업서"라는 진술로 시작된다. 이는 앞서 인용한 순환적 시간 구조의 진입부에 놓인 "山산中듕의 冊칙曆녁 업서"와 은근한 대조를 이룬다. 산중에 책력이 없음이 번다한 인간세상으로부터 벗어난 성산의 초연한 삶을 의미하는 것이었다면, 산중에 벗이 없음은 사회적 삶으로부터 외롭게 고립되어 있는 양상을 뜻한다. 책력이 없는 삶이 이상적

인 신선의 삶이라면, 벗이 없는 삶은 사회로부터 소외된 현실의 삶이다. 이렇듯 <성산별곡>은 비슷한 구문의 의미적 대조를 통해 분위기의 반전을 유도한다. 꿈같은 이상세계에서 깨어난 시적 화자는 문득 현실을 직면하고, 이에 영원한 순환적 시간에서 벗어나 유한한 인간의 역사를 되짚어 보게 된다.

되짚어본 과거는 부정적 사건으로 점철되어 있을 뿐이다. 이는 항상적이고 이상적인 우주적 시간이 아니라 "時시運운이 일락배락"하는 허무한 인간의 역사이다. 거기에서는 "성현聖賢"이 오히려 세상을 등지고 변심과 배덕이 판을 친다. 이처럼 질적으로 다른 시간을 떠올리며 시적 화자는 "그지없는 애달픔"을 느낀다. 역사적 시간은 "이해하지 못할 일이 너무나 많은"[모를 일도 하거니와] 불합리한 시간이기에, 역사를 되짚어 보는 것은 미래에 대한 어떠한 비전도 제시해 주지 못한다. 여기에서 시적 화자의 고독과 슬픔은 깊어진다.

그런데 시적 화자는 여전히 성산이라는 공간에 머물러 있는 상태이다. 지금 여기에 펼쳐진 자족적인 시간을 두고 다른 시간을 떠올리며 불행해 하는 것은 언뜻 이해하기 어려운 일이다. 앞 장에서 살펴본 <면앙정가>의 경우, 순환적 시간 구조는 시적 화자를 완전한 흥취의 상태로 고양시킨다.[21] 이와는 달리 <성산별곡>의 시적 화자는 성산의 사계절이라는 이상적 시간을 다 노래하고 나서 문득 불화로 가득 찬 또 다른 시간, 인간의

---

21) <면앙정가>는 순환적 시간 구조 이후 다음과 같은 흥취의 극단으로 이어진다. "이 뫼히 안 즈 보고 져 뫼히 거러 보니 / 煩勞혼 ᄆᆞ음의 ᄇᆞ릴 일리 아조 업다 … 술리 닉어거니 벗지라 업슬소냐 / 블닉며 ᄐᆞ이며 혀이며 이야며 / 온가지 소리로 醉興을 빈야거니 / 근심이라 이시며 시름이라 브터시랴" 시적 화자의 즐거움은 술과 벗과 음악과 어우러짐으로써 절정에 달하며, 이렇듯 자족하는 삶에 "근심"이나 "시름"은 있을 수 없다고 화자는 단언한다. <성산별곡>에서 "山산中듕의 벗이 업서"라고 하여 결핍의 상태를 나타낸 것과 대조적이다.

역사가 펼쳐지는 역사적 시간을 떠올린다. 이러한 갑작스러운 전환은 어찌 보면 작품의 전체적인 구조 속에 예비되어 있었다고 할 수 있다. '손'과 '주인' 사이의 대화 구조가 그것이다. <성산별곡>은 다음에서 보는 것처럼 '손'의 질문을 통해 시작된다.

> 엇던 디날 손이 星셩山산의 머믈며셔
> 棲셔霞하堂당 息식影영亭뎡 主쥬人인아 내 말 듯소
> 人인生싱 世셰間간의 됴흔 일 하건마는
> 엇디 흔 江강山산을 가디록 나이 녀겨
> 寂젹寞막 山산中듕의 들고 아니 나시는고

<성산별곡>의 시적 화자는 "지날 손"이다. 그는 서하당 식영정의 "주인"이 아니다. 다만 잠시 머물다 갈 손님일 뿐인 것이다. 위에서 보는 것처럼 "손"은 "주인"의 생활을 십분 이해하는 사람이 아니다. 오히려 그는 세상을 등지고 있는 "주인"의 삶에 의아함을 표시한다. 이후 시적 화자인 "손"은 "주인"의 입장에서 성산의 삶을 이해하기 위해 성산의 삶을 "다시 보고자"[겨근덧 올라안자 엇던고 다시 보니] 한다. 이어지는 성산의 사계는 그렇게 "주인"의 시각에서 "다시 본" 성산의 시공이다. 그러나 "손"은 손일 뿐, "주인"과 같을 수는 없음이 본사의 후반부에서 드러난다. 주인과 동화되는 상상에서 깨어 "손"은 떠나온 자신의 삶을 생각한다. 아무리 주인의 삶을 상상하며 거기에 동화하고자 하여도 떠나온 삶은 "손"의 정신세계에 틈입해 들어올 수밖에 없다.

환상이 아름다울수록 현실은 더욱 비참한 법이다. 이상적 환상에 대조되어 현실의 부조화가 극명해지기 때문이다. 이러한 극적 대비 속에서 <성산별곡>의 시간은 그 의미가 완전히 달라진다. 화려하던 영원한 자연

의 시간은 갑자기 퇴색하고 무채색의 역사적 시간만이 남는다. 이러한 시간성의 급작스러운 반전을 통해 <성산별곡>은 시적 화자의 내적 갈등을 첨예하게 드러내었다.

이제 고조된 갈등을 해결하는 일이 남았다. 음악의 론도 형식처럼 장조에서 단조로, 단조에서 다시 장조로 돌아가는 일은 문학에서는 용이치 않은 일이다. 순환적 시간의 환상에서 역사적 시간의 현실로 돌아오는 것이 "손"이라는 시적 화자의 장치를 통해 가능했다면, 이제 다시 현실에서 환상으로 돌아감으로써 갈등을 푸는 일이 남았다. 이는 "취흥醉興"의 모티프를 통해 가능해진다. 다음은 <성산별곡>의 결말부이다.

> 엇그제 비즌 술이 어도록 니건ᄂᆞ니
> 잡거니 밀거니 슬ᄏᆞ징 거후로니
> ᄆᆞ음의 ᄆᆡ친 시름 져그나 ᄒᆞ리ᄂᆞ다
> 거믄고 시울 언저 風풍入입松숑 이야고야
> 손인동 主쥬人인인동 다 니저 ᄇᆞ려셰라
> 長댱空공의 ᄯᅥᆺᄂᆞ 鶴학이 이 골의 眞진仙션이라
> 瑤요臺ᄃᆡ 月월下하의 힝혀 아니 만나산가
> 손이셔 主쥬人인ᄃᆞ려 닐오ᄃᆡ 그ᄃᆡ 귄가 ᄒᆞ노라

시적 화자의 정신세계에 틈입해 들어온 역사적 시간의 참담함을 잊는 방편으로 시적 화자는 술과 음악을 취한다. 그리고는 인간의 시간을 두고 잠시 떠나온 "손"일 뿐인 자신의 처지를 망각하고, 자연 속에 묻혀 사는 "주인"의 이상적 삶에 동화된다.[손인동 主쥬人인인동 다 니저 ᄇᆞ려셰라] 그러나 역사적 시간의 현실은 언제든 틈입해 들어올 여지가 있기 때문에 이러한 정서적 해결은 잠정적인 것일 수밖에 없다. 이렇게 보면, 마지막의

"손이셔 主쥬人인ᄃ려 닐오ᄃᆡ 그ᄃᆡ 귄가 ᄒ노라"라는 말은 신선 같은 삶을 사는 "주인"을 예찬하는 말이지만, 동시에 그 배면에는 자신은 그처럼 될 수는 없다는 인식이 깔려 있는 듯하다. 마지막까지도 파토스의 여운은 남아 있다.

<성산별곡>의 시적 화자는 전반부에서 순환적 시간 구조를 통해 초속적인 영원한 현재를 구가하는 이상적 삶의 양태를 제시한다. 그러나 후반부에서 그는 문득 인간의 역사적 과거를 되짚어 보고 전망 부재의 미래를 응시하며 내적 갈등을 겪는다. 그의 시선은 조화로운 현재에서 불투명한 미래로 향한다. 고조된 긴장은 디오니소스적 흥취 속에서 해소되지만 풀리지 않는 의문[나도 "주인"처럼 될 수 있을까?]을 여전히 제시하고 있다는 점에서 비극의 여운을 남긴다. 이러한 미해결된 전망의 씁쓸함은 다음에 살필 <관동별곡>에서는 보다 적극적으로 해소됨을 보게 된다.

3.2. 계기적 시간의 변화와 심리적 시간의 변증법적 구성 -<관동별곡>

<관동별곡>은 <관서별곡>과 유사하게 계기적 시간에 따라 내용이 전개된다. 부임지까지의 여정이 나오고 이후 부임지에서의 유람을 서술하는 방식은 두 작품이 같다. 그러나 <관서별곡>의 시적 화자가 현재의 감흥에 충실하고, 과거나 미래에 대한 생각은 대체로 망각 속에 흘려보내는 데 비해 <관동별곡>의 시적 화자는 회상과 예기의 의식 활동을 반복적으로 드러내며 이를 심화한다. 이러한 면모를 살펴보기 위해, <관동별곡>에서 여정을 서술하거나 경물을 묘사한 부분 이외에 정서나 의지를 보다 강하게 표현한 부분을 찾아 여정별로 정리해 보면 다음과 같다.

여정		君恩 感謝	戀君 憂國	善政 抱負	仙趣
도임 여정	1. 창평	○			
	2. 한양	○			
	3. 양주, 여주, 원주				
	4. 춘천		○		
	5. 철원		○		
	6. 회양			○	
내금강 유람	7. 만폭동				
	8. 금강대				○
	9. 진헐대		○		
	10. 개심대			○	
	11. 화룡소			○	
	12. 불정대				
	13. 산영루				○
해금강 유람	14. 총석정				
	15. 삼일포				○
	16. 의상대		○		
	17. 경포대				○
	18. 강릉			○	
	19. 죽서루		○		○
	20. 망양정	○	○	○	○

위의 표에서 연군·우국의 내용은 과거에 대한 회상과, 선정 포부의 내용은 미래에 대한 의지와, 선취의 내용은 영원성과 각각 관련된다. 시적 화자는 임금을 모신 과거를 회상하며 임금을 그리워하고 선정에 대한 의지를 다진다. 그리고 후반부로 갈수록 많아지는 선취仙趣의 장면에서는 인간의 유한성을 초월한 무시간성 혹은 영원성을 꿈꾼다. 이러한 부분들을 예로 들어 보면 다음과 같다.

시간성	여정 번호	내용
과거	4	昭쇼陽양江강 ᄂ린 믈이 어드러로 든단 말고 / 孤고臣신 去거國국에 白빅髮발도 하도 할샤
	5	東동州쥐 밤 계오 새와 北븍寬관亭뎡의 올나ᄒ니 / 三삼角각山산 第뎨一일峯봉이 ᄒ마면 뵈리로다
미래	6	淮회陽양 녜 일홈이 마초아 ᄀ톨시고 / 汲급長댱儒유 風풍彩ᄎ를 고텨 아니 볼 거이고
	10	져 긔운 흐터 내야 人인傑걸을 ᄆ들고쟈
	11	風풍雲운을 언제 어더 三삼日일雨우를 디련ᄂ다 / 陰음崖애에 이온 풀을 다 살와 내여ᄉ라
초월적 무시간성	8	金금剛강臺ᄃ 민우層층의 仙션鶴학이 삿기 치니 / 西셔湖호 녯 主쥬人인을 반겨셔 넘노ᄂ 듯
	13	鳴명沙사길 니근 ᄆ리 醉취仙션을 빗기 시러

　위 표의 내용 중 소양강과 북관정에서 임금을 그리워하는 마음은 임금이 베풀어준 은혜와 사랑을 떠올리는 회상에 기인한 것이기에 과거와 연결된다.[22] 그런가하면 회양과 개심대에서 한무제漢武帝 때 선정善政을 베푼 정치가인 급장유汲長孺를 떠올리고 인걸을 기르겠다는 포부를 다짐하는 것은 미래적 의지를 나타낸다. 그리고 금강대와 산영루에서는 "仙션鶴학"과 노닐며 "醉취仙션"이 된 듯한 선취仙趣를 느끼는데, 이는 속세를 초월한 무시간적 성격을 띤다. 이와 같은 서로 다른 시간성들은 작품의 중반부까지는 서로 충돌하지 않고 모두 긍정적으로 그려진다. 그럴 수 있었던 것은 작품 초두에 제시된 임금의 은혜라는 사건이 있었기 때문이라 볼 수 있다. 당쟁이라는 정치적 혼란 속에서 송강을 배려하여 외직外職에 임명해 준 임금의 은혜로 인해, 화자가 느끼는 시간들은 큰 문제를 지니지 않은 것으로

────────────

22) 『松江別集』의 「연보」에서 보면 송강에 대한 東人들의 거듭되는 탄핵에 대하여 宣祖가 송강을 적극적으로 두둔해 주던 모습을 볼 수 있다. 40세에 거듭된 부모의 喪을 마치고 근 6년 만에 정계로 복귀하자마자 송강은 당쟁에 휩쓸려 반대파의 주된 공격대상이 되는데 이때 선조가 보여준 비호에는 각별한 면이 있었다.

비춰질 수 있었다.23) 그런데 작품의 중반부 이후로 초월적인 시간이 자주
개입함에 따라 시적 화자의 시간 의식은 혼란스러워지기 시작한다. 현실
적인 과거와 미래는 부정적인 것으로 나타나는가 하면 초월적 시간의 존
재에 대해 보다 적극적으로 탐구하게 된다.

선적仙的 시간에 대한 의문은 사선四仙의 종적을 묻는 데서부터 시작한
다.[15. 丹단書셔ᄂ 宛완然연ᄒ되 四ᄉ仙션은 어듸 가니 / 예 사흘 머믄 後
후의 어듸 가 쏘 머믄고 / 仙션遊유潭담 永영郞낭湖호 거긔나 가 잇ᄂ가
/ 淸쳥澗간亭뎡 萬만景경臺듸 몃 고듸 안돗던고] 이후 시적 화자는 간신
이 임금의 총명을 가릴까봐 두려워하며 미래에 대한 자신감이 엷어지
고,[16. 아마도 녈구롬이 근쳐의 머믈셰라] 과거의 일들에 따른 회한의 정
에 휩싸인다.[19. 幽유懷회도 하도 할샤 客긱愁슈도 둘 듸 업다] 그러다가
마침내는 현허玄虛의 세계를 향한 미래를 그려보다가[19. 仙션槎사ᄅ 씌워
내여 斗두牛우로 向향ᄒ살가 / 仙션人인을 ᄎᄌ려 丹단穴혈의 머므살가]
시작도 끝도 알 수 없는 혼돈의 시공을 다음과 같이 표현한다.

20

天텬根근을 못내 보와 望망洋양亭뎡의 올은말이
바다 밧근 하ᄂ이니 하ᄂ 밧근 므어신고
ᄀ득 怒노ᄒ 고래 뉘라셔 놀내관대
블거니 ᄲ거니 어즈러이 구ᄂ디고
銀은山산을 것거 내여 六뉵合합의 ᄂ리ᄂ듯

---

23) 이러한 임금의 은혜에 대한 감격은 <관동별곡> 초두에 다음처럼 표현되어 있다. "江강湖
호에 病병이 깁퍼 竹듁林님의 누엇더니 / 關관東동 八팔百ᄇ里리에 方방面면을 맛디시니
/ 어와 聖셩恩은이야 가디록 罔망極극ᄒ다" 「연보」에 따르면, 송강은 43세에 李鉄의 獄事
로 탄핵을 입고 大司諫에서 체임된 후 벼슬에 응하지 않다가 45세 되던 해 정월에 강원도
관찰사를 제수받고서야 명을 받들었다고 한다. 그 사이에 선조는 송강에게 병조참지, 형조
참의, 우부승지, 동부승지 등의 벼슬을 제수하였다.

五오月월 長댱天텬의 白빅雪셜은 므스일고

위의 부분은 초월적 시공의 본질에 대한 거듭되는 의문으로 이루어져
있다. 시적 화자는 그러한 시공의 시작과 끝[天텬根근]을 알고자 하지만,
이어지는 것은 계속되는 물음뿐이고, 계절이라는 계기적 시간도 의문스러
워질 따름이다.[五오月월 長댱天텬의 白빅雪셜은 므스일고]

지금까지 본 것처럼, <관동별곡>에는 계기적 시간성을 벗어나 과거지향
적이거나 미래지향적이며 때로는 무시간적인 다양한 시간성이 표현되어
있다. 이러한 다양한 시간성을 통해 <관동별곡>은 "연군戀君과 선어仙語"의
주제의식을 드러낼 수 있었다. 그러나 단지 이것뿐이라면 <관동별곡>은
<관서별곡>에서 그리 멀리 나가지 못한 작품이 되었을 것이다. 정작 놀라
운 것은 <관동별곡>에 그려진 다양한 시간성이 망각 속에서 잊히는 것이
아니라, 시간성의 충돌이 진정한 시간성에 대한 의문을 낳고 그 의문을 계
속적으로 추구하게 한다는 점이다. 이것이 가능했던 것은 공간의 상징성
에 힘입었기 때문이라 할 수 있다. 잘 알려진 바와 같이, <관동별곡>의 본
사는 내금강內金剛 유람에서 해금강海金剛 유람으로 나아가는 구조를 지니
고 있는데, 이때 내금강의 산이 현실성을 상징한다면, 해금강의 바다는 낭
만성을 상징하는 것으로 해석된다.24) 이러한 공간의 상징성에 힘입어 <관

---

24) 김병국은 "가면과 진실"이라 표현하였거니와 이는 의식과 무의식의 영역을 뜻하는 말이라
고 할 수 있다. 의식의 영역에서는 戀君·憂國의 정 및 仙趣 등의 다양한 심리가 공존하지
만, 무의식의 영역에서는 이러한 심리들의 배면에 놓여 있는, 혼란스럽고 힘든 현실로부터
도피하고 싶은 욕망이 의식의 억압을 뚫고 나온다. 의식의 영역에서 연군·우국의 정이 강
할수록 무의식의 영역에서 버거운 현실을 벗어나고자 하는 욕망 또한 강해진다. 이러한 내
면의 갈등이 <관동별곡>에는 바다라는 원초적 상징을 통해 표현되었다. 의식의 영역과 교
술적 발화에 머무르지 않고 상징을 통해 무의식의 영역에까지 내려간 바로 이 지점에서
<관동별곡>은 뛰어난 파토스적 서정을 획득한다. 김병국, 앞의 글, 46~55면 참조.

동별곡>의 화자는 바다로 다가갈수록 현실적 시간과 이상적 시간의 충돌을 심화시켜 나갈 수 있었다.

시간성의 충돌 속에서 <관동별곡>의 화자는 더 이상 동일성의 존재일 수 없게 된다. 후반부로 감에 따라 <관동별곡>의 시적 화자에게는 계기적 시간을 따라 느끼는 현재적인 흥취도, 긍정적인 과거의 기억과 미래에 대한 전망도, 초월적인 영원한 시간성도 불투명해진다. 대신 진정한, 바람직한 시간성에 대한 의문이 불거지고 그 의문을 해소하기 위한 격정으로 시적 화자는 미래를 향해 치닫는다. 이 지점에서 <관동별곡>은 극적인 성격을 띠게 된다.

이제 앞서 본 <성산별곡>에서 그러했듯, 긴장된 내적 갈등에 종지부를 찍는 동시에 시적 화자의 동일성을 꾀할 수 있는 결말이 요구된다. <관동별곡>에서 그것은 꿈의 상징을 통해 이루어진다. 초월적 시간에 대한 무의식적 욕망의 발산이 바다에 대한 상징적 사고로부터 가능했다면, 그러한 욕망의 해소 또한 꿈이라는 상징적 사고작용을 통해 이루어진다. 꿈을 꾸기 전에도 시적 화자는 "白빅蓮년花화 혼 가지"로 표현된 달의 상징을 통해 마음의 평안을 어느 정도 찾는다.[일이 됴흔 世셰界계 눔대되 다 뵈고져] 그러나 이때까지도 시적 화자는 달에게 신선의 종적을 물어보며 아쉬워한다.[英영雄웅은 어디 가며 四사仙션은 긔 뉘러니] 보다 결정적인 감정의 승화는 이후 꿈을 꿈으로써 가능해진다. 꿈에서 시적 화자는 신선과 대화를 나누고 자신이 본래 신선이었음을 확인한다.[꿈애 흔 사람이 날드려 닐온 말이 / 그딕를 내 모르랴 上상界계예 眞진仙션이라] 뿐만 아니라 그는 선계仙界로의 복귀를 유보시킴으로써 위정자爲政者로서의 책임감도 저버리지 않는다.[이 술 가져다가 四ᄉ海히예 고로 눈화 / 億억萬만 蒼창生싱을 다 醉취케 밍근 後후의 / 그제야 고려 만나 쏘 흔 잔 ᄒ쟛고야] 꿈

속에서 시적 화자의 과거와 미래는 몇 겹으로 두터워진다. 현세적 시간은 초월적 시간의 바깥에 있는 것이 아니라 그 안에 둘러싸여 있는 꼴이 된다. 이렇게 확장된 시간의식 속에서, 현세를 다스리고자 하는 의지와 현세의 괴로움으로부터 벗어나고픈 욕망 사이에서 시적 화자가 느꼈던 갈등은 승화된다.

꿈이 욕망 성취의 작용임은 일반적으로 경험되는 사실이다. 꿈을 통해 무의식의 영역은 열리고, 억압된 무의식의 발산을 통해 정신은 조화로움을 회복할 수 있다.[25] 꿈이 지닌 이러한 해방의 힘은 때론 미래의 방향을 제시할 만큼 강력한 것이기도 하다. 그러한 꿈의 작용이 <관동별곡>의 결사에는 보인다. 먼저는 "白빅蓮년花화 ᄒᆞ 가지"의 상징을 통해, 다음에는 꿈의 작용을 통해 <관동별곡>의 시적 화자는 온전한 정신의 조화로움을 얻는다. 이는 내적 갈등의 승화를 통해 더 단단해진 정신이다. 선정善政에 대한 의지는 더욱 강해지고 미래는 한층 더 밝게 드러난다. 그리고 그렇게 고양된 긍정성은 원만구족圓滿具足한 달의 상징을 통해 마지막으로 부각된다.

이상에서 본 것처럼 <관동별곡>은 몇 겹에 걸친 상징작용을 통해 정신의 갈등을 극복하고 더 높은 정신세계를 이룩한다. 이는 현실에 만족하는 것도 아니요 현실로부터 도피하는 것도 아니다. 그것은 현실의 어려움과 투쟁하여 더 나은 현실을 만들고자 하는 의지를 보여준다. 그러한 의지의 표출은 상상과 상징의 영역을 열어놓음으로써 가능할 수 있었다. 상상과

---

25) 꿈의 정신분석학을 시도한 지그문트 프로이트는 불쾌한 꿈조차 왜곡 과정을 거쳐 욕망을 대리로 실현한다고 말한다. 물론 무의식의 억압이 심하다면 꿈은 정신의 조화를 회복할 수 있는 온전한 방편이 될 수는 없을 것이다. <관동별곡>에서 꿈을 통해 내적 갈등의 승화가 일어남에 대해서는 김병국, 앞의 글, 55~60면에서 논의된 바 있다.

상징 속에서 <관동별곡>의 시적 화자는 다양한 시간적 의식을 경험하고 이들을 충돌시키며 그러한 충돌을 뛰어넘는다. 이는 송강가사가 이룩한 독보적 지점 중의 중요한 일부로서, 송강의 뛰어난 시인적 재능이 있었기에 가능했던 것이라 할 수 있다.

한편, <관동별곡>의 궁극적으로 조화로운 주제의식은 그것을 창작할 당시 송강이 처해 있었던, 비교적 긍정적이던 정치적 전망을 반영한 것이기도 하다. 다음에 볼 전후前後 미인곡美人曲을 창작할 당시 송강의 정치적 상황은 무척 달랐는데, 이와 더불어 작품의 시간적 의식 또한 변화한다. 그것은 어떠한 전망도 보이지 않는 닫힌 시간이다.26)

3.3. 순환적 시간의 분열과 파토스 -<사미인곡>·<속미인곡>

<성산별곡>이나 <관동별곡>과 달리 <사미인곡>·<속미인곡>에는 이상적 시간이 그려지지 않는다. <사미인곡>·<속미인곡>에도 역시 <성산별곡>과 유사하게 순환적 시간 구조가 쓰여 있지만, 그 시간의 의미는 완전히 달라진다. <면앙정가>나 <성산별곡>에서 순환적 시간의 영원성은 자연과 인간의 조화를 완전하게 이루어 주었다. 그러나 전후 미인곡에서 그것은 자연과 인간의 괴리를 영속시키는 비극을 낳는다.

전후 미인곡에서 순환적 시간의 의미가 변화하는 까닭은 작품의 도입부

---

26) <관동별곡> 창작 당시의 정황에 대해서는 각주 23) 참조. 전후 <미인곡>은 송강이 50세에 논적을 당해 낙향한 이후 54세 때 이른바 鄭汝立(?~1589)의 모반 사건으로 극적으로 정계에 복귀하기 전까지 창평에 우거하던 기간 중에 지어진 것으로 추정되고 있다. 송강에 대한 선조의 비호도 거듭되는 동인의 탄핵에 희미해졌던 때문인지, 제4차 창평 우거기로 분류되는 이 시기는 송강의 40대 전반에 있었던 1·2·3차의 낙향기와는 달리 낙향의 기간이 길다. 동인이 득세하는 정국 속에서, 오랜 당쟁의 세파 끝에 실각한 송강이 깊은 좌절을 겪었으리라는 점은 쉽게 짐작할 수 있다.

에서 찾아볼 수 있다. <사미인곡>에는 사계四季의 순환 구조가, <속미인곡>에는 '낮/밤'의 순환 구조가 쓰이는데, 양 편 모두 이에 앞선 서사序詞에서 더욱 결정적인 시간이 제시된다. 그것은 님과 헤어진 과거의 시간이다.[27] 님과의 헤어짐이라는 사건을 두고 시적 화자는 어떠한 개인의 시간도, 우주의 시간도 구성할 수 없는 상황에 놓인다. 이때 물리적 시간은 님과의 이별이 지속되는 상실의 시간일 뿐이며, 순환적 시간은 그러한 상실의 영원함을 상징하는 비극적인 시간이 된다. <사미인곡>의 예를 들면 다음과 같다.

계절	그리움 · 고독의 표현
봄	뎌 梅미花화 것거 내여 님 겨신 딕 보내오져 / 님이 너를 보고 엇더타 너기실고
여름	꼿 디고 새닙 나니 綠녹陰음이 졀렷ᄂᆞᆫ딕 / 羅나幃위 寂젹寞막ᄒᆞ고 繡슈幕막이 뷔여 잇다 / 芙부蓉용을 거더노코 孔공雀쟉을 둘러두니 / ᄀᆞ득 시름 한딕 날은 엇디 기돗던고
가을	東동山산의 ᄃᆞᆯ이 나고 北븍極극의 별이 뵈니 / 님이신가 반기니 눈믈이 졀로 난다
겨울	댜ᄅᆞᆫ 히 수이 디여 긴 밤을 고초 안자 / 靑쳥燈등 거른 겻틱 鈿뎐箜공篌후 노하 두고 / ᄭᅮᆷ의나 님을 보려 틱 밧고 비겨시니 / 鴦앙衾금도 ᄎᆞ도 츨샤 이 밤은 언제 샐고

<사미인곡>의 시적 화자는 봄의 매화와 가을의 달을 보며 자신의 사랑

---

27) 각 작품의 도입부를 보면 다음과 같다. <사미인곡> : "엇그제 님을 뫼셔 廣광寒한殿뎐의 올낫더니 / 그 더틱 엇디ᄒᆞ야 下하界계예 ᄂᆞ려오니 / 올 적의 비슨 머리 얼 연디 三삼年년이라". <속미인곡> : "뎨 가ᄂᆞ 뎌 각시 본 듯도 ᄒᆞ뎌이고 / 天텬上샹白빅玉옥京경을 엇디ᄒᆞ야 離니別별ᄒᆞ고 / 히 다 뎌 겨믄날의 눌을 보라 가시ᄂᆞᆫ고 / 어와 네여이고 내 ᄉᆞ셜 드러보오 / 내 얼굴 이 거동이 님 괴얌즉 ᄒᆞ냐마ᄂᆞᆫ / 엇딘디 날 보시고 네로다 녀기실식 / 나도 님을 미더 군ᄠᅳ디 젼혀 업서 / 이릭야 교튀야 어즈러이 구돗떤디 / 반기시ᄂᆞᆫ ᄂᆞᆾ비치 녜와 엇디 다ᄅᆞ신고".

과 님의 모습을 상상하고, 여름의 적막한 낮과 겨울의 쓸쓸한 밤을 보내며
고독과 그리움에 사무쳐한다. 계절이 흘러도 고독과 그리움의 시간은 변
화하지 않고 단지 심화되기만 한다. 변화할 듯 변하지 않는, 아름다운 계
절적 서정 속에 반복되며 깊어지는 고독의 주제, 이러한 변주가 <사미인
곡>의 형식이다. 겨울 단락에서 시적 화자는 그러한 정체된 시간에 질적
변화를 주고자, 꿈을 꾸어 님을 만나보고자 하지만, 시적 화자의 깊은 고
뇌는 꿈을 꿀 수 있는 잠을 허용하지 않는다.[28]

한편, 순환적 시간구조를 통해 그리움의 골이 깊어지기는 <속미인곡>도
마찬가지다. <속미인곡>의 시간은 다음에서 보는 것처럼 <사미인곡>보다
도 더 절박하다.

> 님다히 消쇼息식을 아므려나 아쟈ᄒ니
> 오ᄂᆞᆯ도 거의로다 ᄂᆡ일이나 사ᄅᆞᆷ 올가
> 내 ᄆᆞᄋᆞᆷ 둘 ᄃᆡ 업다 어드러로 가쟛말고
> 잡거니 밀거니 놉픈 뫼ᄒ히 올라가니
> 구롬은 ᄏᆞ니와 안개ᄂᆞᆫ 므ᄉᆞ일고
> …
> 茅모簷첨 ᄎᆞᆫ 자리의 밤듕만 도라오니
> 半반壁벽 靑청燈등은 눌 위ᄒᆞ야 불갓ᄂᆞᆫ고
> 오ᄅᆞ며 ᄂᆞ리며 헤ᄯᆞ며 바니니

<속미인곡>의 시간구조는 <사미인곡>만큼 명확하지는 않지만, 대체로
낮에서 밤으로의 시간적 흐름에 따라 진행된다. 그런데 <속미인곡>에서의
낮과 밤은 <사미인곡>에서의 춘하추동이 그러하듯 질적 차이를 갖지 못

---

28) "꿈의나 님을 보려 ᄐᆞᆨ 밧고 비겨시니 / 鴦앙衾금도 ᄎᆞ도 ᄎᆞ샤 이 밤은 언제 샐고"

한다. 위의 인용구에서 보듯, 낮을 배경으로 한 전반부나, 밤을 배경으로
한 후반부나 전개되는 시적 상황에는 큰 변화가 없다. 님이 보고 싶은 마
음에 시적 화자는 낮에도 "잡거니 밀거니 높픈 뫼히 올라가"고, 밤에도
"오르며 누리며 헤쓰며 바니"며 어쩔 줄 몰라 한다. 시적 화자의 상황은
<사미인곡>에 비해 더 절박해졌다. <사미인곡>에서 보이던 계절적 서정
은 <속미인곡>의 시적 화자에게는 감정적 사치일 듯하다. 반복되는 이러
한 극단적인 감정의 소모 속에서 <속미인곡>의 시적 화자 또한 꿈을 찾아
든다. 정신적·육체적 피로 속에 시적 화자는 "풋잠"이 들고, <사미인곡>에
서와는 달리 꿈속에서 님을 만나는 데 성공한다. 하지만 현실의 절망이 너
무 깊은 탓일까, 꿈에서의 소망 충족조차 미완에 그치고 만다.[29]

　<성산별곡>이나 <관동별곡>에서와는 달리, 꿈으로도, 음악으로도, 술로
도, <사미인곡>·<속미인곡>의 시적 화자가 지닌 시름은 풀리지 않는다—
<사미인곡>에서 공후箜篌는 빈 벽에 외롭게 놓여 있을 뿐이다—. 그러나
<사미인곡>에서는 보다 우아하게, <속미인곡>에서는 보다 절박하게 그려
진 시적 화자의 파토스는 필연적으로 어떠한 해결을 요구하고 있다—규
원시閨怨詩 전통을 통틀어 보아도 이토록 열렬히 애정의 회복을 희구하는
시적 화자는 찾아보기 어려울 것이다—. 비약적 해결은 이제 온전히 상상
만으로, 백일몽만으로 이루어진다. 순환적 시간의 닫힌 회로를 뚫고 갈 수
있는 다른 차원으로 그의 상상은 비약한다. 바로 다음과 같은 <사미인
곡>·<속미인곡>의 결사結詞이다.

---

29) "져근덧 力녁盡진ㅎ야 풋줌을 잠간드니 / 情정誠셩이 지극ㅎ야 꿈의 님을 보니 / 玉옥
ㄱ튼 얼굴이 半반이나마 늘거세라 / ᄆ음의 머근 말숨 슬ᄏ장 솗쟈ㅎ니 / 눈믈이 바라
나니 말인들 어이ㅎ며 / 情정을 못다ㅎ여 목이조차 몌여 / 오뎐된 鷄계聲셩의 좀은 엇디
ᄭᅵ돗던고".

출하리 싀어디여 범나븨 되오리라
곳나모 가지마다 간듸 죡죡 안니다가
향 므든 놀애로 님의 오싀 올므리라
님이야 날인 줄 모른셔도 내 님 조츠려 ᄒ노라

— <사미인곡>

출하리 싀여디여 落낙月월이나 되야이셔
님 겨신 窓창 안히 번드시 비최리라
각시님 들이야크니와 구즌비나 되쇼셔

— <속미인곡>30)

위와 같은 결사를 통해 <사미인곡>·<속미인곡>의 화자는 현실에서 이루
지 못한 많은 것을 이룬다. "범나비"가 되어서 언제나 자유롭고 아름답게
님의 곁에 있을 수 있다. "밝은 달"이 되어 님을 지켜줄 수도 있다. 또 차마
말하기 어렵지만 "궂은비"가 되어 내 슬픔을 하소할 수도, 님에게 가닿을
수도 있다. 이 모든 욕망이 죽음과 화신化身의 백일몽 속에서 이루어진다.

<사미인곡>·<속미인곡>의 시간은 분열되어 있다. 그것은 우주의 조화
로운 정체整體와 시적 화자의 부조리한 상황을 한데 품으며 그 괴리를 심
화시키고 영속화한다. 이러한 분열된 시간 의식은 작가와 시적 화자의 분
리라는 장치를 통해 표현될 수 있었다. 송강은 <사미인곡>·<속미인곡>에
서 그가 처한 정치적 현실을 사랑을 잃은 여인의 상황으로 치환시켜 놓았
다. 정치적으로 실각한 사대부는 이상과 당위, 무의식과 의식 사이에서 번
민하며 미래적 가능성을 겨누어 보는 현실적 존재이지만, 사랑을 잃은 여

---

30) 본 장에서 인용한 송강가사는 송강의 5대 후손 鄭觀河가 1747년 간행한 星州本이다.
그러나 <속미인곡>의 이 부분만은 성주본이 완전치 않기에, 李選本 혹은 義星本으로
알려진 방종현본을 따랐다.

인이란 의식과 무의식, 이상과 당위를 가릴 것 없이 그의 모든 존재가 오로지 사랑을 되찾는 것에만 바쳐지는, 욕망의 주체로서 상상된 존재이다. 이러한 시적 화자의 장치를 통해 송강은 출구가 보이지 않는 닫힌 시간과, 그러한 시간을 벗어나고자 하는 강렬한 의지를 표출하였다. 그리고 다른 작품들에서 그러했듯 상상의 힘을 빌려, 비극적이지만 아름다운 비약적 결말을 그려내었다.

4. 나오며

송강가사는 한국시가 중 가장 뜨거운 상찬을 받아 왔다. 하지만 그 구조적 특성에 대한 종합적 연구는 충분하지 않다. 작품의 구조를 자세히 읽는 것은 현대적인 문학 독법이기에 전통적 비평에서는 보이지 않는다. 현대에 들어서도 송강가사를 관통하는 구조적 특성에 대한 논의는 충분히 이루어졌다고 보기 어렵다. 그러나 송강가사의 문학성은 주제나 문체 못지 않게 그 구조적 측면에도 있다.

송강가사의 구조가 특징적인 것은 그것이 하나의 정서적 드라마를 연출한다는 데 있다. 송강의 가사들은 다양한 정서와 생각의 충돌과 갈등을 표현하고 그것의 극적 고조를 보여준다. 이때 그러한 정서적 드라마는 시간적인 작품 구조를 통해 자연스럽게 연출된다. 전대前代의 <면앙정가> 및 <관서별곡>에 쓰인 순환적 시간 구조와 계기적 시간 구조를 송강가사는 수용·변용함으로써 특유의 극적 구조를 형성하였다. <성산별곡>에서는 순환적 시간의 이상적인 영원한 현재와, 부조리로 점철된 인간의 역사적 과거가 대비되면서 정서의 극적 반전이 이루어진다. <관동별곡>에서는 계기적 시간 속에 작품이 진행되는 중에도 과거와 미래, 무시간성을 향한 심리적 시간이 대위법적으로 발전·충돌한다. 그리고 <사미인곡>·<속미인곡>에서는 주체와 객체의 시간이 갈라진 분열적인 순환적 시간 속에서 고독과 그리움의 정서가 변주·심화된다. 이렇듯 송강가사 작품들은 작품의 시간적 구조 속에서 정서적 갈등을 발생·고조시키며, 이러한 극적 구조 속에서 우리는 의식과 무의식, 의지와 욕망이 얽혀 있는 인간 정신의 심층을 경험하게 된다.

송강가사의 극적 구조는 비약적 결말로 이어진다. 극적 구조를 통해 모순되고 충돌하며 고조된 시적 화자의 정신세계는 항시 어떠한 비약적인 해결을 추구한다. 그것은 술과 음악을 통해, 또는 꿈과 백일몽을 통해 이루어진다. <성산별곡>에서는 술과 음악의 힘을 빌려 이상적 시간으로 도피하며, <관동별곡>에서는 꿈에서 소망을 성취함으로써 밝은 미래를 선취先取하고, <사미인곡>·<속미인곡>에서는 죽음과 화신化身의 백일몽으로써 영원할 것 같은 비극을 초월한다. 이 과정들의 공통점은 그것이 이성과 논리를 넘어선 상상을 통해 새로운 비전을 만들어내고 있다는 점이다. 그것은 술과 음악, 꿈과 백일몽의 세계이다. 이 세계에서 송강가사의 시적 화자들은 때론 선계 속으로 들어가고 때론 이상적 사회현실의 상징과 만나며 때론 아름답고 희생적이며 치열한 사랑을 이루어낸다.

송강가사에서 전대 가사와 달리 시간성의 변질이 일어나는 것은 우주의 시간이 아니라 인간의 시간이 문제가 되기 때문이다. 영원히 조화로울 것 같은 우주의 시간과는 달리, 과거에 한 발을 담그고 있으면서 미래를 예기하고 이를 통해 현재를 구성하고자 하는 인간적 시간이 순환적 혹은 계기적 시간성에 의문을 던지고, 종잡을 수 없는 과거와 미래에 잡힌 시적 화자의 내적 갈등은 깊어 간다. 그러한 파토스는 그러나 완전히 비극으로 끝나지는 않는다. 서정 장르가 지향하는 동일성을 회복하고자 송강은 술과 음악, 꿈과 백일몽의 힘을 빌려 상상적 초월을 꾀하는 것이다. 그러나 이 때의 초월도 미완의 것이거나 죽음을 전제한 것이어서 흔히 비극적인 여운을 준다.

송강가사의 시적 화자들은 온건하지 않다. 그들은 내적 불화를 겪으며, 그것을 안으로 삭히려 하기보다는 오히려 그것을 극으로 치닫게 한다. 이것은 송강가사가 영향을 받은 전대의 가사 작품들과 다른 점이다. <면앙정가>나 <관서별곡>과 같은 전기의 가사 작품들에도 정서가 고조되거나 부정적 정서가 표현되는 면이 있기는 하지만, 송강가사만큼 정서의 충돌과 긴장의 고조가 뚜렷이 그려지지는 않는다. 송강의 가사는 극적 구조와 비약적 결말을 통해 전후대의 어느 가사 작품에서도 찾아보기 힘든 깊이 있는 정신세계를 그려내었다. 여기에 대화체라든지 상징, 여성 화자의 활용과 같은 시적 장치 또한 기여하였음은 물론이다. 감정과 의지, 의식과 무의식의 다양한 정신 영역이 송강가사에 그려질 수 있었던 것은 물론 송강의 전기적 사실이나 그의 개성과 관련된다. 송강가사는 당쟁이 과열되는 정치현실의 한가운데서 나왔으며, 누구보다도 정치적 의지가 강했던 송강이라는 인물에 의해 지어졌다. 그러기에 그것은 불화하는 상황과 그것을 극복하고자 하는 미래적 의지를 담을 수 있었다. 그러나 이러한 주제 의식이 교훈적이거나 아유적阿諛的인 것에 그치지 않고 한 인간의 심층적 내면에까지 닿을 수 있었던 것은 순전히 송강이 지니고 있었던 낭만적인 시인 기질 덕분이었다고 하지 않을 수 없다. 파토스의 시인이었던 송강은 동일성을 담보할 수 없는, 불화하는 정신세계를 상상의 힘을 빌려 통합한 비전을 우리에게 보여주고 있다. 불협화음을 담아낸 이 아름다운 화음이야말로 송강가사의 독보적 지점이 아닐까 한다.

잡가의 극적 성격*

1. 들어가며

경기 십이잡가는 경기 좌창의 일종으로서 '경기 긴잡가'라고 불리기도 한다. 여기에는 <적벽가赤壁歌>, <선유가船遊歌>, <출인가出引歌>, <방물가房物歌>, <제비가>, <형장가刑杖歌>, <유산가遊山歌>, <집장가執杖歌>, <달거리>, <소춘향가小春香歌>, <평양가平壤歌>, <십장가十杖歌> 등의 작품이 포함된다. 이 작품들이 십이잡가라는 용어로 묶여 정리된 것은 20세기 초반의 일로, 주로 국악적 기준에 의거한 것이었다. 이런 까닭에 국문학계에서는 십이잡가라는 국악계의 용어를 한편으론 답습하면서도, 십이잡가가 타 문학 갈래에 비해 가지는 문학적 변별성에 대해서는 회의적인 입장을 취해 왔다. 그리하여 국악계에서는 이미 '십이가사'라든지 '선타령'이라든지 하는 용어로 분류해 놓은 작품들도 문학계에서는 모두 잡가의 범주에 넣어 다루고, 이후 음악계의 분류와는 상관없이 문학적 기준으로 작품을 재분류

---

* 이 글은 「경기 십이잡가에 나타난 장르 변동의 양상과 의미」(『경기잡가 - 경기전통예술 연구시리즈 2』, 경기도국악당, 2006)를 부분 수정한 것이다.

하여 왔다.[1]

　그러나 시가문학의 특성상, 구체적인 연행상황이 문학적 속성과도 밀접한 관계를 가진다는 점을 생각할 때, 연행상황에 대한 고려가 포함된 음악계의 분류가 문학 쪽에서 수용되어도 무의미할 것 같지만은 않다. 이에 본 장은 국문학계에서는 잡가로 통칭해온 음악적 하위 범주들, 즉 십이가사라든지, 십이잡가라든지, 또는 단가短歌라든지 하는 것들이 문학적으로도 변별적으로 고구될 수 있다는 기본 전제를 가지고, 경기 십이잡가의 문학성을 논의해 보고자 한다.

　이 글에서 주목하는 십이잡가의 주된 특성은 장르적 성격을 달리하는[2] 소설·판소리 갈래와의 긴밀한 연관성이다. 위에서 열거한 십이잡가 작품들 중 기존의 소설이나 판소리와 관련이 있는 작품은 12편 중 8편에 달한다. 더구나 그 관련의 정도는 부분 차용 정도가 아니라 작품 전반에 걸쳐 있는 것이 대부분이다. 이러한 성격은 십이가사나 단가 등에는 보이지 않는 것으로, 십이잡가의 가장 두드러진 특징이다. 언뜻 보기에 이러한 현상

---

1) 문학계에서 잡가를 이러한 식으로 분류·고찰하는 것은 본격적 잡가 연구의 선편을 잡은 정재호의 「잡가고」(『민족문화연구』 6, 고려대학교 민족문화연구소, 1972)로부터 비롯된 시각이다. 여기서 논자는 잡가의 형식을 셋으로 구분했는데, '短型歌辭'와 비슷한 것, 분절체로 된 것, 각 절에 후렴이나 전렴이 붙는 것 등이 그것이다. 또 그는 가사, 시조, 민요와 같은 주변장르들과 잡가의 관계를 고찰하기도 했는데, 이러한 시각은 이후의 논자들이 잡가를 가사 계열, 민요 계열, 판소리 계열 등의 하위 범주로 분류·이해하는 데 영향을 끼친 것으로 보인다. 최상수의 「잡가의 장르적 성향과 수용양상」(성균관대학교 석사학위논문, 1986), 이노형의 「잡가의 유형과 그 담당층에 대한 연구」(서울대학교 석사학위논문, 1987) 등이 이러한 입장을 취했다.

2) 여기에서 장르적 성격을 달리한다 할 때의 장르는 문학의 기본 형식으로 일컬어져 온 장르類로서의 장르, 즉 서정, 서사, 극 따위를 의미한다. 장르라는 개념에는 이러한 장르류도 포함되고, 한편으로는 역사적 장르로서의 장르種도 포함되어서 혼동이 되기 쉽다. 본 장에서는 편의상 장르라는 용어는 장르류의 의미로서만 한정하여 사용하고, 장르종의 의미를 표현할 때 '갈래'라는 용어를 사용하기로 한다. 장르류를 지칭하는 용어로 '양식'(mode)이 사용되기도 하나, 이 용어 또한 형식을 가리키는 말로 혼동되는 면이 있고, 장르에 비해 덜 친숙한 용어이기도 해서 본 장에서는 사용하지 않았다.

은 창작력의 고갈과 관련된 부정적인 의미로 해석되기 쉽다. 그러나 시가가 소설이나 판소리 등과 교섭을 한 것은 잡가에서 처음 일어난 것이 아니고, 조선 후기 서정 장르의 한 특징적 국면으로서 형성되어 온 것이며, 일정한 문학적 의미를 부여할 수 있는 현상이라고 보인다.

소설이나 판소리와 긴밀한 연관성을 가진다는 특성을 중심으로 십이잡가의 문학성을 논의하기 위해서 이 글은 장르의 이론을 원용하고자 한다. 서로 다른 장르적 성향을 지닌 갈래들이 교섭하고 있는 십이잡가의 특성은 그 현상의 해석으로서 장르 이론적 접근을 필연적으로 요구한다고 할 수 있다. 그러나 이것은 단지 개별 작품의 장르 귀속이라는 분류적 차원의 문제에 국한되는 것은 아니다. 장르의 이론은 문학의 본질적 특성이나 문학과 사회의 관계와 같은 국면들에 대한 규명에까지 나아갈 수 있는 것이며, 그럴 때라야만 문학 현상을 해석하는 도구로서 의미를 지닌다 할 수 있다.[3]

국문학계에서 잡가라는 장르는 통상 혼합장르적 특성을 지닌 것으로 이해되어 왔다. 그 이유는 두 가지 측면에서 생각해 볼 수 있는데, 하나는 장르적 성격을 서로 달리하는 작품들이 잡가라는 이름으로 통칭되었기 때문이고, 다른 하나는 잡가로 불리는 작품들이 당대의 여러 작품들에서 흔히 쓰이는 공통어구를 모아 짜깁기식으로 구성된 것이 많기 때문이다. 그러나 혼합장르란 다양한 장르적 특성을 공유한 한 역사적 갈래에 쓰이는 용어라기보다는 개별 작품의 장르적 특성으로부터 추출되는 개념이라는

---

3) 현대의 장르 이론은 철학이나 언어학적 체계를 바탕으로 문학의 본질적 성격을 드러내는 데 많은 기여를 해 온 것으로 보인다. 현대 장르 이론의 다양한 면모는 Paul Hernadi의 *Beyond Genre*를 참조할 수 있다.(Paul Hernadi, *Beyond Genre : New Directions in Literary Classification*, Ithaca and London : Cornell University Press, 1972, P. 헤르나디, 김준오 역, 『장르론 : 문학분류의 새 방법』, 문장, 1983.)

점에서, 전자의 경우는 혼합장르와는 관계없는 현상이라고 할 수 있다. 그리고 후자의 시각 또한 개별 작품간의 교섭이 곧 장르적 성격의 변화를 의미하는 것은 아니라는 점에서 주의할 필요가 있다.[4] 이렇게 볼 때 십이잡가의 소설·판소리 수용 양상을 고찰하는 것은 잡가의 혼합장르적 특성을 고찰하는 적절한 방법이라고 생각할 수 있다. 소설과 판소리라는 서로 다른 장르적 성격을 지닌 갈래를 수용함으로써 십이잡가는 서정장르로부터 서사·극 장르로 장르적 성격 자체에 변화를 겪기 때문이다.

십이잡가와 소설·판소리의 교섭을 논의한 기존 논의로는 주로 판소리와의 관계를 논한 것이 많았고, 이 경우 대상 작품은 '판소리계 잡가'로 분류되었다.[5] 그러나 이러한 장르 변동 현상이 문학적으로나 사회적으로 어떤 의미를 지니는가에 대한 분석은 아직 이루어지지 않은 것으로 보인다. 한편 다른 시가 갈래에서는 이러한 논의가 이루어진 바 있는데, 그것은 소설을 수용한 시조작품군에 대한 것이다. 18세기 이후 특정 소설 작품을 수용한 일련의 시조들이 창작되었는데, 이에 대해 다소의 논의가 있었다.[6] 그리고 비교적 최근에는 소설 수용 시조들의 장르적 특성과 담당층의 특성이 연계되어 고찰되기도 하였다.[7]

그런데 소설수용시조의 장르적 특성은 십이잡가의 장르적 성향과 유사한 부분이 많다. 이에 이 두 갈래를 연관·고찰하여 조선 후기 시가에 나타

---

4) 후자의 경우에 대한 문제점은 성무경의 「雜歌 <유산가>의 형성 원리에 對하여」(『강신항박사정년기념 국어국문학 논총』, 태학사, 1995, 563면)에서 지적된 바 있다.

5) 각주 1번 참조.

6) 김용찬, 「조선후기 시조에 나타난 소설 수용의 양상 - 『三國志演義』를 중심으로」, 『어문논집』 32, 고려대 국문학과, 1993; 박노준, 「김수장의 사설시조와 유락 취향의 삶」, 『조선후기 시가의 현실인식』, 고려대 민족문화연구원, 1998.

7) 고정희, 「소설 수용 시조의 장르 변동 양상과 그 사회적 맥락」, 김병국 외, 『장르교섭과 고전시가』, 월인, 1999.

난 장르 변동의 문학적·사회학적 의미를 고찰하는 것이 가능할 것으로 보
인다. 이를 위하여 본 장은 2장에서 소설·판소리와 연관을 맺고 있는 여덟
편의 십이잡가를 대상으로 그 장르적 성격을 진술주체와 담화방식, 내용
과 형식 등의 측면에서 원텍스트와 관련하여 검토하고,[8] 3장에서 소설 수
용 시조들의 장르적 특성을 마찬가지로 고찰한 후, 4장에서 담시譚詩라는
장르적 현상과 관련하여 이들 시가종의 문학적·사회학적 의미를 해석해
보려고 한다.

2. 경기 십이잡가의 소설·판소리 수용 양상

십이잡가가 소설이나 판소리를 수용한 양상은 크게 둘로 분류하여 볼
수 있다. 하나는 원텍스트의 특정 장면의 의미와 정서를 비교적 그대로 재
현한 경우이고, 다른 하나는 원텍스트의 의미를 삭제하거나 변질시킨 경

---

8) 진술주체와 담화방식을 기준으로 문학의 장르를 고찰한 이론으로서 함부르거의 논의를 참
조했다. 담화방식이 장르 구분의 중요한 기준이 되는 것은 장르 연구의 시초라 할 수 있는
소크라테스의 논의에서부터 시작된 것이다. 플라톤의 『공화국』에서 소크라테스는 문학의
기본 형식으로서 서술적·극적·혼합적 양식을 논의하였는데, 여기서 극 장르와 서사적 장르
의 담화방식이 규정된다. 그런데 이러한 분류는 사건이나 행위를 모방한 모방적·재현적 작
품만을 대상으로 한 것이었고, 따라서 이러한 담화방식상의 분류로서는 서정 장르를 설명
할 길이 없게 된다. 여기서 등장하는 것이 진술주체의 문제인데, 서사나 극과 같은 모방적
문학이 허구적 진술주체에 의해 형성됨에 반해, 비재현적 문학인 서정 장르는 현실적 진술
주체에 의해 진술되는 것이라는 점이 지적되었다. 함부르거가 제시한 진술주체의 문제는
재현적이냐 비재현적이냐 하는 서정 장르와 서사·극 장르 사이의 본질적 차이점을 드러내
는 데 긴요한 점이라고 여겨진다. 담화방식과 진술주체의 기준에 따라 파악된 장르적 성격
이 구체적인 문학의 내용·형식과 어떠한 관계를 맺고 있는지 살펴봄으로써 우리는 장르적
특성의 문학적·사회적 의미에 접근할 수 있을 것이다. (캐테 함부르거, 『문학의 논리 - 문학
장르에 대한 언어 이론적 접근』, 홍익대학교 출판부, 2001; 제라르 쥬네트, 「원텍스트 서
설」, 김현 편, 『쟝르의 이론』, 문학과지성사, 1987.)

우이다.[9] 각각의 경우를 나누어 살펴보면 다음과 같다.

2.1. 원텍스트의 장면을 재현한 경우

이 경우에 해당하는 텍스트로는 <적벽가>, <십장가>, <집장가>, <형장가>, <소춘향가> 등이 있다. 이 중 <적벽가>는 『삼국지연의』의 <적벽대전> 부분 혹은 판소리 <적벽가>와 관계있는 것이며, 이를 제외한 나머지는 모두 소설 <춘향전> 혹은 판소리 <춘향가>와 연관된 것들이다. 이 작품들은 원텍스트를 원용하면서 군데군데 상상력을 첨가하여 개작을 가했으나 그 주된 내용과 정서가 원텍스트에서 크게 벗어나지 않는다. 이제 각 작품별로 원텍스트와의 관련 양상을 고찰해 보도록 하자.

---

9) 여기서 원텍스트가 되는 다양한 소설 또는 판소리 창본 이본들의 형성연대는 그리 멀리 소급되지 않는다. <춘향전> 이본 중 비교적 이른 시기의 것인 <남원고사>도 1863년에서야 필사된 것이고, 특히 완판본 계열의 이본들은 19세기 말이나 20세기 전반에 형성된 것으로 추정되고 있다. 이렇게 보았을 때, 이들 이본을 과연 십이잡가의 원텍스트로 볼 수 있느냐 하는 문제가 제기될 수 있다. 더구나 기존의 잡가류 시가가 판소리나 소설에 삽입되기도 한다는 점을 볼 때, 십이잡가의 내용이 오히려 소설이나 판소리의 원텍스트가 되었을 가능성도 생각할 수 있다. 그러나 잡가의 중요한 형성원리가 기존의 사설을 차용하는 것이라는 점을 생각해 볼 때, 십이잡가가 소설이나 판소리의 원텍스트가 되었다고 생각하기보다는 판소리나 소설이 십이잡가의 원텍스트가 되었다고 보는 것이 더 개연성이 있다. 더구나 현재 전하는 판소리·판소리계 소설 이본들의 생성연대는 그리 오래 소급되지 않을지라도 그것들의 저본 또는 원류가 되는 것은 보다 이른 시기로 올려 볼 수 있다. 19세기 중반 무렵이면 판소리는 이미 전기 8명창이 나오고 열두 마당이 형성될 만큼 원숙해 있었다. 申偉의 <觀劇詩>나 宋晚載의 <觀優戱>와 같은 연희시들이 이러한 정황을 잘 보여준다. 그러므로 명창들의 여러 더늠들을 바탕으로 한 판소리 대본 혹은 소설의 저본이 19세기 중후반 무렵이면 형성되어 있었을 것이다. 그런데 십이잡가의 생성연대는 멀리 잡아도 19세기 중반 이전으로는 소급되기 힘들며, 대개의 작품이 19세기 후반 혹은 20세기 전반에 지어진 것으로 생각된다. 따라서 시기적으로 보아도 소설이나 판소리가 십이잡가의 원텍스트가 되었을 확률은 크다. 다만 여기서 십이잡가의 원텍스트로 상정하는 것은 현재 전하는 이본들 그 자체가 아니라 그것의 저본의 존재를 염두에 둔 한 계열이라는 점을 전제해 둔다.

2.1.1. <적벽가赤壁歌>의 경우

잡가 <적벽가>의 주 내용은 판소리 <적벽가>의 여러 창본이나 <화용도> 등의 필사본 소설들에 공통적으로 나타나 있다. 그런데 판소리 <적벽가>나 소설 <화용도> 등도 또한 <삼국지연의>라는 원텍스트를 바탕으로 하여 생성된 것이므로, 잡가 <적벽가>와 <삼국지연의> 사이의 직접적인 관련성도 생각해볼 수 있겠다. 그러나 잡가 <적벽가>는 <삼국지연의>보다는 판소리 <적벽가>나 소설 <화용도> 등과 더 직접적인 연관을 가진 것으로 보인다. 이를 살피기 위해 <삼국지연의>의 해당 부분을 살펴보면 다음과 같다.

> 조조는 그 말을 좇아 앞으로 가 몸을 굽히고 운장에게 말하기를 "장군이 별래 무양하시뇨." 운장이 또한 몸을 굽혀 가로되 "관모 장령을 받고 와서 승상을 기다린 지 오래로다." 조조 가로되 "조조가 군사를 패하여 형세가 위태로워 이곳에 이르러 길이 없으니 장군은 옛날 정을 중히 여기소서." 운장이 말하되 "옛날에 비록 관모가 승상의 후은을 입었으나 안량·문추를 죽이어 백마의 위급함을 풀어 갚았으니 오늘 일을 어찌 사사로써 공공일을 폐하리오." 조조 말하되 "오관참장하시던 때를 기억하시오. 대장부는 신의를 중히 여기나니 장군은 춘추에 깊이 밝으시니 어찌 유공지사庾公之斯가 자탁유자子濯孺子 쫓던 일을 알지 못하시오."
>
> ─ <삼국지연의> 중10)

위와 같이 <삼국지연의>에서는 조조가 조리 있는 말로써 관운장의 마음을 움직여 살아나게 된다. 그러나 잡가 <적벽가>에서는 조조가 매우 비굴한 모습으로 그려진다. 잡가 <적벽가>의 전문을 보면 다음과 같다.11)

---

10) 이경선, 「한국문학작품에 끼친 삼국지연의의 영향」, 『한양대 논문집』 5, 1971, 32면에 제시된 번역문을 옮긴 것이다.

A

삼강三江은 수전水戰이요 적벽赤壁은 오병鏖兵이라 난데없는 화광火光이 충천沖天하니 조조曹操가 대패大敗하여 화용도華容道로 행행行할 즈음에 응포일성應砲一聲에 일원대장一員大將이 엄심갑掩心甲 옷에 봉투구鳳鬪具 젖겨 쓰고 적토마赤兎馬 비껴 타고 삼각수三角鬚를 거스릅시고 봉안鳳眼을 크게 뜹시고 팔십근八十斤 청룡도靑龍刀 눈 위에 선뜻 들어 옜다 이놈 조조曹操야 ⓐ날다 길다 하시는 소리 정신精神이 산란散亂하여

B

비나이다 비나이다 잔명殘命을 살으소서 소장小將의 명命을 장군전하將軍前下에 비나이다 전일前日을 생각하오 상마上馬에 천금千金이요 하마下馬에 백금百金이라 오일五日에 대연大宴하고 삼일三日에 소연小宴할 제 한수정후漢壽亭侯 봉封한 후에 고대광실高臺廣室 높은 집에 미녀충궁美女充宮하였으니 그 정성을 생각하오 금일 조조가 적벽赤壁에 패하야 말은 피곤 사람은 주리어 능히 촌보寸步를 못하겠으니 장군 후덕厚德을 입사와지이다

C

네 아무리 살려고 하여도 사지 못할 말 듣거라 네 정성 갚으려고 백마강白馬江 싸움에 하북명장河北名將 범 같은 천하장사天下壯士 안량顔良 문추文醜를 한 칼에 선듯 버혀 네 정성을 갚은 후에 한수정후漢壽亭侯 인병부印兵符 끌러 원문轅門에 걸고 독행천리獨行千里하였으니 네 정성만 생각하느냐 ⓑ이놈 조조야 너 잡으러 여기 올 제 군령장軍令狀 두고 왔다 네 죄상을 모르느냐 천정天情을 거역拒逆하고 백성을 살해殺害하니 만민도탄萬民塗炭을 생각지 않고 너를 어이 용서하리 간사한 말을 말고 짜른 목 길게 늘여 청룡도靑龍刀 받으라 하시는 소래 ⓒ일촌간장一村肝臟이 다 녹는다

---

11) 십이잡가의 텍스트는 여러 이본들에서 대동소이하다. 이 글에서는 류의호가 엮은 『묵계월 경기소리 연구』(깊은샘, 2003)에 정리된 가사를 텍스트로 하였다. 문단은 논의의 편의상 임의로 나눈 것이다. 뒤의 작품들의 경우에도 이와 같다.

D

소장小將 잡으시려고 군령장軍令狀 두셨으나 장군님 명命은 하늘에 달립시고 소장小將의 명은 금일 장군전將軍前에 달렸고 어지신 성덕聖德을 입사와 장군전하將軍前下 살아와지이다

E

관왕關王이 들읍시고 잔잉殘仍히 여기사 주창周倉으로 하여금 오백 도부수刀斧手를 한편으로 치우칩시고 말머리를 돌립시니 죽었던 조조가 화용도華容道 벗어나 조인曹仁 만나 가더란 말가

위에서 보면 <삼국지연의>에서는 "장군은 옛날 정을 중히 여기소서."라고 짧게 언급한 것을 잡가 <적벽가>에서는 B와 같이 길게 부연하여 조조가 비굴하게 관운장에게 애걸하는 꼴로 원작을 윤색하였음을 알 수 있다. 그 가운데 조조는 관운장에게 재물과 미녀를 제공한 일을 이야기하는데, 이 화소는 대부분의 판소리 <적벽가> 창본들에서 보이는 것이어서 판소리 <적벽가>가 잡가 <적벽가>에 영향을 주었음을 알려준다.

비단 B 부분뿐만 아니라, A에서 E까지의 전체적인 구성·내용·어조도 또한 창본 <적벽가>들에서 거의 모두 찾아볼 수 있는 것들이다. 그러므로 잡가 <적벽가>는 판소리 <적벽가>에 거의 전적으로 의지해서 창작된 것이라고 할 수 있다. 그런데 특히 그 중에서도 정통적인 동편제인 송만갑제를 이었다고 하는, 박봉술 창본 <적벽가>와 송순섭 창본 <적벽가>는 다른 이본들에서는 보이지 않는 구절들을 잡가 <적벽가>와 공유하고 있고 전체적인 사설 또한 잡가 <적벽가>와 매우 흡사해서 그 직접적인 영향관계를 짐작케 한다. 송순섭의 적벽가는 박봉술의 적벽가를 이어받은 것이어서 그 내용이 거의 같은데, 박봉술 창본 적벽가의 조조 애걸 부분을 보면

다음과 같다.

A'

웃음이 지듯마듯 화용도 산상에서 방포성이 쿵 이 너머에서도 쿵 저 너머에서도 쿵 궁구르 궁구르 궁구르. 산악이 무너지고 천지가 뒤바뀐 듯 뇌고 나팔 우퉁괭처르르르 화용 산곡이 뒤끓으니 위국장졸들이 혼불부신魂不附身하야 면면상고面面相顧 서 있을 제, 오백 도부수刀斧手가 양편으로 갈라서서 대장기를 들었난디 대원수 관공 삼군 사명기라 둥두렷이 새겼는데 늠름하다. 주안봉모朱顔鳳眸 와잠미臥蠶眉 삼각수三角鬚 봉의 눈 부릅 떠 청룡도靑龍刀 비껴들고 적토마赤兎馬 달려오며 우레 같은 소리를 벽력같이 뒤지르며, "어따 이 놈 조조야, ⓐ'날다 길다 길다 날다 긴 목을 길게 빼어 칼 받으라."

조조가 황겁하야,

"여봐라 정욱아, 오는 장수 누구냐."

…

ⓒ'우레 같은 호통소리 조조의 약간 남은 일촌간장이 다 녹는다.

B'

"아이고 여보 장군님 시각에 죽일망정 나의 한 말을 들어보오. 전사를 잊으리까. (장군의 장약으로 황건적 패를 보아 도원형제桃園兄弟 분산허고 거주를 모르실 새 내 나라로 모셔들여) 삼일대연三日大宴 오일소연五日小宴 상마上馬에 천금이요 하마下馬에 백금이라. 금은보화 아끼지 않고 말로 되어서 드렸삽고 천하일색 골라들여 고대광실 높은 집에 미녀출공하였으며 조석으로 문안등대 정성으로 봉양허니 그 정회가 적다 허며 (만고일색 초선이를 한칼에 죽였으되 무어라 하더이까. 도원형제 만나랴고 꾀귀없이 떠나가실 제 오관육장五關六將을 다 죽여도 나는 원망하지도 않고 적지로 호송하였는데 장군님은 어찌하야 고정을 저바리시고 원수같이 미워하니 의장이라 하신 말씀 그 아니 허사리까.")

C'

관공이 듣고 꾸짖어 왈,

"어따 조조야 들어보아라. 내 그 때 운수 불길하야 네 나라 갔을 때에 하북河北 대장 안량顔良 문추文醜가 네 나라 수다장졸 씨없이 보도 죽이거날 은혜를 생각하니 그저 있기가 미안하야 전장을 나갈 적에 제 손으로 술을 부어 내게 올리거늘 잔을 잠깐 머무르고 적토마상에 선뜻 올라 나는 듯이 달려가서 일고성一高聲 한 칼 끝에 안량 문추 양장의 머리 번듯 뎅기령 베어들고 네 진으로 돌아오니 술이 식지 아니하야 있고 벽산도 천리땅을 일전에 모도 앗아내야 네 안책에 기록하니 그 은혜 갚아 있고 오늘날은 너를 잡을 때라 잔말말고 칼 받으라."

— 박봉술 창본 <적벽가> 중12)

C''

關公이 듣고 꾸짖어 曰

"어따 曹操야 들어보아라. … 술이 식지 아니했고 敵將이 惶怯하야 白馬圍陣 무너지고 壁山頭 千里 땅을 一戰에 모도 앗아 내어 네 案冊에 記錄하니 그 恩惠 갚아 있고 오늘날은 네를 잡을 때라. ⓑ'軍令狀에다 다짐을 두었으니 잔말말고 칼 받아라."

— 송순섭 창본 <적벽가> 중13)

관우의 등장을 나타내는 A' 부분은 여러 창본들에서 대동소이한데, 잡가 <적벽가>에는 축약되어 제시되어 있다. 그런데 밑줄 친 ⓐ'는 다른 이본에는 없는 표현으로 잡가 <적벽가>의 ⓐ와 유사하다. ⓒ' 역시 다른 이본들에는 없는 것으로 잡가에서는 ⓒ와 같이 위치를 바꾸어 나타난다. 한편 B' 부분은 괄호 친 부분을 생략하고 보면 잡가의 B 부분과 거의 같다.

---

12) 김진영 외, 『고전명작이본총서 적벽가전집1』, 1998, 박이정, 495면.
13) 앞의 책, 441면.

그리고 C′ 부분은 잡가에서는 C와 같이 요약되어 있는데, 송순섭 창본의 C″ 부분을 보면 다른 이본들에서는 잘 보이지 않는 ⓑ′와 같은 표현이 잡가의 ⓑ부분과 유사하게 나타남을 볼 수 있다. 이상으로 보아, 잡가 <적벽가>는 특히 송만갑제 판소리 <적벽가>의 한 대목을 부분 축소하여 이루어졌음을 알 수 있다.

2.1.2. <십장가+杖歌>의 경우

<십장가>의 전문은 다음과 같다.

A

전라좌도全羅左道 남원南原 남문 밖 월매月梅 딸 춘향春香이가 불쌍하고 가련하다

B

하나 맞고 하는 말이 일편단심—片丹心 춘향이가 일종지심—從之心 먹은 마음 일부종사—夫從事하겠더니 일각일시—刻—時 낙미지액落眉之厄에 일일칠형—日七刑 무삼 일고

둘을 맞고 하는 말이 이부불경二夫不敬 이내 몸이 이군불사二君不事 본을 받아 이수중분백로주二水中分白鷺洲 같소 이부지자二父之子 아니어든 일구이언—口二言은 못하겠소

셋을 맞고 하는 말이 삼한갑족三韓甲族 우리 낭군 삼강三綱에도 제일이요 삼춘화류승화시三春花柳勝華時에 춘향이가 이도령李道令 만나 삼배주三盃酒 나눈 후에 삼생연분三生緣分 맺었기로 사또 거행擧行은 못 하겠소

넷을 맞고 하는 말이 사면四面 차지 우리 사또 사서삼경四書三經 모르시나 사시장춘四時長春 푸른 송죽松竹 풍설風雪이 잦아도 변치 않소 사지四肢를 찢어다가 사방으로 두르셔도 사또 분부는 못 듣겠소

다섯 맞고 하는 말이 오매불망寤寐不忘 우리 낭군 오륜五倫에도 제일이요

오늘 올까 내일 올까 오관참장五關斬將 관운장關雲長같이 날랜 장수 자룡子龍같이 우리 낭군만 보고지고

　여섯 맞고 하는 말이 육국유세六國遊說 소진蘇秦이도 날 달래지 못하리니 육례연분六禮緣分 훼절毁節할 제 육진광포六鎭廣布로 질끈 동여 육리청산六里靑山 버리셔도 육례연분六禮緣分은 못 잊겠소

　일곱 맞고 하는 말이 칠리청탄七里靑灘 흐르는 물에 풍덩실 넣으셔도 칠월칠석 오작교烏鵲橋에 견우직녀牽牛織女 상봉相逢처럼 우리 낭군만 보고지고

　여덟 맞고 하는 말이 팔자八字도 기박奇薄하다 팔괘八卦로 풀어 봐도 벗어날 길 바이없네 팔년풍진초한시八年風塵楚漢時에 장량張良같은 모사謀士라도 팔진광풍八陣狂風 이 난국難局을 모면冒免하기 어렵거든 팔팔결이나 틀렸구나 애를 쓴들 무엇하리

　아홉 맞고 하는 말이 구차苟且한 춘향이가 굽이굽이 맺힌 설움 구곡지수九曲之水 아니어든 구관자제舊官子弟만 보고지고

　열을 맞고 하는 말이 십악대죄十惡大罪 오날인가 십생구사十生九死할지라도 시왕전十王前에 매인 목숨 십륙세十六歲에 나는 죽네

ⓒ

비나이다 비나이다 하나님전 비나이다

　한양漢陽 계신 이도령李道令이 암행어사暗行御史 출도出到하여 이내 춘향을 살리소서

　<십장가>의 구조는 크게 세 부분으로 나뉜다. A는 형을 당하게 되는 원텍스트의 인물을 소개하고, 이에 대한 서술자의 주관적 논평을 가한 부분이다. B는 이 노래의 주된 부분으로, 그 구조가 판소리 <춘향가>나 소설 <춘향전>의 관련 대목과 일치한다. 마지막 C부분은 원텍스트와는 직접적인 관련 없이 작가의 상상력에 의해 첨입된 부분으로, 내용상 텍스트 전체와 그리 동떨어지지 않은 춘향의 독백 부분이다.

　　<십장가>의 주 내용을 차지하는 B 부분은 <남원고사> 등의 일부 이본을 제외하면 거의 대부분의 판소리·소설 이본들에서 찾아볼 수 있다. 다만 <남원고사> 등에서는 곤장을 맞는 장면에서가 아니라 곤장을 맞기 이전에 춘향이 변학도에게 항거하는 부분에서 이러한 구조의 대목이 들어가 있어서 약간의 차이가 난다. 이렇듯이 B의 구조는 대부분의 판소리·소설 이본들에 공통적으로 나타나나, 그 내용은 각 이본에 따라 다소 차이가 난다. 그런데 현전 창본들과 방각본 소설들을 대비해본 결과 <십장가>는 경판 35장본과 전반부의 내용이 비교적 근사함을 알 수 있었다. 이를 제시하면 다음과 같다.

> 　일ᄌ다라 우는 말이 일편단심 춘향이가 일조낭군 이별ᄒ고 일심의 밋친 한이 일시만졍 풀닐손가 일각일시 낙미지익으로 일졍지심 먹은 마음 이부를 셤기릿가
> 　두를 맛고 ᄒ는 말이 이인심ᄉ냥인지라 이월시졀 셔난 후이 이군불사 본을 바다 이부불경ᄒ려 ᄒ고 이심 두지 아니ᄒ여 이비을 ᄯ로고져 ᄒ노라
> 　셰슬 맛고 ᄒ는 말이 삼싱의 구든 졀기 삼츈갓치 기려스니 삼혼칠빅 훗터지나 삼강듸의 노흘소냐 삼한갑쪽 우리 님을 삼산갓치 ᄯ로리라
> 　네슬 맛고 ᄒ는 말이 ᄉ면츠지 우리 ᄉ도 ᄉ셔삼경 다 보시고 ᄉ빅년 동방녜의를 ᄉ이갓치 맛치련들 ᄉ지을 분열ᄒ여도 사듸 쳥도을 눗치 아니리라
> 　다셧 맛고 ᄒ는 마리 오댱뉵부 갓건만은 오류힝실 모로시니 오월비상 나의 함원 오ᄌ셔와 일반이라 오형으로 져주거나 오ᄎ의 발기거나 ᄒ오
> 　　　　　　　　　　　　　　　　　　　　　　　　　　－ 경판 35장본 <춘향전> 중[14]

　　그러나 이후의 내용에선 경판 35장본의 경우도 <십장가>와 그다지 유사해 보이지 않는다. 이렇게 볼 때 <십장가>는 주로 경판 35장본 <춘향

---

14) 김진영 외 편, 『고전명작 이본총서 춘향전 전집4』, 박이정, 1997, 31면.

전>의 영향을 받으면서, 작가의 일부 개작을 거쳐 주 내용을 형성하고, 이에 더하여 서술자의 주관적 논평과 상상적 독백을 곁들여 전체 내용을 구성했음을 알 수 있다.

2.1.3. <집장가執杖歌>의 경우

<집장가>의 전문은 다음과 같다.

A

집장군노執杖軍奴 거동을 봐라 춘향春香을 동틀에다 쫑그라니 올려매고 형장刑杖을 한아름을 들입다 덥석 안아다가 춘향의 앞에다가 좌르르 펼뜨리고 좌우 나졸邏卒들이 집장執杖 배립排立하여 분부吩付 듣주어라 여쭈어라 바로바로 아뢸 말삼 없소 사또안전使道案前에 죽여만 주오

B

집장군노 거동을 봐라 형장 하나를 고르면서 이놈 집어 느긋느긋 저놈 집어 능청능청 춘향이를 곁눈을 주며 저 다리 들어라 골骨 부러질라 눈 감아라 보지를 마라 나 죽은들 너 매우 치랴느냐 걱정을 말고 근심을 마라

C

집장군노 거동을 봐라 형장 하나를 골라 쥐고 선뜻 들고 내닫는 형상形狀 지옥문地獄門 지키었던 사자使者가 철퇴鐵槌를 들어메고 내닫는 형상 좁은 골에 벼락치듯 너른 들에 번개하듯 십리만치 물러섰다가 오리만치 달여 들어와서 하나를 들입다 딱 부치니 아이구 이 일이 웬 일이란 말요 어이구

D

야 년아 말 듣거라 꽃은 피었다가 저절로 지고 잎은 돋았다가 다 뚝뚝 떨어져서 허 한치 광풍狂風의 낙엽이 되어 청버들을 좌르르 훑어 맑고 맑은 구곡지수九曲之水에다가 둥기덩실 지두덩실 흐늘거려 떠나려 가는구나 말이

못된 네로구나

<집장가>는 위와 같이 내용상 네 단락으로 구분된다. A 부분은 춘향이 형을 당하기 직전을 묘사한 부분으로 판소리와 소설의 여러 이본들에서 비슷하게 나오는 대목을 요약적으로 제시한 것이다. 이어지는 B부분과 C 부분은 서로 대조적인 집장군노의 형상을 묘사하고 있는데, 처음의 군노는 변학도의 눈을 속이면서 형을 약하게 집행하는 데 반해 뒤의 군노는 인정사정없이 형을 집행한다. 마지막 D부분은 소설이나 판소리와는 직접적인 연관이 없는 부분으로 인정 없는 군노의 입장에서 서술한 부분이다.

<집장가>의 표현은 대체로 완판본 <춘향전> 계열에서 유사하게 찾아볼 수 있다. 완판 84장본의 관련 대목과 이를 비교해보면 다음과 같다.

A'

춘향을 동틀의 올여믹고 사정이 거동바라 형장이며 틱장이며 곤장이며 한아람 담숙 안어다가 형틀 아릭 좌르륵 부둿치난 소릭 춘향의 정신이 혼미한다

B'

집장사령 거동바라 이 놈도 잡고 능청능청 져 놈도 잡고셔 능청능청 등심 조코 샛샛하고 잘 부러지난 놈 골나 잡고 올은 억기 버셔 몌고 형장 집고 틱상 청영 기달릴 졔 분부 뫼와라 네 그 연을 사정두고 헛장하여셔난 당정의 명을 밧칠 거시니 각별리 믹우 치라 집장사령 엿자오되 사쏘 분부 지엄한듸 져만한 연을 무삼 사정 두오릿가 이 연 다리을 까싹 말라 만일 요동하다가든 쌔ㅣ 부러지리라 호통하고 드러셔셔 금장소리 발 맛츄워 셔면셔 가만이 하는 말리 한두 기만 견듸소 엇절 수가 엽네 요 다리는 요리 틀고 져 다리는 져리 틀소."

— 완판 84장본 <열녀춘향수절가> 중15)

위에서 보면, A'는 <집장가>의 A와, B'의 밑줄 친 부분은 <집장가>의 B와 표현상 흡사함을 볼 수 있다. 이로 보아 <집장가>는 완판 계열 <춘향전>에서 표현상의 영향을 받았음을 추측할 수 있다.

그러나 구조상으로 보았을 때 <집장가>는 <남원고사>의 영향을 받은 것으로 판단된다. 왜냐하면, 완판본 계열에서는 위의 B'에 그려진 것과 같이 인정 많은 군노의 형상이 그려 있고, 경판본 계열에는 이와 대조적으로 인정 없는 군노 형상이 표현된 데 반해, <남원고사>에는 이 두 군노의 형상이 나란히 제시되어, <집장가>의 구조와 방불하기 때문이다. <남원고사>의 관련 대목을 보면 다음과 같다.

A''

집더 뇌즈 거동 볼죽시면 키 굿튼 곤댱 길 남은 쥬댱이라 형댱 틱댱 혼 아름을 안아다가 좌우의 쫠으륵 쏘다노코 가즌 미 디령ᄒ얏쇼 ᄉ또 분부 ᄒ디 만일 져년을 ᄉ졍 두ᄂ 페이시면 너희룰 곤댱 모흐로 압졍강이를 띨 거시니 각별이 미오 치라 쳥녕 집ᄉ 압히 셔셔 미오 치라

B''

집댱뇌자 거동보쇼 형틀 압히 썩 나셔며 춘향을 나려다 보니 마음이 녹ᄂ듯 ᄲᅧ가 져리고 두 팔이 무긔ᄒ여 져 혼즈 ᄒᄂ 말이 이 거힝은 못ᄒ깃다 구슬틱거 홀지라도 참아 못홀 거힝이라 이리 쥬져ᄒᄂ 츠의 밧비 치라 호령쇼릭 북풍한셜 된 서리라

C''

혼 뇌ᄌ놈 달녀드러 두 팔을 쑴닉면셔 형댱 골라 손의 쥐고 형틀 압히 썩 나셔서 ᄉ또 분부 이러ᄇ시 엄ᄒ신디 져룰 엇지 앗기릿가 혼 미의 쥭이릿다 두 눈을 부릅쓰고 형댱을 눕히 드러 검더쇼릭 발마초아 번기ᄀ치

---

15) 설성경 역주, 『연강학술도서 한국고전문학전집 12 춘향전』, 142면.

후루치니 하우시 제강홀 졔 부쥬ᄒ던 져 황뇽이 구뷔를 펼쳐다가 벽희를
ᄯ리ᄂᆞᆫ듯 여름날 급흔 비의 벽　치ᄂᆞᆫ 쇼릭로다.

　　　　　　　　　　　　　　　　　　　　　　　　－<남원고사> 중16)

위에서 보는 바와 같이 <남원고사>의 구조는 <집장가>의 구조와 혹사
하다. 이와 같이 볼 때, <집장가>는 표현상으로는 완판계열의 <춘향전>과,
구조상으로는 <남원고사>와 관련을 맺으며 형성되었음을을 추측할 수 있
다. 이러한 원텍스트와의 관계를 바탕으로, 인정 없는 군노의 독백을 마지
막 D 부분에 상상을 통해 가미하여 작품을 구성한 것이 <집장가>의 구성
방식이다.

2.1.4. <형장가刑杖歌>의 경우

<형장가>의 전문은 다음과 같다.

A

　형장刑杖 태장笞杖 삼三모진 도리매로 하날치고 짐작斟酌할까 둘을 치고 그
만 둘까 삼십도三十度에 맹장猛杖하니 일촌간장一村肝臟 다 녹는다 걸렸구나
걸렸구나 일등춘향一等春香이 걸렸구나 사또분부使道吩付 지엄至嚴하니 인정人
情일랑 두지 마라

B

　국곡투식國穀偸食 하였느냐 엄형중치嚴刑重治는 무삼 일고 살인도모殺人圖謀
하였느냐 항쇄족쇄項鎖足鎖는 무삼 일고 관전발악官前發惡하였느냐 옥골최심
玉骨摧甚은 무삼 일고

---

16) 앞의 책, 418면.

C

불쌍하고 가련可憐하다 춘향 어미가 불쌍하다 먹을 것을 옆에다 끼고 옥 모퉁이로 돌아들며 몹쓸 년의 춘향이야 허락 한 마디 하려무나 아이구 어머니 그 말씀 마오 허락이란 말이 웬 말이오 옥중에서 죽을망정 허락하기는 나는 싫소

D

새벽 서리 찬 바람에 울고 가는 기러기야 한양성내漢陽城內 가거들랑 도련님께 전하여 주렴
　날 죽이오 날죽이오 신관사또新官使道야 날 죽이오
　날 살리오 날 살리오 한양낭군漢陽郞君님 날 살리오
　옥 같은 정갱이에 유혈流血이 낭자狼藉하니 속절없이 나 죽겠네
　옥 같은 얼굴에 진주 같은 눈물이 방울방울방울 떨어진다
　석벽강상石壁江上 찬 바람은 살 쏘듯이 드리불고
　벼룩 빈대 바구미는 예도 물고 제도 뜯네 석벽石壁에 섰는 매화梅花 나를 보고 반기는 듯 도화유수묘연桃花流水渺然히 뚝 떨어져 굽이굽이굽이 솟아난다

　첫 대목인 A부분은 삼십도 맹장猛杖을 당하는 춘향의 모습을 판소리 <춘향가>나 소설 <춘향전>의 여기저기를 원용하여 요약적으로 제시한 것으로 보인다. 이러한 요약적 제시 후에 <형장가>는 삼십도를 맞은 춘향이 옥으로 끌려가는 장면을 형용한다. 이어지는 B 부분은 춘향이 자신의 억울함을 하소연하는 부분인데, 이 부분은 경판 <춘향전>과 완판 <춘향전>에 고루 나타난다.

　이뇌 죄가 무삼 죄냐 국곡투식 안이거던 엄형중장 무삼일고 살인죄인 안이여든 항쇄 족쇄 윈이리며, 역율 강상 안이여든 사지결박 윈이리며 음양 도적 안이여든 이 형벌리 윈이린고
　　　　　　　　　　　　　　　　　　　　── 완판 84장본 <열녀춘향수절가> 중[17)]

나의 죄가 무슴 죈고 국곡투식 ᄒ엿던가 엄형듕치 무슴 일고 살인죄인
아니여든 항시 독쇄 웬 일인고 이고이고 설운지고 이를 어이 ᄒ잔 말고
— <남원고사> 중

한편 C 부분은 춘향모가 춘향의 절개를 비난하는 내용인데 이것은 경
판본에서 찾아볼 수 있는 내용이다. 삼십도를 맞고 옥으로 끌려가는 춘향
을 춘향모가 만나는 부분은 내용상 크게 둘로 계열화된다. 하나는 서울로
'쌍급주'를 보내겠다는 춘향모의 말에 춘향이 말리는 것으로, 완판 33장본
과 완판 84장본에서 이러한 내용을 볼 수 있다. 그리고 다른 하나가 위의
B부분에서 보이는 바와 같이 춘향모가 춘향의 수절을 비난하는 것인데,
경판 30장본과 <남원고사>에서 이러한 내용을 찾을 수 있다. 이중 <남원
고사>의 관련 대목을 인용하면 다음과 같다.

　이러티시 울며 관문 밧긔 늬드르니 츈향어미 거동 보쇼 셴머리를 퍼바
리고 두 손벽을 쳑쳑 치며
　이고 이거시 웬 일인고 신관ᄉ또 나려와셔 치민션졍 아니ᄒ고 싱ᄉ람
죽이랴 왓네 … 칼머리를 바다들고 데굴데굴 구을면셔 이고이고 설운지고
남을 어이 원망ᄒ리 이거시 다 네 탓시라 네 아모리 그리ᄒᆫ들 닭의 삿기
봉이 되며 각관기싱 렬녀되랴 ᄉ또 분부 드럿더면 이런 믹도 아니 맛고 쟉
히 죠흔 씨판이랴 돈 쓸듸 돈을 쓰고 쌀 쓸듸 쌀을 쓰고 쑐병기름 염셕어
를 늙은 어미 잘 먹이지 이진졍쇼 숑구영신 기싱되고 아니ᄒ랴 나도 졀머
셔 친구 볼 제 치치면 감병슈ᄉ 나리치면 각읍슈령 무슈히 겻글 젹의 돈
곳 만히 쥬량이면 일싱 잇지 못ᄒ올네라 심난ᄒ다 슈졀 슈졀 남졀이 슈졀이
냐 훗날 만일 또 뭇거든 잔말 말고 슈쳥 드러 실살귀나 ᄒ려무나 너 죽으
면 나도 죽ᄌ 바라ᄂ니 너쑨일다 벌덕벌덕 잣바지며 하늘하늘 쉬놀젹의

---

17) 같은 책, 152면.

이쩍 남원 ᄉ십팔면 왈ᄌ드리 춘향의 믹 마즌 말 풍편의 어더 듯고 구름ᄀ
치 모힐 젹� 누고누고 모혓던고

— <남원고사> 중18)

<형장가>의 마지막 D 부분은 옥에 들어간 춘향이가 자신의 비극적 신
세를 자탄하는 부분이다. 이 부분의 내용은 일부 유사한 대목을 찾을 수는
있으나 전체적으로는 작가의 상상력에 의해 이루어진 것으로 보인다. 유
사 대목을 보이면 다음과 같다.

옥즁의 드러가셔 옥방형상 불작시면 부셔진 죽창 틈의 살 쏘난 이 바람
이요 문어진 헌벽이며 헌 자리 베록 빈ᄃᆡ 만신을 침노한다 잇쩍 춘향이 옥
방의셔 장탄가로 우든 거시엿다

— 완판 84장본 <열녀춘향수절가> 중19)

이상에서 볼 때, <형장가>는 경판 계열 <춘향전>과 완판 계열 <춘향전>의
영향을 고루 받은 후에 작가의 상상력에 의해 형성된 춘향의 독백을 첨가하
여, 형장 이후 춘향의 옥중 대목을 중심으로 형상화한 것임을 알 수 있다.

2.1.5. <소춘향가小春香歌>의 경우

<소춘향가>의 전문은 다음과 같다.

A

춘향春香의 거동擧動 봐라 오인손으로 일광日光을 가리고 오른손 높이 들
ᄋᆡ ᄶᅥ 건너 죽림竹林 보인다 내 심어 울하고 솔 심어 정자亭子라 동편東便에

---

18) 같은 책, 422면.
19) 같은 책, 152면.

연정蓮亭이요 서편西便에 우물이라 노방路傍에 시매고후과時賣故侯瓜요 문전門
前에 학종선생류學種先生柳 긴 버들 휘늘어진 늙은 장송長松 광풍狂風에 흥을
겨워 우쭐 활활 춤을 춘다 사립문柴門 안에 삽사리 앉아 먼 산을 바라보며
꼬리치는 저집이오니 황혼黃昏에 정녕히 돌아를 오소 떨치고 가는 형상形狀
사람의 간장肝臟을 다 녹이느냐

B

아하 너는 어연 계집 아희兒孩관데 나를 종종從從 속이느냐
아하 너는 어연 계집 아희관데 에헤 장부간장丈夫肝臟을 다 녹이느냐
녹음방초승화시綠陰芳草勝華時에 해는 어이 아니 가노 오동야월梧桐夜月 달
밝은데 밤은 어이 수이 가노

C

일월무정日月無情 덧없도다
옥빈홍안玉鬢紅顔이 공로空老로다
우는 눈물 받아 내면 배도 타고 가련마는 지척동방천리咫尺洞房千里로다
바라를 보니 눈에 암암暗暗

　<소춘향가>는 위와 같이 내용상 세 부분으로 구분된다. 여기서 A는 거
의 같은 내용이 경판 35장본에서 보이는데, 바로 춘향이 이도령에게 자신
의 집 위치를 가르쳐주는 대목이다. 이어지는 B에서는 첫만남에 춘향에게
반해버린 이도령의 마음이 이도령의 입장에서 서술되고 있는데, 원텍스트
들에서 흔히 보이는 표현을 적소에 원용하였다고 판단된다. 한편 C는 시
간이 흘러 연인과 이별한 춘향 혹은 이도령의 독백으로 보이는데, 대체로
친숙한 관용구들을 모아 서로 헤어진 연인들의 아픈 마음을 독백조로 새
로이 꾸민 것이다.
　A에 해당되는 원텍스트의 대목을 인용하면 다음과 같다.

춘향이 니러서며 하직흘 시 니도령 ㅎ는 말이 네 집이 어듸메니 춘향이
왼손으로 일광을 가리오고 올흔손을 놉히 드러 (한 곳을 갸르쳐) 져 건너
쥭님 뵌다 듸 심어 울를 삼고 솔 심어 졍지라 음지의 우물 파고 양지의 방
아 걸고 문젼의 학종션싱뉴으 노방의 심이 고후레라 스립문 안의 쳥삽스
리 원산만 ㅂ라보고 소리치는 져 집이니 황혼의 도라오옵 썰치고 가는 형
상 장부 간쟝 다 녹인다 손을 난화 써날 젹의 한없슨 졍이로다

— 경판 35장본 <춘향전> 중20)

한편 C부분에 해당하는 헤어짐 이후의 대목이 소설에서는 어떻게 표현
되는지를 예를 들어 살펴보면 다음과 같다.

춘향이 니도령을 보늬고 누물을 `이리 씻고 져리 씻고 북쳔을 발라본들
이뫼 머럿늬지라 아모려도 할 일 업셔 집의 도라와셔 의복단강 젼폐ㅎ고
분벽스창 구지 닷고 무졍셰월를 속졀업시 보늬더라

— 경판 30장본 <춘향전> 중21)

듸비졍속 면쳔ㅎ고 두문스긱ㅎ여 단쟝을 젼폐ㅎ고 누어스니 가련히
되엿고나 츈하츄동 스시졀의 님그려 어이 살니 나릐 돗친 학이 되여 훨젹
나라가셔 보고지고 <u>우는 눈물 ㅂ다늬여 빅를 틔고 가련마는 만</u> 상스 그
려늰들 한 붓스로 다 그리랴 샹스ㅎ던 도련님을 쑴의 보것마는 씌면 허스
로다 구회간쟝만곡슈를 담을 듸 젼혀 없다 읻고 답답 셜움이야 이를 어이
ㅎ쟌 말고 두견이 난만흔듸 자규야 우지 마라 울거든 네나 우지 잠든 나를
씌와늬여 가뜩흔 님 니별의 열은 간쟝 셕이늬니 읻고 읻고 셜운지고 니러
트시 무졍셰월을 보늬더라

— 경판 35장본 <춘향전> 중22)

---

20) 김진영 외 편, 앞의 책, 10면.
21) 같은 책, 61면.
22) 같은 책, 25면.

  이도령과 헤어진 이후 춘향이 외로운 세월을 보내는 부분은 소설에서는 앞의 인용문과 같이 요약적으로 서술되기도 하고, 뒤의 인용문과 같이 변신이나 꿈 모티프를 사용하여 절절한 탄식조로 제시되기도 한다. 한편 뒤의 인용문에서 밑줄 친 부분은 C의 밑줄 친 부분과 대응되는 점이 있기도 하다. 그러나 전반적으로 보았을 때 C는 작가에 의해 새롭게 창작된 것으로 파악된다.

  이상에서 볼 때 <소춘향가>는 경판 35장본의 한 대목을 따와 전반부를 구성하고 후반부는 작가의 상상에 의해 형성하였음을 알 수 있다.

  지금까지 소설이나 판소리를 원텍스트로 차용하되 그 의미나 정서가 원텍스트에서 크게 벗어나지 않는 십이잡가 다섯 편을 살펴보았다. 분석 결과 얻어진 결론은 첫째, 구성방식과 장르상의 특징에 관한 것이다. 이 절에서 살펴본 작품들은 원텍스트에서 일부 사설을 차용하고 여기에 새로이 창작한 사설을 합성하여 형성되었으며, 원텍스트의 한 장면을 재현하는 방식으로 구성되었다. 그 과정에서 시적 화자의 직접적 언술은 <십장가>의 첫 마디를 제외하면 거의 보이지 않을 정도로 제한되어 있고, 대화와 재현적 서술로써 작품이 구성되었다. 이러한 특성은 이들 십이잡가가 서정 장르의 성격을 잃고 서사적·극적 장르 성향을 띠게 되었음을 의미한다.[23] 한편 <소춘향가>의 경우 시간적 차이를 둔 두 장면이 합성되어 있다는 점이 다른 것들과는 다른데, 비약적이기는 하나 서사적 흐름을 느끼게 한다는 점이 특징적이다.

  둘째로는 이 절의 작품들이 위와 같은 형식적·장르적 특성을 띰으로써

---

23) 각주 8번 참조.

비교적 다양한 정서를 구현했다는 점을 지적할 수 있다. 비록 <춘향가>/<춘향전>의 영향으로 창작된 것이 네 편이나 되지만, 각각의 작품이 구현하고 있는 정서들은 각기 다르다. <집장가>에는 거들먹거리는 군노들의 의기양양함과 흥분감이 그려진 반면, <십장가>에는 춘향의 애처롭지만 꿋꿋한 항거가 형상화되어 있으며, <형장가>에는 장형杖刑 이후 옥중으로 이어지는 춘향의 한恨이 표현되었다. 또한 <소춘향가>에는 첫 만남의 신선함과 이별의 애상이 나타나 있다. 한편 <춘향가>/<춘향전>의 영향을 받지 않은 유일한 작품인 <적벽가>에서는 간웅奸雄을 징계하는 장쾌한 정서를 느낄 수 있다. 이와 같이 소설/판소리 수용 십이잡가는 원텍스트들의 극적인 순간을 형상화함으로써 그 시기의 여타의 시가문학들이 표현할 수 없었던 다채로운 정서들을 구현했음을 볼 수 있다.

2.2. 원텍스트의 의미·정서가 변화한 경우

이 경우에 해당하는 작품들은 본문의 일부는 원텍스트에서 따오고 일부는 작가의 상상에 의해 창작한 것이라는 점에서는 1절의 경우와 일치하나, 작가의 창작에 의해 형성된 부분이 원텍스트를 바탕으로 한 부분과 유기성이 떨어진다는 점은 1절에 해당하는 작품들과 다르다. 여기에 해당하는 작품으로는 <출인가>, <제비가>, <방물가>가 있다. 각 경우를 살펴보면 다음과 같다.

2.2.1. <출인가出引歌>의 경우

<출인가>의 전문은 다음과 같다.

A

풋고추 절이김치 문어 전복 곁들여 황소주黃燒酒 꿀 타 향단香丹이 들려 오리정五里亭으로 나간다 오리정으로 나간다

B

어느 년 어느 때 어느 시절에 다시 만나 그리던 사랑을 품 안에 품고 사랑 사랑 내 사랑아 에- 어화둥개 내 건곤乾坤 이제 가면 언제 오료 오만 한限을 일러 주오 명년 춘색春色 돌아를 오면 꽃 피거든 만나 볼까

C

놀고 가세 놀고 가세 너고 나고 나고 나고만 놀고 가세

D

곤히 든 잠 행여나 깨울세라 등도 대고 배도 대며 쩔래쩔래 흔들면서 일어나오 일어나오 겨우 든 잠 깨어나서 눈떠 보니 내 낭군郎君일세 그리던 임을 만나 만단정회萬端情懷 채 못하여 날이 장차 밝아 오니 글로 민망하노매라

E

놀고 가세 놀고 가세 너고 나고 나고 너고만 놀고 가세
오늘 놀고 내일 노니 주야장천晝夜長天에 놀아 볼까
인간 칠십을 다 산다고 하여도 밤은 자고 낮은 일어나니 사는 날이 몇 날인가

첫 대목 A는 춘향이 서울로 떠나가는 이도령을 전별하기 위해 오리정으로 나가는 이른바 오리정 이별 대목이다. 이 대목은 판소리와 소설의 각 이본에 따라 출입이 있는데, 완판 29장본과 완판 33장본의 내용이 이와 거의 일치한다. 완판 29장본의 해당 대목을 보면 다음과 같다.

못흠난니 가망 업고 무가늬졔 날 죽니고 가읍졔 슬니고는 못 가오리 이
도령 흐릴 업셔 춘향을 달는 후의 칙방으로 도라와 동헌의 들어가 수도게
뵈은듸 수도 말슴흐시되 너는 급피 늬힝을 모셔 밧비 치힝흐라 흐신듸 이
도령 이 말슴 듯고 늬힝 모셔 오리졍으로 나가니ᄅ
　○잇쩌 춘향니 니별 거조를 ᄎ릴이 ●풋고쵸 졀리짐치 ●문어젼복 겻드
려 ○환쇠쥬 술 타셔 ●상단니 들니고 셰듸삭갓 숙이 쓰고 오리졍으로 나
가 니도령을 기달닐 싀 잇쩌 이도령이 나와 춘향달려 이별흐져 이별니야
이별니야

— 완판 29장본 <별춘향전> 중24)

　한편, B 부분은 연인과 헤어지는 슬픔을 독백조로 노래한 것인데, 완판
26장본의 이별 대목에서 B의 밑줄 친 부분과 비슷한 내용이 보인다.

　그런데 이어지는 C~E의 표현과 내용은 원텍스트에서 찾아볼 수 없는
부분이다. 특히 C와 E는 유흥 민요 등을 연상시키는 유락적인 내용이 원
텍스트와는 관계없이 첨가된 부분이다. 한편 D는 '그리던 님'을 만나 하룻
밤 동침을 하고난 다음 날 아침의 안타까움을 노래한 것인데, 원텍스트와
는 특별한 관련이 없는 부분이다. 여기에 그려진 정서는 기본적으로는 사
랑하는 사람과의 이별에서 비롯되는 정서라는 점에서 원텍스트의 정서와
유사하나, 그 강도의 면에 있어서는 원텍스트에 비해 훨씬 약하다. 원텍스
트에서의 이별 대목은 세상이 끝난 것 같은 절망감을 표현하고 있으나, D
에서는 절망의 파장은 크지 않고 곧 체념의 정서로 이어져, 기생 계층의
여성이 일반적으로 겪었음직한 흔한 이별의 정서를 보여줄 뿐이다.

　이상에서 본 바와 같이 <출인가>는 오리정 이별 대목을 원텍스트에서
따오고 여기에 작가의 창작 사설을 덧붙여 형성된 것임을 알 수 있다. 그

---

24) 김진영 외 편, 앞의 책, 232면.

런데 전체적인 정조가 원텍스트에서와 같이 절절하지 않고 감상적으로 순
화되어 있는 편이다. 그리고 이러한 감상성은 유락적 정조와도 별 무리 없
이 결합하여, 전체적으로 애상적·유락적·허무적인 통속적 성향을 띠게 되
었다.

2.2.2. <제비가>의 경우

<제비가>의 전문은 다음과 같다.

A

만첩산중萬疊山中 늙은 범 살찐 암캐를 물어다 놓고 에-르고 노닌다

B

광풍狂風의 낙엽落葉처럼 벽허碧虛 둥둥 떠나간다
일락서산日落西山 해는 뚝 떨어져 월출동령月出東嶺에 달이 솟네
만리장천萬里長天에 울고 가는 저 기러기

C

제비를 후리러 나간다 제비를 후리러 나간다 복희씨伏羲氏 맺은 그물을
두루쳐 메고서 나간다 망탕산芒碭山으로 나간다 우이여- 어허어 어이구 저
제비 네 어디로 달아나노
　백운白雲을 박차며 흑운黑雲을 무릅쓰고 반공중半空中에 높이 떠 우여- 어
허어 어이구 달아를 나느냐 내 집으로 훨훨 다 오너라
　양류상楊柳上에 앉은 꾀꼬리 제비만 여겨 후린다 아하 이에이 에헤이 에
헤야 네 어디로 행行하느냐

D

공산야월空山夜月 달 밝은데 슬픈 소리 두견성杜鵑聲 슬픈 소리 두견제杜鵑
啼 월도천심야삼경月到天心夜三更에 그 어느 낭군郞君이 날 찾아오리

<제비가>는 그 음악적 구성에 변화가 많은 편인 것처럼[25] 사설 구성에
도 변화가 많다. A에서 <춘향가> 중 송광록의 더늠으로 알려진 <긴 사랑
가>의 일부로 시작한 <제비가>는 이어지는 B에서는 '낙엽'이나 '일락서산'
과 같은 소재를 통해 허무한 정서를 표현한다. 그러다가 C에서는 음악의
박자가 변하는 것과 함께, 놀부가 제비를 후리러 가는 <흥보가>/<흥부전>
의 대목을 제시한다. 그리고 D에서는 <새타령>을 원용하며 독숙공방하는
여인의 외로운 마음을 제시하는 것으로 끝을 맺고 있다.

C부분에 영향을 준 원텍스트를 살펴보자면, C의 밑줄 친 부분은 대개의
판소리 창본들에서 공통적으로 나타나는 부분이며, 김소희 창본에서는 줄
친 이후의 부분과도 유사한 사설이 나온다.

> 제비 몰너 나간다 제비 몰너 나간다 복희씨 매진 그물에 후리처 두러메
> 고 망당산으로 나간다 덤불을 툭 처 휘여쳐 저 제비야 다른 곳으로 가지
> 말고 우리집으로 드러 오너라 연비여천 솔이기 보아도 제빈가 의심하고 춘
> 일황앵 쇠고리 보아도 제빈가 의심하고 란비오작에 간치만 보아도 제빈가
> 의심하고 한죽 쌔쓰리고 한죽 씨쓰리고 거즁츙거리고 단인다
>
> ─ 이선유 창본 <박타령> 중[26]

> 제비를 몰러 나갈 제 이 편은 천왕봉天王峰 저 편은 반야봉般若峰, 건넌봉
> 맞은봉 좌우로 돌아 들어 제비를 후리러 나간다.
> 복희씨 맺인 그물을 에-후리쳐 둘러메고 지리산으로 나간다. 수풀을 툭
> 차며, 후여 하 허허 저 제비. 연비여천의 소리개만 모아도 제비인가 의심하

---

25) <제비가>의 인기는 곡조와 리듬의 변화에서 연유된 것이라고 한다. 이 작품은 처음엔 1각
이 6박인 도드리로 나아가다가 "제비 후리러 나간다"의 사설이 시작되는 부분에서부터는
세마치 장단으로 리듬을 바꾸면서 비약적인 가락과 멋진 시김새를 구사한다고 한다. (류의
호 엮음, 『묵계월 경기소리 연구』, 깊은 샘, 2003, 67면.)
26) 김진영 외 편, 『고전명작 이본총서 흥부가 전집1』, 박이정, 344면.

고, 남비오작의 까치만 보아도 제비인가 의심하고 층암절벽의 비둘기만 보
아도 제비인가 의심하고, 세류지상의 꾀꼬리만 보아도 제비인가 의심하고.
　　후여 떴다 저 제비야, 백운을 박차고 흑운을 무릅쓰고 네 어디로 향하느
냐. 가지 마라 가지 마라 그 집 찾아 가지 마라. 그 집을 지을 때에 천화일
에 상량을 얹어 화기 충천하면 옛 주인이 원하니, 그 집 찾아가지 말고 좋
은 내 집을 찾아 들어 보물 박씨를 물어다가 천하 부자 되어보자. 허허, 저
제비야, 내 집으로 찾아들라.

— 김소희 창본 <흥보가> 중[27]

　이와 같이 볼 때 <제비가>는 십이잡가 중 <달거리>와 함께 내용의 일
관성이 매우 떨어지는 작품이라 할 수 있다. 여기서 제목과 관련된 중심
부분 C는 A·B·D와 결합함으로써 원텍스트의 문맥을 완전히 상실하게 된
다. 그리고 전반부의 B와 후반부의 D에 표현된 이별의 애상이 작품을 관
통하는 정서가 되고 있다.

2.2.3. <방물가>의 경우

　<방물가>의 전문은 다음과 같다.

A

　서방書房님 정情 떼고 정正 이별離別한대도 날 버리고 못 가리라
　금일 송군送君 임 가는데 백년소첩百年小妾 나도 가오 날 다려 날 다려 날
다려가오
　한양낭군漢陽郎君님 날 다려가오 나는 죽네 나는 죽네 임자로 하여 나는
죽네

---

27) 같은 책, 526면.

B

　네 무엇을 달라고 하느냐 네 소원을 다 일러라 제일명당第一名堂 터를 닦아 고대광실高臺廣室 높은 집에 내외분합內外分閤 물림퇴며 고불도리 선자扇子 추녀 헝덩그렇게 지어나 주랴

　네 무엇을 달라고 하느냐 네 소원을 다 일러라 연지분臙脂粉 주랴 면경面鏡 석경石鏡 주랴 옥지환玉指環 금봉차金鳳釵 화관주花冠珠 딴 머리 칠보七寶 족두리 하여나 주랴

　네 무엇을 달라고 하느냐 네 소원을 다 일러라 세간 치레를 하여나 주랴 용장龍欌 봉장鳳欌 귓도리 책상이며 자개 함롱函籠 반다지 삼층 각계수리 이층二層 들미장欌에 원앙금침鴛鴦衾枕 잣베개 샛별 같은 쌍요강雙尿江 발치발치 던져나 주랴

　네 무엇을 달라고 하느냐 네 소원을 다 일러라 의복 치레를 하여나 주랴 보라 항릉亢綾 속저고리 도리불수 겉저고리 남문대단 잔솔치마 백방수화주白紡水禾紬 고장바지 물면주 속속곳에 고양 나이 속버선에 몽고삼승 겉버선에 자지紫地 상직上織 수당혜繡唐鞋를 명례궁明禮宮 안에 맞추어 주랴

　네 무엇을 달라고 하느냐 네 소원을 다 일러라 노리개 치레를 하여나 주랴 은銀조로롱 금金조로롱 밀화불수蜜花佛手 산호珊瑚가지 밀화장도蜜花粧刀 곁칼이며 삼천주 바둑실을 남산南山더미만큼 하여나 주랴

C

　나는 싫소 나는 싫소 아무것도 나는 싫소 ⓐ고대광실도 나는 싫고 금의옥식錦衣玉食도 나는 싫소 ⓑ원앙충충 걷는 말에 마부담馬負擔하여 날 다려 가오

<방물가>는 구체적인 원텍스트가 무엇이라고 단정짓기에 어려운 면이 있다. 그러나 다음과 같은 몇 가지 이유에서 판소리 <춘향가>나 소설 <춘향전>과의 관련성이 연상된다. 첫째, A 부분에서 제시되는 시적 상황은 '소첩' 신분의 여자가 서울로 떠나가는 '한양낭군님'과 이별할 처지에 놓

인 것인데, 이러한 상황이 춘향의 상황과 유사하다. 더구나 당시 <춘향가>/<춘향전>의 유행 정도로 보나 이것들이 잡가에 준 영향 정도로 보나 이러한 상황을 놓고 <춘향가> 혹은 <춘향전>을 떠올릴 가능성은 매우 크다. 둘째, B 부분에서는 "네 무엇을 달라고 하느냐 네 소원을 다 일러라"로 시작되는 내용단락이 다섯 번 반복되고 이어지는 C 부분에서는 "나는 싫소"가 반복되는 답변이 나오는데, 이러한 구조는 <춘향가>/<춘향전>의 동침장면에 흔히 보이는 구조이다. 일례를 들면 다음과 같다.

> 네가 그러면 무어시냐 날 홀여 먹난 불여수냐 너 어만이 너을 나셔 곰도 곱게 질너닉여 날만 홀여먹그라고 싱겨는야 사랑 사랑 사랑이야, 닉 간간 닉 사랑이야 네가 무어슬 먹으랴는야 싱율 슉율을 먹으랴는야 둥굴둥굴 수박 웃봉지 딕모장도 드난 칼노 쑥 쎄고 강능빅쳥을 두루 부어 은수졔 반 간지로 불근 졈 한 졈을 먹으랸야 안이 그것도 닉사 실소 그러면 무어슬 먹으랴는야 시금털털 기살구를 먹으랸야 안이 그것도 닉사 실소 그러면 무어슬 먹으랸야 돗 자바쥬랴 기 지바쥬랴 닉 몸통차 먹으랴는야 여보 도련임 닉가 사람 자바먹는 것 보와소 예라 요것 안 될 마리로다 어화둥둥 닉 사랑이지
>
> — 완판 84장본 <열녀춘향수절가> 중[28]

그리고 마지막으로, C부분과 유사한 내용이 춘향전의 여러 이본들에서 찾아진다.[29] 이 중 순조조에서 철종대까지 살았다는 명창 모흥갑의 더늠을 보면 다음과 같다.

> 여보 도련님 여보 도련님, 날 데려가오 날 데려가오. 나를 어쩌고 가랴시

---

28) 설성경 역주, 앞의 책, 88~89면.
29) 尹達善의 <廣寒樓樂府>와 <남원고사> 등에서 이러한 표현을 볼 수 있다.

오. ⓐ'쌍교도 싫고 독교도 싫네. ⓑ'어리렁 충청 거는단 말게 반부담 지어
서 날 데려가오. 저 건너 늘어진 장송 깁수건을 끌러내어 한끝은 낭기 끝
끝에 매고 또 한끝은 내 목 매어 그 아래 뚝 떨어져서 대룽대룽 내가 도련
님 앞에서 자결을 하여 영이별을 하제 살려두고는 못 가느니. 운운.
— 모흥갑의 <춘향가> 중 <이별가> 더늠

위에서 ⓐ'는 <방물가> C의 ⓐ와 구조가 같고 ⓑ'는 ⓑ와 표현이 흡사
하다. 이와 같은 점들로 볼 때, <방물가>는 <춘향가>/<춘향전>의 이별대
목을 모티브로 하고 일부 관련 텍스트의 영향을 받으면서, 갖은 '방물'을
나열하는 회유 대목으로 사설을 확장하고, 여기에 장면의 성격을 드러내
는 첫머리를 붙여 전체를 구성한 것이라고 볼 수 있다.

<방물가>는 이별의 정서를 구현했다는 측면에서는 원텍스트의 정서와
그리 이질적이지 않다. 그러나 원텍스트에 비해서 정서의 강도는 꽤 순화
된 편이다. 원텍스트들의 이별 대목에는 대체로 춘향의 한스러운 마음이
보다 강조되어 있다. 이것은 위에서 제시한 모흥갑의 <이별가>와 비교해
보아도 짐작할 수 있는데, 모흥갑의 더늠에서는 자살을 할지언정 이별할
수는 없다는 극단적 정서를 드러내고 있는 것이다. 이에 비해 "네 ～을
하려느냐? / 나는 싫소." 형태가 반복되는 <방물가>의 주 구조는 원텍스
트들에서는 동침 대목에서 많이 나오는 구조로, 아기자기한 느낌마저 준
다. 즉, <방물가>는 '방물'이라는 다분히 세속적인 소재와 동침 대목에 자
주 등장하는 유희적인 구조를 사용함으로써, 이별 장면의 정서 강도를 원
텍스트에 비해 낮추어 가벼운 사랑싸움과 같은 분위기를 조성하였다고
하겠다.

이 절에서는 원텍스트의 영향을 받았으되 원텍스트의 의미가 삭제되었

거나 변질된 세 편의 작품을 고찰하였다. 이 중 <제비가>는 작품의 전체 문맥에서 원텍스트의 의미가 삭제된 경우라 할 수 있고, 나머지 <출인가>와 <방물가>는 원텍스트의 의미가 변질된 경우라고 할 수 있다. <제비가>에는 <흥보가> 중 놀부가 제비 후리는 대목을 중심으로 하여, 그 앞뒤에 실연의 애상을 담은 부분이 배치됨으로써, 원텍스트의 의미와 정서는 전혀 찾아볼 수 없게 되었다. 한편 <출인가>는 오리정 이별 대목을 원텍스트에서 차용하고, 이에 '놀고 가세'로 시작되는 사설 등을 덧붙임으로써 원텍스트에서는 볼 수 없는 애상적인 동시에 유락적인 정서를 구현했다. <방물가> 또한 <춘향가>/<춘향전>의 이별 대목을 모티브로 하면서도 원텍스트에 비해 정서의 강도가 약해져 통속적인 성격을 띠었다.

이 글에서는 소설이나 판소리를 십이잡가가 수용한 방식을 두 가지로 분류하여 고찰하였다. 그 하나는 원텍스트의 의미와 정서를 유지한 경우였고, 다른 하나는 그것이 변질된 경우였다. 두 경우의 구성방식과 장르적 성격, 그리고 이를 통해 구현된 의미와 정서를 비교해 보면 다음과 같다. 원텍스트의 의미를 유지한 작품들의 경우에는, 원텍스트의 장면을 재현하는 데 충실한 가운데 시적 주체의 사적私的 체험이 극도로 억제되고 대화와 서술로 작품이 형성되어 서사적·극적 성격을 강하게 띠었다. 이러한 방식을 통해 이 계열의 작품들은 원텍스트가 보유하고 있는 다채로운 정서적 순간들을 표현하였다. 이에 비해, 원텍스트의 의미가 변질된 작품들의 경우에는 원텍스트의 의미와 별 관련성이 없는 사적 진술이 끼어들어 재현적 특성을 상실하고 일종의 비유기적인 서정성을 보유하게 되었다. 그리하여 이 계열의 작품들이 구현한 정서는 감상적·애상적·유락적인 통속적 경향을 띠게 되었다.

3. 소설 수용 시조의 장르적 성격

소설 수용 시조의 장르적 성격에 대해 고찰한 고정희의 선행 연구에서는 장르를 구분하는 중요한 지표로서 '대화성'을 설정하고, 이에 따라 소설 수용 시조의 담화방식을 '매개적 독백체'와 '다성적 서사체'로 양분하였다.30) 이것을 다시 장르적으로 분류했을 때, 전자에 해당하는 작품들은 '준다성적 서정양식'에 귀속되었고, 후자에 해당하는 작품들은 다시 '다성적 서정양식', '서정적 서사양식', '준희곡양식' 등으로 장르성향이 구분되었다. 이후 그는 매개적 독백체'냐 '다성적 서사체'냐 하는 담화방식상의 차이와 담당층의 의식적 지향 사이에 긴밀한 관계가 있음을 고찰하여, 생산적인 장르논의의 한 방향을 제시해주었다.

그러나 고정희의 논의는 문학의 담화방식과 담당층의 의식적 지향 간의 유관성에만 너무 집착한 나머지, 작품의 장르적 실상을 소홀히 한 측면이 있다고 판단된다. 이 장에서는 선행 연구에서 소설 수용 시조로 파악한 작품들을 대상으로 하여 그 장르적 실상을 보다 세분화하여 파악하고자 한다. 1절에선 선행 연구에서 '매개적 독백체'로 파악한 작품들을, 2절에선 선행 연구에서 '다성적 서사체'로 파악한 작품들을 고찰할 것이다. 이 가운데, 담화방식이라는 일원적 기준만으로는 장르적 특성을 논하기에 부족하다는 것이 드러날 것이고, '매개적 독백체'의 일부는 '다성적 서사체'와 비슷한 장르적 성향을 가진다는 점이 논의될 것이다. 이러한 논의를 통하

---

30) 고정희, 앞의 논문. 여기서 '매개적 독백체'란 독백체의 담화방식을 사용하기는 하되, "작자의 의식이나 체험, 정조가 선행 담화의 작중 인물의 체험과 심리를 매개로 한다."는 점에서 "순수 서정시적 담화방식"과는 차이가 나는 담화방식으로 설명된다. 그리고 '다성적 서사체'란 "대화체가 지니는 이데올로기적 함의를 유보하면서 소설 수용 시조에서 발견되는 다양한 담화방식을 가리키는 말"로 사용된다. (고정희, 앞의 논문, 290~294면.)

여 소설 수용 시조의 장르적 특성을 재검토하고, 이것이 십이잡가의 경우와 어떻게 같고 다른지를 고찰할 것이다.

3.1. 독백체 소설 수용 시조의 경우

선행논의에서는 독백체로 구성된 소설 수용 시조는 모두 '준다성적 서정양식'으로 그 장르적 성향을 같이 하는 것으로 보았다. 그러나 대화나 독백이냐 하는 담화양식상의 기준 이외에, 재현적 문학과 비재현적 문학에서의 진술 주체의 문제를 고려한다면,[31] 독백체로 구성된 시조의 장르적 성향은 변별되는 점이 있는 것으로 보인다. 즉, 같은 독백체라고 해도 시적 주체가 재현적 장르의 허구적 주체냐 비재현적 장르의 사적私的·현실적 주체냐에 따라 장르적 성향이 서정적인 것이 될 수도 있고 안 될 수도 있는 것이다. 예를 들어 다음의 두 시조는 독백체로 구성되기는 같지만 주체의 측면에서는 변별되는 경우이다.

> 諸葛忠魂 蜀魄되야 그 님금을 못닉 글려
> 피나게 우는 소릭 이제도록 슬프도다
> 平生에 劉皇叔 모르는 날을 어이 울려는이

> 天有不測之風雨하고 人有朝夕之禍福이라
> 不求聞達於諸侯하고 苟傳姓名於亂世허니
> 不得已 劉皇叔의 三顧草廬之厚恩으로 出將入相

두 시조는 모두 <삼국지연의>의 제갈공명을 대상으로 하여 독백체로

구성된 시이다. 그런데 시적 대상을 대하는 태도는 각기 다르다. 즉, 전자에서는 대상에 대한 시적 화자의 정서적 반응이 두드러진 데 반해, 후자에서는 제갈공명의 출사라는 사건 자체를 제시하는 데 초점이 맞춰져 있고 전자에서와 같은 주체의 정서적 반응은 생략되어 있다. 이때 전자는 대상에 대한 주체의 사적 체험에 대한 표현이라면, 후자는 대상 자체를 재현하는 것을 목적으로 하는 서술이다. 이렇게 볼 때 전자는 서정적 진술이 되나 후자는 재현적 서술이라고 할 수 있다. 그렇다면 선행연구에서 '매개적 독백체'로 분류한 작품들은 이와 같은 견지에서 다시 두 부류로 나누어 볼 수 있다. 이때 서정적 진술에 해당하는 것이 19편, 재현적 서술에 해당되는 것이 25편 정도여서, '매개적 독백체' 시조라 할지라도 서사나 극과 같은 모방적 장르의 특성을 가지는 것이 다수 존재한다는 사실을 알 수 있다. 이제 이 양자의 경우를 각각 고찰해보기로 한다.

3.1.1. 서정적 진술에 해당하는 경우

서정적 독백체로 구성된 작품들은 한 인물에 대한 감회를 노래한 것이 대부분이고, 특정 사건이나 전체 내용에 대한 감상을 제시한 것도 간혹 있다. 이 경우의 원텍스트는 모두 <삼국지연의>이다. 한 인물에 대해 읊은 작품들 중에서는 제갈공명에 대한 것이 10편으로 가장 많고,[32] 관우에 대한 것이 5편으로 그 다음이다.[33] 이외에 특정 사건이나 국면에 대한 감회를 적은 것이 2편,[34] 전체 내용에 대한 감회를 제시한 것이 2편 있다.[35]

---

32) 박을수 편, 『한국시조대사전』의 일련번호로 대상 작품을 제시하면 다음과 같다. 2378, 1615, 2501, 2507, 2956, 3632, 4690, 731, 730, 4604. 앞으로 제시하는 시조의 일련 번호는 모두 이 책을 따른 것이다.

33) 4460, 1479, 385, 3879,1132번 시조들이 해당한다.

34) 386, 4517.

이 경우의 작품들에 구현되어 있는 정서를 살펴보면, 충절에 대한 찬양이나 불운한 시운에 대한 서글픔 등이 주를 이루고 있고, 영웅의 회합에 대한 감격을 표현된 것도 한 편 보인다.

3.1.2. 재현적 서술에 해당하는 경우

시적 주체의 사적 체험에 대한 진술이 억제되고, 인물의 성격과 행동의 재현에 보다 주목한 '매개적 독백체' 작품들은 다시 두 가지로 나누어 생각해볼 수 있다. 하나는 전항의 서정적 서술에 해당하는 작품들에서와 같이 원텍스트의 한 인물이나 전체 이야기를 소재로 한 경우이고, 다른 하나는 전항에선 보이지 않은 새로운 구성방식을 취한 경우인데, 원텍스트의 한 장면을 재현하는 형식을 취한 것이 그것이다.

특정 인물이나 이야기 전체를 그린 작품에는 총 19편이 있다. 이중 <삼국지연의>와 관련된 것이 17편으로 압도적으로 많고, 그 외 <구운몽九雲夢>의 전체 줄거리를 제시한 것이 1편, <서유기西遊記>의 손오공을 표현한 것이 1편 있다.[36] <삼국지연의>의 인물을 표현한 작품에는 조자룡에 대한 것이 6편, 관우에 대한 것이 3편 있고, 그 외 조조, 손권, 맹기 등을 대상으로 한 것들이 있다. 그리고 <삼국지연의>의 여러 등장인물들이 한꺼번에 제시된 작품이 4편 있다.[37] 이러한 작품 경향을 살펴볼 때, 이 경우에 해

---

35) 4310, 2100. 한편 원텍스트와 직접적인 관련이 없는 정서를 표현하는 데 원텍스트가 소재화되고 있는 것이 2편 있다(4362, 2101). 그런데 이것들은 원텍스트가 하나의 소재로 이용된 것뿐이어서, "작품 전체의 주도적인 모티프"가 되는 경우만 연구 대상으로 다룬 선행연구에서 이것들도 대상으로 삼은 것은 오류인 듯하다.

36) 손오공에 대한 것은 4644번, <구운몽>에 대한 것은 3965번이다.

37) 조자룡에 대한 것은 3692, 3693, 3558, 2140, 3504, 3505. 관우에 대한 것은 1531, 1532, 1641. 손권에 대한 것은 319, 3543. 조조에 대한 것은 2607. 맹기에 대한 것은 2198. 인물이 종합적으로 그려진 것은 1166, 728, 3631, 1166.

당하는 작품들은 대체로 영웅의 지략과 용기를 표현하는 데 관심이 있었다는 사실을 알 수 있다. 이 중 한 인물을 재현한 작품의 예를 들어본다.

文讀春秋左氏傳이요 武習兵書孫武子] 로다
머리예 金冠이요 몸에 綠袍銀甲이요 坐下에 赤兎飛로다
三角鬚를 훗붓치며 臥蠶을 거스리고 鳳目를 부릅쓰고
靑龍이 飜뜻ᄒ며 賊頭] 秋風落葉이로다
千古에 忠膽義肝은 壽亭侯關인가 ᄒ노라

위의 예는 특히 형상화가 자세하기로 거론된 바 있는 작품이다.[38] 여기서 주가 되는 것은 관우에 대한 시적 주체의 사적 체험이 아니라 관우라는 인물의 형상 그 자체라는 점을 쉽게 파악할 수 있다.

한편 원텍스트의 한 장면을 형상화한 작품들의 경우엔 재현적 특성이 더욱 두드러지게 나타나는데, 여기에 해당하는 경우에는 총 6편이 있다. 가장 많이 형상화된 장면은 유비가 제갈공명을 만나는 이른바 삼고초려三顧草廬 대목으로, 총 3편이 해당된다. 그 외의 장면들로는 관우가 조조를 살려주는 화룡도 장면이라든지, 조조의 군사들이 적벽에서 우는 이른바 군사설움 대목 등이 있다.[39] 이 부류의 예로 삼고초려 대목을 형상화한 다음의 시조를 들어본다.

南陽에 누은 션빅 밧 굴기믄 일숨더니
草堂 春日에 무슨 꿈을 꾸엇관딕
門 밧긔 귀 큰 王孫이 三顧草廬 ᄒ거니

---

38) 김용찬, 앞의 책, 72면.
39) 삼고초려에 대한 것은 3917, 729, 1422. 관우가 조조를 살려주는 장면에 대한 것은 3596.
군사설움 대목을 표현한 것은 3598. 이외 전투 장면을 재현한 4535번 등이 있다.

이 작품은 같은 내용을 담은 김수장의 사설시조와 대비되어 형상성이 약한 작품으로서 선행 연구에서 거론된 바 있다.[40] 그러나 형상성의 정도 차이는 있지만, 한 장면을 형상화하는 구성방식은 김수장의 사설시조와 공통된다는 점 또한 양자의 차이점 못지않게 중요하다고 생각한다.

이 항에서 논의한 것을 종합하면, 재현적 서술로 이루어진 시조들은 서정적 진술로 형성된 시조들에서 보았던 것처럼 한 인물을 다루는 구성방식을 주로 취하였으나, 원텍스트의 한 장면을 형상화시키는 방식으로 구성된 작품들도 몇몇 있었다. 한 인물을 다룬 경우에는 영웅의 용기와 지략 등이 주로 그려졌고, 한 장면을 재현한 경우에는 영웅간의 역사적 만남의 순간인 삼고초려 장면이 비교적 많이 보였다.

이 절에서 보았듯이, 같은 독백체로 구성되었어도 서정적 진술로 이루어진 작품들과 재현적 서술로 이루어진 작품들은 장르적 성향이 다르고 내용과 형식에 있어서도 차이가 난다. 서정적 진술로 이루어진 작품들의 경우, 영웅의 몰락에 대한 비감한 정서가 자주 등장한 데 비해, 재현적 서술로 이루어진 작품들에는 영웅의 용기와 지혜가 주로 형상화되었다. 또, 전자의 작품들이 주로 한 인물에 대한 감회를 표현하는 방식으로 구성되었다면, 후자의 작품군에는 이러한 구성방식에 더하여, 원텍스트의 한 장면을 재현하는 구성방식이 나타났다. 여기에서 보이는 후자의 특성들은 다음 절에서 논의될 대화체 형식의 작품들에서 더욱 강화되는데, 이를 통해 우리는 재현적 서술로 이루어진 독백체 작품들이 대화체 작품들과 장르적 성향을 공유하고 있다는 점을 짐작할 수 있을 것이다.

---

40) 김용찬, 앞의 책, 71~72면.

3.2. 대화체 소설 수용 시조의 경우

대화체로 구성된 소설 수용 시조에는 모두 14편이 있다.[41] 이들은 한결같이 원텍스트의 한 장면을 재현하는 방식으로 구성되어 있다. 이중 <삼국지연의>와 관련된 것이 12편으로 압도적으로 많고, 그 외 <숙향전>과 관련된 것도 2편 보인다. 묘사된 장면의 성격은 다양한 편이어서, 삼고초려와 관련된 것이 3편, 남주인공 이선이 숙향의 집을 찾아오는 장면을 그린 <숙향전> 관련 작품이 2편 있으며, 그 외 도원결의桃園結義나 조조의 군사 설움을 그린 것, 전쟁의 여러 장면들을 묘사한 여타 작품들이 있다.

한편 다음과 같은 장면은 소설 <삼국지연의>를 수용한 것이라기보다는 판소리 <적벽가>를 수용한 것으로 보인다.

山川은 險峻ᄒ고 樹木은 叢雜흔듸 萬壑의 눈 싸이고 千峰의 바람 칠 졔
싀가 어이 울야마는
赤壁火戰의 죽은 軍士 冤魂이 恨鳥되야 曹操만 冤望ᄒ여 우니난듸 이게
모도 鬼聲이라 塗炭中 싸인 軍士 故鄕 離別이 몃 히런고
空山 落月 깁흔 밤 歸蜀道 不如歸의 우ᄂ 져 杜鵑 너 홀노 우지 말고 날과
함기

이러한 군사설움 대목을 표현한 시조는 전절의 2항에도 해당되는 작품이 있었는데, 이 경우 차이점은 독백체냐 대화체냐 하는 담화방식상에만 있을 뿐, 전체적인 내용과 구성에 있어서는 대동소이하다. 이를 살펴보면 다음과 같다.

---

41) 352, 3011, 4534, 1533, 64, 1226, 2134, 2139, 3595, 657, 3308, 2071, 353, 3565.

赤壁의 敗한 孟德 나문 將卒 거나리고 華容路道 드러가니 山川은 險峻ᄒ
고 樹木이 총잡하여
　白雲이 霏霏한데 千樹 萬樹 梨花가 자져ᄂᆞᆫ딕 싁들 어이 울야마는 가지마
다 우는 소릭 이게 모도 다 鬼聲이라
　山학이 잠명하고 木石도 含淚커든 ᄉᆞᆷ이야 일너 무엇

　선행 연구에서는 독백체/대화체라는 기준만으로 장르적 성향을 나누어
보았기 때문에 위에 제시한 두 작품이 비슷한 장르적 성향을 지닌다는 점
을 지적할 수 없었다. 그러나 두 작품은 사실상 유사한 장르적 성향을 가
지고 있음을 알 수 있다.

　이상에서 보았듯이, 대화체 시조는 원텍스트의 한 장면을 재현하는 것
으로 구성되며, 표현하는 정서는 영웅의 회합에 대한 고양감으로부터 전
쟁에 참가한 군사들의 서러움, 운명적 만남의 설레임 등에 이르기까지 비
교적 다양한 영역에 걸쳐있다.
　시적 주체의 사적 체험을 억제하고 원텍스트의 한 장면을 재현하는 데
충실한, 대화체 소설 수용 시조의 장르적 성향과 내용·형식은 재현적 서술
로 이루어진 독백체 소설수용시조와 유사하다. 그런데 독백체 소설 수용
시조 중 재현적 서술로 이루어진 것이 서정적 진술로 이루어진 것보다 다
수임을 생각하고 보면, 소설 수용 시조들은 대체로 허구적 사건을 재현하
는 모방적 장르성을 띠게 됨을 알 수 있다.
　모방적 장르 성향보다는 비재현적 장르 성향을 지닌 작품군에는 서정적
진술로 이루어진 독백체 소설수용시조가 있었다. 이 부류의 시조와 여타
의 모방적 소설수용시조 사이에는 정서상의 차이점이 존재한다. 즉, 전자
는 주로 몰락한 영웅에 대한 비감을 표현한 데 비해, 후자는 영웅의 용기

와 지략·영웅적 만남 등을 주로 다루었고, 그 외에도 선남선녀의 만남이라
든지 전쟁의 서러움과 같은 다양한 정서적 국면들을 표현하였다. 이렇게
보았을 때, 서정적 소설수용시조들은 회고가적 탄식과 맥이 닿는 사대부
적 정서를 표출하였다면, 모방적 소설수용시조들은 시가 장르에서 표현되
지 못한 비교적 다채로운 정서적 국면들을 표현하였다고 할 수 있다.

원텍스트의 장면을 재현함으로써 다양한 정서를 표출하는 소설수용시
조의 이러한 국면은 2장에서 본 십이잡가의 경우와 혹사하다. 그러면 소설
수용시조로부터 십이잡가에 걸쳐 형성된 이러한 특징적 면모의 의미에 대
해 다음 장에서 고찰해보도록 하자.

4. 십이잡가에 나타난 장르적 특성의 의미

4.1. 담시譚詩의 가능성과 공동체적 상상력

12 잡가와 소설수용시조에 나타난 장르적 변동과 그것의 문학적·사회적
의미를 해석하기 위해 본 장에서는 독일 문예학에서 말하는 담시譚詩*Ballade*
개념을 차용해보고자 한다. 담시는 서술성이 강화된 시라는 측면에서 서술
시narrative poem의 유사개념으로 이해되기도 하는데, 서정과 서사, 극의 혼
합장르적 성격을 띤다는 점에서 잡가나 소설 수용 시조의 장르적 상황과
일치한다. 게다가 이러한 담화방식상의 유사성뿐만 아니라 관련되는 원텍
스트를 필요로 한다는 점에서도 담시는 잡가나 소설 수용 시조와 일치하는
데, 이것은 일반적인 서술시와는 변별되는 담시의 고유한 특징이다.42)

---

42) 담시에 대한 이해는 함부르거, 앞의 책, 307~324면과 안진태, 『독일 담시론』, 열린 책들,

18세기의 유럽에서는 이러한 담시 장르에 대한 열렬한 관심이 일어나는데, 그것은 주로 민족·민중 문학적인 관점에서였다. 담시는 원래 항간에 떠도는 민담을 바탕으로 형성된 시 장르로서, 공동체가 공유하는 정서를 담아내기에 적합한 장르였던 것이다. 여기서 우리는 공동체가 공유하는 이야기를 재현해내는 이러한 담시 장르가 공동체적 정서를 구현해내는 데 적합하다는 사실을 시사 받을 수 있다.

일반적으로 서정시는 사적 시점에 의해 시적 대상보다는 주체의 체험이 더 우선시되는 개인적인 장르이다. 그런데 담시는 이러한 시적 주체의 위치를 지우고 시적 대상을 극적으로 재현하는 데에 힘을 쏟는다. 그럼으로써 담시가 목적하는 것은 이야기를 통해 환기되는 공통의 정서를 불러일으키는 것이 될 것이다. 그러므로 집단적 정서를 고취하는 서사시의 시대가 끝난 이후, 집단적인 정서적 고양을 부분적으로나마 성취한 장르가 바로 담시라고 이해해도 무방할 것이다.

그렇다면 십이잡가나 소설 수용 시조의 장르적 변화는 단순히 소재적 호기심이나 창작력의 궁핍 등과만 연관될 성질의 것이 아니라 개인적 서정보다는 집단적 정서의 발현을 꾀하는 창작 주체들의 지향성과 관련된 것이라는 사실을 알 수 있다. 그리고 바로 여기에서 십이잡가와 소설 수용 시조가 이룩한 문예미적 측면을 살필 수 있다.

2절에서 우리는 원텍스트의 장면을 재현하는 데 충실하고자 했던 다섯 편의 잡가 작품을 살펴보았다. 여기에는 첫 만남의 신선한 떨림과 이별의 애상에서부터, 권력의 난폭함에 대한 흥분과 극한 상황에 처한 인간의 절절한 한恨에 이르기까지 기존의 시가 장르가 구현해내지 못한 다양하고도

2003, 32~66면을 참조했다.

진정한 정서적 상황이 대중적인 공감을 얻는 형식을 통해 구현되었다. 소설 수용 시조에도 또한 영웅적 용기와 지혜, 그리고 만남에 대한 감격을 비롯하여 영웅적 활동의 제 국면에서 형성되는 다양한 정서가 표현되었다. 공동체가 공유한 이러한 다양한 정서적 제 국면을 표현하였다는 점에 바로 십이잡가와 소설수용시조의 문학적 성취가 놓인다.

19세기에 이르러 고전시가의 서정적 영역은 이별의 애상이나 취락 추구 등의 한정된 정서로 상투화되어 가는 양상을 보였다. 이는 특히 19세기의 대표적 가집 중 하나인 『가곡원류』계열에서 두드러진 현상인데, 이들 가집에 실린 시조들은 내용상·형식상 세련되게 다듬어지기는 했으나, 소재나 주제면에서 참신함을 발견하기 힘들고 감상적 애정 일변도로 나아가는 편향성을 드러내고 있다.[43] 이러한 상황에서 십이잡가와 소설수용시조는 소설·판소리 갈래를 수용하여 대중의 다양한 정서적 체험을 시적으로 표현하였다는 의의를 지닌다. 그 중에서도 특히 십이잡가는 민중적 설화를 바탕으로 한 판소리를 원텍스트로 삼음으로써 소설수용시조보다도 한층 더 민중적인 정서를 구현할 수 있었다는 점을 주목해야겠다.

그런데 십이잡가와 소설수용시조에서 담시적 장르성을 추동한 주된 요인은 18세기 독일의 담시 부흥을 추동했던 원인과는 판이하다. 즉, 후자는 민족주의라는 이데올로기를 고취하기 위한 것이었다면, 전자는 자본주의적 이윤창출을 위한 것이었다. 양자가 대중성을 지향하는 와중에서 담시적 장르성을 채택한 것은 같으나, 대중성 지향의 구체적 의미는 이와 같이 상이한 것이다. 여기서 십이잡가와 소설수용시조가 추구한 대중성의 이러한 상업적 면모는 십이잡가과 소설수용시조의 담시적 성격을 특정한 방향

---

43) 고미숙, 『19세기 시조의 예술사적 의미』, 태학사, 1998.

으로 국한시켜 놓는다. 이 점에 대하여 다음 절에서 살펴보도록 하자.

4.2. 연행 상황에 따른 통속성의 지향

18세기 이후 시가예술의 연행현장은 갈수록 상업성을 더하게 되었다. 시조의 경우, 전문적인 가객이 출현했으며, 자본주의의 발달에 따라 이들의 상업적 속성은 계속 커져 갔다. 잡가의 경우엔 애초부터 상업적 목적 아래 창출된 장르이니 상업성이 본질적 속성이라고 할 수 있다. 이러한 상업적 목적을 달성하기 위해 조선 후기의 시조/잡가는 필연적으로 대중성을 지향할 수밖에 없었다. 다음의 기록은 18세기 후반 시가 연행 공간의 상업적 성격을 잘 보여준다.

> 陜川 沈鏞은 재물에 대범하고, 의로움을 좋아하며, 스스로 풍류생활을 즐겼다. 일세의 歌姬·琴客과 술꾼이며 시인들이 몰려들어 문전 성시를 이루고 연일 손님들이 벅적거렸다. (…중략…) 어느날 심공이 가객 이세춘과 琴客 김철석, 기생 추월·매월·계섬 등과 초당에 앉아서 거문과와 노래로 즐기는 사이에 밤이 이슥했다. (…중략…) 그날 당장 평양 감사는 서울 기생에게 천금을 내렸으며, 다른 벼슬아치들도 각기 힘 자라는대로 상금을 내놓았다. 거의 만금에 가까운 돈이 들어왔다.[44]

> 서평군 공자 요는 부자로 호협하였으며, 성품이 음악을 좋아하는 분이었다. 실솔의 노래를 듣고 좋아하며 날마다 데리고 놀았다. 매양 실솔이 노래하면 공자는 으레 거문고를 끌어당겨 몸소 반주를 하였다. 공자의 거문고

---

44) 『靑邱野談』권1, <遊浿營風流盛事>: "沈陜川鏞 疎財好義 風流自娛 一時歌姬琴客酒徒詞朋 輻輳並進 歸之如市 日日滿堂 (…中略…) 一日 沈公 與歌客李世春 琴客 金哲石 妓秋月 梅月 桂蟾輩 會於草堂 琴歌永夕 (…中略…) 當日席上 巡相以千金贈京妓 諸宰又隨力贈之 幾 至萬金"

솜씨도 또한 일세에 높았으니 서로 만남이 더없이 즐거웠다. (…중략…) 공자가 음악을 좋아했으므로 일시의 가객들인 이세춘·조욱자·지봉서·박세첨 같은 사람들이 동류로 매일 공자의 문하에서 놀아, 실솔과는 사이가 좋았다.(…중략…) 공자는 집에 樂妓 10여명을 기르고 있었고, 姬妾들도 모두 가무에 능하였다. 악기를 만지며 마음대로 환락한 지 20여년에 세상을 떠났다. 실솔의 동류들도 역시 모두 윤락하며 늙어 죽었으며, 홀로 박세첨이 그의 처 매월과 함께 지금까지 北山 밑에 살고 있다.[45]

위의 기록들은 가객 이세춘李世春을 둘러싼 가악 집단에 대한 것이다. 여기에서 나타나는 것처럼, 이 시대의 가객 집단은 심용沈鏞이나 서평군西平君 요橈와 같은 사대부들의 경제적 후원 속에서 부를 추구할 수 있었다. 이러한 유락적 연행 현장에서 이윤을 추구하기 위해서는 시가의 성격이 수용자 대중의 구미에 맞는 통속적인 데로 나아가지 않을 수 없었다. 소설수용시조가 연행된 것은 바로 이러한 맥락에서였다.

시가 연행의 유흥적 맥락은 19세기가 진행되면서 더욱 심화·확대되어, 상층 사대부뿐만이 아니라 도시의 일반 대중들을 위한 유흥의 장이 형성되었고, 이러한 장에서 직업적 수단으로 소리를 한 소리꾼들이 나타났으니, 십이잡가는 바로 이러한 소리꾼들에 의해 형성된 상업적 갈래였다.[46]

소설수용시조와 십이잡가가 처한 이러한 상업적 연행 문맥은 이들 갈래의 장르 실현에 중요한 특징을 부과했다. 앞 절에서 보았듯이 이들은 공동체에 의해 공유되는 정서를 표현하기 위하여 담시적 장르성을 채택하게

---

45) 李鈺, <文無子文鈔>, 『薄庭叢書』 권19 : "西平君 公子橈 富而俠 性好音樂 聞蟋蟀而悅之 日與遊 每蟋蟀歌 公子琴水妙一世 相得甚驩如也 (…中略…) 公子旣好音樂 一時歌者 若李世春 趙旭子 池鳳瑞 朴世瞻之類 皆日遊公子門 與蟋蟀又善 (…中略…) 公子家畜樂奴十餘人 姬妾皆能歌舞 操絲竹 恣歡樂二十餘年卒 蟋蟀之徒 亦皆淪落老死 獨朴世瞻與其婦梅月 至今居北山下"

46) 잡가의 상업적 연행 문맥에 대해서는 김학성, 「잡가의 생성기반과 장르 정체성」, 『한국 고전시가의 정체성』, 성균관대학교 출판부, 2001, 252~264면 참조.

되었는데, 이때 구현되는 정서는 대중적인 것인 동시에 유흥적 연행 공간에 적합한 것이어야 했다. 그런 까닭에 이들 갈래는 유럽의 담시가 민중의 설화 등을 소재로 했던 것과는 달리, 상업문화 속에서 대중들의 호응을 받고 있었던 소설이나 판소리 등을 택하였던 것이다.

특히 십이잡가의 경우에는 대개가 판소리 중에서도 남녀의 사랑이라는 가장 통속적이기 쉬운 주제를 다룬 <춘향가>/<춘향전>을 원텍스트로 삼고, 또 어떤 경우에는 원텍스트의 문맥을 임의로 변화시키기도 함으로써 작품이 통속적인 성격을 지향하도록 하였다. 이것은 원텍스트의 의미와 정서로부터 멀어진 십이잡가 작품들을 논의한 2장 2절에서 구체적으로 확인된 바대로이다. 여기서 원텍스트의 문맥이 삭제된 <제비가>의 경우에는 실연의 애상이 전반적으로 구현되었고, <출인가>나 <방물가>는 원텍스트의 정서적 상황이 변질되어, <출인가>의 경우엔 유락성으로 경도되었으며, <방물가>의 경우엔 보다 유희적이고 가벼운 정서를 지향하였다.

십이잡가의 통속적 성격은 소설·판소리를 수용하지 않은 4편의 작품에서는 더욱 두드러져 보인다. 이 중 <달거리> 같은 경우는 통속성을 노골적으로 드러내는 대표적인 십이잡가 작품으로 볼 수 있다. 원래 민요나 가사 등에서 달거리 계열의 노래는 절기와 절일을 통해 환기되는 절절한 그리움의 정서를 표현한다. 그러나 잡가 <달거리>에는 각 절 말미에 "이 신구 저 신구 잠자리 내 신구 일조낭군一朝郞君이 네가 내 건곤乾坤이지 아무리 하여도 네가 내 건곤이지"라는 후렴구가 첨입됨으로써 긴 기다림이 자아내는 원텍스트의 정서가 찰나적·유희적인 것으로 변질되었다. 여기에 다시 산타령조의 내용과 민요 <매화타령> 등이 덧붙여져 전체적으로 가벼운 유희적 정서가 구현된다. <선유가>나 <평양가>의 경우에도 또한 남녀의 사랑과 이별을 소재로 한 감상적이고 유락적인 정서를 표현한다.

한편 십이잡가에 나타난 이러한 통속적 정서는 이보다 조금 앞서 불리기 시작한 십이가사의 정서적 특징을 이룬다. <황계사黃鷄詞>의 예를 통해 이를 살펴보면 다음과 같다.

일조 낭군 이별후에 소식조차 돈절하다. 지화자 좋을시고.
좋을 좋을 좋은 경에 얼시고 좋다. 경이로다 지화자 좋을시고
한곳을 들어가니 육관대사의 성진이는 팔선녀 다리고 희롱한다 얼시고
좋다 지화자 좋을시고
황혼 저문날 기약두고 어듸를 가고서날 아니와 찾나. 지화자 좋을시고.
<u>병풍에 그린 황계 두나래를 둥덩치며. 사오경 일점에 날 새라고 고기요</u>
<u>울거든 오랴시나.</u> 지화자 좋을시고.
달은 밝고 조요한데 님 생각이 새로워가. 지화자 좋을시고
너는 죽어 황하수되고 나는 죽어 돗대선 되어 광풍이 건듯 불 제마다 어
화 둥덩실 떠돌아 보자 지화자 좋을시고
저 달아 보느냐 님 계신데 명기를 빌려라 나도보자. 지화자 좋을시고

작품의 제목인 된 만큼 이 작품의 주된 모티브라고 할 수 있는 밑줄 친 황계 모티프는 민요나 이전 시기의 시가 장르에서 자주 사용된 것으로, 불가능한 상황 설정을 통해 사랑하는 사람에 대한 절대적인 사랑이나 그리움을 표현하는 데 주로 사용되었다. 그러나 위의 작품에서는 각 절의 말미에 "지화자 좋을시고"라는 후렴구가 붙음으로써 이별이라는 상황이 부가하는 모든 정서적 절실함이 삭제되고 있음을 볼 수 있다. 그리하여 이별의 정서는 지극히 가벼워지고 유희적 정서가 전체를 지배하게 되었다. 이러힌 <황계사>의 정서는 상사相思의 정을 표현하기는 마찬가지인 십이가사 중 <상사별곡相思別曲>에 비해볼 때 통속적 가벼움의 정도가 한층 더 심한 경우라고 볼 수 있다. 그러나 이 작품 외에도 전기한 <상사별곡相思別曲>이

나 <백구사白鷗詞>, <죽지사竹枝詞>, <길군악>, <매화타령> 등 대다수의 십
이가사 작품에 상사相思의 애상이나 소극적 허무, 취락에의 경도 등 통속
적 정서가 두드러진다.

십이잡가는 십이가사의 경우와 같이 유흥적인 연행의 장에서 형성되었
기 때문에, 원텍스트를 바탕으로 담시적 장르를 구현하는 데 있어서 십이
가사에서와 같은 통속적 지향성이 개입될 수밖에 없었다. 그리하여 담시
적 장르로서 십이잡가가 표현한 공동체적 정서는 애상적이고 감상적이며
취락적인 통속적 정서로 일정 정도 편향되게 되었다.

5. 나오며

이 글은 경기 십이잡가의 주요한 특성으로서 소설·판소리 갈래와의 교
섭 현상을 지적하고, 이러한 갈래 교섭을 통해 경기 십이잡가가 구유하게
된 문학성을 고찰하는 것을 목적으로 하였다. 그런데 경기 십이잡가의 장
르적 특성은 소설수용시조의 경우와 유사한 성격을 지닌 것으로 파악되므
로, 이 두 갈래를 종합·고찰함으로써 조선후기 시가 갈래에 나타나는 이러
한 장르적 특성의 의미가 무엇인지를 살펴보도록 하였다.

2장에서는 소설이나 판소리를 십이잡가가 수용한 방식을 두 가지로 분
류하여 고찰하였다. 그 하나는 원텍스트의 의미와 정서를 유지한 경우였
고, 다른 하나는 그것이 변질된 경우였다. 두 경우의 구성방식과 장르적
성격, 그리고 이를 통해 구현된 의미와 정서를 비교해 보면 다음과 같다.
원텍스트의 의미를 유지한 작품들의 경우에는, 원텍스트의 장면을 재현하
는 데 충실한 가운데 시적 주체의 사적 체험이 극도로 억제되고 대화와

서술로 작품이 형성되어 서사적·극적 성격을 강하게 띠었다. 이러한 방식을 통해 이 계열의 작품들은 원텍스트가 보유하고 있는 다채로운 정서적 순간들을 표현하였다. 이에 비해, 원텍스트의 의미가 변질된 작품들의 경우에는 원텍스트의 의미와 별 관련성이 없는 사적 진술이 끼어들어 재현적 특성을 상실하고 일종의 비유기적인 서정성을 보유하게 되었다. 그리하여 이 계열의 작품들이 구현한 정서는 감상적·애상적·유락적인 통속적 경향을 띠게 되었다.

3장에서는 소설수용시조를 선행연구의 방법에 따라 독백체와 대화체의 경우로 나누어 살펴보았다. 그러나 독백체/대화체로 양분되는 담화이론상의 특징만으로는 장르적 특성을 밝히기에 충분하지 않다는 점이 드러났다. 똑같이 독백체로 형성된 작품일지라도, 서정적 진술이 주된 경우와 재현적 서술이 주된 경우 장르적 성격이 달라졌고, 이 경우 재현적 서술로 이루어진 독백체 소설수용시조는 장르상 대화체 소설수용시조와 성격을 같이 한다는 사실을 알 수 있었다. 즉, 서정적 진술로 된 소설수용시조 이외에는 대개의 소설수용시조가 모방적 장르에 속하였다. 이때, 서정적 소설수용시조가 몰락한 영웅에 대한 비감을 주로 표현하여 회고가적 탄식과 맥이 닿는 사대부적 정서를 표출하였다면, 모방적 소설수용시조는 영웅의 용기와 지략·영웅적 만남을 비롯한 비교적 다양한 정서적 국면들을 표현하였다.

원텍스트의 한 장면을 재현하는 구성방식을 통하여 모방적 장르 성향을 띠고, 시가장르에서 표현하지 못한 다양한 정서적 국면을 표현하였다는 점에 있어서 소설수용시조와 십이잡가는 성격을 같이한다. 마지막 4장에서는 이러한 두 장르의 공통된 특징의 의미를 담시譚詩의 개념을 통해 해석해 보았다. 담시는 원텍스트를 재현하는 데 치중함으로써 혼합장르적 성격을 띠게 된다는 점이 십이잡가나 소설수용시조와 유사했다. 이러한 담시는 공동체가 공유하는 정서를 구현하는 데 효과적이라는 특징을 지니고 있었는데, 이를 통해 십이잡가와 소설수용시조가 공동체의 다양한 정서를 대중적으로 구현해내었다는 문학적 성취를 이루었음을 추측할 수 있었다. 십이잡가와 소설수용시조는 소설·판소리 갈래를 원텍스트로 하여 창작됨으로써, 공동체가 공유하고 있었던 여러 정서적 국면들을 시적으로 표현하는 데 성공하였던 것이다. 이러한 십이잡가와 소설수용시조의 문학적 성취는 매너리즘에 빠져 있던 19세기 시가에 새롭고도 보편적인 공동체의 정서를 구현하는 쪽으로 시적 영역을 확대했다는 점에서 의의를 지닌다.

　특히 십이잡가의 경우에는 민중적 지평에 의해 형성된 판소리 갈래를 원텍스트로 수용함으로써 민중의 공동체적 정서를 시적으로 표현하였다는 점에서 더욱 의의가 크다. 그러나 십이잡가가 기반한 유락적 연행 상황은 담시적 장르를 통해 표현할 수 있는 공동체적 정서를 통속적인 쪽으로 기울게 하는 결과를 낳았다. 그리하여 결과적으로 우리는 십이잡가를 통하여 공동체적 정서의 시적 발현이라는 가능성을 엿보는 동시에, 그러한 공동체적 정서가 통속적인 범주에 국한되고 마는 한계를 마주하게 된다.

참고문헌

[자료]

『歌曲源流』

『高麗史』

『均如傳』

『琴譜(延大所藏)』

『琴合字譜』

『岐峯集』

『浪翁新譜』

『大東韻府群玉』

『大樂後譜』

『俛仰集』

『柏谷集』

『北軒集』

『三國史記』

『三國遺事』

『先祖詠言』

『世宗實錄』

『旬五志』

『時用鄉樂譜』

『樂章歌詞』

『樂學軌範』

『梁琴新譜』

『頤齋亂藁』

『雜歌』

『靑丘永言』

『海東歌謠』

『高麗史樂志』, 차주환 역, 을유문화사, 1972.

『孤山 外 五人集』, 한국고전총서 II 詩歌類, 대제각, 1973.

『국역 불우헌집』, 김홍영 역, 민족문화추진회, 1998.

『國譯松江集』, 제일문화사, 1988.

『문심조룡』, 최동호 역편, 민음사, 1994.

『삼국사기』, 이병도 역주, 을유문화사, 2001.

『詩經集傳 下』, 성백효 역주, 전통문화연구회, 1998.

[논저]

고정희, 「고전시가 율격의 교육 내용 연구」, 『국어교육연구』 29, 서울대학교 국어교육
　　　연구소, 2012.

권두환, 「時調의 發生과 起源」, 국어국문학회 편, 『고시조 연구』, 태학사, 1997.

권영철, 「<維鳩曲> 攷」, 김열규·신동욱 편, 『고려시대의 가요문학』, 새문사, 1982.

김기림, 「16세기 호남시인들의 산수시 고찰」, 『東洋古典硏究』 7, 동양고전학회, 1996.

김동욱, 『韓國歌謠의 硏究』, 을유문화사, 1961.

김열규, 「韓國文學과 그 '悲劇的인 것'」, 『韓國民俗과 文學硏究』, 일조각, 1971.

김준오, 『詩論』, 삼지원, 1997.

길진숙, 『조선 전기 시가예술론의 형성과 전개』, 소명출판, 2002.

김광조, 「江湖歌辭의 作中空間 設定과 意味 - <賞春曲>·<俛仰亭歌>·<星山別曲>을 중심으
　　　로」, 『한국시가연구』 23, 한국시가학회, 2007.

김기동, 『국문학개설』, 대창문화사, 1957.

김대행, 「高麗歌謠의 律格」, 김열규·신동욱 편, 『고려시대의 가요문학』, 새문사, 1982.

＿＿＿, 『高麗詩歌의 情緖』, 개문사, 1985.

＿＿＿, 『시조유형론』, 이화여자대학교 출판부, 1986.

＿＿＿, 『우리 詩의 틀』, 문학과비평사, 1989.

＿＿＿, 『韻律』, 문학과지성사, 1984.

＿＿＿, 『韓國詩歌構造硏究』, 삼영사, 1976.

김동욱, 「關西別曲 攷異」, 『국어국문학』 30, 국어국문학회, 1965.

＿＿＿, 「신라향가의 불교문학적 고찰」, 『한국가요의 연구』, 을유문화사, 1961.

＿＿＿, 『韓國歌謠의 硏究』, 을유문화사, 1961.

김명호, 「상춘곡(賞春曲)의 결어(結語) 재해석과 시가사적 위치」, 『한국시가연구』 20,
　　　2006.

김병국, 「假面 혹은 眞實 - 松江歌辭 關東別曲 評說」, 『국어교육』 18, 한국어교육학회,

1972.

김사엽, 『국문학사』, 정음사, 1945.

김상훈, 「'속악가사'로 본 고려속요의 형태 연구」, 연세대학교 석사학위논문, 1991.

김석연, 「時調 韻律의 科學的 硏究」, 『아세아연구』 통권 32, 고려대학교 아세아문제연구소, 1968.

김성기, 『俛仰亭 宋純 詩文學 硏究』, 국학자료원, 1998.

김수경, 「시조에 나타난 병렬법의 시학」, 『한국시가연구』 13, 2003.

_____, 『高麗 處容歌의 傳承過程 硏究』, 이화여자대학교 박사학위논문, 1995.

김신중, 「松江歌辭의 時空上 대비적 양상」, 『고시가연구』 2·3집, 1995.

김열규, 「처용전승시고」, 『한국민속과 문학연구』, 일조각, 1972.

김영만, 「曺友仁의 歌辭集 頤齋詠言」, 『어문학』 10, 한국어문학회, 1963.

김영운, 「고려가요의 음악형식 연구」, 전통예술원 편, 『한국 중세사회의 음악문화 - 고려시대편』, 민속원, 2002.

김완진, 『향가해독법연구』, 서울대학교출판부, 1980.

김정화, 「韓國 詩 律格의 類型」, 『어문학』 82, 2003.

김종규, 「慕竹旨郎歌에 나타난 文學意識」, 『국어국문학』 126, 국어국문학회, 2000.

김준영, 『국문학개론』, 형설출판사, 1983.

김준오, 『詩論』, 삼지원, 1997.

김진희, 「고려속요의 음악적 구성원리」, 연세대학교 석사학위논문, 2000.

_____, 「시조 율격론의 난제」, 『한국시가연구』 36, 한국시가학회, 2014.

_____, 「현대시조의 율격 변이 양상과 그 의미 - 이호우 시조를 중심으로」, 『열상고전연구』 39, 2014.

김학성, 「가사 및 잡가의 정체성」, 『한국고전시가의 정체성』, 성균관대학교 대동문화연구원, 2002.

_____, 「송순 시가의 시학적 특성」, 『고시가연구』 4, 한국고시가문학회, 1997.

김현식, 「<서호별곡>과 <서호사>의 변이양상과 그 의미」, 『고전문학연구』 25, 한국고전문학회, 2004.

김형규, 『古歌謠註釋』, 일조각, 1976.

김흥규, 「江湖自然과 정치현실」, 『세계의 문학』 1981 봄호, 민음사, 1981.

_____, 「평시조 송장의 律格·統辭的 定型과 그 기능」, 『어문론집』 19·20 합집, 고려대학교, 1977.

_____, 『한국문학의 이해』, 문학과지성사, 1984.

나정순, 「履霜曲과 정서의 보편성」, 김대행 편, 『高麗詩歌의 情緖』, 개문사, 1985.

류해춘, 「향가의 언술방식과 신라인의 사회의식」, 『우리문학연구』 18, 우리문학회, 2005.

민긍기, 「신화의 실체를 규명하기 위한 몇 가지 점검」, 『연민학지』 8, 2000.

박경주, 『경기체가 연구』, 이회문화사, 1996.

박노준, 「<履霜曲>과 倫理性의 문제」, 『고려가요의 연구』, 새문사, 1990.

_____, 『新羅鄕歌의 硏究』, 열화당, 1982.

박병완, 「<상춘곡>의 분석적 연구」, 『한국고전시가작품론』 2, 집문당, 1992.

박병채, 『高麗歌謠의 語釋硏究』, 이우출판사, 1975.

박일용, 「경기체가의 장르적 성격과 그 변화」, 『한국학보』 13, 일지사, 1987.

박재민, 「<정석가> 발생시기 再考」, 『한국시가연구』 14, 한국시가학회, 2003.

_____, 『口訣로 본 普賢十願歌 解釋』, 연세대학교 석사학위논문, 2001.

_____, 『三國遺事所載 鄕歌의 原典批評과 借字·語彙辨證』, 서울대학교 박사학위논문, 2009.

박춘규, 「麗代 俗謠의 餘音 硏究 - 餘音의 韻律과 活用的 機能을 中心으로」, 『어문론집』 14, 중앙어문학회, 1979.

반교어문학회 편, 『조선조 시가의 존재양상과 미의식』, 보고사, 1999.

서원섭, 「平時調의 形式 硏究」, 『어문학』 36, 한국어문학회, 1977.

성기옥, 『한국시가 율격의 이론』, 새문사, 1986.

성호경, 「'腔'과 '葉'의 성격 推論 - 배열방식을 중심으로 하여」, 『韓國詩歌의 類型과 樣式 硏究』, 영남대학교출판부, 1995.

_____, 「<찬기파랑가(讚耆婆郞歌)>의 시세계」, 『국어국문학』 136, 국어국문학회, 2004.

_____, 「고려시가 後殿眞勺(北殿)의 복원을 위한 모색」, 『국어국문학』 90, 1983.

_____, 『신라향가연구』, 태학사, 2008.

_____, 『韓國詩歌의 類型과 樣式 硏究』, 영남대학교출판부, 1995.

_____, 『한국시가의 형식』, 새문사, 1999.

소광휘, 『시간의 철학적 성찰』, 문예출판사, 2001.

손종흠, 「성산별곡의 구조에 대한 연구 - 시간성(時間性)을 중심으로」, 『애산학보』 28, 애산학회, 2003.

송진우, 『중학생을 위한 국어 용어사전』, 신원문화사, 2007.

신재홍, 『향가의 해석』, 집문당, 2000.

심경호, 「山水詩 및 山水素材詩에 나타난 自然觀」, 『韓國學論集』 32, 한양대학교 한국학연구소, 1998.

심재완 편, 『역대시조전서』, 세종문화사, 1972.

안 확, 『時調詩學』, 교문사, 1949.

양주동, 『古歌硏究』, 일조각, 1965.

_____, 『麗謠箋注』, 을유문화사, 1971.

_____, 「新羅歌謠의 文學的 優秀性」, 『國學硏究論攷』, 을유문화사, 1962.

양태순, 「音樂的 側面에서 본 高麗歌謠」, 성균관대학교 인문과학연구소 편, 『高麗歌謠硏究의 現況과 展望』, 집문당, 1996.

_____, 「정과정(진작)의 연구」, 『고려가요의 음악적 연구』, 이회문화사, 1997.

_____, 『고려가요의 음악적 연구』, 이회문화사, 1997.

양희철, 『三國遺事鄕歌硏究』, 태학사, 1997.

예창해, 「<讚耆婆郎歌>의 文學的 再構 및 解釋 試論」, 『한국고전시가작품론1』, 집문당, 1992.

_____, 「한국시가율격의 구조 연구」, 『성대문학』 19, 성대국어국문학회, 1976.

오세영, 「한국시가 율격재론」, 『한국근대문학론과 근대시』, 민음사, 1996.

유종국, 「高麗俗謠 原形 再構」, 『국어국문학』 99, 국어국문학회, 1988.

유창균, 『鄕歌批解』, 형설출판사, 1994.

윤덕진, 「<서호별곡>의 가사형성 연구」, 『동방고전문학연구』 1, 동방고전문학회, 1999.

_____, 「강호가사 연구」, 연세대학교 박사학위논문, 1989.

_____, 「강호가사 연구사 검토」, 鄭在晧 編, 『韓國歌辭文學硏究』, 태학사, 1996.

_____, 『조선조 長歌 가사의 연원과 맥락』, 보고사, 2008.

윤석산, 「<賞春曲> 구조 연구」, 『고전문학연구』 13, 한국고전문학회, 1998.

윤성현, 『속요의 아름다움』, 태학사, 2007.

윤영옥, 『신라가요의 연구』, 형설출판사, 1980.

윤철중, 「「鄭石歌」攷」, 성균관대학교 인문과학연구소 편, 『高麗歌謠硏究의 現況과 展望』, 집문당, 1996.

이광수, 「時調의 自然律」, 『동아일보』, 1928.11.2~8.

_____, 「육당 최남선론」, 『조선문단』 6, 1926.

이능우, 「字數考 代案」, 『서울대논문집』 10, 1958.

이명구, 「<處容歌> 硏究」, 김열규·신동욱 편, 『高麗時代의 가요문학』, 새문사, 1982.

이민홍, 『朝鮮朝 詩歌의 理念과 美意識』, 성균관대학교 출판부, 2000.

이병기, 「松江歌辭의 硏究 (其一)」, 『진단학보』 4, 진단학회, 1936.

_____, 「松江歌辭의 硏究 (其二)」, 『진단학보』 6, 진단학회, 1936.

_____, 「時調와 그 연구」, 『학생』, 1928.

_____, 「律格과 時調 (一)」, 동아일보, 1928.11.28.

이상보, 「「關西別曲」 硏究」, 『국어국문학』 26, 국어국문학회, 1963.

이승남, 『사대부가사의 갈등표출 연구』, 역락, 2003.

이승훈, 『文學과 時間』, 이우출판사, 1983.

이재선, 「鄕歌의 基本性格」, 金承璨 편저, 『鄕歌文學論』, 새문사, 1986.

이창신, 「腔과 葉의 음악적 관계에 대하여」, 서울대학교 석사학위논문, 1989.

이호우, 「이호우시조집」, 『삼불야』, 목언예원, 2012.

임기중 외, 『경기체가 연구』, 태학사, 1997.

임기중, 『新羅歌謠와 記述物의 硏究』, 이우출판사, 1981.

임종찬, 「現代時調 作品을 통해본 創作上의 문제점 연구」, 『시조학논총』 12, 한국시조학
　　　회, 1996.

장사훈, 「滿殿春形式考」, 『國樂論考』, 서울대학교 출판부, 1966.

장효현, 「履霜曲의 生成에 관한 고찰」, 『국어국문학』 92, 국어국문학회, 1984.

전동진, 『서정시의 시간성 시간의 서정성』, 도서출판 문학들, 2008.

정 광, 「壬辰俘虜 薩摩陶工 後裔의 國語學習資料」, 『국어국문학』 97, 국어국문학회,
　　　1987.5.

＿＿＿, 「韓國 詩歌의 韻律 硏究 試論」, 『응용언어학』 7권 2호, 서울대학교 어학연구소,
　　　1975.

정병욱, 「古詩歌 韻律論 序說」, 『최현배 선생 화갑기념 논문집』, 사상계사, 1954.

＿＿＿, 「고시가 율격론」, 『한국고전시가론』, 신구문화사, 1985.

＿＿＿, 『증보판 한국고전시가론』, 신구문화사, 1983.

정익섭, 『湖南歌壇硏究 - 俛仰亭歌壇과 星山歌壇을 중심으로』, 진명문화사, 1975.

정재찬, 「담화 분석을 통한 가사의 장르성 연구」, 『선청어문』 21, 서울대학교 국어교육
　　　학과, 1993.

정재호, 「<鄭瓜亭>에 대하여」, 김열규·신동욱 편, 『高麗時代의 가요문학』, 새문사, 1982.

＿＿＿, 「강호가사소고」, 『어문논집』 172, 고려대학교 국어국문학연구회, 1976.

＿＿＿, 『韓國 歌辭文學 硏究』, 태학사, 1996.

정혜원, 「가시리 소고」, 『한국고전시가작품론』 1, 집문당, 1993.

＿＿＿, 『한국 고전시가의 내면미학』, 신구문화사, 2001.

조규익, 「초창기 歌曲唱詞의 장르적 위상 - 북전과 심방곡을 중심으로」, 국어국문학회
　　　편, 『고시조연구』, 태학사, 1997.

＿＿＿, 『가곡창사의 국문학적 본질』, 집문당, 1994.

조동일, 「가사의 장르 규정」, 『어문학』 21, 한국어문학회, 1969.

＿＿＿, 「경기체가의 장르적 성격」, 『고전시가론』, 새문사, 1984.

＿＿＿, 「景幾體歌의 장르的 性格」, 『學術院論文集』 人文社會科學篇 15, 학술원, 1976.

_____, 「시조의 율격과 변형 규칙」, 『국어국문학연구』 18, 영남대학교 국어국문학과, 1978.

_____, 『한국문학통사』 1, 지식산업사, 1982..

_____, 『한국민요의 전통과 시가율격』, 지식산업사, 1996.

_____, 『한국시가의 전통과 율격』, 한길사, 1982.

조윤제, 「時調字數考」, 『신흥』 4, 1930.

_____, 『朝鮮 詩歌의 硏究』, 을유문화사, 1948.

_____, 『朝鮮詩歌史綱』, 동광당서점, 1937.

_____, 『韓國文學史』, 제우당, 1984.

조창환, 『韓國現代詩의 韻律論的 硏究』, 일지사, 1986.

조홍욱, 「고려가요에 사용된 감탄사의 악보에서의 의미와 그 변모 양상에 대하여」, 『한신논문집』 3, 한신대학교 출판부, 1986.

주요한, 「노래를 지으시려는 이에게」, 『조선문단』 창간호, 1924.

최 철, 「향가연구의 쟁점」, 『모산학보』 10, 1998.

_____, 『고려국어가요의 해석』, 연세대학교 출판부, 1996.

최미정, 「「履霜曲」의 綜合的 고찰」, 성균관대학교 인문과학연구소 편, 『高麗歌謠硏究의 現況과 展望』, 집문당, 1996.

최상은, 『조선 사대부가사의 미의식과 문학성』, 보고사, 2002.

최선경, 『향가의 제의적 이해』, 한국학술정보, 2006.

최용수, 『高麗歌謠硏究』, 계명문화사, 1996.

최재남, 「이 별의 평산은거와 <장육당육가>」, 『士林의 鄕村生活과 詩歌文學』, 국학자료원, 1997.

_____, 『士林의 鄕村生活과 詩歌文學』, 국학자료원, 1997.

최진원, 「江湖歌道 硏究」, 성균관대학교 박사학위논문, 1974.

_____, 『韓國古典詩歌의 形象性』, 성균관대학교 대동문화연구원, 1988.

최태호, 『松江文學論考』, 역락, 2000.

한수영, 「현대시의 운율 연구방법에 대한 검토」, 『한국시학연구』 14, 2005.

_____, 『운율의 탄생』, 아카넷, 2008.

허남춘, 『古典詩歌와 歌樂의 傳統』, 월인, 1999.

홍재휴, 『韓國古詩律格硏究』, 태학사, 1983.

황준연, 「歌曲의 形式」, 『韓國音樂硏究』 10, 한국국악학회, 1980.

_____, 「大葉에 關한 硏究」, 『예술논문집』 24, 예술원, 1985.

_____, 「數大葉의 形式에 關한 硏究」, 『한국음악학논문집』, 한국정신문화연구원, 1982.

황희영, 「韓國詩歌餘音攷」, 『국어국문학』 18, 국어국문학회, 1957.
_____, 『韻律研究』, 동아문화비교연구소, 1969.

Allen, Gay Wilson. *American Prosody*, New York : Octagon Books, 1978.

Flescher, Jacqueline. "French", W.K. Wimsatt ed., *Versification : Major Language Types*, New York University Press, 1972.

Fussell, Paul. "The Historical Dimension", Harvey Gross edit., *The Structure of Verse*, New York : The Ecco Press, 1979.

Jakobson, Roman. "Grammatical Parallelism and its Russian Facet", *Selected Writings III*, Mouton, 1971.

Lotz, John. "Elements of Versification", W.K. Wimsatt ed., *Versification : Major Language Types*, New York University Press, 1972.

McCann, David R. "Korean Literature and Performance? Sijo!", *Azalea Vol.4*, Korea Institute, Harvard University, 2011.

The New Princeton Encyclopedia of Poetry and Poetics, Princeton Univerity Press, 1998.

Eliade, Mircea, 『聖과 俗 - 종교의 본질』, 이동하 역, 학민사, 1983.

Heidegger, Martin, 『존재와 시간』, 이기상 역, 까치.

Lamping, Dieter, 『서정시 : 이론과 역사 : 현대 독일시를 중심으로』, 장영태 역, 문학과지성사, 1994.

Meyerhoff, Hans, 『文學과 時間現象學』, 김준오 역, 삼영사, 1987.

Ricoeur, Paul, 『시간과 이야기1』, 김한식·이경래 역, 문학과지성사, 1999.

Steiger, Emil, 『시학의 근본개념』, 이유영·오현일 역, 삼중당, 1978.

劉若愚, 『中國詩學』, 이장우 역, 명문당, 1994.